鲜卑国母

献明皇后（下）

宋其蕤 著

内蒙古人民出版社

第九章　助子立国

1.贺兰草原积聚旧部　可敦娘家养精蓄锐

马兰背着儿子拓跋觚,带领着长孙建、穆崇、梁六眷及其家人部落几百人,直奔贺兰部。当时,拓跋珪弟兄逃离盛乐时,她就嘱咐他们向北去寻找他们的舅家贺兰部。别人不收留他们,舅舅贺讷肯定会收留他们的。

只是,贺兰部如今在哪里驻牧呢? 马兰不知道,其他人也不知道。

马兰骑马走过了纽垤川,没有发现贺兰部的踪迹。贺兰部没有进入纽垤川。马兰来到纽垤川边缘的阴山脚下,沿着阴山南坡折向西方,贺兰部大约又回到河套平原——五原一带去了。

马兰带着梁六眷及其他人,沿着大河,一路寻找着贺兰部。

这一天,马兰一行来到大桦背山西山嘴下一个大淖畔,大淖旁碧绿的草原上立着顶顶白色毡帐,在夕阳余晖的笼罩下,像一片盛开的白蘑菇。

“我们今天就在这里过夜吧。”马兰看了看夕阳西下的天空,对梁六眷说。西边的天际,红霞漫天,夕阳正慢慢向天边坠落,看着就要落山了。一群归巢的乌鸦正哇哇叫着,飞过头顶,向它们的巢穴飞去。天边放牧的牧人骑着马赶着羊群、牛群向各自的部落走去,清脆的鞭声劈劈啪啪响在寂静的草原上。

“好吧,这里水草肥美,这部落不知是甚部落。我过去问问。”梁六眷下了马,牵着马,来到一顶毡帐前。毡帐前有个孩子在玩耍。

“这里是甚部落啊,娃子?”梁六眷大声问。

那孩子眨巴着眼睛,没有回答。毡帐里走出一个老人,梁六眷又问了一遍。那老人回答:“这是独孤部大人的部落。”

马兰也走了过来，解下背上的拓跋觚。拓跋觚在马上颠簸了几天，已经疲乏不堪，他呼呼地熟睡着。

"阿奶"，马兰走上前，弯腰屈膝，向老人行礼："我这娃子累极了，能不能在你这毡帐里让他睡一觉？我们明天再赶路？"

老人看看熟睡的拓跋觚，呵呵笑着："欢迎你来做客，进去吧。把他放在铺上吧。"老人热情地张罗着，忙手忙脚地推开毡帐门，让马兰抱着孩子走了进去。马兰小心地迈进毡帐，不让自己的头和脚触碰上下门框。进去以后，马兰按照贺兰部的习惯，先向挂在毡帐中间的翁衮鞠躬，表示敬意。

毡帐中间的通风的套脑，射下一束夕阳的余晖，照亮了毡帐。老人指着铺着毛毡皮张的地铺："把娃子放上去，让他好好睡一觉，你也歇歇吧。"

马兰把拓跋觚放在地铺上，让他伸开手脚，舒舒服服地躺下来睡觉。她自己也感到疲乏，靠在箱笼上，眼皮有些发沉。老人怜悯地看着她，指指地铺："躺下去睡吧，看你累的！我来做饭，等放牧的人回来，我叫你！"马兰点点头，舒服地躺了下去，一会就呼呼地熟睡了过去。

熟睡中的马兰突然觉得有人在喊她，她用力睁开双眼，看见几个熟悉的脸正围着她。"阿娘，阿娘！"他们快活地喊。

马兰一骨碌翻身坐了起来，左右搂住拓跋珪和拓跋仪："是你们弟兄？我不是在做梦吧？你们怎么在这里啊？"马兰惊喜地问。拓跋烈在背后抱住马兰，喊着说："阿娘，不是做梦，不是做梦！真是我们！"

木兰走了过来，问马兰行礼："大可敦，没想到这么快就相见了。"

"是啊，我也没想到。辛苦你了。来，坐下说说，你们怎么待在这里，没有去贺兰部呢？"马兰拉着木兰的手，让她坐到自己身旁。

木兰说："我们离开王猛那个商人的驼队以后，就按照你说的路线往西走，可是走到河边，我们过不了大河，只好沿着大河向北走，走啊，走啊，实在走不动了，就找了个部落，请求他们收留。这个独孤部落正要迁徙，我们便随着他们迁徙到这里。"

"你们打听到贺兰部的下落了没有？"马兰着急地问。

拓跋珪急着插嘴说："独孤部就是带着我们来找贺兰部的。我们已经打听到贺兰部的下落，舅舅他们在不远处，就在大淖的对面！"

"是吗，这可太巧了！"马兰兴奋地说。

老人给马兰端来一大盘子手把肉，笑着说："母子见面，高兴得只顾说话，肚子不饿啊？来，吃点肉吧，边吃边说！"

拓跋珪接过盘子："谢谢阿奶。"

木兰对马兰说："这是独孤部大人独孤娄的阿娘，对我们好极了。"说着，从外面走进一个高大健壮的男人，一个同样健壮却小了许多的少年，一看就知道是父子俩。木兰站了起来，对马兰说："这就是独孤部大人和他的儿子。"

独孤娄急忙把左手按在右胸口上，行礼："贵客远来，独孤娄欢迎大可敦！"

马兰站起身，屈膝行礼："我和儿子都蒙大人照顾，十分感激！"

独孤娄坐到中间主人位置上，让马兰坐到左手贵宾位置上，问："大可敦这是要到哪里去啊？"

马兰脸色有些黯然，她忧伤地说："家门不幸，国破家亡，惶惶如漏网之鱼，急急像无家之犬，如今代城无法安身，只好逃了出来，去投奔贺兰部，我的娘家，求他们收留我们母子！"

独孤娄摇头："大可敦不必如此伤感，我看你的长子拓跋珪一表人才，具有代王风范，在草原上驰骋这些日子，很能交结豪杰朋友，他将来能够复兴代国，成就一番大事。犬子不才，生性顽劣，性子暴烈，谁的话都不听，可是却甘愿听从大可敦儿子调遣指挥。你说，不是奇事吗？"独孤娄指着像他一样健壮的儿子·"就是他，叫独孤尼，今年十二岁。壮得像头牛！过来，见过大可敦。拓跋珪的阿娘。"

独孤尼听话地上前，给大可敦马兰行礼。马兰拉着他的手，连声夸奖着："好小子！瞧这一身膘！一身腱子肉，真壮实！好武士啊！独孤大人，你可真幸运，有这么个好儿子！"

独孤娄的母亲又端上一大盘白煮鹿肉，放到儿子和马兰面前的小几上，笑着："别光顾着说话，都吃啊。"木兰帮着端来浆酪，给每人倒在碗里。

"你们过来和我一起吃。"老人招呼着孙子和拓跋珪弟兄。

"外面的人有吃的吗？"马兰问木兰。她担心随她来的人没有得到安置。

木兰笑着："大可敦你就放心，来到独孤大人这里，他把一切都安排得妥妥帖帖，用不着你操心！"

鲜卑国母：献明皇后

马兰转向独孤娄："独孤大人，这么麻烦你，我可真过意不去，不知道该如何感谢你才是！"

独孤娄笑了："我们草原上虽然说各个部落不同，今天你打我，明天我打你，但是，我们独孤部与你们拓跋部一样，都是鲜卑人，虽然姓氏不同，却有相同的血脉，祖先还是一个嘛。招呼你们是应该的，不要说什么谢不谢的！也许明天我也没有了去处，也要投奔大可敦收留呢！草原上的部落，很难说清明天的情形。谁都有个落难的时候！"

马兰点头："可也是。我们鲜卑这四大部，宇文、拓跋、慕容和你们独孤，都是来自大鲜卑山，应该是一个祖先的。慕容在东北，与汉人关系密切，离我们反倒远了些。这拓跋、宇文与独孤，都在这河西、河东生活，该是更近一些的！可惜，各部自有自己驻牧的地方，难得遇上。今天遇上独孤大人，也是天意，以后我们要携手共进，共同建立一个国家才好啊！"

独孤娄摇头："我们独孤部人少势单，难得成大气候。我的阿爷，也曾跟随先可汗东征西战，可汗遇难以后，我带着全族跑到草原上游牧。"

"原来是老代人啊！请饶恕马兰年轻，到代国时间短暂，不大认识代王的老部下！多有轻慢了！"马兰说着，站立起来，屈膝给独孤娄行礼致歉。

"万万不可！"独孤娄站了起来，看着大可敦马兰说："这建国复国还得靠大可敦和可汗的儿子。要是大可敦不嫌弃，我愿意让犬子追随大可敦去建功立业，不知大可敦愿意不愿意收留他？"

马兰很是感动，她看看独孤娄诚恳地说："独孤大人的好意马兰心领了。可是，大人你看，马兰一行现在尚无安身之处，大人若把儿子交付于我，唯恐照顾不周。如果大人真的不嫌弃马兰，不若再等一段时日，等马兰安定下来，有个立身之处，再送他过来。你看如何？"

独孤娄想了想，点头同意了。他爽朗地笑着说："大可敦言之有理。大可敦有了安身的地方，我将携带全部落追随大可敦！大可敦可不要嫌弃啊！"

"好！我们一言为定！"马兰豪爽地站立起来，与独孤部大人独孤娄击掌为誓。

拓跋珪对独孤尼说："来，我们俩也击掌为誓！等我大会部落，复兴代国，你一定来协助我！你膂力过人，骑射精湛，我拜你为羽林中郎！你来不来？"

独孤尼把巴掌清脆地击在拓跋珪手掌上："我一定来！"

"我们一言为定！"毡帐里响起哈哈的豪爽笑声。

大淖对面便是贺兰部的营地。马兰的阿爷、北部大人贺野干已经去世，现在执掌贺兰部牛耳的是马兰的长兄贺讷。

人到中年的贺讷骑马来到大淖旁的一片红柳树林里，他把坐骑拴到红柳树上，让它悠闲地啃吃着红柳树叶，自己信步走到大淖边。他喜欢这个地方，每天早晨太阳升起以后，他就会骑马来到这里，站在清澈的大淖岸边，看着淖里跳跃的鱼儿，看着湖面上盘旋的大雁、水鸭、天鹅等各种水鸟。清澈的湖面上波光潋滟，浮光跃金，会叫人忘掉一切烦恼。但是今天的贺讷，望着水面，看着在水面上闪烁的波光，看着跳跃的鱼儿，却心事重重。近来，这贺兰部酝酿着一种不安宁的情绪，他能够感觉到，却是不能找到原因，更找不到散布这种不安定情绪的人。人们脸上似乎都有些鬼祟，见了他总是躲着走。人们在毡帐里悄悄议论，看到有人来却马上缄口不言。这究竟是怎么回事呢？是不是因为妹子马兰和外甥的来归？

妹子带领着几个儿子和一些代人前来投靠他这长兄，他收留了他们，有什么不好？难道不应该？同胞的兄弟姊妹，难道不应该在她有难处的时候拉她一把？贺讷生气地想，你这做弟弟的未免太心胸狭窄了吧？

贺讷看着草原上的贺染干，他的异母弟弟，正与一帮人骑马在草原上奔弛。贺讷气愤地想，都是你在里面捣乱。贺讷知道，贺染干善于拉拢人，善于用小恩小惠结交人，部落里许多人都与他关系密切，他们经常一起放牧、一起吃喝、一起玩耍，关系十分密切。贺讷为人木讷一些，没有贺染干那么多花花肚肠，部落里没有太多追随者和亲信。贺讷自己很清楚这局面，却也没有办法改变现状。妹子和外甥来，反倒叫他高兴，妹子和外甥带来的那些代人，都会成为自己的支持者，自己与妹子、外甥联合起来，不怕贺染干心怀不轨。

"阿干，你看甚呢？"贺讷身后响起马兰问话的声音。

"嗷？马兰啊？我在看着淖里的鱼儿呢。"贺讷掩饰着说，看着妹子马兰和她最亲密的使女木兰走了过来。贺讷注意地看了看木兰，木兰披着一身

鲜卑国母：献明皇后

阳光,把脸映得红扑扑的,像搽了胭脂一样。他心里一动:这木兰是个挺漂亮的姑娘呢。

"阿干,你看,我们来贺兰部多日,这贺染干怎么就是容不了我们呢? 他整日黑口黑面的,是不是嫌弃我们啊?"马兰忧虑地看着兄长问。

"他就是那种人,生来不会笑。不要理睬他!"贺讷手一挥。

"仅仅是不会笑也倒罢了,只要他不无事生非,我们也能相安无事。"马兰目光里闪过一些阴郁。

"你不要多心。这贺兰部我说了算,他一个小泥鳅掀不起大浪。"

"有阿干这话我就放心了。我们不过是暂时在阿干这里栖身,不会麻烦阿干太久的!"马兰笑了。

"我知道的。"贺讷点头。"我会尽我的力量来帮助你实现你的想法。"

"有阿干的支持,我的愿望一定能够实现!"马兰眼睛望着大淖,大淖上笼罩着一层金色的阳光,一道朝阳铺在水面上,波光潋滟的湖面上抹了一半鲜红,还有一半碧绿澄澈,十分好看。

一个长相十分漂亮的小姑娘,不过七八岁的光景,骑着一匹小马跑了过来,她跳下马,来到马兰身边,拉住马兰的手,亲热地问:"阿姐,阿干呢? 他们哪里去了? 我到处都找不见他们!"

"贺兰啊。"马兰亲热地抚摩着她黝黑的头发,说:"他们在那边骑马,你去找他们吧。"叫贺兰的小姑娘高兴地对贺讷说了声:"阿干,那我去了。"

木兰望着她的背影:"这小贺兰长得真漂亮! 比山丹妹子还漂亮。"

贺讷说:"可不是,她像糅合了匈奴和慕容鲜卑全部的长处,大眼睛,白皮肤,黑头发,确实漂亮。不少家等着她长大要求亲呢。"

马兰看着贺讷:"那她娘呢? 谁收继了?"

贺讷眼光黯淡了:"什翼犍的那小公主啊,被贺染干收继了,却又待她不好,给糟蹋、折磨死了,这女子和她弟弟就跟着我过。"

马兰叹息了一声:"染干这犊子! 真不是人!"

2.奸佞兄弟难容虎狼外甥　赤诚臣子死保可敦母子

贺染干带领着他的亲信来到大桦背山脚下,这里是贺染干自己的驻地,

302

他和他的家人、属下、奴隶都住在这里,距离贺讷的营地有一段距离。

"大人回来了。"贺染干的妻妾、奴隶一起前来迎接,奴隶接过他的马缰绳,把马拉进马厩。妻妾接过他的马鞭、帽子,簇拥着他进了用来招待宾客商讨大事的大毡帐。

"上酒菜!"贺染干高声呼叫。妻妾急忙安放桌几,摆放酒菜,然后退回毡帐门口,默默地垂头而坐,等着招呼贺染干的宾客。

"你们进来吧。"贺染干高声招呼着外面的人。

外面的人鱼贯进入毡帐,各自坐到贺染干的左右下手。

"大家吃啊!"贺染干高声说:"让我们吃饱喝足,然后我们去干件大事!"贺染干哈哈笑着,举起手中的大酒碗,招呼着:"来! 先让我们干一碗! 以后,我做了贺兰部的大人,你们就是我的左右手! 来,让我们有福同享,有难共当!"他仰起脖子,咕咕嘟嘟灌了一碗酒。

左右手下也都像他一样,高声喊叫着,喝干了酒。

在座的有一个很魁梧的青年,叫尉古真。尉古真是代人,代国灭后,他跑到草原上,流落到贺兰部,贺染干收留了他,被贺染干引为亲信。这些天,他听说代王大可敦和代王长孙拓跋珪来到贺兰部,心里很激动。不管怎么说,他都自认为自己生是代王什翼犍的人,死是代王什翼犍的鬼,所以,他总想找机会投奔大可敦。可是,这机会总没有找到。贺染干密切监视着他的人,禁止他们去接近大可敦和拓跋珪兄弟。

尉古真侧过头,小声问身旁的侯引乙,贺染干最信赖的心腹:"大人要干甚大事啊? 是不是要去抢掠哪个部落啊? 他咋没有告诉我们?"

侯引乙得意地笑了笑,压低声音说:"大人只信任我一个,他只把这大事交付与我去办! 等我办好以后,再向你们大家宣布好消息! 你就等着听我的好消息吧!"

尉古真与侯引乙一向交往过从,听了这话,很有些不高兴,他抱怨说:"大人原来在我们里面分了三六九等啊! 既然这么信不过我们,还叫我们来做甚!"

"阿干别生气! 这也是贺大人小心之处! 他想除掉大可敦母子,更想趁机夺取他阿干的贺兰部大人位置,不能不小心谨慎! 万一走漏风声,他不光不能达到目的,可能还会遭到报复!"侯引乙小声对尉古真说。

尉古真大吃一惊，手中的酒碗歪斜了一下，清洌的烧酒泼洒出来。贺染干要暗害大可敦母子，这还了得？

"不会吧？"尉古真游移地问："他们是兄妹啊，贺大人咋会害他们呢？"

"咳！兄妹又咋样？贺大人那妹子来了，就没有安生过，她和她儿子到处串联，联络各部落，看样子是想复兴代国。原来那些跟贺大人挺好的部落大人，现在都转向去结交大可敦和她儿子！是你的话，你生气不生气？你能容忍他们不？"

"可也是。"尉古真点头。

"酒洒了。"侯引乙推了推尉古真。

尉古真急忙端正酒碗，笑着说："来，兄弟敬阿干一碗，感谢阿干对小弟的信任！"侯引乙高兴地端起酒碗，与尉古真各自畅饮了一碗。

"来吃肉！"尉古真从面前盘子里拣出一块焦黄流油的羊尾巴递给侯引乙："阿干，这尾巴给你吃！"侯引乙笑着接了过去，他最爱吃着焦黄肥美鲜嫩的羊尾巴。

"阿干，甚时动身啊？要不要小弟一起去？助你一臂之力？"尉古真关心地问。

侯引乙正撕咬着羊尾巴，一手一嘴亮晃晃的羊油："不必阿干费心，大人都已安排停当，今夜动身，让他们猝不及防！"

尉古真点头："好，好！来，再干一碗，祝阿干旗开得胜，马到成功！"

上面贺染干又劝了儿次酒，在座的都酒足饭饱。贺染干领着大家走出毡帐，酒足饭饱以后，他最为兴奋："我们去跑马，看看能不能抢些牲口！"他招呼着大家上马。

尉古真跟随在后面，想着脱身去给大可敦报信的办法。他故意落到最后，寻找离开贺染干的机会。侯引乙紧紧跟随着贺染干，驰骋在队伍最前头。

一行人跑出山凹，来到开阔的牛川平原。远处发黄的草原上，洒着一群白色的羊群。"那里去！"贺染干在马上回头向大家喊着，他纵马向羊群跑去。

尉古真故意让马落了下来，他看看前头跑远的贺染干，急忙掉转马头，向大淖方向跑去，他知道，大可敦的营地离大淖不远。可跑了一程，看着离大淖还远,他心里有些着急,离开贺染干时间太长,一定会引起他的疑心的。自己全家老小都还在贺染干的掌握之中啊!怎么办呢?尉古真有些犹豫,胯下的马也慢了下来。尉古真看到干枯的草地上躺着一个人,正悠闲地啸(吹口哨)着"阿干之歌"。他笑了,心想,自己这么心急火燎的,这里倒有一个这么悠闲自得的大闲人!让他送信过去如何?

"阿干!"尉古真喊。

那人坐了起来:"你喊我吗?"

尉古真心里一喜,这人好似代人口音。他仔细看了看,觉得这人好面熟,似乎在哪里见过一样。"阿干,你是哪个部落的?"

"贺兰部的!"那人大声回答着。

"我也是贺兰部的,我咋就不认识你呢?听口音,你不是贺兰部人,倒像是代人!"尉古真用代人口音说。

那人高兴地跳了起来:"我就是代人嘛,刚随大可敦来到贺兰部没有几天。我叫穆崇。阿干,听口音,你也是代人,甚时候来到这贺兰部的?你叫甚名字?"穆崇来到贺兰部以后,每日里无事可干,就经常一个人跑到草原上,干点偷鸡摸狗的勾当,他经常在草原上偷马群的马,带回去给大可敦。他们随大可敦来到贺兰部,没有畜群,生活艰难,他穆崇就想了这么个办法,来增加大可敦的财产。今天,他又跑了出来,在草原上转悠,不过今天运气不好,到现在还没有找到放牧的马群、牛群,自己倒觉得有些困乏,便在草地上躺了下来歇息,没想到遇到这么一个代人同乡。

尉古真高兴地跳下马背,一把拉住穆崇的手:"我叫尉古真,代人,代王遇难以后来到贺兰部,有些年头了。你快回去,告诉大可敦,说贺染干今天夜里要派人来害他们母子,让他们快做好准备!我不敢耽搁,你快回去报信!我走了!要不,贺染干该起疑心了!"尉古真用力握了握穆崇的手:"阿干,大可敦的性命就拜托你了!我们改日再见!"说着,尉古真跳上马背,飞奔着去追赶贺染干。

穆崇不敢耽搁,跳上马背,向营地奔去。奶奶的!这贺染干白眼狼,竟要谋害自己的亲妹子和亲外甥!穆崇一路骂着,快马加鞭。

尉古真赶回到贺染干那里,贺染干正赶着抢夺来一群羊往山坳里走。他看见尉古真才赶了上来,奇怪地问:"尉古真,你到哪里去了?怎么才来?"

鲜卑国母:献明皇后

尉古真笑着说："刚才多吃了一点，这肚子突然疼了起来，路上去拉了一大泡，耽搁了一会，这才赶上来。"

侯引乙哈哈笑着："瞧你那点德行！吃了就拉，真是没出息！"

尉古真也哈哈笑着："可不是呢！我呀，就是这么点出息，稍微贪吃一口，就又吐又拉的！实在没阿干的本事，吃半只羊都不在话下！"

贺染干满怀狐疑地看了看尉古真，命令着："快去后面帮着赶羊吧！"

穆崇一点不敢耽搁，飞奔回大可敦营地。贺讷在自己营地不远处，靠近大淖的岸边，给马兰和她带来的人安置了营地，拨给他们一些牛羊马维生。穆崇翻身滚下马，朝大可敦的营帐跑去，大声喊着："大可敦！大可敦！"

"谁喊我娘？"拓跋珪和弟弟拓跋仪、拓跋烈走出毡帐。他们在毡帐里吃饭，等着大可敦回来安排今天的事情。大可敦每天都给他们布置任务，让他们分头到附近部落去联络各部大人，以便将来大会牛川准备复兴代国。

穆崇赶了上来，把刚才尉古真说的话传达给拓跋珪。拓跋珪大瞪着双眼，非常诧异："不会吧？他是我舅舅啊？咋会害我们呢？"

穆崇可是见多了亲人互相残杀，他推着拓跋珪："你别站在这里问我了。快去告诉你阿娘，她比你有经验，让她去判断可能不可能吧！"

拓跋珪和弟弟上马，朝大淖跑去。

"阿娘在那里！"拓跋仪指着红柳林间，喊道。

"阿娘！"

马兰看见林子那面草原飞来三匹骏马，拓跋珪弟兄站在飞奔的马背上喊着向大淖奔来。三匹骏马转眼就来到淖边，拓跋珪和弟弟翻滚下马。

"出什么事啦？"马兰和木兰都冲了过去。

"贺染干舅舅带着人来追杀我们！"拓跋珪上气不接下气地喊。

"什么？他要杀你们？"马兰惊叫起来："在哪儿？他们在哪儿？"

贺讷听见，也三步两步走过来，喊着问拓跋珪："你听谁说的？"

拓跋珪还在喘气，拓跋仪替他说："穆崇听贺染干舅舅身边的一个亲信讲的。他们现在到大桦背山脚去集合人马，说是夜里就带着人回来找我们！"

"这还了得?！"贺讷跺着脚，咆哮着："他找死啊？在贺兰部还轮不到他指手画脚呢！我去找他！"贺讷说着，抬脚要走。

"等等！阿干！"马兰一把拉住贺讷的衣襟："阿干这么空手去，恐怕会遭不测。染干既然已经决定这么做，他一定经过精心准备和策划。我看见他和他的部下往大桦背山奔去，有十几个人呢。在那里再集合一些人，他一定不光是冲我们母子来的。他恐怕还有更深远的想法！你这么贸然前往不是好办法！"

贺讷看着马兰，挠着头皮："他还想干啥？莫非……"说到这里，他突然顿住，铜铃似的大眼睛瞪得像牛眼一样看着马兰，他恍然悟出妹子话里意思："奶奶的！他想趁机夺取贺兰部大人地位不是！"

"依我看，正是这样！我们母子惹他讨厌不假，但是贺兰部大人更是他梦寐以求的事情！我看他，早就在觊觎这贺兰部大人的位置，只是一直没有找到机会！现在总算给他一个借口！"马兰冷笑着。

"大可敦！我们怎么办？不能就这样束手待毙吧？"木兰有些紧张。

"我们回驻地去，做做准备！"马兰跳上马。拓跋珪弟兄急忙翻身上马跟着母亲飞奔回部落驻地。贺讷从大淖旁的红柳树上解下自己的坐骑，翻身上马。

暮色笼罩了大桦背山，笼罩了大淖，也笼罩了草原上的部落。草原上的部落的毡帐里亮起昏黄的羊油灯的灯光。各毡帐里，一家人都已经吃过晚饭，喂过马匹，圈好牲畜圈拦，准备着睡觉了。有的毡帐里，响起低沉的弹奏乐器的乐曲，有人高亢地唱着阿干之歌，有的毡帐里母亲在温柔地哼唱着摇篮曲，摇晃着婴儿入睡。毡帐外面，马圈里马匹啃着草料，忽忽吃吃，老牛咀嚼着干草，窸窸窣窣，看羊圈的犬偶尔吠一声。夜色越来越浓，黑蓝的天幕上闪烁着北斗七星，一颗流星划过夜空，落在远处的黑暗中。草原之夜充满了静谧安详。但是，草原在夜色掩盖下，正酝酿着危险，山脚下，一些蓝色的亮光闪烁着飞快地移动着，向草原奔来，那是一群出来觅食的野狼群，正向草原牧人的羊圈奔来。狐狸也成群出动，在草原上游荡，寻找食物。

大桦背山坳里，奔出一队骑士，他们的腰里挂着锋利的腰刀，背上背着弓箭和箭囊，马背上放着套马索，带着置人于死地的凶残之心，向大淖那边的十几座营帐飞奔而来。

侯引乙在离马兰毡帐营地还有一段距离的地方下马，让部下牵着马悄悄摸着进营帐驻地。侯引乙和他的手下人脖子上围着一条白色的绸带作为识别记号，慢慢地一步一步地摸了过来。毡帐里寂静一片，看来人都入睡了。侯引乙摸到中间毡帐门口。

马兰毡帐里，十几个人都紧张地贴在毡帐壁上倾听着。拓跋珪手握腰刀，站在门口，穆崇紧紧跟随着他，拓跋他、长孙建等人都守在门口。木兰手握腰刀紧紧挨着马兰站着，准备以生命保护大可敦。其他毡帐里，梁六眷带领着的武士们都枕戈待旦，等着大可敦命令。

"来了！"拓跋珪小声对大家说。毡帐里的人全都屏息住呼吸等待着。

侯引乙率领着部下摸到门口，他猛地端开毡帐木门，冲了进去。毡帐立刻亮起火把和油灯，照亮了毡帐。侯引乙愣怔在门口，不敢贸然冲过去。大可敦就端坐在毡帐中央，旁边站着一个手握腰刀的青年女子。毡帐里站着十几个手握腰刀的武士。

侯引乙急忙向后退，想逃离毡帐。拓跋珪和穆崇冲了过来，一边一个捉住他的胳臂，让他无法脱身。他们把他带到马兰面前。

"跪下！"穆崇狠狠踢着侯引乙的腿弯，他双腿一软，扑通一声跪倒在马兰面前。

"你来干甚？说！"马兰怒喝。

侯引乙低头不说话。

"你说不说？"拓跋珪从后面踢了他一脚，怒喝着。侯引乙倒在地上，穆崇把他一把拉了起来："你要不说，我现在就宰了你！"他把腰刀架在侯引乙的脖子上。刀锋冷冰冰地架在侯引乙的脖子上，他浑身颤抖起来，急忙求饶："我说，我说！是贺染干派我来的，他让我来暗害拓跋珪！"

"还想暗害谁？"马兰又问。

"说！"穆崇把腰刀在侯引乙的脖子上动了动，刀锋已经切入他的脖子皮，稍微一用劲，就会割进他的皮肉。

"还有大可敦和大人贺讷。"侯引乙赶快说。

这时，梁六眷从外面进来报告，说已经全部捆绑了贺染干的人。

"杀了他们狗日的！"穆崇与拓跋珪喊着。

"不要胡嗦！"马兰呵斥着儿子。"他们不过执行大人命令！杀他们干甚？全都放他们回去吧，都是有家有室的人！把他们带过来，让我对他们说说。"

梁六眷把捆绑的几十个贺染干的部下都带到马兰毡帐前，马兰走出毡帐，拓跋珪和木兰举着火把，握着腰刀，跟随在马兰左右，穆崇把侯引乙也带了出来。火把照亮了毡帐前的草地，马兰站到大家面前，火把照亮了她的脸，让她笼罩在一种神秘的光芒中。

"各位阿干，我认识你们，你不是真吗？你不是腱子吗？你不是猛牛吗？"马兰走到被捆绑着的人面前，看着他们说，一一叫着他们的名字。

"你们都是贺兰部的勇士，我们从小在一起玩耍，一起跑马，一起放牧，可是今天，你们竟悄悄来这里暗害我们母子！我们本是亲人，你们却能够忍心下毒手来害我们！你们羞臊不羞臊啊？"马兰说得极慢，说得极有感情，语气充满了痛心和难过，十分感人。有些人禁不住哭泣起来。

侯引乙嘟囔着："我们是受贺大人的命令，是不得已啊！"

马兰马上接过侯引乙的话："是的，我知道你们不过是受人指示而已。所以我说，事情都过去了，你们回去吧。以后你们不要再这么糊涂，让人牵着鼻子走，不要让人当枪使，不要干这种伤天害理的事情！来，给他们松绑！"马兰命令儿子拓跋珪。拓跋珪有些不大愿意，他嘟囔着说："就这么放了他们？不是太便宜他们了吗？"他磨蹭着不肯上前。

"快点！你磨蹭个甚啊！"马兰呵斥着："你不知道，我们贺兰部的巴图（英雄）都是最讲情义的人，你对他们好，他们会加倍报答你！将来你有难的时候，他们会拼死来报答你的！是不是啊？"马兰转过脸问。

"是！"他们异口同声回答。

"大可敦说得不错，我侯引乙将来也会报答大可敦不杀的情义！"侯引乙生怕拓跋珪坚持着不肯释放他们，也赶快表明自己的态度。

"看到了吧？"马兰得意地笑着对拓跋珪说："快去给他们松绑！"

拓跋珪突然明白了母亲的用心。可不是，自己借居在贺兰部，不笼络更多的人心哪能成就大事？年少的拓跋珪从母亲那里学到了一个谋略。他急忙走上前，逐一给捆绑的人松了绑。"你们回去吧。"他学着母亲的样子笑着对大家说。

"等等。"马兰制止住正要走的人。大家都有些愣怔，以为马兰改变了

鲜卑国母：献明皇后

主张。

"你们不能这么回去。"马兰斩钉截铁地说："这么回去，贺染干知道是我放了你们，他会怪罪你们的。我看，还是让侯引乙带你们一起回去，由侯引乙帮你们解释原因，他贺染干就无法惩罚你们了！"

"对！""还是大可敦想得周全！""大可敦真好！"人们纷纷议论着。

"那就放了侯引乙吧！"拓跋珪对马兰说。

"好，放侯引乙，你带大家回去向贺染干交代，可不要说是我放了你们啊！我知道贺染干的，他最讨厌被人放回来的！"马兰笑着对侯引乙说。

"谢谢大可敦！"侯引乙向马兰跪下一条腿表示感谢。

"快走吧！"马兰挥手："贺染干还等着你们的捷报呢！"

贺染干坐在自己毡帐里等着侯引乙。他怀着喜悦和期待，等着侯引乙带回令他激动的好消息。马兰母子的到来，让他非常恼火。贺讷虽然是贺兰部的大人，但是，他贺染干正在逐步取代贺讷，贺讷的实权正在被削弱，他贺染干的人气正在上升，取代贺讷指日可待了。可是，马兰带领着她的儿子和一些代人来到贺兰部，却正在悄悄改变着贺兰部的人心所向，许多原来倾向于他的人却很明显地开始投向马兰和她的儿子，他们母子经常分头进东家走西家，串联联络过去的老人、熟人，使贺兰部许多人投向他们。更可恶的是，贺讷全力支持他们母子，似乎故意以马兰母子为筹码来对抗他贺染干似的。他贺染干如果不及时除去马兰和她的儿子，这打着代王继承人旗号的小犊子很可能破坏他在贺兰部的地位，使他最终失去对贺兰部的控制能力。

这样不行！他贺染干深思熟虑多日，决定让侯引乙带人去谋害拓跋珪。万一失败了，他可以推给侯引乙，洗脱自己的罪行。

侯引乙跌跌撞撞进到贺染干大毡帐。

"回来了？"贺染干跳了起来，惊喜地抓住侯引乙，急切地问："得手了吗？"

侯引乙并不答话，从几上端起浆酪，先呱呱地饮了一通。贺染干目不转睛地盯着侯引乙的，想从他的脸上看出答案。"你倒是说话啊？得手了吧？"贺染干终于忍耐不住，追问着。

侯引乙放下碗,点了点头。

"得手了? 成功了?"贺染干一蹦三尺高。

侯引乙却又摇了摇头,一脸沮丧。

"你这是什么意思? 一会点头,一会摇头? 得手还是没得手?"贺染干生气得打了侯引乙一拳,咆哮着。

"没得手。"侯引乙一屁股坐到地铺上。

"这是咋的? 怎么会没得手? 他们跑了?"贺染干气愤地拍着自己的大腿,跳着脚,咆哮着。

"他们可能得到消息,有了准备,营帐里埋伏了兵丁,我们无法下手,只好先撤了回来。"侯引乙用一路上编好的瞎话来搪塞贺染干。

"走漏了消息? 谁走漏的!"贺染干勃然大怒,连连跺脚。

"不知道。"侯引乙连连摇头。

贺染干颓然坐回座位,抱着头,思谋着白天的情景。尉古真? 贺染干突然想到尉古真白天离开队伍,不知道干什么迟迟才赶来。对,一定是尉古真,利用那离开队伍的一会工夫去给什么人送信去了! 这狗日的! 贺染干愤怒地跳了起来:"来人! 跟我去抓尉古真!"

尉古真在自己毡帐里睡觉睡得正香,外面一阵激烈的狗叫声惊醒了他,他从地铺上坐了起来,警觉地倾听着外面的动静。

马蹄声越来越近,正向他的毡帐奔来。尉古真心里有些发慌,是不是来抓他的呢? 管他的呢,还是先躲一躲再说。他摸黑穿上袍子、裤子、靴子,摸出了毡帐,借着星光跑进自己的马圈,他正要解马缰绳,外面移动的火把包围了他的毡帐,他急忙躲到马槽下面。火把光下,藏身马槽下的尉古真看到贺染干凶恶的脸孔。自己报信成功了,他贺染干的阴谋没有得逞,他来找自己报复了。尉古真心里感到有些安慰又有些忐忑不安。难道贺染干知道是自己报的信吗? 不会的,他肯定不能确定是自己报的信,没有任何人看到。尉古真安慰着自己,给自己打气:万一被他贺染干逮住,坚决不承认! 可是,自己这么一跑,不反倒漏出破绽了吗? 不是告诉他自己心虚害怕了吗? 尉古真拍了拍自己的脑门,懊恼地想。心中没鬼,你跑甚呢? 不能让他贺染干觉得自己在逃跑。贺染干要是找不到他,一定会拿他的妻子、孩子问罪的!

鲜卑国母：献明皇后

不能连累他们!

想到这里,尉古真从马槽里钻了出来,镇静地朝自己的毡帐走去。

贺染干和他的手下纷纷跳下马,贺染干举着火把冲进毡帐,惊醒了尉古真的妻子和孩子,他们惊恐地喊叫着。贺染干抓起尉古真的妻子,怒喝着:"尉古真呢?他躲到哪里去了?他到哪里去了?"贺染干一遍又一遍地喊着。尉古真的妻子只是说:"他刚才还睡觉着呢。我不知道他哪里去了!"贺染干扬起胳膊,抡圆了扇向尉古真妻子。尉古真妻子被打得跌倒在地铺上。贺染干又抽出马鞭:"抽死你,看你说不说?"

"住手!"尉古真冲进毡帐,一把夺过贺染干手中的马鞭,气愤地喊:"贺大人,你要干甚?"

贺染干转身看见尉古真,一下子抓住他的衣襟,咆哮着:"干甚?找你!"

尉古真故作平静地说:"贺大人半夜三更来找我干甚?"

"你干的好事!"

"我干的甚好事啊?"尉古真一脸无辜,一脸委屈。

"你不知道?你装什么蒜啊?!"贺染干咆哮着:"你通风报信,泄露我的行动!"

"我给谁通风报信?泄露甚行动啊?我从早到晚跟着贺大人,一回来就睡觉,我能给谁通风报信啊!"尉古真还是那么无辜和委屈。

"你嘴硬,死不承认?我会叫你承认的!"贺染干把尉古真推出毡帐,他的妻子在后面哭喊着扑了上来,被贺染干侍卫一把推倒在地铺上。

贺染干命令手下拿来两根车轴,让两个人用车轴夹住他的头。"你说不说!"贺染干怒喝着。

"叫我说甚呢说?我不知道该说甚!"尉古真依然咬住自己的话,毫不松口。

"给我夹,把他的头夹烂!"贺染干把火把举到尉古真的面前,喊着。

两个部下开始用力,车轴夹越来越紧地夹住尉古真的头颅,尉古真惨叫起来。

"说不说?"贺染干问。

"说甚啊?说?贺大人,小人实在不知道该说甚啊!"尉古真痛苦地呻吟着。

"不说？再给我夹！夹死他！"贺染干像头疯骆驼一样狂怒地呼啸着，来回走着，挥舞着手中的火把。

两个部下下死力用车轴夹着尉古真的头颅，尉古真惨叫着。

"夹！给我往死里夹！"

车轴发出咯吱咯吱的声响，尉古真凄惨的叫声在夜空里回荡，震撼着草原。马圈里的马骚动起来，不断喷着鼻息，不断用蹄子刨着地面。几只猎犬狂吠着在人圈外面跑，羊栏的羊都咩咩叫了起来，互相拥挤着，互相顶撞着。

车轴继续咯吱咯吱地挤压着尉古真的头颅，尉古真感觉自己的头颅要被挤得爆裂开来，他惨叫着。

"说不说？"贺染干喊着。

尉古真只是惨叫，什么也不说。

"夹！给我夹！"

车轴咯吱咯吱响声更大，尉古真感觉一个眼珠被挤了出来。他大叫一声，晕死过去。

贺染干举着火把，照着他的脸，只见他的脸上，挂着一个血淋淋的大睁着的眼珠，眼珠死鱼一样瞪着他。贺染干浑身一哆嗦，火把跳动了以下，突然熄灭了。贺染干心里一阵狂跳，他浑身起了一层鸡皮疙瘩。是不是天神发怒了？

侯引乙早就看得心惊肉跳，浑身紧张。他看见贺染干手中的火把突然熄灭，更是害怕之极。他急忙走了卜来，小声对贺染干说："看来他没有透露风声，大人还是算了罢。"

贺染干点点头。"走，我们回去吧！"贺染干带着他的人翻身上马，朝自己的毡帐跑去。

贺染干刚走，尉古真的妻子和孩子哭喊着冲出毡帐，把昏迷不醒的尉古真拖回毡帐。

草原东边天空，朝阳刚刚露出霞光，马兰与贺讷，带着拓跋珪弟兄以及部从几十人向贺染干的营地奔来。马兰和贺讷要来亲自问问贺染干，为什么要这么无情地暗害亲人？她马兰不是那种逆来顺受的窝囊软弱之人，即使自己的亲兄弟欺负了她，她也要为自己伸张正义。

贺讷一再劝说她，算了吧，他们没有得手，不要自投罗网，万一贺染干动手，她不是要吃亏了吗？

马兰冷笑一声："我谅他还没有那种胆量！他这种人，只会偷偷摸摸暗害人，从不敢面对面跟我斗！我要去当面责问他，看他究竟想拿我母子咋办？我不能让他这么偷摸着暗害我们母子！"

贺讷见劝不住马兰，又担心马兰遭受伤害，自己也带着一些人跟着马兰一起来找贺染干。

来到贺染干毡帐前，马兰滚鞍下马，一脚踹开贺染干毡帐木门。毡帐里，顶上的套脑射下一束强烈的朝阳，照亮了毡帐。马兰看见还在熟睡的贺染干，上前踢了他一脚。夜里折腾了大半夜，才睡着不长时间的贺染干，屁股上突然挨了一脚，被什么锐利的东西刺得生疼。他哎哟大叫一声，腾地坐了起来。"谁敢踢爷！"他朦胧着眼睛咆哮着。

"我！"马兰怒喝着。她抓住贺染干的衣襟："你给我起来！"

贺染干看见满面怒容的马兰，心里先自有几分怯意。这贺兰部同当时草原许多胡人游牧部落一样，女人在部落里有一定地位，男子服从有地位的妇女。他这姐姐是代王大可敦，具有很显贵的地位，虽然代国灭亡了，可这大可敦的地位依然被贺兰部所承认，贺兰部人很敬畏大可敦，加上大可敦为人刚毅，为人宽厚，来到贺兰部以后，经常与儿子在各家串联嘘寒问暖，更增加了她的感召力。正因为如此，贺染干对马兰特别嫉恨，但是，心底里却又很畏惧。

"是姐姐马兰啊！大清早跑来这里干什么啊？"贺染干故作惊喜地说，一边站了起来，垂头恭立在马兰面前，非常谦恭顺从。

"你少给我装样！"马兰怒喝着："我问你，昨夜是咋回事？"

"昨夜？昨夜咋的啦？发生什么事情了？"贺染干也像尉古真一样，一脸的无辜，一脸的毫不知情。

"你少装蒜！"马兰用力推了贺染干一把，他趔趄了几步，摇晃着站定身体，还是很无辜的样子嘻嘻笑着："姐姐这是生的哪门子气啊？小弟真的是一无所知啊！"

拓跋珪气愤地走上前，指着贺染干气愤地说："你指使你的部下去暗害我们！你还说你不知道？"

贺染干黑着脸呵斥着拓跋珪："小犊子！不许胡说！你血口喷人！我指使谁去暗杀你们了？"

"是谁你知道！"马兰冷笑了一声。她指点着贺染干的鼻尖数落着："你我都是一父所生，虽不是一母所养，却也是相同的血脉相同的精血，又是从小一个毡帐里住，一个锅里捞肉吃长大的！你怎么就能黑着心昧着情来暗害我们母子？你说，你究竟想把我们母子咋样了你才安心？"

贺染干张口结舌，不知道如何对答才好。

马兰敛容正色，指点着贺染干："我告诉你，要是我的哪个儿子在贺兰部出了一点事故，我一定不放过你！我要用我这老命来给我儿子报仇！到那时，你可别怪我这妹子无情！"马兰说完，转身离开毡帐。

贺讷看了看贺染干，恨恨地说："你可真够狠的！连自己的亲兄妹都想谋害！真是白眼狼！"

贺染干等人都走了，这才跺着脚，恼怒地啐了一口："呸！当我怕你！你不离开贺兰部，还会有你们的好看！我就不信，我整不住你们！"

马兰带着拓跋珪弟兄回到营地，就命令部下收拾营帐。部下开始拆卸着营帐上的白毡，麻利地把它们卷了起来。有的人开始拆卸营帐的红柳支撑骨架。

"你这是干什么？"贺讷跟在马兰身后满脸焦急地问。

"我要带着我的人离开这里！"马兰斩钉截铁地说。

"为什么啊？他贺染干已经被你警告过了，想他以后会老实一些日子的。你干吗还要走啊？是不是嫌弃阿干照顾不周啊？"贺讷前前后后跟着马兰劝说。

"阿姐，不要走了吧，我舍不得你们走。"贺兰从那边跑了过来，站在贺讷身旁，睁着明亮的大眼睛，看着马兰，脆生生地说。

马兰抚摩着小姑娘的黑头发，笑着说："阿姐也舍不得离开贺兰，可是，阿姐不得不走啊。"她很喜欢这个第一次见面的最小妹子，贺兰长得太漂亮了，比她们姊妹都漂亮。

拓跋珪看见贺兰来了，急忙也跑了过来，他凑到贺兰身边，笑着问："贺兰，你是不是来是送我的啊？"

鲜卑国母：献明皇后

315

贺兰斜了他一眼，撇着嘴说："谁送你啊？我是来送我阿姐的！"

拓跋珪有些失望，不过依然嬉皮笑脸地朝贺兰做了个鬼脸："送我阿娘，也就是送我的。都一样！"

贺兰走到马兰身边，拉着马兰的手，不再搭理拓跋珪。拓跋珪讨了个没趣，只好离开她们，又回到拓跋仪那里去帮着拆卸营帐。

马兰指了指座位，让贺讷坐下，她笑着安慰贺讷："阿干，不是妹子嫌弃阿干照顾不周，实在是妹子担心贺染干暗地里使绊子、下套子。我在明处，他在暗处，我防不胜防啊。我还有大事要办，不能整天把心思用在防范他的暗害上。所以，我决定带着他们离开贺兰部，回牛川去。那里才是我的家！才是代王的土地啊！"

贺讷点头："阿干知道妹子的心思。妹子想复兴代国，实现代王没有实现的遗志，阿干十分佩服妹子的大志和谋略。既然妹子为了大业，阿干也不便阻拦。只是，阿干有个请求，不知妹子能否答应？"

"什么请求？阿干只管说。阿干在我们母子最困难的时候收留我们，给我们提供住的、吃的、用的，提供牲畜草原，我能有甚不答应阿干的？"

贺讷偷眼看了看在外面忙着收拾的木兰，小声说："我想让妹子把木兰给我。不知妹子可答应？她年纪也不小了，应该有个家了。另外你也知道，你那几个嫂子，死的死、病的病，没有一个可心的人来照顾我。"

马兰低头沉思着。阿干这请求太突然了，答应还是不答应？答应了，她还真有些舍不得，这一年多，幸亏有木兰帮着照应，她才能够应付许多事情；不答应，阿干的处境也实在如他所说，叫人同情，她不忍心拒绝阿干的请求。

"叫你为难了？"贺讷看着马兰为难的脸色，小心地问。

马兰不加掩饰："是有些为难。你知道，木兰是我最好的助手，她很能干，我真的离不开她。拓跋觚年纪还小，没有马兰，我就走不开，甚也干不成。可是，阿干这么喜欢她，我又不忍心让阿干失望。要不，我叫她来问问她的意思？"

贺讷苦笑着："妹子你这可是问客杀鸡啊。她一个大姑娘，你当面问她，她能好意思说她的真实想法？那不是明摆着宁拒绝我，也不拒绝你吗？你可真狡猾！"

马兰笑着："阿干说得对。要不，阿干，我答应把她给你。但是，你先让她再跟随我个一年半载的,等我安定下来,一定把她送来伺候阿干。你看咋样?"

"好!我答应!现在这样,你确实离不开她!不过,你说话可要算话啊!到时一定要把她送来!"

"那是当然的,妹子说话甚时候不算话?说话不算话,如何成就大业啊?阿干说是不是这么个理?"

木兰走了进来,马兰看着她只是笑。贺讷也笑个不停。木兰被马兰看得十分不好意思,她嗔怪地问马兰:"大可敦,你这是咋了?你看着我笑甚哩?"

马兰笑着:"我在看我的新嫂子呢!"

木兰的脸一下子红了起来。她不好意思地说:"大可敦说甚笑话呢?你新嫂子在哪里啊?"

马兰拉着木兰的手:"木兰,你不要不好意思。我们贺兰部歌子里唱:老女不嫁,踏地唤天。你呢,虽不算是老女,可年龄也不小了,也该有个好人家。我阿干人老实,你也熟悉,他喜欢你,想让你跟了他。我已经答应了他,可是,眼下我又离不开你,我和阿干商量,让你再跟我一年半载,等我们安定下来,就送你来成亲。不知你愿意不愿意?"

木兰的脸红得像煮熟了的螃蟹,她扭转身子,小声说:"听凭大可敦和大人安排。"

贺讷高兴地直搓手傻笑。

马兰抚摩着木兰的肩膀:"你答应了。那太好了。从今以后,你虽然还跟着我帮着我干活,可我一定拿你当我的新嫂子看待!让拓跋珪他们叫你妗子。你们进来!"马兰对拓跋珪弟兄喊。

拓跋珪弟兄三人跑了进来。"阿娘喊我们?"

马兰对拓跋珪弟兄们说:"以后,你们要叫木兰妗子了,记住了没有?"

"记住了。妗子!"拓跋珪、拓跋仪、拓跋烈一起喊了起来。那边地铺上玩耍的拓跋觚也奶声奶气地学着哥哥们的样子喊了一声"妗子",让大家都笑了起来。

贺讷把拓跋珪拉到身边,抚摩着他的发辫,叮嘱说:"回到牛川,要好好听你阿娘的话!她要让你当代王呢!你呢,可要争气,不要让她失望啊!"

拓跋珪大黑眼睛看着贺讷，坚定地说："阿舅，你就放心！我一定听阿娘的话，实现阿娘的心愿！"

贺讷看着马兰，又叮嘱道："不管遇到什么难处，你都可以随时回贺兰部，贺兰部就是你的娘家！"

马兰感动地拉着贺讷的手："谢谢你，阿干。我记住你的嘱咐！将来肯定还会遇到许多难处，我们母子少不了还要来找阿干支持，少不了还要来麻烦阿干和贺兰部！希望贺兰部支持我们！"

"你放心！只要我还掌管着贺兰部，我的贺兰部就随时听从你们母子的调遣，随时支持你们母子的复兴代国的举动！"

拓跋珪弟兄紧紧依傍着贺讷，紧紧地拉着他的手，他们的心里充满对舅舅的感激和依恋。

3.大会牛川代国复兴　云集代地豪杰响应

牛川草原，位于阴山山脉大青山峰北麓，是鲜卑拓跋部走出大鲜卑山到草原的第二个活动据点。在呼伦池，拓跋鲜卑生活了几百年，然后慢慢向西方走来，一直走到阴山背面的广袤肥美的牛川草原，从此以后，这一二百年，牛川草原就是他们的家。鲜卑拓跋的祖先，在牛川大会诸部，建立了类似于国家的部落联盟，推举了部落联盟主，又分封了四部，拓跋珪祖父什翼犍的父亲翻过阴山，来到山南的纽垤川草原，在纽垤川南边靠近大河的盛乐建立了自己的都城。什翼犍接替父亲作了部落联盟主，正式建立代国，都盛乐，使鲜卑走上封建制度的道路。牛川，是拓跋鲜卑发祥的圣地，是拓跋鲜卑发迹和发达的地方，是他们的祖居地。他们把这里看作他们的祖地。

作为代国前国主大可敦的马兰，想复兴代国，一定要率领自己的部落回到牛川，在牛川号召各部，在牛川祭拜天地，诏告祖宗，推举国主，复兴代国。

马兰带着儿子，带着代国国主的接班人，什翼犍的长孙，回到牛川。踏上牛川的草原，来到当年代王营地旧址，马兰翻身下马，把怀里的小拓跋觚放在草原上，自己一下子扑倒在草原上，泪流满面，泣不成声。她跪了下来，不断向西方磕头："我回来了！我回来了！"她喃喃地说。

拓跋珪也翻身跳下马背，跪到母亲身后，向西方天神磕头。跪拜了天地以后，马兰指挥着拓跋珪和部下穆崇等人，在女水岸边的草地上安下毡帐。人们忙而不乱，有的安放毡帐的支架，有的拉开牛毛搓成的毛绳，固定起毡帐支架，另外的人从骆驼背上取下白色的毛毡，大家吆喝着把它搭到已经立起来的用红柳做的毡帐支架上。一座座白色的毡帐很快就搭建起来，一个游牧部落便安居到女水畔的牛川草原上。

毡帐里，马兰和木兰也忙碌着铺地毡，安火铛，放翁衮神位，萨满还要来举行安居仪式。一切忙碌过后，马兰召集了全体部属的会议，商讨大会牛川复兴代国的大事。

马兰坐在大毡帐的正中，儿子拓跋珪与她并排而坐。木兰站在她的身后。梁六眷、穆崇、拓跋他等二十一个追随而来的代人分别坐在左右下手。

马兰威严地巡视了在座的人，她清了清喉咙。说："我今天以代国国主大可敦的名义召集大家商议大事。现在，大秦已灭，鲜卑慕容在长安、中山各自宣布复兴燕国，姚苌也自命大单于。我代国被大秦所灭，难道就不能亡而复兴吗？同为大秦所灭，燕可以复兴，我代国为甚就不能复兴！我看，慕容能做到的，姚苌能做到的，我们拓跋鲜卑也应该能够做到！你们信不信？"马兰腾地站了起来，激扬慷慨地挥舞着胳膊，大声问。

"信！"在座的二十一个追随马兰母子来的代人慷慨激昂地回答。

马兰激动得脸色发红，她胸膛起伏，微微喘着气，继续说：

"我决定，以代王大可敦的名义在牛川扯起代国大旗，复兴代国。你们支持不支持？"马兰又扬起胳膊问。

"支持！"二十一个彪悍的鲜卑男人发出同一个声音。

马兰向大家鞠了躬："我感谢大家的支持。那么，现在，"说到这里，马兰用锐利的目光扫视了一下每个人的面庞，慢慢坐回座位，平静地说："我以大可敦的名义，任命我的儿子，代王什翼犍的长孙，拓跋珪为代王嗣君！待大会牛川时，让他正式登代王位！不知大家可有异议？如若有异议，请大家提出来。"

公孙肥、安同、和辰、奚牧，莫题，这几个老代人，父祖都曾经做过代国官员，他们自己也是代国官员，代国灭，虽然归附了刘库仁，却各个是人在曹营心在汉，坚定不移地追随大可敦。他们互相看了看，小声议论了几句，大家推和辰代表他们说话。和辰也不推辞，他先咳了咳，清了清喉咙，眼睛定定

鲜卑国母：献明皇后

地看着马兰,说:"大可敦说得极是,复兴代国,以振我鲜卑千秋功业,现在正是时候。大秦已灭,河北无主,正是我代国复兴以图霸业之大好时机!我们弟兄追随大可敦,正是想拥戴大可敦以兴霸业。拓跋珪年少英武,是代王的长孙,理所当然应该继承代王王位,我等没有异议!"

马兰颔首微笑着。这些话听起来真舒服,叫人心眼里感到甜丝丝的。

穆崇是个直性子粗人,他有他的看法。虽然他也佩服拓跋珪,但是,在他眼里,拓跋珪还不过是个小孩子,一个小孩子能成什么气候?

穆崇站了起来,粗声粗气地说:"大可敦要复兴代国,小的没有异议。小的会赤胆忠心,以生命捍卫代国。只是,小的觉得,拓跋珪做国主,年纪有些小,不如大可敦先代理他摄理国政,过一两年再由他做国主,更容易号召各部!"

马兰点头,微笑着说:"穆崇阿干说的有些道理。只是,我以为,还是代王的长孙继承代王名正言顺,更有号召力。各位阿干,你们说呢?"马兰美丽明亮的大眼睛巡视着在座的每一个人,在每一个人的脸上停留了一小会,把自己的温存关切释放给每一个人。在座的成年男人心里都有些激动起来,有的甚至怦怦乱跳着。在他们的眼里,大可敦的眼睛具有勾魂摄魄的魅力,每当这眼睛落到他们的脸上,他们就禁不住有些想入非非。

看着这些男人扭捏的样子,马兰不由得更加开心,更甜美妩媚的笑容挂到她的嘴角眼角和眉梢,她的脸更加灿烂美丽,更让在座的男人有些心猿意马。马兰懂得,要笼络住这些粗鲁的男人的心,除了她的地位权力和赏赐以外,要靠她的美丽和魅力,靠她对他们的亲热,靠她运用心计让他们每一个都觉得他们有机会得到大可敦的垂青,能够得到大可敦的青睐,让他们每一个人都觉得他们是大可敦的唯一所爱,让他们每一个人都心怀非分之想。这是所有那些有权谋的女强人的共同手段,尽管一些女人并不漂亮美丽,但是只要她懂得运用女人这种手段,会用媚术来迷惑男人,她们都能笼络一些男人死心塌地地为她们服务。马兰现在已经学会了这手段。

梁六眷站了起来。"大可敦,我觉得穆崇的话有道理。拓跋珪年纪还小,大可敦不妨先自己宣布为代国国主,大会诸部,恐怕更有号召力。"

拓跋珪心里有些不高兴。我小甚呢小?十四岁了,早就行了剃发礼,已经是成人了!我怎么不能成代王啊?他不高兴地稍微扭动了几下身子。

马兰看了看拓跋珪，又转过头问大家："谁还有话说？现在大家有了异议，提出让我出面。你们看，我行吗？"

"怎么不行？"下面的人异口同声地说："行！"

"我以代王的身份祭坛能够大会诸部吗？"马兰又问。

"能！"在座的又是异口同声地回答，十分斩钉截铁。

"代国有大可敦代理代王的先例吗？"马兰犹豫地问。

"有！"梁六眷断然回答："当年郁律国主崩，他的阿娘大可敦祁氏执掌国事多年，摄国事不亚于郁律国主，时人谓之女国。那时代国，很是强盛呢。"知晓鲜卑拓跋历史和代国历史的梁六眷侃侃而谈。

马兰被大家说动了心，她沉吟着。自己出面大会诸部，登上代国国主的尊位，确实很有诱惑力。作了代王，一呼百诺，那威风、那神气、那气派确实不是大可敦的地位能够比的。看着那么多力拔山兮气盖世的男人匍匐在她的脚下，唯她的眼色命令是听，对她唯唯诺诺、百呼百应，对她唯命是从，真是太美了！人生在世，还不是图这么个气派，这么个境界吗？马兰看了看身旁的拓跋珪，笑着问："珪儿，你说呢？我先来代理这代王如何？"

拓跋珪看出母亲心有所动，他不敢与母亲争辩，不过心里很是有些不高兴。他瓮声瓮气地说："阿娘看着办吧。"

"这样吧。"马兰安抚地拍了拍拓跋珪的肩膀，对大家说："以大可敦的名义大会牛川时，如果诸部同意我即代王位，我就宣布自己暂时代理代王长孙拓跋珪即代王位！拓跋珪十八岁的时候，交还代王位给拓跋珪，让拓跋珪亲政。诸位阿干看如何？"

"同意！"二十一个随从大声喊。

"那好，我们现在转入下一个议题。"马兰又微笑着，用更甜蜜的笑容看着大家，很温柔地说："我们来商议下如何发动各部，让各部来牛川参加复兴代国的大会。这是我们现在的当务之急！"

大家都点头，纷纷议论："可不是，要串联更多部落才行！"

梁六眷说："依我之见，我们这就分头出去，去发动牛川各部，劝说鲜卑各部大人来牛川参加大会。我愿意去发动鲜卑十姓各部。"

"好。"马兰赞扬着："你与拓跋珪弟兄一起去发动拓跋十姓部落大人，他们看到拓跋珪弟兄一定不会拒绝参加！"

"还有高车、丁零、赤勒各部，凡是当年附属代国的部落，也都可以去串联。"长孙肥说。他沉默少言，但是说出话来往往十分中肯惊人。从十三岁就入选什翼犍的内侍，他学会了多听少说的沉默寡言的性格。

"好！"马兰击掌赞叹："长孙阿干说得好！我们不能只把眼光盯在鲜卑部落上，其他胡人部落我们也要去串联。我相信有许多丁零、赤勒、高车，还有山胡，也都会归附我们的！长孙阿干，这任务就交给你和拓跋仪！"

"纽埏川上的部落如何？谁去发动？"拓跋珪不大高兴地说。

"交给我们几个吧。"莫题、奚牧等人急忙说。

"你呢？李栗？"拓跋珪对坐在远处末尾的一个显得文弱矮小一些的青年大声说。

李栗，雁门人，其父祖在代王什翼犍建国时期入盛乐为官，他从小机敏，有才能，跟随大可敦和拓跋珪到贺兰部，是首批二十一个随从之一。他虽然不是鲜卑人，只是一个汉人士子，但是年纪与拓跋珪相仿，与拓跋珪意气相投，马兰很是怜惜他。

李栗站了起来，与在座的魁梧高大、满脸须髯的大多数鲜卑男人一比，他这汉人就显得单薄、文弱、矮小了许多。"大可敦，我愿意跟随拓跋珪太子一起去。"李栗红着脸说。

"好。现在我们来定出大会牛川的具体时间，串联时，就把这时日告诉大家。"马兰看着大家说。

"明年正月初七如何？还有三个多月，可以发动串联许多部落，到时大会诸部，声势一定十分浩大。大可敦你看如何？"梁六眷以自己的国舅身份说。

马兰掐着指头计算着日子："现在是九月末，还有三个多月。我们要建一个祭天坛，还要请一个大萨满。大家看时间紧不紧？来得及吗？"

"来得及的。"梁六眷说："建祭天坛用不了多长时间。代国祭天坛的四十九个木人还被放在一个山坳里，我们去把它们拉来还可以用。大萨满需要在部落里走访走访，寻访出来。这个事也交给我来办。我和拓跋珪去串联十姓部落，同时负责寻访大萨满。保准不误事！"

"还要找出代国大纛。"马兰补充说，"有没有代国大纛了？"她问大家。大家互相看着都摇头。

"木兰,这绣大纛的任务就交给你!"马兰转过脸,对木兰说。木兰点头。

"那就这么决定了。"马兰站了起来,脸色庄重凝练,她做了个手势,让大家一起站立起来,面向毡帐里悬挂的翁衮神位,高举起右手:"现在,我,代王大可汗带领着代国太子拓跋珪和各位大臣,向翁衮发誓:我们,头可断,血可流,复兴代国使命不可丢! 我们,头可断,血可流,决不背叛大可汗!"

二十一个人都高举起拳头,向翁衮庄严宣誓,他们的誓言嗡嗡地响在毡帐里,荡漾在草原上空。

正月初七,牛川一片枯黄,女水畔的那一片枯黄的草原上,干枯的牧草草根上,还积着白雪,一个多月前的那场大雪还没有完全融化,瑟瑟的枯草,在凛冽的寒风中随风起伏。淙淙流过草原的清澈的女水,在不结冰的季节里发出清脆的稀里哗啦的声音,如同唱歌一样欢快,如今已经结了厚实的冰层,失去了滔滔。河面上的冰,在阳光中闪烁着亮光,像透亮的明澈的镜子,还可以看见冰下呜咽流动的河水。阴山山坡上的树林,早已经一片枯黄,桦树、杨树、榆树、枫树的叶子早已被呼呼的北风吹落,只剩下枯黄的光秃秃的树干、树枝在北风中摇摆。只有耐寒的松树林还保持着黑重的绿色,点缀在一片黄色中,黄绿间杂,显现出一些生机。山坡上,还有那一场大雪留下来的一堆堆白雪,在阳光中闪烁。

女水畔,人欢马叫,沿着女水,安了许多新毡帐。串联好的部落已经陆续来到牛川,安下自己的营帐,等待今天大会牛川,举行复兴代国的庄严仪式。

一个高大的白色高台建筑在毡帐西边宽阔平坦的草原上,这是新代王的登基坛,土石垒成,坚固高大,用白垩石粉涂饰得雪白,耸立在开阔的草原上,很远很远就可以看到,它像草原的灯塔和标志一样。马兰和拓跋珪给它起名白楼,他们要登上这白楼,在这高大的白楼上,向草原宣告代国复国,要在这高大的白楼上带领大家宣誓。这白楼是代国复兴的纪念。

白楼旁边还有一个大大的圆形木坛,这是代国君臣祭拜天地的祭坛。

祭坛前准备献的牺牲,白马、黑牛、绵羊,都已拴在木桩上,等待祭祀开始杀生献神。白马和黑牛似乎知道他们的命运,美丽的大眼睛哀伤地看着人们,流淌着眼泪,白马垂头,发出长长地叹息,黑牛哞哞地哀叫着,只有绵羊不知道眼前即将发生的灾祸，依然清脆地咩咩叫着。

马兰和拓跋珪在梁六眷、长孙肥、穆崇等二十一个忠心老部下的簇拥下，走出毡帐，来到西面的祭天坛前，西向而立。各部落参加大会的大人率领着他们的人，已经来到祭坛前，排成整齐的队伍，等着大会开始。其中，也有帮助过马兰母子的独孤部首领独孤娄，率领着他的部落和儿子专门前来投奔，加入了这队伍。

马兰穿着崭新的黄色鲜卑立领小袍，黄色百褶束脚灯笼裤，脚登黄色鹿皮高腰马靴，头戴狐皮帽，帽子上戴着代王王冠。因为天气寒冷，她外面披着雪白滩羊皮斗篷，把自己包裹在皮斗篷里。拓跋珪走在她的身旁，戴着狐皮帽，外面穿着皮袍，里面一身黄色。他和母亲一起捧着代国大纛，来到祭坛前，他们小心翼翼地把大纛放在祭坛上。祭坛上，四十九个木人已经穿上白色衣服，戴着白色头巾，腰扎白色绸带，站在祭坛四围。

大萨满，一个长相奇怪的女人，走路摇晃着，来到大可敦面前。这大萨满是梁六眷在走了许多十姓部落以后寻找到的高人。据说她已经多年不会说话，不会走路，在梁六眷到来的那一天突然跳了起来，手舞足蹈，喊着翁衮的名字，说翁衮派她来，让她代翁衮说话，她可以与翁衮对话，知道翁衮的意志。部落的人知道，翁衮派给他们的大萨满出现了。梁六眷把她带了回来，大可敦任命她做大萨满，领导着祭天仪式。"都准备好了，大可敦。"大萨满含糊不清地说。

"一切都已经就绪"。马兰激动地看着祭坛前后的人群，他们穿着白茬皮袍，戴着狐皮皮帽，立在寒风里，脸被寒风吹得红彤彤的，嘴里、头上冒着热气。这些剽悍的男子，在参加了今天的大会以后，就会忠心地跟随着她，驰骋草原，南征北战，建功立业。

她拉了拉拓跋珪，让他看看下面的人群。来了这么多人，拓跋珪也很激动。他对母亲微笑了一下，安定母亲的心。

"我们开始吧?"做了掌礼官的梁六眷呵着被冻得生疼的双手问。他刚检查了旗杆，旗杆已经高高树起，毛绳已经拴了上去，等着大会开始以后升代国大纛。

梁六眷对马兰说："我们开始吧!"马兰点点头。

梁六眷从梯道上登上白楼，挥舞着胳膊向下面黑压压的和嘈杂的人群大声喊着："现在,大会牛川复兴代国大会开始! 请代国大可敦新代王和她的太子登基!"喊声一落,旁边的鼓吹队便敲打着牛皮大鼓,吹起牛角大号,"阿干之歌"雄壮地在牛川上空震荡起来,传向阴山,又回响过来,轰鸣在牛川上空,增加了乐曲的雄壮宏伟和震撼力。

马兰的心激烈地跳动起来。她用力攥住儿子拓跋珪的手,在梁六眷的带领下,一步一步登上白楼。站在高高的白楼上,她看着下面黑压压的人群,看着下面那些剽悍的鲜卑人,微笑着,拉着拓跋珪的手,高举起来,向人群致敬。

"万岁! 万岁! 万万岁!"人群响起山呼海啸般的欢呼,扑通通,都扑倒在地,跪拜着高呼着。

马兰抬起双手,向下压了压,她大声喊着："我宣布,代国于登国元年正月戊申正式复兴! 现在奏乐升代国大纛!"

乐队奏起雄壮的鼓吹乐"阿干之歌"。梁六眷和穆崇走到木台前,捧起大纛,来到旗杆前,他们小心翼翼地把大纛拴在牛毛绳上,慢慢扯动牛毛绳,让大纛慢慢升上天空。黑色的大纛迎着冬日的寒风,背衬着湛蓝湛蓝的天空,呼啦啦发出清脆的响声,慢慢地慢慢地升了起来。黑色大纛中间那白色的狼头展现在蓝色天空的背景下,那么雄伟、那么狰狞、那么威风凛凛,象征着拓跋鲜卑的雄风和精神。

下面的人又发出山呼海啸般的欢呼声："代国万岁! 代国万万岁!"消失了差不多十年的白色狼头大纛升到旗杆顶部,迎着秋风呼啦啦地响着。人群跳跃起来,向空中抛洒着自己的帽子,欢呼着,兴奋得如同草原的疯骆驼一样。

鼓吹的雄壮的"阿干之歌"继续响彻云霄。

人们尽情地欢呼以后,梁六眷高声赞说："向代王宣誓!"

新代王马兰伫立在白楼上,额头的一绺黑发在被寒风吹动着,飘拂着,她脸上笼罩着太阳的金光,身上披着金色阳光,威风凛凛,庄严肃穆,令每一个人都肃然起敬。拓跋珪看着母亲,心里也油然而生无限的景仰。他的母亲,真有王者风范和仪态啊! 母亲的威仪折服了他,更折服了所有宣誓的人群。人们景慕地沉默着,仰望着笼罩在金光中的新代王,草原上一片寂静,都静静地等待着宣誓的庄严时刻。

鲜卑国母：献明皇后

梁六眷高举起右手，下面哗啦一声举起一片胳膊的肉林。梁六眷浑厚深沉而响亮的声音荡漾起来："我宣誓：头可断，血可流，誓死捍卫代王的决心不可丢！"

草原上如山呼海啸般响起这庄严的誓词。马兰感动得热泪盈眶，她强忍着，不让泪水流到脸颊上。她是新代王，是大家的希望，是大家的依靠，她不能流露女人的软弱让人笑话！她在心里告诫自己。

宣誓之后，开始举行祭天仪式。马兰与拓跋珪走下白楼，来到祭坛前。大萨满穿着花花绿绿的萨满神衣，带着一尺多高的萨满神帽，一手摇着羊皮鼓，一手摇动着铜铃铛，跳跃着上了祭台。

马兰带领着群臣跪倒在祭天坛前，大萨满在祭坛上围着四十九个木人跳跃着，嘴里高声唱着悠长的凄然的调子，指挥着下面的代王君臣。

马兰率领着全体人员按照大萨满的命令跪下起来，再跪下，一遍又一遍地祭拜着天地神灵。

跪拜之后，大萨满命令供奉牺牲。大萨满从祭坛上走了下来，摇着铜铃，敲着羊皮鼓，围着三牲跳跃，对着牺牲口中念念有词地唱了一番。穆崇手执利刃，跪拜了祭坛和大萨满以后，来到三牲前，一刀子捅进白马的胸膛，白马挣扎一番，倒在地上。穆崇又一刀子捅进黑牛胸膛，黑牛哞哞地哀叫着，慢慢倒了下去。鲜红的冒着热气和气泡的血流从白马和黑牛的胸膛里流淌出来，在草地上流成一条红色的小溪。绵羊咩咩地叫着，被穆崇砍了头，与白马、黑牛的还睁着眼睛的头，一起供奉到祭坛前。

大萨满跳跃歌唱得更加疯狂，身上的五彩裙乱飞，铃铛和手鼓摇得更加激烈响亮。人们欢呼着，跳跃着，完成祭天仪式。

新代王马兰宣读了她的一道诏令：打回盛乐去！人们齐声欢呼着："盛乐！盛乐！"

《魏书》太祖纪第二记载："登国元年春正月戊申，帝即代王位，郊天，建元，大会于牛川。班爵叙勋，各有差。"登国元年，为公元386年。

二月，代王大可汗马兰封拓跋珪为大单于，拓跋仪为九原公，追封什翼犍已死的儿子为王，其孙子，如拓跋遵，赐略阳公，拓跋虔，赐爵为陈留公。

第十章　母氏外交

1.奸臣作乱形势危机　母子逃难贺兰避祸

谋害马兰母子没有得手的刘显,在纽垤川草原上让马兰母子逃脱,自己逃回盛乐以后,固守盛乐。可是,不曾想几个月以后,马兰母子在牛川大会诸部复兴代国。消息传到盛乐,盛乐人心浮动,都翘首盼望着代王回来,盛乐城里城外的老代人开始私下串联密谋。准备里应外合,迎接代王回归盛乐。

早春二月,马兰和拓跋珪率领的代军挥舞着黑色狼头大纛,呐喊着穿过大青山坝口,进入纽垤川,排山倒海般向盛乐席卷过来。

刘显带着全家老小和部下仓皇出逃,向南越过参合陂向长城南逃去,落脚在马邑①。

马兰和拓跋珪重新回到盛乐,以盛乐为都,在盛乐课农桑,筑宫室,大兴土木,准备复兴代国的繁荣。

再说刘显部众,来到善无南的马邑,便以马邑为据点,不断北上骚扰。马邑东有慕容垂大燕,南有长子的慕容永大燕,西有刘卫辰,北有代国。比较来比较去,他以为只有北上才是他的谋求发展的方向。不管是慕容垂、慕容永,还是刘卫辰,他们的力量都过于强大,他无法与之抗衡,只有代国孤儿寡母,势单力薄,于是,他把进攻矛头选择在代国上。他一定要打回盛乐去!他多次发誓。

此时,刘显又听到一个好消息。那就是什翼犍的儿子窟咄当了新兴太

---

①马邑:在今天的山西省朔州西北。

守。慕容永在长子称帝以后，便任命什翼犍的儿子窟咄为新兴太守。这消息传到刘显耳朵里，他眉头一皱，计上心来。

马兰在牛川复兴代国，但是，这代国是什翼犍的代国，什翼犍死了，继承的嗣君应该是什翼犍的儿子才名正言顺。她一个女人，一个大可敦，出面继承代王位置，毕竟不算正路，他刘显应该去说服什翼犍的儿子窟咄打回盛乐来当代王才好。他要借窟咄的手来打败马兰和拓跋珪，借窟咄的刀子来给自己报仇。

刘显笑了，很为自己的计谋得意。

刘显派弟弟刘亢泥去见新兴太守窟咄。出逃盛乐时，刘亢泥的妻子已经劝说刘亢泥留在盛乐等待马兰和拓跋珪，但是，刘显杀了他的妻子，威逼着他，胁迫着他离开了盛乐。为妻子死一直很消沉的刘亢泥不得不听从刘显的派遣。

窟咄在新兴太守府里接见了刘亢泥。窟咄随着慕容永这一年多里，真是历尽杀戮，尤其看到慕容家族里的杀戮，给他许多教训，让他感慨万分。当年随父亲什翼犍被苻坚强行迁徙长安，他在长安被苻坚强行安排进太学读了些书，刚刚粗通仁义道德，就看到自己兄长暗害自己父亲的残酷现实。什翼犍死在长安，他流落在长安，失去人身自由，今天被送到这里，明天被送到那里，后来在慕容暐府上做了个随从，结识了慕容永，大家都是鲜卑，这以后的日子才算稍微安定。

一年多前，慕容冲大军打进长安，便贪图长安繁华富庶，于是乐不思归。加上慕容垂跨据山东，威名卓著，他既不敢与之争夺，又不愿臣服于他，便在长安课农筑室，为久安之计。但是慕容冲残暴，攻长安时杀人无数，毒暴关中，使人民流离，道路断绝，冲入长安，又纵兵大掠，死者不可胜计，致使民怨沸腾，不得人心。登国元年春，慕容冲的左将军韩延因民之怨，杀了慕容冲，立慕容冲的将领段随为燕王，改年昌平。当慕容冲进长安时，长安谋士王嘉对他说："凤凰凤凰，何不高飞还故乡，无故在此取灭亡！"小名凤凰的慕容冲果然在长安无故取灭亡。

慕容冲死，慕容冲的宗室慕容永和左仆射慕容恒非常愤怒，他们私下谋划，突袭杀了段随，立宜都王子为燕王，号年建明，率鲜卑男女三十余万口，乘舆服御，礼乐器物，离开长安往东，想返回故乡。慕容恒的弟弟，护军将军慕容韬，阴有贰志，在路途中诱新燕王而杀之，慕容恒怒，离开了他。慕容永率众攻打慕容韬，慕容韬惧，出奔，慕容恒立慕容垂的儿子慕容望为帝，号年建平。大家不服，纷纷离开慕容望和慕容恒投奔慕容永。慕容永捉拿了慕容望，杀了慕容望以后，立慕容泓之子慕容忠为帝，改年建武。慕容忠任命慕容永为太尉。一路来到闻喜，听说慕容垂在中山称尊号，慕容忠一行只好在燕喜城住下，筑城以自固。不久，一个叫刁云的将领又杀慕容忠，推慕容永为大都督，大将军，大单于，向慕容垂称藩。这时，符丕撤出邺城，来到平阳，慕容永担心不能自固，就派遣时使者去见符丕请求假道还东，符丕不许，率军击慕容永，慕容永反击打退符丕，进驻长子。在长子他正式称帝，号年中兴。然后，他就委任一直跟随着他的窟咄，什翼犍的儿子，为新兴太守。

窟咄从慕容家族的你争我斗、互相残杀中看到权力的重要，认识到在权力面前是没有任何亲情的，他彻底抛弃了在长安受到的那点可怜的仁义教育，暗地里下决心将来一定要干出一番大事业，一定给自己争取到更大的权力。一个新兴太守算什么呢？宁为鸡首，不为牛后，何况慕容永不过也只是鸡而已，他做了个鸡屁股，算个啥？

正当窟咄阴怀二心，刘亢泥找上门来，诉说了刘显的意思。刘显邀请窟咄，与他一起，打回盛乐，共同建立新代国！

窟咄像他的父兄一样，高大健壮，满脸须髯，很是英俊。他抚摩着自己的须髯，对刘亢泥提出的建议进行了认真的斟酌。这确实是个不错的建议。打回老家去，这不是他日思夜梦的吗？离开盛乐十载，他多想念代地和纽垤川啊。马兰和他的小犊子居然扯起代国的旗帜，复兴了代国，对他来说，这消息让他又高兴又有些酸溜溜的。自己是代王什翼犍的儿子，自己才应该是代国合法的继承人。她马兰居然敢于以大可敦的名义自立为代王，这太不合理了。他窟咄应该回去继承代王王位，代王位置应该是他窟咄的。

窟咄一拍大腿："奶奶的！我答应刘显的建议！明天出兵马邑，与刘显会合！"

"甚？刘显截获了我们的马匹？出兵攻代？"马兰听到报告，曛地从热炕上坐了起来，把她怀里搂着正在吃奶的拓跋觚推到一边，已经三岁多的拓跋觚每天晚上还要吃遍奶才乖乖睡觉。

"快去叫拓跋珪!"她着急地对木兰说。木兰拔脚往外走。

马兰趿拉着靴子,坐到炕沿上。"窟咄和刘显的队伍到了哪里?"她问前来报告情况的梁六眷。

"过了杀虎口,快到参合陂了。"梁六眷坐到地上的绳床上,疲乏地说。

拓跋珪慌里慌张跟着木兰进来。"甚事啊,阿娘?我都睡了,又把我从热被卧里拉了出来。"拓跋珪嘟囔着说,一脸不高兴。

马兰对梁六眷说:"把你刚才的情况再给他说一遍。"

梁六眷只好又简单地说:"刘显带着窟咄大军,已经过了杀虎口,向参合陂挺进,窟咄要打回盛乐夺取代王位置!"

拓跋珪大吃一惊,刚才的不高兴立时消失,他有些惊慌也有些振奋,看来是又有仗打了。十六岁已经快十七岁的他,同他的父兄一样,长得高大健壮,大眼睛,黑亮似乎多少有些蓝色,白皙的脸上虽然还没有满脸的须髯,在灯光下,已经看出嘴唇上下浓密的淡黄色的绒毛,将来一定也是满脸须髯的。他喜欢打仗,打仗才能显示自己的威风,显示自己的武艺,才能折服众人。母亲虽然做了代王,但是这代王早晚应该是他的,因为他是代王什翼犍的长孙,是母亲亲自宣布的代国嗣君。母亲现在精心培养他,他不能辜负母亲的希望,要在最短的时间里,树立起威望,尽早接替母亲治理代国。

"狗日的,来了多少?"拓跋珪问梁六眷。

"听说有几万。"

"才儿力!有甚呢!我现在就带兵去参合陂打他个落花流水!"拓跋珪说着就往外走。

"站住!"马兰威严地喊了一声。

拓跋珪只好站住脚,转过身,看着母亲:"甚事啊?阿娘?"

马兰指着对面的炕沿:"你先给我坐下!听听梁六眷的分析,我们仔细商讨一下再决策。你这么贸然从事,咋能行啊?"马兰斥责着拓跋珪。

拓跋珪尴尬地笑了笑,一边坐到炕沿上,一边向马兰认错。"阿娘,我一时急躁,忘了阿娘平素遇事要沉着冷静的教导。"

看见儿子这么顺从听话,这么善于认错,马兰笑了笑,她对儿子有了信心。这么从善如流,这么听从教导,这么善于改正自己控制自己,这儿子必定成就大事。

"你看，窟咄来，我们能不能对抗得了？"马兰征询梁六眷的意见。

梁六眷为难地搔着头皮，半天不说话。

"难以对抗。是吗？"马兰平静地问。

梁六眷点头。

拓跋珪有些不服气，他梗起脖子，反驳着："为甚对抗不了啊？他们不过几万人马，我们的人马也很多啊。"

马兰瞪了他一眼，平静地问："我们有多少人？你知道吗？"

拓跋珪挠着头，心里计算着，算来算去，他算不出实际的人数。

马兰看着梁六眷问："我们现在有多少人马？"

梁六眷叹了口气："不过几千人而已。"

"是啊，几千人如何抗拒几万人呢？"马兰也叹了口气，脸上罩了一层阴云。拓跋珪这才意识到事情的严重性，他睁大眼睛注视着母亲，认真听着母亲的话，不敢再乱说。

"人数悬殊，这是其一。"梁六眷抬眼看着马兰，迟疑着，不知道该不该往下讲出那可能引起马兰愤怒的理由。

"其二呢？你说啊。"马兰听出梁六眷的话中有话，就催促着。

"其二是窟咄也打着复兴代国的旗号，恐怕会扰乱我们一些人的人心啊。"梁六眷终于说了这很难说出口的话。可是，已经有部落听到窟咄打过来的消息，竟不辞而别地叛走了，他不说这情况怎么行呢？

马兰听出梁六眷的意思，心中有些气恼，正想发作，但是转念一想，她压住自己的火气。梁六眷的担心是有道理的，窟咄是什翼犍的儿子，复兴代国有一定的号召力，难免会让一些代人发生动摇，甚至可能让一些人倒戈去追随窟咄。如果这种局面发生，对她和拓跋珪可是大为不利啊！

"是不是已经有部落叛走了？"马兰沉着脸问。

"是的，护佛喉部帅侯辰、乙弗部帅代题已经率领本部叛走了！"梁六眷痛心地说。

"奶奶的！"拓跋珪腾地站了起来，一拳头砸在炕几上："我马上率兵去追赶，一定把他们捉拿回来！"

马兰急忙摆手："算了，算了，天要下雨娘要嫁人，人家要走就让人家走吧。强按牛头不喝水！何况我代国草创，人情未一，愚近者目光短浅，判断难免失误，不足追。他们世修职役，即使有小愆，也要宽恕忍耐为好。眼下正是要笼络人心之时，不可以峻烈惩处引起人心骚动！"

梁六眷也附和着说："代王所言极是。眼下不适宜追赶他们。"

拓跋珪看着母亲平静的面孔，明白了母亲的用意，便又坐了下去，思索着母亲的话。母亲的话，让他又学到一些治国道理。为人君者，需要有宽大忍耐的胸怀，不可一味意气用事啊。拓跋珪感慨地想。

马兰平静的表情下面，却是激荡的心绪。该怎么办呢？是留在盛乐硬抗窟咄？还是暂时避开窟咄的锋芒？马兰的心里像开锅一样翻腾着，紧张地思考着。

还是让拓跋珪率领着部下离开盛乐暂时躲避一下，避开窟咄的锋芒，然后再寻找从容应付的办法。看来只能如此了。马兰轻轻咬住下唇，作出决定。

"马上传代王诏令！"马兰站了起来，冷峻的脸上笼罩着决断和镇静。梁六眷和拓跋珪也急忙站了起来，垂手恭立着，听代王诏令。

"立刻命令人马准备，连夜出发，离开盛乐，走避陵石以待窟咄！"

"得令！"梁六眷和拓跋珪一起回答。

陵石位于纽垤川边缘的大青山下，是通向大青山北麓牛川的要道，马兰让拓跋珪避于此，是很英明的。如果窟咄打进纽垤川，他们就可以顺利穿过坝口要道进入牛川，也可以沿着大青山脚向西投奔贺兰部；如果窟咄打不进纽垤川，他们又可以很快回到盛乐，重新占领盛乐。这里是可退可进的要津。当年什翼犍就是先撤退到这里，然后又从这里退回牛川，抵挡苻洛。马兰很清楚地记着代王什翼犍的这个部署。

马兰双手抱着膝盖坐在毡帐地铺上，思谋着眼下局势，木兰哼着小曲拍着拓跋觚睡觉。昏黄的羊油灯跳跃着，让毡帐里忽明忽暗。

得到的消息，窟咄与刘显的队伍停留在参合陂以南，没有继续北进，但是窟咄在参合陂行宫却扯起代国的旗帜，自号为代王，行使代王权力。他们为什么停止不前呢？好像在等待着什么。等待什么呢？马兰百思不得其解。

突然，一个人掀开毡帐帘探头探脑向里张望。

鲜卑国母：献明皇后

"你要干甚？探头探脑的！进来说话！"马兰大声呵斥着。

穆崇走了进来。

"是你啊，穆崇。"马兰高兴地说，穆崇当年拼着自己的性命报信救了她们母子，这恩情马兰永远不会忘记。"快来坐下。"马兰拍了拍旁边的地铺，亲热地说，像对自己的兄弟一样随便。

穆崇诚惶诚恐，急忙摆手："代王，我站着，站着。"

"你有甚事啊？"马兰笑着问，也不勉强。

"我有个外甥，前来跟我说了一件事，我不知道该不该对代王说？"穆崇小心翼翼地说，注意看着昏黄灯光下的代王脸色。

"你就只管说吧。"马兰笑着，声音温柔平和，显示出许多喜爱："过去那么爽快豪放个人，咋也变得这么谨慎小心不爽快了？"马兰用轻微责备的语气说，这语气更增加了她的亲昵和关心，增加了她的不见外。

穆崇放心了，他笑着："因为这事关系到我的亲戚，我担心连累自身，得先征得代王的宽恕才敢说。"

"你就说吧，不管你的亲戚干了甚事，我决不会追究到你身上！你就快说吧！"

"我的外甥于桓，刚才跑来找我，劝说我与他们一起投靠窟咄。他们说，就在这一两天，他们要擒拿代王和嗣君，然后迎接窟咄进入纽垤川和盛乐！"

马兰心里一紧，恍然大悟！原来窟咄迟迟不打进来，是在搞阴谋啊，他想来个里应外合，让自己身边的人帮助他除掉自己，他便可以不费一兵一卒，轻轻松松进入盛乐。真他娘的诡计多端！

马兰不动声色地问："还有谁？"

"除了我的外甥于桓，还有单乌干、莫题、李粟等五人，他们已经发动好部下，等着机会一到，窟咄指示一下，就动手！"

"快去叫拓跋珪来！"马兰急忙对木兰说。

拓跋珪快步跑了进来。

"甚事？阿娘？"拓跋珪问。

"你可听说有人串通窟咄的事？"马兰严肃地看着拓跋珪。

"我想想。"拓跋珪挠头。"我想起来了，前几天有个叫单乌干的悄悄对我说，他知道一个阴谋，说我们身边有人串通窟咄。"

鲜卑国母：献明皇后

"你为甚不来报告于我？"马兰有些生气，提高声音问。

"我不大相信他的话。这单乌干是个二百五，说话没有准头的。我以为他是编造瞎话来我这里邀功请赏呢。这样的人多了，我常见的。"

"这次他可不是编造瞎话邀功的。他真的也参与了串通窟咄的阴谋！"马兰指着穆崇："他说的话，你相信吧？"

"那是当然的！穆崇阿干的话我哪有不信的！"拓跋珪笑着说，看着穆崇："穆崇阿干也听说有人串通窟咄了？"

穆崇点头。

"奶奶的！不要命了！告诉我，都是哪些瘪犊子干的好事？我一个不留，全部干掉他们！"拓跋珪跺叫咆哮着。

"牛脾气又来了不是？"马兰白了儿子一眼。"一个不留？那要杀多少人啊？我们现在就这么些人，杀一个少一个！你就不可惜吗？说话还是那么冲动，不经过心想，顺嘴瞎咧咧！"

拓跋珪急忙赔罪："阿娘，儿子又错了！请阿娘教训！"

马兰脸色温柔下来，和蔼地说："知错就好。"她看了看儿子，儿子脸上是真诚的听她教训的样子，就又接着说："打狼打头狼。我看，只抓那为首的五人严惩，其余胁从一律不问！你看如何啊？"

拓跋珪点头："听从母亲安排！"

"那好，就这么定下来！立刻去抓为首的五人，就地诛杀！你和穆崇去执行！不要走漏风声！也不要惊动其他人，悄悄的！我还想利用这个机会呢！"

窟咄确实在参合陂等待着一件大事。

窟咄来到参合陂，住到他父亲在参合陂的行宫里。在参合陂破旧萧条的那所土院子里，还留有一户看守行宫的当年的奴隶，一个老人。他认识窟咄，看到窟咄，十分高兴，拉着窟咄的手只叫代王。窟咄长相很像什翼犍。窟咄很是感动，赏赐了他一匹好马，询问起他的家人。他告诉窟咄，他的儿子叫于桓，跟随着大可敦到了陵石。窟咄心里一动，他正需要一个跟随在马兰身边的细作，可以向他报告他们的消息。他和蔼地笑着，对老人说，他想派他到陵石去见他的儿子，让他秘密来见自己。老人答应了，立刻动身向陵

鲜卑国母：献明皇后

石去,悄悄约出于桓来到参合陂见了窟咄,窟咄以北部大人的位置许诺给于桓,让他回去以后串联反对大可敦势力,寻找时机在内部起事,除掉大可敦母子。于桓在高官地位和威胁的双重利诱面前,答应了窟咄的请求。

窟咄现在正在等待于桓的消息。

"报!"士兵跑进大帐,单腿跪下:"外面来了一个鲜卑代人,说是从盛乐来的,要见大人!"

"快叫他进来!"窟咄心里一阵惊喜,喊着。

一个头戴狐皮帽、身穿羊皮白茬皮袍和无裆羊皮裤、大毡靴的男人挂着满脸的白霜,裹挟着一团冷气进到大帐里。"报告大人! 小的受于桓委派,前来见大人,有机密向大人禀告!"

"他咋不来?"窟咄有些奇怪,审视着眼前着陌生的人。

"于桓大人一时走不开,代王,不,大可敦和拓跋珪让他做了代王内行阿干,他害怕离开他们会引起怀疑,故派小人前来报告!"来人平静地说,迎着窟咄鹰隼一样锐利地在他脸上打旋的目光。

窟咄在来人脸上看不出什么破绽,听他说的话也合情合理,就打消了疑虑,催促着:"甚机密? 赶快报来!"

"于桓大人让小人报告大人,眼下他刚得到大可敦母子信任,一时还找不到下手的机会,他已经串联了七八个人,等他做几天内行阿干,掌握了大可敦母子的起居规律以后,马上动手。现在,他请大人暂时在参合陂住下来,耐心等待他的消息。等他干掉大可敦母了,就迎接大人进盛乐即代王位!"

"他有把握吗? 他要是没有把握,我还是先发兵攻打盛乐的好!"窟咄疑惑地看着来人。来人好是坦然地迎着窟咄咄咄逼人的目光,一点也不畏缩胆怯,一副镇定自若和坦荡诚实的样子。

"于桓大人就怕大人着急,特意让我转告大人,他有十分把握,现在已经串联了一些人,但是力量还有些单薄,他做了内行阿干,负责大可敦母子的生活和保卫,稍微耐心等待几天,就可以不费吹灰之力干掉他们,帮助大人登上代王王位,这正是天助大人! 大人何苦要兴兵呢?"

一番合情合理的话说得窟咄直点头。"那好吧,回去转告于桓,让他抓紧时机办理,一旦得手,立即前来报告!"窟咄平静地说,决定安下心暂时先

鲜卑国母:献明皇后

335

住在参合陂，以等待于桓的好消息。

"来人！"窟咄向外面喊。他的侍从跑了进来。

"命令队伍安放营帐！我们要在这里住些日子！"窟咄命令着。

听到这个命令的刘显急匆匆进来，一边走一边喊："窟咄，不可在参合陂停留太久啊！这里地势开阔，不易防守，万一拓跋珪带人打过来，我们将无路可逃！后面是参合陂，我们往哪里逃啊？"

窟咄原本对刘显一直直呼其名而大为不满，现在看着他又咋咋呼呼、高吆二喝地边喊边向他走来，更是增加了几分不快。你当你是谁啊？窟咄瞪了他一眼，心里想，故意装作没有听到他说话和看见他的样子站了起来，背转过身。

刘显意识到窟咄在拿架子，只好上前先恭敬地喊了一声："代王！"然后恭敬地施礼。

窟咄从眼角扫了一眼，看见刘显恭敬地作揖施礼，这才转过身，冷冷地问："大将军有何见教啊？"

刘显又恭敬地喊了一声代王，这才说："适才听得传令，说代王命令在参合陂安营住下，本将以为，这里不适宜驻扎，请代王三思。本将以为，拓跋珪已经离开盛乐，我等不如就此去攻占盛乐的好！"

窟咄白了他一眼，冷冷地、傲慢地说："大可敦和拓跋珪尚且没有除掉，我进盛乐名不正言不顺，盛乐百姓不会真心欢迎我的！我要等除掉大可敦和拓跋珪以后，正式以代王身份开进盛乐，让百姓来迎接真正的代王！那样才能显示出我窟咄的威风和体面！"

刘显着急了，他叫了起来："哎呀呀，我的代王！现在进入盛乐不一样威风体面吗？除掉大可敦和拓跋珪，恐怕还不是一时能办到的！我们还是先进盛乐去吧！占据了盛乐，才算当了代王啊！在参合陂住，哪如到盛乐住啊？"

窟咄有些心动。刘显说的也有道理。住到参合陂，真的还不如住到盛乐。既然大可敦已经退出盛乐，自己为甚不去占据盛乐呢？也是的，为甚要让于桓牵着鼻子走？可是，自己刚才已经答应了于桓的来人啊。窟咄游移不定地想。

刘显见窟咄游移不决，又劝说着："谁占据盛乐，谁才是真正的代王，你进了盛乐,就是真正的代王,那大可敦马兰就成了名不正言不顺的假代王了! 代王要是在这里游移不决,大可敦和拓跋珪万一搬来救兵,趁机又打回盛乐,你可是后悔莫及了!"

窟咄盯着刘显看了一会,审视刘显说的可是真话。刘显见窟咄依然不敢相信,有些着急,他跺脚说:"代王,你不听我的劝,我可是要扯出自己的人马投奔刘卫辰去了!"

这一着果然厉害,窟咄自己的兵力也不很多,刘显若把人马拉出去,他的势力恐怕难以守住盛乐。他急忙拉住刘显,换上一副笑脸,用讨好安抚的声音说:"刘将军,别耍小孩子脾气嘛。你可是不能走啊! 我们还要一起治理代国呢!"

刘显苦笑着:"我并不想走,我也指望跟随代王做个南部大人,享几天荣华富贵呢。可是代王滞留参合陂,实在叫我心里不安! 万一大可敦有所计谋,我们留在这里真的是死路一条啊! 代王,我再说一遍,要么立刻开拔去占盛乐,要么我就去投奔刘卫辰! 他一定愿意收留我,我们毕竟都是匈奴后裔,还算是同宗。"

"好,我答应你的要求。"窟咄来回踱了几步,站到刘显面前,看着刘显,迟疑着答应了他的要求。

"甚? 窟咄向盛乐出发了?"马兰在陵石的营帐里听到探哨的报告,惊讶地抬起眉毛,看着前来报告的探哨说。

"这可咋着啊? 他没有中我的计谋,不肯在参合陂老实待着。"马兰皱着眉头,看了看坐在身旁的儿子们,拓跋珪、拓跋仪、拓跋烈,和怀抱里的小拓跋觚。她派出自己的人,让他冒充于桓的人去见窟咄,以安定窟咄在参合陂住下,然后她准备派人去联络慕容垂,想请他来救助自己。自己正在与儿子商量这事,还没有商量出办法,这窟咄进发盛乐的消息就传了过来。这窟咄,还算有心眼啊。自己小看他了! 马兰懊恼地想。

"小犊子,你说可咋办呢?"她抚摩着怀抱里的拓跋觚,苦笑着问。

拓跋珪站了起来:"我带人去阻击他,不让他进盛乐!"

马兰摇头:"我们的人太少,不能去和他硬拼,我们要保存实力! 保存住现在的兵力,我们才可以慢慢发展壮大,失去了现在这些人,我们将一事无

鲜卑国母：献明皇后

成！所以，我以为，不能去硬拼！让窟咄先去盛乐住几天吧。"

"那我们咋办？我们也不能一直住在这里啊！住在这里，没有办法发展壮大我们的力量啊！"拓跋珪有些焦躁，他来回走着。

"坐下！"马兰提高声音呵斥着："你来回走的我头晕！"

拓跋珪急忙坐回自己的座位。马兰把拓跋觚交给身后的马兰，对拓跋烈说："去叫你姑爷梁六眷来！"

梁六眷随着拓跋烈匆匆走来。"代王叫我？"梁六眷把手按在右胸口向马兰施礼。

"你坐下。"马兰指了指自己对面的一个绳床。"你听说了吧？窟咄向盛乐进发了！"她不等梁六眷坐下，就急急地说。

"我听说了。"梁六眷点头。

"你说咋办啊？"马兰焦急地盯着梁六眷。

梁六眷搔着后脑勺，一脸为难："回代王，我也一直在考虑，却还没有想出个子丑寅卯。"梁六眷苦着脸。

"我让你打听的慕容垂的情况你打听得如何？"马兰转了话题，问梁六眷。

"这个情况我已经完全打探清楚了。"梁六眷见马兰换了话题，心下有些轻松，急忙脆生生地回答。

"好，你说说，慕容垂眼下的情况如何？"马兰把自己的绳床拉得靠近梁六眷一些，倾身向前。"你们也好好听听。特别是你，"马兰巡视着儿子一圈，目光最后落在拓跋珪脸上，看着他严肃地说。拓跋珪郑重地点点头。

"慕容垂已经攻下邺城，把苻丕撵出邺城。现在，他的大燕，已经扫除了苻丕的祸患，暂时没有太大的战事。"梁六眷慢慢地说。

"你看，我们去向他求救，他能不能发兵来救援？"马兰看着梁六眷问。这个问题，已经在马兰心里转了多次，她反复斟酌思谋着眼下的形势，知道只靠自己的力量是很难扭转大局的，只有想办法寻找外援、借助外援，才有希望扭转眼下的被动局面。请谁来帮助自己呢？她反复想了许多，都找不出合适的人。兄长贺讷的贺兰部虽然是她的支援，可是贺兰部的力量也不足以对抗窟咄和刘显的联军。于是，她想到慕容垂。

梁六眷不知道马兰与慕容垂在长安的情况，更不知道他们之间的那段私情,他只是就一般情况分析着说:"我看,恐怕不大容易。这慕容垂新近称王,自己尚且自顾不暇,他的本家慕容永也自称燕王,他恐怕还要去与慕容永争个高下,我估计他不会来援助我们。除非……"说到这里,梁六眷停住了话头,考虑着能不能继续说下去。

"除非甚?"马兰急忙追问着,亮晶晶的大眼睛直盯着梁六眷看,看的梁六眷心里都有些发慌。马兰的眼睛实在太美丽了,好像一汪黑蓝的潭水一样漾着波光涛影,发散着摄人魂魄的幽幽光芒。一个女人怎么会有这么美丽的眼睛,真是不可思议!

梁六眷有些心猿意马。

"说啊!"马兰推了他一下:"除非甚?"

"哦,哦。"梁六眷醒悟过来:"除非我们代国向他称藩,接受他的任命,作为他燕国的臣属,他可能才会发兵来救援我们!听说他定都中山,要宣布自己做皇帝呢。他宣布自己做皇帝,当然希望得到拥戴,要是我们代国首先去上表表示祝贺并且称藩,他一定非常高兴,以保护藩国属地向天下做出姿态,为招徕人心,他也要答应我们的请求出兵来援助代国。"

拓跋珪想起长安的情景,他蹦了起来,大声喊着:"不!不能向他称藩!凭甚要向他称藩?"

马兰严厉地瞪了他一眼,厉声呵斥着:"坐下!你喊甚?!"

拓跋珪阴沉着脸,坐了下去,黑着脸,气呼呼地不说话。拓跋仪轻轻拉了拉他的衣袖,安抚着他。

"你能够拿准这一点?只要我们称藩他就能发兵来援助?"马兰满怀希望地看着梁六眷,问。

"我看可以。他这大燕不过刚刚宣布建立,还没有听说有谁去归附他,去向他称藩。假如我们去向他作这表示,他一定非常高兴,一定要作出姿态来向他称藩的人提供保护,以笼络天下人心,以让更多的人来归附他。"

"有道理。"马兰眨着眼睛,沉思地说。内心里,她相信,只要她亲自去向慕容垂求救,他慕容垂一定会毫不犹豫地来救援她。可是,她不想让自己的臣属和国人发生怀疑,她不想让人知道她与慕容垂的特殊关系,她要让求救的事情做得合乎情理,做得无懈可击,不给任何人留下攻击她的口实。所以,她要与梁六眷商量讨论,要听梁六眷的主意。

鲜卑国母:献明皇后

"你看,我们派人去向慕容垂称藩称贡,然后让他派兵来援助我们,把窟咄赶出盛乐如何?"

梁六眷搔着后脑勺,眨巴着眼睛想了一会,然后才抬起眼睛,看着马兰,有些迟疑不决地说:"代王问我的看法,我就斗胆说了。依我之见,在眼下这非常时期,向大燕提出称藩称贡,让大燕来援助我们,把窟咄赶出盛乐,是可行的办法,也是救助代国的唯一办法。对我们代国来说,眼下最大的祸患是窟咄,如果窟咄长期占据盛乐不能把他赶走的话,我们的代国将不复存在。暂时称藩称贡,给我们一个转圜的余地,使我们保存实力,以后再慢慢谋求发展。那么总有一天,我们又会变成独立的代国!这就是汉人常说的,留得青山在,不怕没柴烧。"

马兰专注地听着,频频点头,她不断重复着:"留得青山在,不怕没柴烧。是这么个理,是这么个理!"梁六眷说完,马兰击掌:"说得好,说得好!你说呢?这办法可行吗?"马兰转过脸,问拓跋珪。

拓跋珪从梁六眷的分析中,已经听出了眼下的困难,明了代国目前的形势。不如此,难以拯救代国!他的脸色已经温柔多了,心中的怨气也正在慢慢消失。大丈夫能屈能伸,萧何尚且能忍受胯下之辱,何况他哉?他想起母亲在长安的一贯教导,已经心平气和多了。

"可行!"他大声回答,口气很果断,没有任何犹豫与怀疑。

马兰赞赏地看着他,心里十分高兴。拓跋珪正在成熟起来,过两年就可以把代王交还于他,让他独立来治理代国了。马兰看着他,满意地微笑着。

"那好,我们这就派使者去见慕容垂,以五百匹好马做称贡贡品,请求他赏封和出兵。就派你去如何?"马兰看着梁六眷征询他的意见。

"没问题。我与安同同去。"梁六眷笑着回答。他想了想,又问:"代王,去请求慕容垂前来援助,需要一些时日。在援兵没有到来时,代王准备如何应付窟咄呢?是守在陵石,还是另想办法?"

"拓跋珪,你说呢?"马兰转向儿子,目光炯炯地看着他,希望他能够拿出一个叫她满意的答案。

拓跋珪想了一会,说:"回代王,我以为,陵石这地方不可久待。窟咄攻下盛乐,一定会前来攻打。我以为先投奔贺兰部,在贺兰部那里再聚集力量,等待慕容垂的援兵到达。等慕容垂的援兵一到,我们再杀回来,赶窟咄出盛乐，一举消灭他！"

"好！"马兰拍手叫好。儿子已经学会以暂时的退却换取将来的进攻，可见他确实成熟了。"就依你的方略办！"马兰站了起来："我们这就下令进山，从牛川到贺兰部。不让窟咄发现我们的行踪！"

2.搬救兵慕容垂出击　生野心刘卫辰偷袭

慕容垂坐在中山皇宫里，正召集他的儿子慕容贺麟、慕容普麟、慕容宝以及几个心腹商讨对付慕容永大计。自从宣布离开符坚这两年多，慕容垂一直在征战中，围邺城一年半，现在好不容易才使符丕最后撤离邺城，投奔姚苌去了。他慕容垂自己不想亲手杀符丕，毕竟符丕的父亲符坚在他最困难的时候收留了他，他不忍心杀掉符丕，故意放了符丕一条生路，让他率领几个家人投奔姚苌而去。不过，慕容垂估计，符丕还是难以保留性命，姚苌决不会放过他的。

想起邺城，慕容垂总觉得有些心痛。邺城曾是他的希望。慕容垂至今依然怀念邺城，心中还在为邺城没有成为大燕的都城而感到遗憾。

慕容垂怀念他的邺城，在定都问题上曾经彷徨了很久。儿子们建议攻打洛阳，以洛阳为都，但是他有他的想法。

慕容垂说："洛阳四面受敌，北阻大河，至于控御燕赵，非形胜之便。不如北取邺都据之，以制天下。"洛阳离长安太近，唯恐大秦符坚人军掩杀过来，自己难以阻挡。邺都原本为北燕都城，慕容垂当然心里十分怀念和向往它。

邺城在漳水南岸，战国时，邺城就有西门豹和史起引漳水灌溉田地，促进农业生产，这里农业发达，经济繁荣。曹操拥立汉帝于许昌，他自己留驻邺城，作为自己的都城，在那里发号施令。曹丕代汉以后，邺城为"王业之本基"，与许昌、谯、长安、洛阳并列为五都。左思做《魏都赋》，赞邺城是："尔其疆域，则旁及齐秦，结凑冀道（冀与道皆为地名）。开胸殷卫，跨蹑燕赵。山林幽映，川泽回缭。""黝黝桑柘，油油麻苎，均田画畴，蕃庐错列，姜芋充茂，桃李荫翳。""廓三市而开廛，籍平逵而九达，班列肆以兼罗，设圜阓以襟带。"曹魏时期，邺都地理形势优越，农业发达，商业手工业繁荣。到北赵时候，石

鲜卑国母：献明皇后

勒屯大兵于邺城附近,石勒的谋士汉人张宾劝他不要进攻东晋,说邺城"有三台之固,四塞山河,有喉衿之势,"又主张他选择邯郸为都城。石勒虽然攻下邯郸为都城,但是他从来就没有放弃都邺城的想法。石虎攻下邺城以后,依仗邺城做基地,开始营建都城。石虎后来终于建都于邺城。北燕时,慕容垂父祖从龙城迁都蓟,后来又看中了可东可西,不南不北,进可攻,退能守的邺城,再迁于此。

慕容垂还怀念邺城繁华,怀念邺城的奢靡。羯人石虎治理邺城,使邺城十分富足。南门西头的凤阳门,高二十五丈,上六层,宫室亭台四阿檐角扬起向上,成反宇向阳形状,下开二门。上面顶部安大铜凤,举头丈六尺高。朱柱白壁,鲜艳夺目。未到邺城,七八里外,就可以看到这个雄伟的城门。城里的织造局、织锦署织出的五锦有大登高、小登高、大明光、小明光、大博山、小博山、大茱萸、小茱萸、大蛟龙、小蛟龙、蒲桃文锦、斑纹锦、凤凰朱雀锦、桃核文锦。或青绨、白绨、黄绨、绿绨、紫绨,工巧百数,不可尽名。绨是用来做底子在上面织锦的厚缯,具有各种色调。大登高等,则是锦的花纹图案,五六种颜色,配以十来种花纹图案,织出形形色色的织锦,真是美不胜收。家里的斗帐有青绨光锦,绯绨登高文锦,或紫绨大小锦,华丽至极。当时所住的宫殿前,耸立着十架百二十枝灯的铁华灯,高七尺五寸。入夜时分,一起点燃,十架华灯上一百二十盏小灯大放光明,把宫殿照耀得如同白昼。百枝同树,四照连盘,正如晋傅玄《朝会赋》云:华灯若乎火树,炽百枝之煌煌。宫室里,到处是十枝、十二枝的铁灯和铜灯照耀着,金碧辉煌。宫里还有石虎留下的用纯金箔打造的"云母五明金箔莫难扇",薄如蝉翼,灿若黄金,双面采漆,画着多位仙子以及奇鸟异兽,中间镶嵌着三寸或五寸的云母片,这种扇子虽然有彩画,却玲珑透明,彩色明澈。宫室里窗户上装饰着琉璃或云母,日之初出,乃流光照耀。自己睡的床,正是仿照当年石虎的床所造,冬月施蜀锦流苏斗帐,四角安纯金龙头,衔五色流苏,帐顶上安金莲花,花中悬金箔织成三囊以盛香,帐之四面上十二香囊,彩色各不相同,睡到里面,香气袭人,令人精神倦怠,神思恍惚,迅速入睡。进膳时,一百二十盏雕饰相同的盘碗,摆放在两重可以转动的、雕饰着金银的游盘紫檀木大方桌上,杯盘上的画微如破发,近看才得见。

如此卓越的地理位置,如此繁华,如此豪华宫室,使慕容垂难以忘怀,更难以割舍。所以，他毅然决然率兵北上，去攻打邺城，希望复国以后定都邺城。但是，他又清楚知道，围攻邺城一年半中，自己曾经发漳河水灌邺，使邺城民相食人，现在的邺城，在被围困了一年半之后，已经千疮百孔，凋敝不堪。邺城的繁华、热闹、富庶已经不再，邺城百姓对他慕容垂恐怕是恨多爱少。定都于邺已经大不合适。慕容垂放弃了原来的想法。

慕容垂打下邺城以后，便定都中山，在中山建宗庙社稷，自号大燕，年号建兴，拥有幽、冀、平州之地。

现在，他坐在中山的皇宫里，与儿子谋臣商量着平定慕容永的大事。宣布建立大统以来，慕容垂就胸怀大志，决心像苻坚一样实现统一北方的大业。慕容垂明白，要统一北方，首先需要凭自己的本家，那个也举着大燕旗帜的慕容永。慕容永原本向他称藩，却言而无信，在长子称帝，是可忍孰不可忍？

外面侍从进来报告，说从盛乐来的代国使者求见。慕容垂心里一动，一双美丽的黑蓝的大眼睛幽怨地闪现在他的面前，说起代国，就在心里勾引起那个难以磨灭的丽人倩影。代国大可敦马兰，如今在哪里呢？自己出走仓促，无法携带她，曾派儿子慕容贺麟回长安去秘密接家眷，却说马兰已经带着儿子离开慕容家，下落不明。回想起来，他心里总隐隐作痛，满怀着内疚和自责。不管怎么说，这什翼犍的儿子也算是自己的外甥，自己应该照顾好他们母子，何况他是那么喜欢马兰，那么爱马兰。

"快叫他进来。"慕容垂的脸上现出惊喜和喜悦，激动地站了起来。

慕谷贺麟心里很有些不舒服，他能够猜想到父亲激动的原因。他一定是急于知道马兰母子的下落。

使者梁六眷和安同一起来到慕容垂面前，跪拜着行了叩见大礼。"代王命令小臣前来拜见大燕皇帝，大燕皇帝万岁万岁万万岁！"

梁六眷和安同来中山这一路经历了千难万险。行至路上，发现了正向盛乐进发的窟咄军队，手下随从长孙贺带着全体随从投奔窟咄，只剩下梁六眷和安同二人，他们怕长孙贺告密出卖，随即逃奔小道，从恒山山谷直奔中山，才算摆脱窟咄追赶。

慕容垂心里高兴，看来代王准备向他称藩了。他走到梁六眷和安同面前，问："代王是谁啊？是什翼犍的哪个儿子当了代王？"

鲜卑国母：献明皇后

343

"回大燕皇帝的话,代王是什翼犍的大可敦。因为不知道大燕皇帝即位,就先扯起复兴代国的大旗,请大燕皇帝饶恕!代王听说皇帝陛下即位,决定率领代地将士大臣,向皇帝陛下称臣,派小臣前来,向皇帝陛下敬献贡品,请求皇帝陛下的赏封!代地百姓大臣将士和大可敦,都宣誓效忠服侍皇帝陛下!"梁六眷说完,又扑倒在地,连连叩头。

慕容垂哈哈大笑,他真没有想到,他朝思暮想的大可敦马兰平安回到代地,而且又扯起代国的旗帜,复兴了代国,现在还愿意臣服于他!他急忙扶起梁六眷,大声说;"太好了。朕正式封大可敦为代王、上谷王、西单于。即日授大可敦印绶!"

"谢皇帝陛下!"梁六眷又扑身下去跪拜。"臣受大可敦之托,还有一事相求,皇帝陛下如果能够答应代地这一请求,大可敦才能够接受皇帝陛下的印绶!"

"说吧,什么请求?"

梁六眷便把窟咄占领盛乐的紧急危难情况说了一遍。"大可敦请求皇帝陛下出兵盛乐,帮助收复失地!"

慕容垂沉吟了一下,很痛快地说:"既然代地已经是朕的藩地,保护朕之藩地是朕之责无旁贷之事!朕当然不能眼看窟咄侵犯盛乐而坐视不顾!朕答应你和大可敦,立刻调遣六千兵去救盛乐!慕容普麟!"慕容垂对二儿子喊:"这事情交给你,军队调集齐整,早日随代地使者进军盛乐,去解盛乐之急!"

慕容普麟高兴地答应了。当年在长安,他是慕容家弟兄中最同情马兰母子的一个,也是与拓跋珪最亲密的。

慕容垂对梁六眷说:"你留下来做向导引领普麟队伍。让他和我的使者兰纥先行赶回去报信,与代王商讨会兵日期与地点。"

马兰与拓跋珪率领着代国臣属离开陵石进阴山,向牛川去。夏日的阴山,草木葱茏,松树、杨树、桦树、榆树、柳树都郁郁葱葱,枝繁叶茂,酸枣、山里红、酸棘、沙枣等灌木也都茂盛地覆盖在满山遍坡上,开着不起眼的各色小花,鲜艳的火红的山丹丹,鲜艳的紫蓝的马兰闪烁掩映在绿色之中。

马兰骑在马上,在山谷里慢慢走,有意无意地欣赏着清澈的山溪。山溪

鲜卑国母:献明皇后

水激荡在旁边的岩石上,荡起一朵朵白色的水花,发出淙淙的清脆的流水声。这条路,她来回走了多少次?当年跟随什翼犍逃离盛乐,这条路给她留下痛苦的记忆。半年前,才喜气洋洋地从这里走出来,回到盛乐,不曾想半年后又会这么狼狈地离开盛乐穿过它到牛川!马兰感慨万分。

拓跋珪和拓跋仪、拓跋烈紧紧跟随在母亲身后,护卫着母亲。这时,担任内行阿干的穆崇从后面赶了上来,匆匆来到马兰身边,小声说:"代王,不好了。北部大人叔孙普洛等十三人以及诸乌丸亡奔刘卫辰去了!"

马兰大吃一惊,勒住马:"甚时候?"

"刚得到报告!刚才进山的时候,他们要求走在队伍最后以殿后,大队进山,他们趁机亡奔了。"

"奶奶的!"马兰咬牙低声咒骂着。现在正是最需要人的时候,又亡奔了一些人员,这几千人的队伍实在太孤单了。可是,有甚办法呢?天要下雨娘要嫁人,部下在最困难的时候逃亡,不过是人趋利避祸本性的反映,没有什么可抱怨的。

马兰轻轻咬住嘴唇,抖了抖缰绳,让坐骑继续前进。

"我去把他们追回来!"拓跋珪大怒,对母亲说。

马兰摇头:"追不回来了!由他们去吧。还是那句话,强按牛头不喝水,天要下雨娘要嫁人,勉强不得!不过他们投奔刘卫辰,恐怕是所托非人,他刘卫辰不是明主,我看他不过是秋后蚂蚱,没几天跳达了!"

"代王,我向你发誓,我将来一定要把刘卫辰打得屁滚尿流,要亲自刴了他!"拓跋珪咬牙切齿地说。

"我就等着这一天!"马兰说。刘卫辰确实是代国不共戴天的敌人,她恨得牙根痒,总有一天我要寝你的皮、饮你的血、餐你的肉,以解我心头之恨!

"喝啊!叔孙阿干!"刘卫辰端着大酒碗向叔孙普洛十三个将领劝酒。

马兰行进在阴山山谷里,行进在牛川的时候,刘卫辰正在河西的代来城里开宴会欢迎前来投诚的叔孙普洛等十三人以及乌丸部落人。乌丸与拓跋鲜卑都来自鲜卑山,语言习俗差不多,他们人数不多,所以,总是依附在鲜卑拓跋部里,与鲜卑拓跋同进同退。现在居然逃离了鲜卑,来投靠他刘卫辰,怎能不叫刘卫辰高兴?叔孙是拓跋十姓之一,叔孙部落都逃亡了,可见拓跋

鲜卑国母:献明皇后

鲜卑是无可救药了。

刘卫辰在什翼犍的代国被苻坚灭了以后,被苻坚任命为西单于,主持代地河西事物,但是一直受东单于刘库仁的牵制,他十分不满苻坚,听说苻坚大秦灭亡,他比谁都高兴,他在河西代来城蠢蠢欲动,想占领刘库仁的河东地盘,于是派人四处活动,拉拢代人,拉拢刘眷、刘显的部下,准备着积聚力量打过河东来占领盛乐。

"进舞!"刘卫辰挥手喊着。几个浓妆艳抹的西域大月支国的舞娘袅娜着走了上来,穿着鲜艳的西域服装,翩翩起舞。几个西域鄯国乐师弹奏着叮咚清脆的西域乐器,用琵琶月琴手鼓演奏着动听的西域凉州乐曲。刘卫辰守在河西走廊上,与西域交往多了许多。大秦苻坚派出去攻占凉州的大将邓羌在苻坚与大秦灭亡以后,留守凉州不归,为了求得安稳,也与他建立了来往关系,向他送了几个色艺俱佳的西域舞娘,叫他高兴得欲死,每日里守着她们,看她们跳舞,听她们唱歌,与她们上床行乐。

叔孙普洛等人从没有见过如此漂亮的西域美人,一个个张着口呆愣愣地看着舞娘。

一旁的刘卫辰十分开心,他拍着叔孙普洛的肩膀,笑着:"只要你忠心跟随本单于,本单于赏你几个这么漂亮的美人!"叔孙普洛急忙道谢。

刘卫辰急于知道马兰和拓跋珪的情况,打发了舞娘乐师,开始详细询问代地情况,开始谋划他进攻代地向东扩张的计划。

3.精心部署暂时退却　联手进攻长远谋划

马兰越过阴山来到贺兰部,贺兰部现在迁徙到固阳草原,驻牧在阴山北麓弩山山麓。有阴山阻隔,窟咄不大敢越山追赶过来,马兰可以安心在固阳等待慕容垂大军前来支援。

贺兰部大人贺讷热情地接待着妹子和外甥一行。马兰在离开贺讷营地的不远处,安下自己的营帐。贺讷看到马兰尤其高兴,这次说什么也要让妹子把木兰给他留下来,他太想念她了。

马兰也很识趣,看到兄长那么想念木兰,就允许木兰离开去贺讷的营地,也算了结一对痴男怨女的痴情。木兰虽然恋恋不舍,却也还是欢天喜地

鲜卑国母: 献明皇后

告别马兰到了贺讷那里，成为贺讷的一个阏氏。马兰很满意自己对木兰的安排，木兰忠心耿耿跟了自己多年，总算为她安排了一个合适的归宿，也算报答了她的一片忠心和十几年的情义。木兰离开马兰的时候，哭得涕泪交流，弄得马兰也如丧考妣一样难过。不过真正伤心的还算只有五岁的拓跋觚，他抱住木兰双腿，号啕大哭，死活不让木兰走。木兰比他阿娘还亲，这几年，他几乎是在木兰的怀抱里睡觉长大起来。马兰好不容易才哄得拓跋觚离开木兰，让木兰上了贺讷披红挂绿前来迎亲的高车，在一片锣鼓吹打声中，辚辚地驶向不远处的专门前来迎亲的贺讷营地。

贺染干听说马兰又来贺兰部，非常气愤，他现在在贺兰部里已经笼络了一部分人，形成了不小的势力。他不能让马兰和她的儿子来侵占他的地盘，他暗地里窥视着马兰的动向。

贺讷新婚，这几日沉浸在新婚的喜悦里，每日与木兰相拥而眠，直到太阳普照草原才起身。这一日，贺染干在自己营帐里召集心腹，商讨如何驱逐马兰的办法。为了避免上次那样走漏风声事情的发生，他做了精心部署，大帐外把守着几道哨兵，谁也别离开这里。

贺染干决心一举消灭马兰和拓跋珪的势力，他在大帐里向他的部下做精心的安排："我们这次要先控制住贺兰部，先把贺讷囚禁起来，然后再发兵去对付马兰母子！"贺染干挥舞着拳头，压低声音说。"侯引乙，尉古真，你们率领一队人去包围贺讷大帐！其余人跟着我，我们现在就去召集人马，去捉拿贺兰母子！"

被贺染干严刑拷打瞎了一只眼睛的尉古真因为死不承认他通风报信，依然被贺染干信任。他和侯引乙急忙答应着，退出帐外去召集部下。

尉古真偷眼看着侯引乙，心里琢磨着脱身办法，他要去投奔马兰母子。尉古真对侯引乙说："你我还是回去再着召集一些人去对付贺讷的好，只这一小队人，万一制服不了贺讷，你说咋办？"

侯引乙一直感激着马兰当年不杀他的情义，他并不想认真执行贺染干的命令，不想加害马兰母子。听尉古真这么一说，他立刻就明白尉古真别有用意，他想救马兰。侯引乙立刻顺水推舟，说："也好，我们回去再多召集一些部下，贺讷确实难于对付！"

尉古真打马赶回自己的营帐，收拾了一点细软，正要带着妻子儿女逃奔马兰营地，只见贺染干带着随从远远打马过来。尉古真急忙让家眷回到营帐，派自己的小儿子从后面溜进马圈，骑马去向贺讷报信，让贺讷通知马兰逃走，他自己装做什么事情也没发生一样，召集了几个弟弟，一起上马迎着贺染干而去。贺染干看着过来的尉古真，勒住马，满怀狐疑地看着他问："你回来干什么？"

尉古真急忙回答："我回来找我弟弟，让他们一起去帮我制服贺讷。"

贺染干仔细看了看尉古真，倒没看出什么破绽。他一挥手："快去吧，小心走漏风声！"尉古真与弟弟打马向贺讷营帐奔去。

马兰接到贺讷派人送来的口信。"走！立刻动身！"马兰指挥着拓跋珪和部下，各自备马，营帐都来不及拆卸，急忙向弩山方向奔逃而去。

马兰和拓跋珪匆忙率领部下奔向弩山，以躲避贺染干的追赶。集合起队伍来捉拿马兰的贺染干来到马兰营地，营地已经人去帐空，贺兰率领部下进入弩山。贺染干只好失望返回贺兰部。

"不算完！"他恶狠狠地自言自语。

贺染干想，窟咄从南边攻来，他若是与窟咄联络，从北面攻去，南北前后夹击，她马兰母子的代国不会存在下去，马兰所有的牲畜、人口、地盘一定全部归他所有。

夏日的草原一派旖旎风光，马兰站在碧绿草原上，自己的大帐前面，踮着脚跟遥望着远处，一直在焦急地等待两个人。在蓝天和碧草相接的地平线上，飞奔来一匹骏马。马兰迎了上去。果然是她等待的穆崇。马兰加快了脚步，向飞过来的骏马跑去。

穆崇看见代王向自己跑来，急忙勒马，滚下马鞍，倒身便拜。

马兰急忙上前，亲手搀扶起他。"乌矮真，快起来，你辛苦了。"

"你可回来了。"马兰亲热地把衣衫褴褛的穆崇迎进自己的大帐，亲自为他斟倒了满满一碗热浆酪。

"你可算平安归来了。急死我了。"马兰妩媚地对穆崇微笑着，穆崇走了多日，今天见他平安归来，马兰心里很是喜欢，她一直担心他遇到不测。

马兰甜甜的笑容让穆崇心里泛起温热的涟漪。为了代王这迷人的甜蜜的笑容，他甘愿为代王肝脑涂地，为她赴汤蹈火，为她下刀山入火海。代王为了掌握各部落的人心动向,预防不测的叛逃,悄悄派他潜行到各部落去了解情况。明明知道这是一次非常险恶的任务,但是他还是二话不说,立刻动身。他在草原上流浪了半个多月,出生入死,终于替代王掌握了许多秘密情报。

"快说说情况。高车,柔然,有没有动静?"马兰温柔地看着穆崇饮了浆酪,才柔声柔气地问。

穆崇抹了抹须髯和嘴角,抹去沾在上面的浆酪,笑着说:"代王,你完全不必担心,高车和柔然眼下没有打我们的意思。他们正忙于内部争斗呢!"

马兰轻轻地舒了口气,紧皱的眉头也稍稍舒展开来:"这我就放心了。要是他们趁火打劫,我们可真是腹背受敌,自顾不暇了。"

穆崇笑着:"高车内部几个部落打得不可开交,柔然刚刚死了一个可汗首领,几个部落首领都忙着争夺这可汗位置呢。我看,这一年半载,他们都没有精力来打我们!"

马兰看着穆崇黧黑的粗糙的脸,看着他那乱糟糟的须髯和发辫,微笑着问:"你吃了不少苦吧?"

穆崇这粗鲁的男人被代王一句温柔的问话问得眼泪汪汪。他不好意思地掩饰着自己心头涌起的激动的涟漪,连声说:"没甚,没甚。感谢代王关心!"

"真的没甚?"马兰笑着追问。

"真的没甚,真的没甚。"穆崇着急地说,怕马兰不相信,眼睛都瞪得溜圆。

其实,马兰猜得出他的心思。穆崇和她那些忠心耿耿的将士一样,都不愿意在她面前流露出怯懦,他们在她面前都争抢着表现他们的英勇气概和勇敢精神。真是些忠心部下啊,没有他们,她和拓跋珪能成甚事呢?马兰感动地想。

穆崇确实不想在代王面前诉说自己这些天惊心动魄的遭遇,不想让代王知道他九死一生的经过,他不想让代王为他难过,他不想让代王那双美丽、明亮、迷人的眼睛里蒙上阴影。

想起几次遭遇的危险,穆崇现在还心有余悸。

穆崇趁着夜色潜入一个部落里,留马和随从在部落外面,自己单身换了

鲜卑国母:献明皇后

一身柔然部落衣服溜进柔然大营里。他进入一个草棚，草棚里有一个女子在舂米，墙壁上点燃着熊熊的火把，火光照着外面，照到偷偷溜进来的穆崇，那女子尖声喊叫起来："来人啊！有贼了！有贼了！"喊声惊了全营的将士，士兵们高举火把从营帐里跑了出来，呼喊着捉贼，到处搜寻着。穆崇急忙闪身躲避到一个大坑里，一动也不敢动，趴伏在坑底里，一些杂草遮掩了他。举着火把的士兵到处搜寻了一番，没有找到他，都返回自己的营帐去睡觉。穆崇等到半夜，见没有动静，才爬上土坑，从马厩里偷出一匹马，打马狂奔，逃出营地。

好不容易逃出营地，他不辨东西，又陷入一片大泽，黑茫茫的大泽里，只有天空闪烁着的几点星光，他只好下马想在大泽过夜。可是，他一跳下马，就发现前方有两盏闪闪的灯笼似的亮光跟随在他身后。他知道，那是一只野狼在远远地跟踪着他，等着选择合适时机扑上来咬断他的脖颈。他急忙跳上马，打马奔去。刚刚离开大泽，一些追踪来的人已经来到大泽。幸亏这只白狼！穆崇庆幸地想。

见马兰追着问，穆崇突然灵机一动，我们鲜卑拓跋崇尚草原狼，何不把这故事稍加改编，变成一个白狼救他于危难之中的传奇呢？这样，不是可以说明我的伟大吗？不是可以引起别人的崇敬吗？得到白狼襄助的人，必定是奇人！穆崇心里改编出一个白狼向他嗥叫，引领他走出大泽的动听故事，准备讲给别人听。

穆崇平安归来，让马兰焦急等待的心安稳了一半，她还在营帐里焦急地等待着去中山联络的安同和梁六眷。她派他们到中山去搬救兵。窟咄已经占领盛乐，贺染干如果与窟咄联络上，双方同时举兵，南北夹击，她的形势极为险峻。这些日子，人心越发动荡，又有几个兵士趁着天黑偷偷逃奔了，要是大燕援兵不能及时赶到，代国可要岌岌乎殆哉了。

"回来了！"拓跋珪冲进大帐，高声喊着。

一个人进来，扑通跪倒在马兰面前，"大可敦，代王，安同回来了！"马兰这才认出眼前这衣衫褴褛、头发蓬乱的人正是她朝思暮想、翘首以盼的派往中山去求救兵的使者安同。她急忙跑到安同面前，拉起他，连声问着："援兵来了吗？来了吗？"

安同撩了撩散乱满脸的头发，说："来了，来了。大燕援兵已经到了平城，很快就会穿越长城口，慕容普麟将军怕你们着急，派我回来报告，同时约定会合地点和时间。慕容将军决定在高柳等待代王大军。"

马兰松了一口气，坐回座位，让拓跋珪给安同搬来绳床。"说说经过，看样子，你受了不少苦。"

安同摆摆手，苦笑了一下："咳，别提了，一路上真是提心吊胆。去的时候，长孙贺带领着随从逃奔窟咄，差点没要了我和梁六眷大人的命，幸亏我们抄小路走恒岭山谷才平安赶到中山。从中山回来，过平城以后，遇到窟咄兄子意烈军队的阻截，抓住大燕使者兰纥，幸亏我腿快，走避及时，隐藏到一队商人装货的囊袋中，得以躲过搜查。好不容易等到天黑，意烈又派人盘缠商队，我只好趁天黑钻进一口空井，在空井里躲了整整两天，等意烈队伍过去以后，我才爬出井，正好遇到慕容将军的队伍，才算拣回一条性命。慕容将军和梁六眷怕你们着急，立即派我回来报告。"

马兰叹息着："辛苦你了！幸亏你回来，再拖几天，这人心越发要慌张了。这下好了，我们代国有救了！"

"带安同大人去歇息！"马兰对侍从说。等安同下去，马兰看着拓跋珪，与他商量出兵迎接。

"燕皇派来的援军在慕容普麟的带领下，要在高柳与我们会合，你看我们派谁去会合慕容普麟的好？"

拓跋珪胸脯一拍："自然是儿子我去了！"

"你？你行吗？"马兰心中不免高兴，却还装出不大信任的样子，用激将法激他一下。

"阿娘，你这么不信任你的儿子啊？我都十六岁了，还不能带兵打仗，将来如何成就大业啊？"拓跋珪被母亲的不信任激得有些气恼，脸色也有些微红。

马兰微笑着拍了拍拓跋珪的肩膀："不是为娘的不信任你，而是这次行动太过重要，他关系着能不能把窟咄赶出盛乐。为娘的有些不放心，你毕竟还没有真正领兵打过仗，这么重大的责任压在你身上，你能承受得起吗？"

拓跋珪点头，脸色凝重："阿娘你就放心吧。我虽然还没有真正领兵打过仗，可是我勇敢，不怕死，敢于冲锋陷阵，士兵就会跟着勇敢冲锋陷阵。打

鲜卑国母：献明皇后

仗只要勇敢就能取胜!"

马兰摇头:"打仗不怕死固然重要,但是打仗也不是光靠勇敢就能取胜的!打仗还要靠智谋,靠运筹帷幄,靠动脑子。我担心你只会冲锋陷阵,不会运筹,没有智谋,不动脑子,那样是不能打胜仗的!窟咄老谋深算,你不运用智谋怕要吃亏!"

拓跋珪点头:"阿娘教训极是。儿子年幼,计谋确实不多。不过,有舅父梁六眷的辅助,我相信我一定能打赢窟咄,一定会把窟咄撵出盛乐!"拓跋珪挥舞着拳头,坚定地说。

"好,只要你能从善如流,能够听从谋士的劝说和部署,我就放心了。听人劝,吃饱饭,你记住这话。不要一意孤行,不要任性而为!"

"儿子记住了!"拓跋珪郑重其事地回答。

"你领兵,让南部大人长孙嵩、北部大人穆崇,还有拓跋虔、尉古真等人做你的副手。"

"阿娘,我也要去!"拓跋仪从外面跑了进来,拉着马兰的手说。

"你还小,以后再去吧。"马兰摆手。

"十四岁,不小了!"拓跋仪不以为然地辩解着。

"也好,你随阿干去吧,历练历练也好。"马兰微笑着,目光炯炯地看着拓跋珪和拓跋仪兄弟二人,又很不放心地谆谆叮嘱着:"你们千万要小心,要互相照顾,我等着你们平安归来!"

盛乐宫里,那间最高大宽敞的大殿里,正笙歌阵阵,酒肉飘香。窟咄坐在正中的高台上,面前摆着矮几,矮几上摆放着牛、羊、鹿、虎肉,他手把着一条羊尾,正啃得香。前面铺着的红地毯上,十几个艳装的苗条舞娘,正飘洒挥舞着长裙长袖,袅娜地旋转着,舞动着,露出白生生的肚皮。乐师弹奏着琵琶、月琴,吹着喇叭、羌笛,敲着手鼓,为翩翩起舞的舞娘伴奏。窟咄看着飘舞的舞娘,拍着大腿,不断地高声叫好,旁边几个使女轮番给他斟酒布菜。

从外面匆匆走进来的刘显。他现在被窟咄分封了大单于、北部大人,他径直来到窟咄面前,挡住窟咄的视线,使他看不见他最喜欢的一个舞娘的袅娜身姿。窟咄很是生气,把手中的羊尾啪地扔到矮几上,咆哮着:"你要干什么? 你走开! 别挡住我!"

刘显并不听从他的吆喝。他还是直挺挺地站在他的面前,低声说:"刚得到探报,慕容普麟发兵来救援大可敦,现在已经与大可敦的队伍会合在高柳,正向盛乐开来,已经快到盛乐旧城了!"

窟咄浑身颤抖了一下,碰洒了面前的酒碗,他挣扎着想站起来,却又碰倒了面前的矮几,还是没有站起来。

"什么!到旧城了?"旧城离新城不过八里地,大军转眼就会来到面前,这怎么能不叫他吃惊张皇。

"快调集军队去迎战啊!你还站在这么干什么?"窟咄生气地喊着,总算站了起来。

刘显摇头叹息:"军队已经调集起来,正在旧城外与慕容普麟和拓跋珪决一死战呢。我看队伍已经支撑不住,这才回来报告你啊。我是要带着我的人离开盛乐了!"说着,就往外走。

"你是甚意思啊?你要走?往哪走?"窟咄一下子拉住刘显的衣袖,大声喊叫着。听刘显这么说,那些还在跳舞弹奏的舞娘和乐师,都停止的舞蹈和弹奏,急忙收拾着乐器,纷纷向外跑去。

"甚意思?"刘显冷笑着:"赶快逃生去啊!,大燕派了一万人的步骑兵,加上大可敦儿子拓跋珪在草原上招募来的队伍,在旧城外杀成一片!我们的队伍死伤惨重,根本抵挡不住他们的进攻!我可是要带着我的人去投奔刘卫辰了!"说着用力甩开窟咄的手,向外跑去。

"等等我!"窟咄喊着,踉跄着脚步紧跟着刘显跑去。"不要丢下我啊!"窟咄已经带着哭腔喊。

刘显狠狠地瞪了一眼窟咄,加快脚步,想摆脱窟咄。他非常恼怒窟咄,目前这狼狈局面都是窟咄不听他劝说造成的。窟咄与刘显进驻占领了盛乐以后,刘显无时无刻不在关注着马兰的动向,但是窟咄在阔别十几年回到故乡以后,却沉溺在享乐中。刘显探到马兰率领着部下越过阴山投奔贺兰部以后,就多次劝说窟咄继续追击,彻底消灭他们。但是窟咄以为,马兰已经无法返回盛乐,他不愿继续征战,便在盛乐安心地住了下来,以代王的身份在盛乐分封百官,建树旗帜,正儿八经地作起代王,安享着代王的荣华富贵。他已经苦了十几年,现在需要把当年流离失所的苦难补偿回来。所以,他尽情享乐,根本听不进刘显的劝说。刘显经常心怀不安,常常告诫窟咄,说一

鲜卑国母:献明皇后

天不抓住马兰和拓跋珪，一天就不能安心。可是窟咄不听。他不想穿越阴山到牛川去追逐马兰和拓跋珪，只要马兰和拓跋珪不来定襄纽垤川，他就可以安稳地做自己的代王。

"等等我！我跟你一起走！"窟咄还是紧紧追随着刘显。刘显无法，只好停下脚步等待他。"快去集合你的人，我们赶快离开盛乐！"刘显烦躁地喊。

窟咄急忙传令召集自己的人马，但是，不过只剩了几十人。

"走吧。"刘显有气无力地对窟咄说："我们现在只有去投靠西边的刘卫辰了！你带着你的人先走一步，我随后就到！"

窟咄顺从地听凭刘显安排，现在他已经六神无主了。窟咄带着不过几百人，急匆匆从新城西门逃离盛乐，向北跑去，在金津渡河，去投靠代来城的刘卫辰。

刘显支走窟咄，率领着自己的人马，急匆匆出南门，向马邑奔去，那里还有他的一支队伍，由刘亢泥率领。回到马邑，也许他还有东山再起的机会。所以，他不想和窟咄走在一起。另外，他也信不过刘卫辰。这犊子是墙头草，哪边风大往哪边倒，万一他惧怕燕国势力想讨好慕容垂，很可能暗害前去投靠他的窟咄和自己。不到万不得已，不到没有任何出路，他决不去投靠刘卫辰。让窟咄去投靠他吧。刘显率领着队伍向马邑奔去。

窟咄跑到刘卫辰那里，果然如刘显估计的那样，刘卫辰不但不收留，反而杀了他向慕容垂表功邀赏。

慕容普麟在梁六眷陪同下，率领着大燕的步骑兵一万人，出中山，穿倒马关，越驿马岭，入灵丘，过恒岭，到平城。他们越过平城平原，向西北方向行进，准备在杀虎口越过长城，直接向盛乐挺进。

拓跋珪率领的代兵出弩山，在牛川延水南驻扎等待着慕容普麟的消息。一听到慕容普麟军队到平城，拓跋珪就率领自己队伍向西前进，出代谷，在高柳于慕容普麟会合。

拓跋珪见到慕容普麟很是高兴。慕容普麟已经是个魁梧、高大、英俊的将领，比拓跋珪更加高大。两个人见面，互相拥抱着，几年不见，他们都长大人了，如今已经是带兵打仗的将领了。

两位年轻的将领与梁六眷、安同等人部署作战方略，便向盛乐城奔去。

354

来到盛乐旧城，就被守城的刘显队伍发现，双方在旧城外展开了生死决战。

拓跋珪的人马大多是代人，死心塌地拥护着大可敦，他们愿意为大可敦的代国而战。而且，在拓跋珪英勇带领下，是越战越勇。慕容普麟的大燕军队，因为是远道而来，士兵疲敝，又是为帮助别人而战，自然气势不够威武。拓跋珪看着自己的士兵喊着杀着，冲锋着，而燕军却是喊声连天，脚下却并不快捷，进两步退一步，迟迟攻不上去。

拓跋珪心里着急，却又无计可施。突然，他眉头一皱，计上心来。他挥舞着大刀，冲进燕兵队伍里，大声呼喊着："城里有金银财宝！谁冲进去，就是谁的！冲啊！"他跃马扬刀，冲到队伍最前面。燕兵听说城里有金银财宝，一下子来了情绪，各个呐喊着，奋勇向前冲去，一时间，队伍士气极为高涨，旧城一下子就被拓跋珪拿了下来。

冲进旧城，燕兵大肆搜掠，虽然金银财宝不算多，也算有些收获，不少士兵抢了皮张、首饰、绸帛，也都欢天喜地。

拓跋仪看着各个欢天喜地的燕兵，小声对拓跋珪说："阿干，你的计谋还真管用！"拓跋珪笑了。

慕容普麟看着拓跋珪，说："我们乘胜攻击新城，正好一鼓作气，攻占新城。"

"好！好！"拓跋珪答应着，正要对队伍发号施令，只见梁六眷正对他使眼色，拓跋珪心下明白，梁六眷不同意立即进攻新城，他急忙改口说："不过，阿干的队伍远道而来，又连连攻城，一定十分疲累，不如就地先歇息歇息，等我们弄清楚新城的敌情而后进攻也不为迟！"

慕容普麟见拓跋珪言之有理，也不坚持自己的看法，他传令让自己的队伍在旧城里安营扎寨。

拓跋珪拉着梁六眷走到一边，小声问："舅父为何不让下令进新城？"

梁六眷看了看慕容普麟，他们正忙着调动队伍安营扎寨，没有注意他们，他就拉着拓跋珪一边向队伍走去，一边小声说："刚才得到探报，说新城里的刘显和窟咄已经弃城而逃，这就用不着燕军与我们一起攻进新城了。我怕他们进新城以后烧杀抢掠，把新城搞得一塌糊涂，将来代王回来难以收拾。而且，我更担心，他们进了新城会赖在新城不走，那样我们就麻烦了。请神容易送神难啊！"

鲜卑国母：献明皇后

拓跋珪直点头。姜是老的辣,听老人的话真是没有错! 他感慨地想。幸亏有梁六眷的提醒,要不,他刚才差点酿成大错。

"我们现在咋办?"拓跋珪问。

"我们趁慕容普麟安营扎寨歇息之机,赶快开进新城占领新城!"梁六眷小声而果断地说。

"好,就这么办!"拓跋珪说:"我这就去调集队伍!"拓跋珪说着就走。

"等等!"梁六眷喊住拓跋珪:"我看,你还是要先向慕容普麟说一声,否则将来燕王会生气的,再需要向他们借兵,他会拒绝的!"

"怎么跟他说呢?"拓跋珪有些为难。

"你就说旧城地方狭小,不足于住如此多军队。我们把城里让燕军住,我们代军到城外寻找一个合适的地方安顿营盘。这样不会引起慕容普麟的怀疑。等我们占领了新城以后,再向他解释说,出城以后,恰巧遇上窟咄军队袭击,只好迎战,将他们赶出新城,占领了新城。他们也不会怀疑的!"

拓跋珪笑着,拍了拍梁六眷的肩膀:"姜是老的辣! 怨不得我阿娘叮嘱我,要听你的话呢! 就依你的话去说!"拓跋珪向慕容普麟走去。

马兰乐呵呵地回到盛乐。这一仗,打得十分精彩,这是她即位做代王以来第一仗,也是改变代国处境的关键一仗。回到盛乐,已经是深冬天气,复兴代国已经一年。

果然如梁六眷所料,燕国军队帮助代国赶走窟咄以后,久久不撤兵回中山。拓跋珪多次暗示慕容普麟,慕容普麟总是说,没有得到燕国大皇帝的诏领,还不能撤军。

代王马兰并不介意。她打心眼里感激慕容垂和慕容普麟。她甚至暗怀希望,希望慕容垂能够亲自来盛乐视察,现在的代地不过是燕国的附属和臣属,他应该亲自来视察的。马兰怀着隐秘的希望,派使者上书给慕容垂,向他报告了代地取得胜利的情况。

登国元年十二月,中山派来了使者,带着大燕皇帝慕容垂的诏令和印绶,来正式颁发对代主的任命和封赏。慕容垂以燕国大皇帝的身份,正式颁发印绶,封代主马兰为大单于和上谷王。

马兰让拓跋珪去领取赏封。拓跋珪有些不大乐意,一脸的不痛快。马

鲜卑国母:献明皇后

兰看着儿子阴沉的表情,拉着他坐下。慢慢地柔声细语地说:"我们前去请求慕容垂发兵救盛乐的时候,已经答应称贡于燕,我们不能言而无信,这个封赏你应该接受。"

拓跋珪沉默不语,只是低头看着自己的靴子。马兰看着拓跋珪还是无动于衷的阴沉表情,换了个话题。

马兰问:"你听说姚苌在长安称帝了吗?"

拓跋珪抬起头,明亮的眼睛闪出气愤:"是啊,你看,连姚苌这羌胡都称了皇帝,我们拓跋鲜卑为甚还要向慕容垂称藩,还要低声下气去接受他的赏封印绶?我们为甚不能扯起称帝的大旗?"

马兰笑了。"谁不想自己称帝啊?宁为鸡头,不为牛后。为娘的当然也明白接受别人的赏封意味着甚。为娘也不想受制于人。可是,人一定要有自知之明,要明白自己的实力。你看,我们代国眼下具备称帝的实力吗?"说到这里,马兰停了下来,让拓跋珪自己思索。拓跋珪看着母亲明亮的眼睛,头脑里乱哄哄的,没有什么明确的想法。

马兰含情脉脉地看着拓跋珪,语重心长地继续说:"你看,我们代国复兴不过一年,这一年里,西有姚苌称帝于长安,东有慕容垂称帝于中山,还有慕容永自立于长子,南有刘显弟兄窥视,北有刘卫辰觊觎我们代地,你看,代地处于四面受敌的包围中,我们能不能称帝?敢不敢称帝?假如我们不接受慕容垂的赏封,那就意味着我们向他们宣布我们的自立,那时候,燕国慕容垂不仅不提供保护,反而可能联合其他力量来攻击我们,我们四面受敌,如何可以自保?眼下,最想吃掉我们的是刘卫辰,他结交于慕容垂,又讨好于姚苌,听说还偷偷示好与慕容永,多方勾结,四下拉拢,他这么活跃,为甚?还不是想孤立我们,想吞并我代地?我们如果不依附一方,不结交一些能够联盟的力量,早晚难免一死。眼下寻求联盟,寻求保护和靠山,暂时委屈,做人臣属,正是图谋明天的发展壮大。周围这几个胡人国度,唯有慕容垂的燕国与我们关系好,慕容垂毕竟也是鲜卑,是我们拓跋的亲戚,又与我们在长安有八九年的相交,他待我们母子不薄,我觉得与他联盟要比与其他国度更靠得住一些。"马兰娓娓劝说着、开导着拓跋珪。

拓跋珪在母亲目光抚慰下,心情已经平和了许多,他认真思索着分析着母亲的话。母亲对眼下局势的分析全面深刻,使他看清了接受燕王印绶的

鲜卑国母:献明皇后

357

好处。

"我知道在长安你受了许多闲气,你有委屈。可是,为了复兴代国,为了能够把你祖父的事业继承下去,眼下只有这一条路,只有继续委屈一下,暂时向燕国称藩称贡。不如此不足以保存我们的实力。你说是不是啊,儿子?"

拓跋珪轻轻点头。

马兰接着说:"今冬让将士好好休息,明年开春以后,我准备派兵去征剿刘显,为你姑姑报仇!你姑姑救了我们,却被他害死,这个仇不报,对不起死去的姑母!另外征剿刘显,也是去为你讨回老婆。当年是刘库仁大人主张把刘眷的女儿许配给你为妻,他刘显却劫持了姑娘,不送还她来盛乐。我看他攻击我们的贼心不死,他不除,我们难得安宁。他还会想办法捣乱,也许又会去勾结刘卫辰来个南北前后夹击,给我们个措手不及!明年征剿刘显是我们的当务之急。可是,征剿刘显,恐怕还需要燕国出手支援。你说,是不是啊?"马兰望着拓跋珪,殷切的目光里流露出极大的爱护和关心。

"是的。"拓跋珪抬眼看着母亲,轻声应承,眼睛里的怨气与愤怒已经减弱了许多。说到刘缨,也勾引起他对刘缨的怀念,那个大眼睛的女娃,经常咯咯笑的女娃,教会他骑马的女娃,现在越来越频繁地出现在他的梦中,经常是伴随着那令人神魂颠倒快乐梦境出现。他越来越思念她,自己也不知道是为什么。

马兰继微笑着继续劝导着:"要是你有图谋大业的雄心,就暂时委屈自己一下。眼下借助慕容垂的保护和支持,在这些年里,尽快除去刘眷、刘卫辰,平定牛川、纽垤川,收复更多的部落,不显山不露水的发展壮大我们代国实力。还是我那句话,大丈夫能屈能伸,受得苦中苦,方为人上人!你是个明白事理的好孩子!你该懂得母亲的苦心!"马兰说得有些哽咽,很动感情。

拓跋珪心里很受感动,母亲说得那么入情入理,母亲的部署那么长远,自己有什么理由拒绝呢?母亲喜欢慕容垂,他知道这一点,难道能够因为这就意气用事,反对母亲的决策吗?不能!拓跋珪出了口长气,把这些日子积攒在心胸里的郁闷、气愤全都呵了出来,他感到自己轻松了许多。

"何况,接受燕皇的赏封,不过只是一个名义而已。在我们代国内部,你依然是代王正式封赏的大太子,你是知道的,阿娘不过暂时代你管理代国,

鲜卑国母:献明皇后

过几年,这代王就是你的。到那时,我们的力量强大了,你不依然也可以自立为王、甚至是皇帝吗?我知道你喜欢曹操,你可以像曹操一样,先当魏王,然后做皇帝。但是眼下,你还是得委曲求全。你看,是不是该接受燕国的印绶啊?"马兰最后又问了一句,其实,她知道,现在这问题已经问得多余了,明白事理的拓跋珪已经心服口服。

"母亲放心,儿子这就去接受燕王的印绶。"拓跋珪坚毅的脸上闪现出喜色、亮色,尽管他不苟言笑,但是马兰已经从他脸上的表情看出他已经完全被说服,现在去接受印绶是他的心甘情愿。这就好,马兰欣慰地想。但是,她不知道,胸有城府的拓跋珪心里还憋着股气没有显露出来。将来有一天一定要自立为皇帝,像大秦苻坚,像曹魏汉武! 拓跋珪在心里对自己发誓。

十二月,盛乐代宫里,代王马兰接受了燕国皇帝慕容垂的封赏,接受了大单于、上谷王的印绶,成为大燕的臣属。但是,《魏书·太祖纪》留下自行矛盾又很可笑的记载:"十二月,慕容垂遣使朝贡,奉帝西单于印绶,封上谷王。帝不纳。"

代王马兰把大单于的印绶授予拓跋珪,拓跋珪便按照代王马兰的部署,驻扎牛川,驰骋在牛川草原,为大燕守北方草原,防止高车、柔然等部落南下进犯中山,同时,更是为自己收服北方草原部落,以扩大自己的实力,壮大自己的力量。

4.拓跋珪驰骋草原平刘显　大可敦驻足盛乐建都城

几个月的漫长冬天终于过去,春天来到纽垤川草原,恢复了生机的草原,满眼碧绿。阴山通往牛川的山口处奔出几十匹骏马,马上的人看到碧绿的纽垤川草原,竟都欢呼起来。他们呼啸着,催促着坐骑向山脚下碧绿草原奔去。

这是大燕大单于拓跋珪和他的弟弟拓跋仪、拓跋烈以及随从,他们正在向盛乐奔去,各个怀着与母亲重逢的喜悦。自从接受了燕皇慕容垂的任命,作为大燕大单于的拓跋珪,整整一个冬天,都带兵驻守牛川,为大燕保卫北方疆土,防止各胡人部落的侵扰。整整一个寒冷漫长的冬天,他们都待在寒冷的牛川,放牧养马,调教兵士,秣马厉兵,一直在忙碌着。拓跋珪有他的打

鲜卑国母：献明皇后

算,他准备开春以后便开始他的壮举,他要率领自己的军队,来实现母亲的部署,更是实现他自己的梦想。

接到母亲召见的诏令,拓跋珪把牛川军务交与副将穆崇,自己带着弟弟拓跋仪、拓跋烈和几十个随从,穿越阴山,回到阴山南的纽垤川草原。一踏上纽垤川草原,他们就感受到纽垤川的温暖。横亘东西的阴山像一道屏障,阻挡住从北海吹来的强劲的北风,使纽垤川比牛川暖和得多。牛川草原上,草才发芽,刚刚在草根处露出鹅黄和新绿,纽垤川草原上已经一片青翠,满眼碧绿。

太阳暖融融地照在他们身上,和煦的春风轻轻抚着他们的脸庞,十七岁的拓跋珪感到有些燥热,他从头上抓下火红的狐皮帽,解开身上的羊皮袍,让和煦的春风吹拂着他发热的脸庞。

"驾!"他大声地喊着催马令,向可以瞭望到的昭君坟奔去。他的心里充满着对母亲的想念。整整一个冬天没有见到她,这在他十七岁的生涯中还是不很多。

拓跋仪和拓跋烈,更是急不可耐,恨不得一步跨到母亲面前,扑向母亲温暖的怀抱。

盛乐城里的代王宫殿里,准备了丰盛的宴席,代王马兰正焦急地等着拓跋珪弟兄归来。她很想念他们。整整一个冬天没有见到他们,小犊子们还好吧? 召集他们回盛乐,一是因为耐不了思念之苦,另外是有要事与他们商量。春天来了,她要开始实施自己的宏图大计了。

"来了! 来了!"内行阿干梁六眷从宫外匆匆进来报告代王马兰。

"到哪里了?"马兰焦急地问。

"到城门了,说话就进城了。"梁六眷笑着说,稍微有些气喘,冬天一到,他就犯气喘的毛病,一直持续到夏天来临。

"宣布奏乐!"马兰大声命令。

"奏乐!"礼赞官一声令下,宫殿前鼓号齐鸣,雄壮的阿干之歌一遍又一遍地回荡在宫城上空,欢迎着大单于归来。马兰带领着宫城里的臣属亲自到宫城门口迎接。

来到宫城外大门前,拓跋珪已经看到城门里欢迎的人群,听到雄壮的乐曲,他心情很是激动。一到门口,就滚下马,把缰绳和马鞭扔给随从,整了整衣襟,系好腰带,跑步进门,单腿跪在母亲面前。"阿娘代王,儿子拓跋珪回来了!"

拓跋仪和拓跋烈也都模仿着兄长的样子,向母亲磕头问好。

"快起来!快起来!"马兰笑得嘴都合不拢,伏身双手搀扶起拓跋珪,又一个一个搀扶起拓跋仪和拓跋烈。她搂抱着几个儿子,脸上笑开了花。一旁的梁六眷不禁轻轻摇头,心里想:毕竟是女人啊!儿女情长啊!

马兰一手拉着拓跋珪,一手拉着拓跋烈,高兴地走回大殿,盛大宴会正等待着他们。走进大殿,马兰向站在大殿里的拓跋觚高声喊:"觚儿,快来见过你的兄长!"听到母亲的喊声,又看到兄长们向他跑过来,五岁的拓跋觚一把甩开使女的拉扯,跳跃着向拓跋珪跑了过来。

"阿干!"他喊了一声扑进张开双臂的拓跋仪怀抱。拓跋仪抱着他,旋转着,把他逗得咯咯笑个不停。

拓跋珪淡然地看了看拓跋觚,轻轻地笑了笑,摸了摸拓跋觚的脸蛋,继续走进大殿。

马兰偷眼看了看拓跋珪的脸,一丝阴影闪过她的心头。拓跋仪抱着拓跋觚对她说:"阿娘,觚儿又长高了一些。"

"可不是,"马兰心头的阴影倏然而去,她高兴地看着拓跋仪:"高了许多呢。你看,是不是也胖了许多?我都快抱不动他了。"

"小胖子!"拓跋烈从拓跋仪怀里接过拓跋觚:"来让二阿丁抱抱!"拓跋觚咯咯笑着,张开双臂,投入拓跋烈的怀抱。拓跋仪与拓跋烈逗着拓跋觚,欢笑声一片。拓跋珪径直走向宴席,不大理会身后弟兄的嬉戏。

"大家入席吧!"马兰回转身对列在外面的臣属喊。乐队继续演奏着凉州曲。

宴会以后,所有的人带着酒足饭饱后的满足离开大殿。马兰与儿子们也回到内寝宫。"内行阿干,"马兰对梁六眷说:"你也来。"

回到寝宫,大家围坐到炕上。马兰说:"今天召集你们回来,为的是部署征剿刘显大计。派出的探报回来报告,说刘显在马邑整整一个冬天都在招兵买马,现在他地广兵强,野心勃勃,希冀非望,有吞并朔方、囊括四海之志。

鲜卑国母:献明皇后

361

老话说，吴不并越，将为后患。眼下我们不能让他牵着鼻子走！"

"鳖犊子！这次他别想再逃走！"拓跋珪咬着牙说。

"刘显在马邑有多少部众？"马兰问梁六眷。

梁六眷说："他的部众原本不多，但是加上从我们这里叛逃过去的代题部，以及他弟弟刘亢泥的部众，就多了起来，大约有四五万众。"

马兰问拓跋珪："你现在有多少部众？"

拓跋珪挠着头皮："不过三千多。"

马兰忽闪着大眼睛，看着儿子，脸上有些忧郁："三千对五万，是不是太悬殊了一点？这仗看来还是不好打啊。"

拓跋珪有些急躁，他刚要张口反驳母亲，话到嘴边，又急忙打住。母亲经常呵斥他说话不加思索冲口而出，他需要有意识地改掉这毛病，还是先仔细想想母亲的话。他把正要脱口而出的反驳咽进肚子里，开始认真思索着。

马兰想了一会，看着梁六眷，征询着问："刘亢泥驻扎在哪里？"

"在杀虎口里苍头河上游，离马邑一百多里的地方。"梁六眷说。

"我有个主意，"马兰明亮的目光扫视着大家："眼下他兄弟乖离，派人去说服刘亢泥，让他来降，他和刘显很不一样，一直同情我们，而且对刘显害死他妻子一直心怀不满，耿耿于怀，眼下又见疑于刘显，更是不满。"

拓跋珪看着母亲，问："能行吗？万一他扣留我们的人咋办？"

"我看能行。"马兰很肯定地说："刘亢泥耳朵弱，没有主心骨。只要我们把刘显的前景摆明给他，让他知道跟着刘显早晚是死路一条，他一定会来降！"

"可是怎么才能让他相信我们的实力超过刘显呢？"拓跋仪瞪着明亮的眼睛看着母亲："现在明摆着是刘显实力强啊。"

"是啊，这是个关键。一定要让他相信，刘显打不赢我们才行。"马兰伸手赞许地抚摩着拓跋仪的头："你提的这问题很好。你们谁能想出办法？"马兰的目光扫过拓跋烈，落在拓跋珪的脸上。"你有甚办法？"她把目光定在拓跋珪的脸上，等着他的主意。

拓跋珪看出母亲这是有意在考问他，便用心思索了一会，说："我想，只有去请慕容普麟的军队来支援我们了。只要让刘亢泥知道慕容垂派兵来会，他就明白，南北夹击，东西共举，共相声援，刘显难于对抗。他大约会答应来降的。"

马兰拊掌大笑:"儿子真是长大了,与阿娘想的一样。"

梁六眷也笑着说:"与我想的也一样。"

"这样看来,我们是英雄所见略同了!那好,我们就这样决定下来,宜速行动。不过慕容普麟一定要得到慕容垂的许诺,他才敢答应我们的请求,看来,还要派安同和内行阿干再辛苦一趟,去中山朝见慕容垂,请求他的许诺。去时路过刘兀泥驻地,告诉他我们的意思,让他考虑。我想,他会来降的。"马兰微笑着部署攻打刘显的方略。

阿娘确实不简单。拓跋珪看着母亲,眼光里满是敬佩地问:"那我们该如何?是在盛乐等待燕国命令,还是先回牛川?"

马兰说:"我看,你们弟兄三人在盛乐住几天,再回牛川,召集队伍,秣马厉兵,等候内行阿干从中山归来的消息。"

拓跋珪摇头:"我看这样等待的时间太长。不如我们回牛川以后,在下旬就动身悄悄地慢慢地向平城一带进发,在平城一带等待燕国军队。待慕容普麟军队在平城得到燕国国主命令,我们就可以迅速合在一起,以迅雷不及掩耳的速度掩杀到马邑,让刘显来不及做一点准备!"

原来,慕容普麟军队在帮助马兰夺回盛乐以后,已经请求慕容垂同意,撤回平城驻扎,以便控制代地与塞外形势。

"好!就依你说的办!"马兰把手重重地按在拓跋珪的肩头:"这一次,可要看你了!内行阿干要去中山,这统兵打仗可只依靠你们弟兄了!特别是你!"

"阿娘放心!"拓跋珪跳下炕,把手放在右胸口,向母亲鞠躬:"我向阿娘保证,一定打败刘显!"

"为娘相信你!我的大单于!"马兰高兴地笑了起来,满眼自豪满脸爱怜地看着又高大魁梧了许多的儿子。眼前的拓跋珪已经是一个剽悍、英武的鲜卑青年,浑身上下充满着肃杀之气,透着刚毅、勇敢、无畏、坚定,洋溢着一个鲜卑头领的威严。他一定是个能征善战的首领,像他的祖父一样。马兰自豪地想。以后就要靠他的征战来复兴和扩展、开拓代国了!

"好犊子!好好干!代国靠你了!"马兰轻轻地砸了拓跋珪肩头一拳。"对,一定要找到刘缨。"马兰又补充着说:"带回来就给你们成亲!"马兰甜蜜地笑着说。

六月,拓跋珪率领着代军从牛川向平城武周山方向移动。武周山距离马邑不过一天路程,他准备在平城西面的武周山后扎营,等待平城驻扎的慕容普麟得到中山命令,而后合兵征剿刘显。到达武周山的第二天,拓跋珪便得到梁六眷送来的信,说燕皇慕容垂已经答应了代王请求,同意派慕容普麟率兵与拓跋珪一起围剿刘显,慕容普麟不日将从平城动身向马邑开拔。在约定的日子,兴奋不已的拓跋珪立刻率领自己的骑兵,从武周山动身,向马邑进发。慕容普麟从南面进攻马邑。

只用一天时间,拓跋珪的骑兵占据马邑东面,慕容普麟的骑步兵占领南面,两只军队把马邑紧紧包围了。

这时,驻扎在距离平城西方不太远的马邑的刘显,正惊慌失措地调兵遣将,准备迎战前来的慕容垂和拓跋珪的军队。

"传令刘亢泥,让他明天拂晓带兵前来马邑会合!"刘显命令自己的部下。

部下看着刘显,好像有话要说,却又不知道如何说似的,嘴张了几张,又为难地紧紧闭上,但是却又磨蹭着不肯立刻离开去传达命令。

"你是不是有话要说?"刘显很不耐烦地瞪着这部下:"你有屁就放,不要在这里磨蹭!"

"报告刘大人!"那部下被刘显骂了个狗血喷头,终于下决心张嘴说话:"刚才得到报告,说刘亢泥大人率领着队伍动身北上了!"

"什么?刘亢泥北上?他到哪里去?为什么没有向我报告?谁批准的?"刘显气急败坏地冲部下咆哮,一步一步紧逼,把部下逼到墙根。部下紧贴着墙,浑身颤抖,吓得直求饶。"大人,小的不知道,小的也是刚得到报告。大人,我真的不知道!"

刘显抓住部下的衣襟,把他几乎提得双脚离开地面。刘显满面通红,把一口雪白整齐的牙齿咬得咯蹦蹦直响:"你说,他北上干什么!?"他的心里,其实已经明白了,在临战前的突然北上,绝不是什么好兆头,刘亢泥在决战前溜走了!

部下在刘显的手里浑身颤抖,上下牙关碰得直响:"小的不知道,真的不知道！小的现在去给大人打听！"

刘显甩开那部下，咆哮着："快去给我打听！打听不出来小心我要你的性命！"

那部下一溜烟跑了出去。我的娘！我也跑了吧！他暗自想。他刘亢泥北上说是去掠代地的奴真部，其实大家都传说，刘亢泥率部去降代王马兰。他的亲弟弟都跑了，我还留在这里找死吗？那部下跑出营房，四下看看，钻进一片树林，跑了。

刘显在自己的土屋里像头困兽一样来回走，他在努力思索刘亢泥北上的原因。但愿他北上是为了抢掠草原上部落的牲畜，他们要吃饭，自然需要抢掠。可是，为什么不向自己报告呢？他规定刘亢泥所有的军事行动都必须报告得到他的批准才行啊。这刘亢泥，难道萌生了反叛？刘显突然感到一阵寒意袭上心头。万一刘亢泥叛逃，自己的处境恐怕不大好。来者不善啊，拓跋珪一定是冲着自己来的，拓跋珪一定是来报自己勾结窟咄攻占盛乐的一箭之仇的！窟咄逃亡刘卫辰，已经被刘卫辰所杀，拓跋珪一定是把全部仇恨集中在自己身上！该如何应付呢？

刘显焦躁地走来走去，紧张地思考着对策。

走了一会，他猛然站住脚，拍着脑门，心头一阵敞亮。有办法了！他低声对自己说。他手中有一个能够牵制拓跋珪的人！不怕你拓跋珪打来。刘显高兴地走出自己的土屋，去到后面眷属的驻地。

他来到他母亲的伴房。

"阿干来了。"一个面容白皙的姑娘迎上去，怯生生地施礼。

刘显厌恶地哼了一声，走到炕前。"阿娘。"他喊了一声。炕上躺着他的老母亲，白发苍苍，已经卧床不起多年，一直是刘眷的女儿刘缨陪伴伺候着。刘缨今年十六岁，像铁弗匈奴后裔一样，生得深目、大眼、高鼻梁很是好看。自从父亲刘眷死了以后，她几次想从刘显这里逃跑，无奈刘显把她紧紧看管住，让她无法脱身。当年伯父刘库仁和父亲刘眷商量，把自己许配给拓跋珪，她是知道的。当拓跋珪母子逃离刘显迫害的时候，她多想和拓跋珪母子一起逃离，可是，她没有机会，刘显命令他的老母亲紧紧看守着她，她不得不跟随着刘显从盛乐来到马邑，成为伺候刘显母亲的女奴。

刘显坐到炕沿上，刘缨急忙为刘显端来热浆酪，恭敬小心地捧到刘显面

鲜卑国母：献明皇后

前。刘缨既害怕这杀害她父亲的堂兄，又从心里咬牙切齿地恨他。她害怕有一天伯娘死去，这堂兄就会毫不留情地把她也杀死。要不是伯娘离不开她的精心伺候，她恐怕难以活到今天。

刘显黑着脸，接过刘缨递过来的碗，饮了几口。他恶狠狠地看着刘眷的女儿、自己的堂妹刘缨，恶声恶气地问："你知道当年你父亲把你许配给拓跋珪了吗？"

刘缨胆战心惊地抬头看了看堂兄，小声说："知道。"

"你想到他哪里去吗？"刘显阴沉着脸问。

刘缨不知道该怎么回答堂兄这问话。她从心里想去找马兰，去找拓跋珪。当年伯父刘库仁收留马兰母子在盛乐的时候，刘缨经常去马兰家里玩，与木兰、拓跋珪弟兄很熟悉，马兰对她就像对自己的女儿一样亲热，她喜欢马兰，喜欢拓跋珪弟兄。自从知道父亲把自己许配给拓跋珪以后，她对马兰母子更是多了许多依恋。她现在梦里梦到的全是与马兰和拓跋珪在一起。可是，现在她敢于当着这虎狼似的堂兄勇敢地说，自己想到拓跋珪那里去吗？说了心里话，会不会触怒他，他会不会打她，用皮鞭抽打她，就像他平常经常做的那样？

刘缨睁着惊恐的眼睛，嗫嚅着，什么也没有说出来。

刘显嘿嘿冷笑了几声："你早就想到他那里去了，是吧，我没猜错吧？"刘显站了起来，瞪着凶神恶煞般的眼睛："告诉你，拓跋珪快来了！但是，你得听我的话！这样，我就答应你，让你到他那里去！要是你不听我的话，等拓跋珪打来，我先杀你祭旗！"

刘显步步逼着刘缨。刘缨吓得连连后退，浑身颤抖着，说："我听你的，听你的！"

刘显跺脚，压低声音说："走！跟我走！"刘显抓住可怜巴巴浑身哆嗦的刘缨，向外走去。炕上他那垂死的老娘有气无力地问："你要把她弄到哪里去了啊？"

刘显披挂起来，带着部下登上马邑的土围墙，他已经把马邑修建成一个坞堡，准备以此为据点，长期住下去。可是，没有想到，拓跋珪和慕容垂的队伍马上来进攻，他不知道这坞堡能不能守住。刘显站在土墙上观察，马邑东面与南面,是一条翻滚的大河,波浪汹涌,河的对岸,黑压压的队伍布满河岸,战马嘶鸣,大纛飘扬,刀枪林立,寒光闪烁,看着就令人胆战心惊。前锋是拓跋珪的骑兵,后面压阵和准备支援的是慕容普麟的步兵和骑兵。

拓跋珪看见刘显出现在土墙上,带着人马来到河边,他一边命令士兵下水试探深浅,一边向刘显喊话:"刘显,投降吧! 你被包围了!"

刘显冷笑了一声,大声说:"拓跋珪,你别高兴得太早了! 我手里有你想要的人! 你要是答应我的要求,我就把她交还于你! 要是你不答应,我就让她死在你的面前!"

下水的士兵试探了深浅,急忙上岸向拓跋珪报告:"报告大单于! 河水不算太深,战马可以冲过去!"

拓跋珪没有理会刘显的话,他挥手向自己的骑兵高喊:"冲过河去! 冲过河去!"他自己一夹马肚,跳入河水里,向对岸奋力冲去。几千士兵也都呼喊着跳进激荡的河水里,向对岸冲去。

刘显见拓跋珪不理会他的喊话,急忙对部下喊:"拉上来! 拉上来!"几个部下抬着一个木杆,木杆上捆绑着刘缨,部下把木杆抬上土墙,高高树立在土墙上。

刘显让部下一起大声喊:"拓跋珪! 你看墙上! 你看墙上!"

冲过河的拓跋仪听到喊声,也看见去墙上树立起来的木杆上捆绑着一个姑娘。那是刘缨! 拓跋仪急忙喊着正在指挥队伍冲上马邑土墙的拓跋珪:"阿干! 看! 刘缨!"

拓跋珪听见拓跋仪的喊声,也听到对面的喊声,急忙指挥部下停住,他自己勒马站住,看了过去,只见土墙上树立起的木杆上捆绑着的女子,正是自己前来搭救的未婚妻刘缨。他气得肺都要炸了!

"王八蛋! 刘显! 你真不是东西!"拓跋珪在马背上破口大骂。

刘显冷笑着,站在土墙上,喊:"你放了我,我放了她! 你不放我,我就当场杀了她,让她死在你的面前!"

"你别想! 我决不放过你!"拓跋珪七窍冒烟,咆哮着。

"那我就让她死在你面前!"刘显拉着木杆上的绳子,让刘缨上下晃动着,眼看着就要从木杆上摔下来。刘缨撕心裂肺般尖叫起来。

喊声撕裂着拓跋珪的心。"怎么办啊? 阿干?"拓跋仪和拓跋烈都惊呼起来。

"不要喊!"拓跋珪愤怒地低声斥责弟弟。他双手攥在刀把上,几乎要把刀把捏个粉碎。

"答应不答应?不答应我就砍绳索了!"刘显扬起亮皇皇的刀,大声喊。

绳索一断,绳子捆绑的刘缨就会从高土墙上掉下来摔成肉饼。刘缨发出刺耳的尖锐的惨叫。刘显用刀尖挑破她的胳膊,鲜血流了出来。刘显又把刀放到刘缨的脖子上,喊:"再不答应,我就先割断她的喉咙!"

拓跋珪的牙咯咯蹦蹦直响。拓跋烈在旁边低声喊着:"阿干,答应他吧,先救出刘缨姐姐再说!"

拓跋仪也说:"答应他!救了刘缨姐姐再说!"

拓跋珪憋得脸色紫红,他眦毗几乎裂开,在马背上长啸了一声,对土墙上的刘显喊:"我答应你!放了她!"

刘显命令部下放下木杆。他对拓跋珪喊:"你让你的队伍退回河对岸去,放我和我的家人走!"

拓跋珪看了看墙上的刘显,挥手对部下喊:"退回去!退回去!"部下听话地迅速而整齐地退回对岸。拓跋珪与拓跋仪、拓跋烈弟兄三人孤零零地站在这边,看着刘显下了城墙,带着几十个亲信和家眷,从马邑坞堡里冲了出来,向南方仓皇逃窜。眼下他只有一条路,就是去投奔长子的慕容永。

"你跑不了的!我对翁衮发誓!"拓跋珪对着刘显的背影咆哮。

拓跋珪和弟弟急忙冲进坞堡里,登上墙头,从木杆上解下刘缨。

"阿干!"刘缨睁开眼睛,看了看拓跋珪,惊喜地喊了一声,一头栽倒在拓跋珪的怀抱里。

"追!不能让那老小子跑了!"拓跋珪大声喊。他喊来拓跋烈,把自己怀抱里的刘缨小心地交给他,吩咐着:"你立刻把她送回盛乐去,让阿娘照顾她。"拓跋珪又对拓跋仪说:"你去收拾刘显剩下的人!我去追那老小子!"说完,他立刻跑下土墙,跳上坐骑,挥舞着腰刀,对队伍高声喊:"跟我追!"喊声刚落,一支骑兵便扬起烟尘,奔腾呼啸着,跟随在拓跋珪后面紧紧追赶刘显而去。

拓跋珪带着队伍一直追到弥泽,刘显扔下了部落,只身逃往长子去投奔慕容永。拓跋珪大获全胜,尽收刘显部落,得到大批武器马匹粮草和兵士。

马兰在盛乐得到拓跋珪大胜的消息，非常高兴。她在盛乐王宫里举行了盛大的庆祝宴会庆贺代国复国以后的第一次大捷。庆捷大会以后，马兰回到后宫，去探望刘缨。经过半个多月的调理歇息，刘缨已经恢复了健康，原来苍白的脸颊已经泛起红晕，人已经恢复了原来的水灵、白皙、红润。

"大可敦来了。"刘缨见马兰进来，急忙下炕向马兰施礼。

马兰坐到炕沿上，看着刘缨，微笑着问："身体好了没有？"

刘缨一边为马兰斟倒热奶，一边回答："回大可敦，小女身体已经恢复过来了。不知大可敦有何吩咐？"

马兰指了指炕沿："你也坐下吧，我想跟你商量点事。"

刘缨恭顺地坐到马兰对面，羞涩地低下头，小声说："大可敦有何吩咐？"

马兰笑着："现在，你阿爷阿娘都不在了，你的终身大事便要由我来主持。"说到这里，马兰看着刘缨，刘缨的一张白皙的脸已经涨得红彤彤的，头都窝进了胸脯，羞涩的抬也抬不起来。马兰用手抬起刘缨的下颌，笑着："你也不必害臊，就我们娘俩，又不是外人。当年你阿爷做主把你许配给拓跋珪，你是知道的。不过，那是你阿爷活着的事，现在又过了这么长时间，不知你的心思有没有变化。现在，我要你实话告诉我，你现在还想不想嫁给拓跋珪？要是你愿意，我这就张罗办你们的婚礼。要是你不愿意，我也不勉强你，那我就把你当作我的女儿，为你找一个合适后生，将来送你出嫁。"

刘缨心里又高兴又激动又羞臊，眼泪涌上她的眼眶，她终于抑制不住自己，哽咽抽泣起来。

马兰有些惊慌，她急忙走到马兰跟前，揽住刘缨的肩膀，把她抱在自己的怀里："你这是咋的了？你不想嫁给拓跋珪，是不是？"

刘缨抽抽搭搭地哽咽着，听见马兰这么说，急忙把头摇得像卜浪鼓一样。"不是的，不是的，大可敦。"

"那就是愿意了？"马兰搂住刘缨的头，高兴地亲吻着她的黑发，连声说："是不是啊，你愿意了？"

刘缨还是止不住自己的抽泣，只好连连点头。

"那就好了，好了，傻女子，那你还哭个甚啊？快别哭了，哭坏眼睛，小心拓跋珪不喜欢你了。"马兰亲昵地抚摩着刘缨的脸庞，为她擦拭着眼泪。

刘缨终于制止了自己的抽泣，把头靠在马兰的胸脯上，紧紧抱住马兰，

鲜卑国母：献明皇后

369

小声喊了声："阿娘！"

马兰高兴地答应了一声，把自己的脸紧紧贴在刘缨的脸上，说："以后，你既是我的媳妇，又是我的女儿。我没有女儿，就喜欢个女娃。这下好了，我有个女儿了。"马兰坐到刘缨对面，拉着她的手不放。"我们这就张罗着你们的婚事，让你们早日完婚，你好去照顾拓跋珪，他一个人在牛川，我还有些不放心。这下好了，有你的照顾，我就放心了！"马兰絮絮叨叨地说着。

拓跋珪站在牛川营地的大帐前，看着眼前碧草连天的草原上那些正在操练的人马。骑在高头大宛马上的穆崇挥舞着大刀，指挥着草原上的队伍左奔右突，训练着这些原本是草原游牧部落的勇士们，这些草原部落的勇士们喊声连天，根据穆崇将军的不同号令变换着队形，进行着前进、撤退、包围、突击等各种军法训练。拓跋珪微笑着，年轻的脸上充满志得意满的豪气与骄矜。"还不错吧？"他微笑着问身旁的弟弟拓跋仪。

高大、魁梧、英俊的拓跋仪年轻的脸上充满对兄长的景仰，他笑着挥舞着双手："棒极了！阿干！棒极了！经过这样的训练，以后我们一定战无不胜！"

"是啊，这队伍一定要严加训练不可！"拓跋珪看着拓跋仪和拓跋烈："你们也要这么训练你们的队伍！我们要加紧训练，争取在几年里征服阴山草原！你们有没有信心？"

"有！"拓跋仪和拓跋烈异口同声大声回答，二个年轻的拓跋兄弟互相拍着手，表示着他们的决心。

拓跋珪现在浑身充满了豪气，第一次独立带兵打仗，就获得这么多战利品，大获全胜，他很兴奋。他把俘获来的牲畜安置在牛川，把收缴来的人马进行改编，纳入自己的队伍里，分别编排在拓跋仪和拓跋烈率领的队伍里，使自己的力量一下子壮大了许多。一支将近万人的队伍，将成为他以后征服部落发展壮大自己的基本力量。这初次的胜利，极大鼓舞了拓跋珪，他对自己有了信心。有了这支队伍，如虎添翼，他要在阴山河套草原上大干一番，使自己的部落成为阴山河套地区最为强大的部落，然后慢慢独立于燕国以外，做真正的大单于，真正的代王。拓跋珪对自己充满了信心与豪气，决心把队伍训练成一支有铁一样纪律的不怕死敢于冲锋陷阵的能征善战的铁

鲜卑国母：献明皇后

骑。草原部落的骑士喜欢打仗抢掠,却没有纪律约束,很容易成为不听指挥的乌合之众,他拓跋珪要改变草原部落乌合之众的局面,让他的队伍成为攻无不克的一支草原铁骑。

拓跋珪抬起头,眼光掠过湛蓝湛蓝的天空,一望无际的湛蓝天空上,没有一丝云彩,七月的草原天空一碧如洗。一只草原雄鹰从天边展翅翱翔,雄健的双翅在碧空下一动不动地伸展着,向天空掠过。他拓跋珪现在就是那展翅高飞的雄鹰,就是那雄健的要攫取猎物的雄鹰。雄鹰天空飞了几圈,突然掉头向下俯冲,猛然扎头向草原扑去,转瞬间又扑扇着双翅向天空飞去,双爪紧紧抓着只还在挣扎的野兔。矫健的雄鹰在接触草原的一瞬间,伸出的双爪已经紧紧捕获住他的猎物,那么迅疾,那么敏捷,那么从容,那么优美。拓跋珪目不转睛地追随着雄鹰,一直看着他消失在天边。这是一只自由自在的雄鹰,它可以翱翔在蓝天碧空,可以自由自在地去捕捉猎物,抓着它捕获的猎物飞回自己的巢穴,去喂养它的雏鹰。

拓跋珪刚刚捕获一只凶猛的坐山雕,正在训练中。他走到营帐后面,去看望他的鹰。他喜欢鹰,更喜欢驯鹰,他刚刚从驯鹰的残酷中享受到征服的快乐,驯鹰让他看到一个高傲自由的灵魂在煎熬中屈服,低下它高贵的头颅俯首称臣。

鲜卑人从古就有捕获猎鹰的习惯,大鲜卑山的悬崖峭壁上,生活着凶猛的坐山雕,鲜卑人、乌桓人、室兀人,都会选派勇士进入深山密林,攀登悬崖峭壁,去捕捉海东青,一种容易豢养,又很会捕猎的山鹰。捕来以后,从早晨到晚上,把山鹰放在绳网的立架上,横竿上要镶上狍子皮或羊皮,以防山鹰抓坏它尖锐的利爪。经过训练的猎鹰,与猎狗一样,是鲜卑打猎时最好的助手。

拓跋珪走近绳网,绳网里站在旋转木杆上的山鹰立刻紧张起来,黄色的鹰眼里放射出凶猛的光芒,紧紧盯着拓跋珪,它扑扇着翅膀,缩起铁钩似的鹰爪,做好进攻的准备。它的眼睛里满是仇恨,它凝聚起全身的力量,准备扑上去,用自己铁钩般的鹰喙,去啄瞎仇人的眼睛,用铁钩般的利爪,去撕裂仇人的肌肤,把他啄撕成碎片。可是,它飞不起来,它刚劲有力的脚上的拴着绳索,绳索又固定在立木上,几天来它尝试着过多次,每次都使它精疲力竭,却毫无结果。山鹰已经被关了两天,两天里,它没有食物吃,没有清水饮,尽管它满腹仇恨,却感到自己饥肠辘辘,它暴躁愤怒,却无可奈何。山鹰放弃了进攻的企图,收拢翅膀,把头垂在自己的胸脯上。

拓跋珪笑了,两天的熬鹰已经初见成效,山鹰在煎熬面前已经失去了前几天的凶悍暴躁。

第一天,他在绳网外摆上鲜嫩的羊肉和清水。高傲的山鹰不屑一顾,它仰着高傲的头,望着绳网外的蓝天白云,向往着驰骋翱翔蓝天的往昔生活。它愤怒地嚎叫,不停地嚎叫,不停地振翅欲飞,不停地用锐利的喙去啄绳网,用锐利的爪去撕绳网,想冲破网罗,冲翅飞向自由的蓝天。拓跋珪在绳网外不断晃动着手指逗引它,目不转睛地凝视着它,向它发出召唤的声音。山鹰暴躁愤怒地不可名状,它呼啸着,啸声悲壮苍凉。它扑向绳网,想用自己铁钩般锐利的尖喙利爪去撕啄他,可是,脚下的绳索牵绊着它,拽住了它,绳网网罗住了它,它被重重地摔到地上。它一次次挣扎,一次次失败,它一次次反抗,一次次摔倒,它一次次努力,一次次重复着失败。山鹰的力量在一次次挣扎反扑中一点点消耗着,它变得更加暴躁愤怒,反扑的力度越大,体力的消耗也越快。

夜幕降临的时候,驯鹰人在绳网外生起一堆火,明亮的火光刺激着山鹰的眼睛,热气炙烤着山鹰的羽毛,它不能闭眼睡觉。火焰照耀着山鹰,山鹰瞪着血红的眼睛避视着驯鹰人,驯鹰人也鼓着血红的眼睛与之对视,互不相让。漫漫黑夜过去,终夜不得休息的山鹰的体力又消耗了大半。

第二天,当晨光照亮草原,照到山鹰的羽毛上,又累又饿的山鹰越发愤怒和暴躁。驯鹰人把鲜美的羊肉捧到它的面前,它迫不及待地扑了上去,结果,它发现自己依然上当,羊肉依然摆放在绳网外面它攫取不到的地方。山鹰一口一口地啄着脚下的绳索,发出单调的"啪、啪"的声音,它要争取尊严和自由。鲜血从它的弯钩般的尖喙里一滴一滴地滴落在地上,染红了地上的绿草。单调的啄声从早晨响到夜里,从晨光亮起一直响到夜色笼罩住草原。

两天过去了,暴躁愤怒的山鹰一刻都不放弃自己的挣扎和进攻,它不断地在狭小的绳网里挣扎反抗,利爪流出鲜血,光华如绸缎般的羽毛凌乱不堪,可是他依然没有冲决出罗网的束缚,倒是白白浪费了体力。才过去两天,山鹰已经明显地失去了刚来时的凌厉。

今天是第三天,山鹰依然和驯鹰人对峙,丝毫没有妥协的意思,但是,它的眼睛已经聚集不起许多仇恨的亮光,驯鹰人看出它的眼睛已经流露出讨好的神情。

拓跋珪从驯鹰人那里拣起一块鲜美的羊肉来到绳网前,他高举起鲜美的羊肉,故意在山鹰前晃来晃去。羊肉的香味吸引了山鹰敏锐的嗅觉,它倏忽从胸脯前抬起头,黄色的锐利的鹰眼一下子就捕捉到拓跋珪手中的羊肉。山鹰扑了过来,眼睛里流露着可怜的讨好和乞求。

"可以喂它了吗?"拓跋珪问驯鹰人。

"还不到时候。再煎熬它两天。"驯鹰人微笑着。

拓跋珪小心翼翼地伸手进绳网里去,给了山鹰一丁点羊肉,山鹰黄色的眼睛感激地看着拓跋珪。我一定要做草原雄鹰! 拓跋珪微笑着想,但是绝不做驯鹰!

"看谁来了?"那边拓跋烈尖声喊叫起来,惊动了拓跋珪,拓跋珪快步走回营帐前。只见拓跋烈跳跃着指手画脚高声喊叫着。与老成持重的满脸威严的拓跋珪相比,十三岁的拓跋烈还真是个小孩子。"好像是阿娘的队伍! 我去看看!"他继续大惊小怪地喊叫着,话音未落,已经跳上马背,朝山脚下奔去。

拓跋珪摇了摇头,很老气地说:"真是个小娃娃!"

拓跋仪笑了:"本来就是个小娃娃嘛!"他一边说一边踮脚张望:"真是阿娘来了。你看,那不是代国狼头大纛?"

"果然是!"拓跋珪高兴地拍掌喊,一时间也有些忘形。"走! 我们去迎接阿娘!"拓跋珪与拓跋仪一起跳上马背,向刚出山口的队伍迎了过去。

拓跋珪、拓跋仪与马兰的高车队伍在草原上相遇,早来一步的拓跋烈已经跳上母亲马兰的高车,紧紧偎依在马兰的脚下,与小弟拓跋觚抱在一起嬉笑着。拓跋珪与拓跋仪滚鞍下马,在高车前单腿跪下,向代王母亲施礼请安。

马兰笑得合不拢嘴,她命令高车停了下来,自己跳下高车,走到儿子身边,紧紧拥抱着拓跋珪和拓跋仪,她连声说:"你们辛苦了! 你们辛苦了!"儿子打胜这代国复国来的第一仗,叫她高兴得无以形容。她拍着拓跋珪的背,连声夸赞着:"好儿子! 有本事! 真有本事!"

鲜卑国母:献明皇后

得到母亲夸赞的拓跋珪,心里很是激动。这么多年来,跟随母亲千辛万苦,心中一直藏着个心愿,要用自己的行动让母亲为自己骄傲,给忍辱负重的母亲以报答。现在,他终于实现了自己的愿望。母亲已经为他自豪和骄傲了!

"你看,我给你带了什么来?"马兰指着后面一辆高车。高车上坐着刘缨,身穿鲜艳的鲜卑袍裤,头戴镶着绿松石红珊瑚的鲜卑小帽,正脉脉含情地注视着拓跋珪呢。

"刘缨!"拓跋珪高声喊着,朝刘缨高车跑去。

马兰对拓跋仪说:"上车吧。我们走!"他们上了高车,向拓跋珪的营地奔驶。

第十一章　驰骋草原

1.牛川草原喜逢盛事　单于结亲大兴庆祝

夏七月,草原最美丽的季节,草肥畜肥,天高气爽。

七月初七,牛川草原一片欢喜,各部落都得到大单于要举行盛大婚礼的消息,各部落已经准备了各色礼物和庆祝活动,以庆祝他们年轻的大单于的婚礼。

拓跋珪的营地里,张灯结彩,人欢马笑,热闹非凡。一个用来娶亲的宫殿般大的豪华营帐已经支立起来,里面宽阔极了。

婚礼完全按照鲜卑习俗进行。马兰不想让没有娘家人的刘缨伤心,特意在离拓跋珪营地一程远的地方安下一个新营帐,作为自己和刘缨的驻地。马兰按照鲜卑婚礼的要求,来操持自己儿子的盛大婚礼。她让拓跋珪亲自来"放供",放供就是在婚礼举行前两天,男方到女方家去送礼,并且举行一个小型的宴会。

拓跋珪早早起来,梳洗打扮,一头黑黝黝的头发梳理得顺顺溜溜,辫成一条大辫,垂在脑后,辫梢上系上一根鲜红的毛线绳,请来替他梳头的老奶奶还特意系成一朵好看的花,飘在辫梢上。拓跋珪穿上鲜艳的湖蓝色鲜卑小袍,橘黄色百褶裤,戴上夏日小帽,小帽正中缀着一颗红珊瑚顶,插着一条向后树起的貂鼠尾巴,表示出他新郎官的身份。拓跋仪、拓跋烈、穆崇,以及专程前来参加婚礼的贺兰部贺讷、贺染干也已经穿戴一新,簇拥着拓跋珪上了马,士兵赶着披红挂彩的骆驼高车向姑娘营地走去。贺讷和贺染干作为新郎的母舅,专门从贺兰部赶来,参加外甥的婚礼。贺讷还特意带着木兰来,让她与妹妹马兰主仆欢聚。木兰来了以后,与马兰住在一起,整日陪着

375

马兰,做马兰的助手。

营地里已经是人声鼎沸,马兰从盛乐带来的侍卫、臣属、女奴、家眷全部作为刘缨娘家人积聚在刘缨毡帐里外。马兰端坐在毡帐主人位置上,梁六眷作为刘缨的母舅,接待新郎和他的母舅们。今天,贺讷和贺染干来主持放供仪式。他们向女家要来两个一大一小、一木一磁的盘子,把带来的全羊按照一定的规矩摆放在大木盘里,上面放上羊头,嘴巴朝北,放到翁衮前的供桌上。小磁盘放上奶皮、奶豆腐、黄油,也摆放到翁衮面前。

"上六色礼!"贺讷喊。外面的几个士兵立刻捧着六色礼物鱼贯而入,站到贺讷面前。贺讷从第一士兵手里接过三张羊皮,贺讷托着三张雪白柔软的上等好羊皮,恭敬地来到梁六眷面前。梁六眷恭敬地接了过来,唱起祝福的歌谣:

> 羊皮被儿暖又暖,
>
> 愿新人福儿久,命儿长,
>
> 被子里面子女满,
>
> 毡包里外牛羊满,
>
> 日子过得富裕美满。

三张羊皮在众人手里传看一遍,交给新娘的母亲。马兰接过三张羊皮,笑得合不拢嘴,充当刘缨母亲的她还要张罗着为刘缨做嫁妆,她要为嫁娘再准备三张羊皮,与这三张羊皮合在一起,做一张新婚的合欢被。男女各一半做成的合欢被,才能让新婚夫妇永远不分离地生活一辈子。

贺讷又从第二个士兵手里接过六条白色绸帛,恭敬地敬献给梁六眷。梁六眷恭敬地接了过来,然后敬献一坛美酒。

贺染干敬献火镰、火石、火绒。贺染干把火镰交给梁六眷,梁六眷啪啪打着火镰,用两片火石夹着火绒凑了过去,火镰敲击在火石上溅出明亮的火星,火星落在火绒上,火绒冒出白烟,接着冒出火红的火苗。大家都欢呼起来。这象征着新郎新娘未来火红热火的新生活。梁六眷拈着着火的火绒,绕着毡包走一圈,贺讷和贺染干高声歌唱着祝福:

> 我们来这儿的目的,
>
> 为给你们供奉火种,
>
> 我们把上好的羊皮献上,

把洁白的绸帛献上，

把喷香的美酒敬献，

把西域的火镰、

汗山的火石、

揉好的火绒一起敬献。

六色礼物献给你们，

献给尊贵的生身的父母。

贺讷贺染干唱完，毡包里的人一起欢呼起来："呼瑞！""呼瑞！"

马兰兴奋得脸色通红，等礼物敬献完毕，她立刻邀请来宾到外面，外面已经摆好了丰盛的宴席，男方带来的全羊和鲜美的奶酒也摆了上去。男女双方的亲戚席地而坐，在后生、姑娘悠扬的敬酒歌声中，互相敬让着进餐。

拓跋珪坐在舅舅身边，眼睛却四下巡睃，寻找刘缨。他已经几天没有见她了，心里怪想的。可是，满眼姑娘，就是不见刘缨。原来刘缨已经躲了出去，放供时新郎是不能见到新娘的。

宴会过后，还要举行双方娘舅的摔跤仪式。贺讷与梁六眷换上摔跤衣服，架着胳膊，跳跃着，互相虎视眈眈地转着圈，寻找进攻的机会。他们身后各跟着两个后生，抬着一个红柳编的筐，里面各放着一只绵羊前腿。两个人跳跃着，转着圈，人们唱着歌，鼓着掌，为双方加油鼓劲。两个亲家，贺讷在人们的欢呼声中把梁六眷举了起来，在肩头旋转几圈，轻轻放了下来。梁六眷笑着，从红柳筐里拿出羊腿奖励贺讷。然后两个人又跳跃起来，梁六眷寻了个破绽，把贺讷举过头顶，旋转几圈，轻轻放到地上。贺讷笑着，从自己的红柳筐里拿起羊腿奖励了梁六眷。人们欢呼着喝彩。草原上回荡着欢歌笑语。

放供之后第二天，拓跋珪的正式婚礼开始了。

专门给新人搭的新毡包就安在大单于议事大帐的旁边，这是一个半拉子毡包，毡包外面已经覆盖好绣着精美花纹的顶毡、顶棚和围毡。接缝的地方都缝着美丽的图案。包里，西边的围毡上已经挂上鲜艳的毛毡作墙围子，东边一半却还裸露着白色毛毡的围毡，包西地面铺好了鲜艳的毡垫子，包东地面却还是绿草土地，西边的围绳是三股，东边的围绳只有两股。原来，东

鲜卑国母：献明皇后

边空出的围墙、毡垫、围绳，以及包里要摆放的箱子、被褥、奶桶、碗架，是留给女方家准备的。按照鲜卑风俗，这新包必须由男女双方两家共同搭建。迎亲的这天，女方派人送来新包的围子、地毡、被褥、箱子，男方张罗着把它们放进新包。这时，新包搭建起来之后，要在新包里举行庆祝，大家坐在新包里饮酒歌唱，一位长者把一根木棍削尖，扎上羊尾巴，在新包里走来走去，唱着祝颂的歌谣：

> 天窗上挂住尘土，
>
> 铜锅里挂住奶渣，
>
> 挤奶的乳牛，
>
> 练绳一年比一年长，
>
> 新婚的夫妇，
>
> 福寿一年比一年大。

每唱完一支祝颂歌谣，便向外面撒一把干果红枣，饼子、奶食。等在外面的孩子便哄笑着来抢。

清晨，天还没有放亮，迎亲的队伍在举行了盛大的宴会以后，就出发了。贺讷、贺染干率领着新郎，率领着浩浩荡荡的迎亲队伍向新娘的营地驰去，拓跋珪骑着威武雄壮的一匹大宛公马，马头上装饰着鲜艳的红色绸花，脖颈上挂着一串铮亮的铜铃铛，迈着稳健的步伐，驮着新郎上路。它似乎知道今天是主人大喜的日子，特别听话温顺，腿抬得更高，走得更稳，让背上的拓跋珪感觉不到一点颠簸。拓跋珪穿戴一新，头上戴着插着美丽貂鼠尾巴和红珊瑚的帽子，穿着鲜艳的橙黄色鲜卑小袍，湖蓝色的百褶裤，赭色的高腰马靴，背着弓箭，挂着腰刀，很是威武雄壮。迎亲的后生在穆崇的带领下，也都穿戴一新，背着弓箭，一路唱着高亢、响亮、悠长的歌向新娘驻地驰骋而去。

在快到新娘驻地的路途中，迎亲队伍按照鲜卑规矩，埋酒祭奠天地翁衮。贺讷、贺染干带着新郎拓跋珪和伴郎穆崇，跳下马，来到一个高岗上，燃起一堆篝火，从皮囊里取出各种食品，向天地四方撒了过去，也向火堆泼洒着。贺讷一边撒一边高唱着赞歌：

> 用那五畜五谷的精华，
>
> 做成五色五香的祭品，
>
> 七十二种肴馔的结晶，

上对三帝五祖，

二十八星宿。

下对四海龙王，

十殿阎罗。

祭奠列祖列宗，

拜念土地山神各翁衮，

请享用这泼洒和祭奉！

泼洒以后万事顺心，

祭奠以后一切应验！

贺讷唱完赞歌，穆崇用腰刀在地上挖了个坑，把带来的一坛酒埋进去。等娶亲队伍返回的时候，他要赶在队伍前来到这里，把这坛酒再挖出来，斟倒给新郎、新娘和老人饮。

埋酒宴火红火红的火光在昏暗的晨光中照亮了草原。

"迎亲队伍来了！"在新娘刘缨的营地里，马兰派出的瞭望哨高声喊着报信。

"快点火！"马兰兴奋地命令着部下。部下把一堆洒了黄油的干柴"蓬"地一声点燃起来，火光与远处埋酒宴的火光相呼应着。毡包前铺着雪白的地毡，地毡上摆着两张长条木桌，上面摆放着条盘，条盘里盛着一只全羊。两边各放着一个小盘，放着奶饼，还有一只盛着鲜奶的雕花银碗。这是给新郎接风的席位。旁边一个崭新的小型的毡包，那是专门用来放新娘陪嫁品的假包，新娘起程的时候，要随着新娘装上骆驼高车运送到新郎家里。

假包里，摆放着马兰让臣属家眷做好的全部嫁妆，垫子、围子、挂毡、挂毯、褥枕、箱子，还有六张羊皮缝好的被子，都按照新包的位置摆放在假包里，等着迎亲队伍走时，把它们放到高车上拉到新包里布置安放起来。女方收拾嫁妆入假包的这天，与新郎新包落成一样，也举行盛大热闹的庆祝宴会，新嫁娘的母亲邀请各方亲朋好友，前来帮助姑娘做穿戴。也要把红柳木棍削尖，穿上羊尾巴，东指西划地把各嫁妆歌赞一番。合欢被缝好的时候，马兰也按照鲜卑习惯，把它抖落一番，让里面包着的用奶豆腐压成的线跌落下来，让孩子来把它们抢食一空。马兰相信鲜卑这古老的风俗，只有这样，新婚夫妇才能多子多福。收拾嫁妆时，马兰把美丽的垂着金银链挂，镶着珊

鲜卑国母：献明皇后

瑚、绿松石、珍珠、琉璃，插着鲜艳貂鼠尾巴的头戴给刘缨戴上，让她穿上新袍子、新裤子、新靴子，把她领到假包里，给搭着白帛、插着芨芨草和红柳枝条的嫁妆磕头，乞求婚姻美满幸福。

盛装的刘缨在八个伴娘的陪伴下，坐在包里，等待着拓跋珪前来抢婚。刘缨已经在一连摆了两天的送亲宴上哭嫁哭了三次，半夜时分，吃完最后一次晚餐，才算热热闹闹地完成了最后的送亲仪式，现在正焦急地等待着迎亲新郎队伍的到来。新郎迎亲队伍到来以后，更要热闹地折腾一天，才能随着新郎回新家去。

刘缨偷眼看着八个强壮的伴娘，心里真有点担心。这八个伴娘就是她的护卫，要护卫着新娘阻挡新郎把自己抢到手，这么健壮的八个伴娘，拓跋珪能摆脱她们的纠缠把自己抢出这毡包吗？但愿她们不要太下力气保护自己。刘缨看着包里的翁衮神台，心里暗暗向翁衮祈祷着。

"迎亲队伍来了！"瞭望的哨兵又高声喊了起来。包里的刘缨的心里像小鹿撞似的，开始怦怦跳了起来。

"奏乐！唱歌！"包外马兰高声命令。马兰从盛乐带来的王宫乐师们纷纷操起自己的乐器，锣、鼓、铙、钹琵琶、胡琴、羌笛、牛角欢快响亮地鸣奏起来，草原上荡漾起喜洋洋的曲调。两个盛装的男女歌手伴着乐队唱起响亮高亢的鲜卑歌曲：

> 骏马奔腾啊，草原红火，
> 篝火燃烧啊，照亮西方，
> 阿干带着迎亲的队伍哟，
> 来到洁白的毡包前。
> 英俊的阿干哟，
> 迎娶美丽的姑娘。
> 辽阔草原哟，
> 增添了新人家。

在高亢响亮的赞歌声中，拓跋珪的迎亲马队绕着毡包走了一圈，来到前面，大家都下了马，在一口正煮着全羊的大锅前站住，等贺讷向女家主人献上粉红的丝帛，向大锅和煮肉人嘎勒其祝颂一番。贺讷手捧着丝帛，对着大锅和煮肉人唱起赞歌：

聚宝盆般的大锅哟，

翻腾着三江水。

肥美的绵羊哟，

热腾腾在聚宝盆里煮。

嘎勒其辛苦哟，

翻搅着肥羔羊。

捞在雕花托盘里，

招待远方贵宾。

两家儿女喜结良缘，

八方宾客欢笑一堂，

草原上喜聚会哟，

百年结好人畜兴旺。

祝颂完毕，女方总管迎了上来，把大宾和伴郎接到看席上，新郎被引导到白毡上，接受双方祝颂人的礼赞。礼赞完毕，祝颂人献了奶饼，把白箭插入新郎的箭囊里，祝愿新郎更加勇敢，然后领着新郎向婚宴大包里走去。

刘缨在大包里坐着，心里却怦怦跳得像要蹦出胸膛似的。她已经被八个伴娘用长长的绸带穿过袖筒，连在一起，如何才能助新郎一臂之力呢？她巡睃着，发现一把短刀，悄悄把它揣进袖筒里。

新郎与伴郎进包，被伴娘挡在门口，经过双方一番对歌似的舌战，才算进了包，看着九个穿戴一样的姑娘，拓跋珪一眼就认出自己的新娘刘缨。他冲破伴娘的阻挠，一下子抱起刘缨，向外跑。可是，刘缨与八个伴娘连在一起。八个伴娘涌上来想从拓跋珪手里抢回新娘，双方撕扯在一起。拓跋珪知道，抢不到新娘，他的婚礼就无法进行下去。可是，刘缨与八个伴娘连在一起，他怎么也挣不脱她们的撕扯。刘缨摸出短刀，悄悄割断袖筒里的绸带，八个伴娘一下子全倒了下去。拓跋珪立即抱着新娘冲出包门，跳上白马，向草原奔去。这时，东方已经红彤彤的，朝阳正在地平线上升起，向碧绿的草原投下金光万道，草原笼罩在金色阳光中。拓跋珪迎着东方刚升起的朝阳跑去，新娘方的小伙子姑娘都纷纷跳上马，追了上去。拓跋珪用靴子踢着马肚，紧紧抱着刘缨，在草原上奔驰起来。刘缨紧紧抱着她的新郎，把自己的脸紧紧贴在拓跋珪宽阔的胸膛上。拓跋珪在草原驰骋了一圈，终于摆脱了追赶的队伍，才又回到新娘家。马兰领着全体人员热烈欢呼着新郎新娘归来。

婚礼继续热闹地进行着，几百男女宾客，围着在草地上，吃着全羊，饮着奶酒，唱着赞歌，说笑着，闹了一个白天，又一个黑夜。

第三天，东方朝阳升了起来，照亮草原，新娘穿着鲜艳美丽的嫁衣由伴娘陪伴，上了装饰着彩绸的高车，送亲队伍吹打着，赶着装满陪嫁假包的骆驼高车，赶着陪嫁的畜群，向新郎营地走去。

拓跋珪终于带着新娘和迎亲队伍回到自己的营地。送亲的人们忙着把陪嫁的东西摆进半拉子毡包。新娘刘缨在贺讷的领引下，向婆母马兰敬献了奶酒，行了磕头跪拜礼，才进到自己以后的新家。外面的宴会正热闹地举行着。马兰从盛乐带来的随从和臣属与拓跋珪的队伍一起，将要在一起举行三天大宴，让大家吃饱饮足玩好。

刘缨幸福地看着自己的新家。阳光从包顶上的通风洞里射了进来，把宽敞的毡包照射得亮堂堂的。鲜艳的五彩六色的挂毡、挂毯、地毯，全部载着西域风格的图案，把包里装饰得十分富丽堂皇。一张斑斓的大虎皮张挂在正对门口的包围子上，更增添了新包的威仪。毡包中央的青铜三脚火撑里，放着干牛粪，准备点火。马兰坐在东面主人位置上，客人落座西面，新娘刘缨站在火撑东南，微笑着看着大家，看着说笑着等待贺讷主持举行隆重的新包点火仪式的人们。

拓跋珪在贺讷陪同下进来，贺讷把羊绒毛和火镰、火石交给拓跋珪，大声喊着："点火开始！新郎点火！"

拓跋珪用火镰敲击着火石，火石迸溅出耀眼的火花，落在火绒上，火绒慢慢燃烧起来，拓跋珪把燃烧的火绒投入到火撑的干牛粪上，牛粪燃烧起来，没有浓烟，只有白亮的火焰在燃烧，发出清脆的噼啪声。包里的人欢呼起来，大家绕着火撑转圈走，一边传递着一个放着骨头酥油的盘子，盘子传到谁的手里，谁就从盘子里取一些酥油和骨头向火撑的火焰上洒放，火撑的火焰燃烧得更加旺盛。马兰笑得合不拢嘴，火撑里旺盛的火焰，预示着新人未来的生活红火旺盛。她能不乐吗？

众人洒完了酥油骨头，又落座到自己的位置上，贺讷高声礼赞："新人拜火神!"

拓跋珪过去搀扶着刘缨走到火撑前,让刘缨跪了下去,恭恭敬敬地给火撑磕了三个头。

"向公婆行礼!"贺讷高声喊。

刘缨在拓跋珪搀扶下,来到马兰面前,喊了一声"阿娘!"扑通跪在面前,一连磕了九个大响头。今后,她就要在马兰的看顾下生活,她只有这一个亲阿娘了!

马兰急忙搀扶起刘缨,让她和拓跋珪并排站在一起,向她磕头。她把自己的双手分别按在他们两个的头上,祝福他们白头偕老。

"我的驯鹰不知道咋个样了?阿娘,我要先去看看。"一天的仪式完毕以后,天快黑了下来,拓跋珪迫不及待地说。

"你的驯鹰?你亲自驯的?"马兰看着儿子,惊喜地问:"你能驯鹰了?驯鹰可不是件容易事啊!"

"当然是我亲自驯的了!"拓跋珪一脸自豪炫耀的生动表情。

"那我可是要去看看了!"马兰兴奋地对木兰说,她又拉住刘缨的手:"你也去看看。"她催促着拓跋珪:"走,快带我们几个去看看。"木兰与贺讷成亲以后,富态了许多,现在看起来很是端庄温顺。

拓跋珪高兴地带领着母亲马兰和木兰、刘缨来到大毡包后面。

绳网里,山鹰站立在立木上,无精打采地低垂着头,高傲的头颅耷拉住胸部,最后的一抹晚霞光照耀着它的羽毛,原来绸缎般光华的羽毛十分凌乱,失去了闪耀的光华,地上落着一地零散的羽毛。它抬起头颅,无神的眼睛看了看来人,又闭了起来,耷拉下头。

拓跋珪看见它尖利的喙上布满干血痂,利爪上伤痕累累,心里很是心疼。他轻轻地呼唤了一声。山鹰听到这熟悉的呼唤声,倏地抬起头,无神的眼睛亮了一下,它一直在期盼着这声音,一直在等待着这声音。它已经忍受不了饥饿和干渴的煎熬,它要对那个折磨它的主人低下它骄傲的、自尊的、自由的头颅,来换取食物和清水。它愿意接受主人的豢养,愿意在主人面前俯首称臣。

拓跋珪看出,山鹰那原来蕴涵着黄金般光辉的眼睛现在已经全然失去

383

了原来的桀骜不驯,失去了凌厉与攻击,它们半睁半闭,恹恹无神,在听到他呼唤的那刹那,却亮了一下子,过去锐利的目光一闪即逝,没有一点发怒的痕迹,却闪现出惊喜与服从。山鹰已经没有了进攻和发怒的力气,它的嗉子里空虚,饥渴与疲倦折磨着它的身体,更折磨着它的心灵,它几乎连睁眼睛的力气都没有了。

山鹰呻吟了一声,算是对拓跋珪呼唤的响应。

天色已经黑了下来,拓跋珪命令士兵生起一堆火,他还要对山鹰进行最后一次煎熬,他要最后打垮山鹰桀骜不驯的傲气和自尊,让它彻底垮下来对他俯首称臣。

绳网里的山鹰从立木横枝上慢慢挪近火堆,眼睛里流露着乞求的光,可怜巴巴地看着拓跋珪,它在无言地乞求他的恩赐。不远处传来几声野兽的嚎叫,这嚎叫充满嗜血的残暴,非常恐惧,令人战栗。山鹰浑身颤抖起来,紧紧蜷缩起自己的身体,眼睛紧紧追随着拓跋珪,更加可怜巴巴地望着他,金黄的眼睛满是乞求。

是时候了。拓跋珪心中充满了征服的喜悦,他打开绳网,走了进去。山鹰慢慢凑了过来,拓跋珪趁势抱住山鹰,用手慢慢去抚摩它的头和脖颈。这温柔的抚摩慰藉了山鹰恐惧的心灵,它慢慢地停止了浑身的战栗,在拓跋珪的怀抱里安静下来,一动不动地依偎着拓跋珪,它感到安全和温暖,像一个听话的婴儿,任由拓跋珪的手滑过它修长的脖颈和宽阔的脊背,任由拓跋珪在它全身上卜扰弄。

拓跋珪用手掌托起一块鲜美的羊肉凑近山鹰,山鹰轻轻地叼了起来一口吞了下去。拓跋珪抱着它把它放在水盆前,搀扶着它,山鹰感激地抬眼望了望拓跋珪,拓跋珪对它点点头,山鹰把修长的脖颈伸进水盆,甜甜地喝着。

拓跋珪抬眼看了看马兰和刘缨,得意地笑着说:"瞧啊,它已经驯好了!"

马兰微笑着,赞许地点头称赞着:"不容易啊。把一只这么骄傲的山鹰驯得这样温顺,真厉害。"

"你来摸摸它。"拓跋珪笑着对刘缨说。

刘缨看着山鹰尖利的钩子一样的喙和两只狰狞可怕的鹰爪,一边摇头一边只往后退,连连摆手。

拓跋珪抓住刘缨的手:"不怕的,你摸摸它。"

刘缨壮着胆子轻轻触摸了一下山鹰的羽毛，立刻又缩回手。拓跋珪笑着，拉着她的手，把她的手放到山鹰的脖颈上："你好好摸摸它，它现在喜欢人的抚摩。"

山鹰很温顺地看着刘缨，没有一点攻击的样子。刘缨放心了，慢慢轻轻地抚摩着山鹰的脖颈。山鹰的羽毛虽然凌乱，却还是光华，摸上去很舒服的。

"有没有驯不了的山鹰？"刘缨小心翼翼地问拓跋珪，她对自己的丈夫充满了景仰。

"当然有了。"拓跋珪看了刘缨一眼，这新娘漂亮温柔顺从，他心里满是爱意。

"驯不了可咋办？"刘缨继续问。

"驯不了就杀了它。"拓跋珪用手一劈。

"这么残酷啊。"刘缨小心地嘟囔着。

"这算甚残酷？我们打猎需要驯服的猎鹰，既然驯服不了它们，就杀了它们。"拓跋珪不动声色地说。

"是啊，这就跟治理部落国家一样。"马兰说："对臣民也如同驯鹰，要千方百计驯服他们，如果有驯服不了的，就要毫不足惜地除掉他们。"马兰沉思地说，轻轻抚摩着山鹰的双翅。

山鹰金黄的眼睛温顺地看看这个，又看看那个，目光柔和顺从，充满讨好取宠与献媚。从此以后，山鹰会驯服地站在拓跋珪的肩头，盘旋在他的头顶，为他去攫取任何猎物，以此来换取拓跋珪的奖赏——猎物肮脏的内脏和骨头。从今以后，一个高傲和自由的灵魂消失了。

"你还要驯好马匹和猎狗。"等了一会，马兰又嘱咐着。

外面的乐队还在吹奏着，敲击着，喜洋洋的曲调荡漾在牛川草原上，欢歌笑语的庆祝宴会持续到深夜。狂欢的鲜卑人要举行三天的庆祝。整整三天，拓跋珪和他的部下，马兰和她的臣属，都沉浸在幸福的庆祝中，人们从早晨一直吃喝到夜晚降临。大吃大喝的鲜卑士兵，肆无忌惮地玩闹着，尽情地享受这没有打仗的日子。

婚礼过后，来祝贺的部落和亲戚都走了，马兰也带着她的臣属返回盛乐。拓跋珪和刘缨开始了幸福的生活。不过这日子没有过多久，拓跋珪就

鲜卑国母：献明皇后

又要驰骋马背去开拓他的疆土。

八月，他首先带兵去消灭了投靠的刘显，然后就一直马不停蹄地挥鞭疆场，去实现他和代王、母亲马兰重建代国的雄伟大志。马兰这聪颖的女政治家已经隐约地意识到，眼下正是总括英雄，抚怀遐迩的千载一时的不可失的机会。

《魏书》记载：

387年，登国二年，破刘显。

388年，登国三年，夏四月，幸东赤城。五月癸亥，北征库莫奚。六月，大破之，获其四部杂畜十余万，渡弱落水。班赏将士各有差。秋七月庚申，库莫部帅纠集遗散，夜犯行宫。纵骑扑讨，尽杀之。其月，帝还赤城。八月使九原公元仪使于慕容垂。冬十一月，慕容垂遣使朝贡。十有二月辛卯，车驾西征。至女水，讨解如部。大破之，获男女杂畜十数万。

389年，登国四年，正月甲寅，袭高车诸部落，大破之。二月癸巳，至女水，讨叱突邻部，大破之。戊戌，贺染干兄弟率诸部来救，与大军相遇，逆击走之。夏四月，行还赤城。

2.纵横捭阖议论形势　合纵连横成就王业

马兰在盛乐代国王宫里坐着，看请来的师傅教儿子拓跋觚读书。从长安带回来的四书五经，她一直保留着，不管经过怎么样的艰难颠沛，她都没有舍得丢掉它。在长安生活多年，让她懂得读书的重要。儿子拓跋珪在长安学会了汉字、汉话，学会读书写字，他的眼界明显比鲜卑拓跋家族里任何人都宽阔的多，他的眼光也明显高于鲜卑拓跋家族的任何人。拓跋仪、拓跋烈兄弟也都认识一些汉字，可以粗读诗书。现在拓跋觚已经大了，她不能让他只会说鲜卑话，他也需要学会读书写字，像他的哥哥们一样。马兰从盛乐给他请来一个汉人师傅来教他读书写字。现在，这汉人师傅正努力教着拓跋觚。可惜这汉人师傅自己的学问有限，马兰能够看出来。他解书的时候结结巴巴、吭吭哧哧，非常明显的是他自己尚且不能够理解文章内容。自己昏昏，如何使学生昭昭呢？要是燕凤在就好了，燕凤的学问深受代国君臣的拥戴，马兰也很佩服他。可惜他不在盛乐。

马兰听着师傅教儿子拓跋觚读《论语》，自己也专心地跟着学。在长安，因为忙碌，没能跟拓跋珪学一些汉字，想起来叫她觉得遗憾。现在可以好好跟着学学了。马兰微笑想。可是年龄大了，这记性明显不如先前，昨天记住的字，到今天就又忘了，三十多岁的人了，年龄不饶人啊。马兰轻轻叹了口气。

炕上的拓跋觚学了一会，盘坐的双脚有些麻木，把书本一推，往炕上一躺，大声喊了起来："阿娘，我累了，明天再学吧！"

马兰抱歉地对师傅说："就依了他吧，今天先学到这里。"师傅急忙告辞而去。

拓跋觚见师傅走了，急忙蹭到马兰怀里，抱住马兰的手，撒起娇来。"阿娘，我累了，我想出去玩一会。"

马兰抚摩着他的黑发，一头黑发披散在头上还没有辫成索。十多岁了，还是这么娇嫩，这么文弱，将来如何成就大事业呢？她看着儿子那白皙的皮肤和黝黑的大眼睛，略微忧虑地想。应该怎么教育他磨炼他呢？在自己身边，他总是这么撒娇，自己也总硬不下心肠来严厉管教他，这会不会害了他？万一自己去了，他能够依靠自己的兄长生活吗？想到这里，拓跋珪见到他的那冷淡神情突然浮现在她的眼前。她隐隐约约感到，拓跋珪不大喜欢拓跋觚。

想到这里，马兰有些烦躁起来。可是，她没有办法向拓跋珪解释，没有办法让拓跋珪喜欢这个不是拓跋鲜卑血脉的弟弟。

是不是应该把拓跋觚送到中山去，让他在慕容垂身边接受教育呢？这念头忽然闪过马兰的心头。到燕国去学习，接受那里发达的文明，将来拓跋觚一定会很有出息的。什翼犍不是因为在邺城生活过多年，才能够那么有谋略吗？拓跋珪不也是因为长安生活，在长安太学接受了教育，才这么有能耐吗？她心爱的小儿子，难道不应该也到发达的地方去学习吗？何况那里还有他亲生父亲的照应？同时，送儿子去燕国，不是更增加燕国的信任了吗？听说燕国有人提出要代国送质子的要求了呢。听说燕国太子慕容宝多次放风说，代国不送质子到中山，燕国将拒绝派兵支援代国，拒绝一切支援代国的军事行动。假如燕国不再派兵支援代国，代国想取得更大的胜利都将成为空想。这可是太可怕了。代国眼下离不开燕国的支持。

鲜卑国母：献明皇后

想到这里,马兰小心问拓跋觚:"觚儿,阿娘要是把你送到燕国去,你愿意吗?"

"去燕国干甚?"拓跋觚抚弄着母亲的手,好奇地问。

"去燕国学习啊,燕国中山比我们盛乐繁华,那里有许多有学问的师傅,能教你学会许多你在这里学不会的东西。等你长大了,你就有学问,回盛乐来,好好帮助阿娘治理代国。阿娘需要你的帮助。"

拓跋觚想了一会:"要是阿娘跟我一起,我就去。"

马兰笑着戳着他的额头:"没出息,这么大的犊子了,还要跟阿娘一起。当年你阿祖什翼犍,像你这么大,就一个人住在邺城,比中山还远呢。他在邺城读书几年,可有本事了,回来以后,建立了我们代国。"

"是吗?"拓跋觚翻过身,趴在炕上,双手支着脸颊,眨巴着大眼睛,向往地说:"那我也一个人去中山求学。"

"太好了。这才像个鲜卑男人。我儿真有出息!"马兰低下头,亲了亲拓跋觚的黑头发。"就这么说定了。等明年初夏去中山给燕皇进贡时,带你去中山。"

马兰说完,陷入了沉思。好几年没有见慕容垂,她真想他。也应该让他见见他的亲生儿子了。她下意识地摸着胸前那块温润的碧玉。

拓跋觚看见阿娘抚摩着胸前的那块碧玉,急忙爬了起来,攀到马兰胸前,抓住那块碧玉欣赏起来。碧玉上雕刻着飞舞的白鹤,十分精美。"阿娘,给我吧。"

马兰急忙用手护住碧玉,笑着摇头:"现在不行,等你去中山的时候,再给你。"

拓跋觚嘟着嘴撒娇:"现在就给嘛。"

"不行,一定要等你去中山的时候再给你。有了这块碧玉,中山的燕皇才会好好接待你,傻犊子!"马兰爱昵地戳着儿子拓跋觚的额头,郑重其事地告诉拓跋觚。"下炕吧,也许你阿干们快要从牛川回来了。"马兰拉着拓跋觚。

马兰已经传令让拓跋珪弟兄回盛乐过年。经过三年的征战,拓跋珪已经基本安定了牛川和阴山南北的大部分草原,又向东扩展,打到赤城,在赤城驻跸了许久。马兰为儿子的战绩感到十分高兴。她坐镇阴山南的盛乐,儿子征战阴山北的辽阔草原，没有几年工夫，代国国土已经恢复了六七成，看来这代国完全中兴，已经指日可待了。但是，她又很想念儿子们，驻跸赤城，有一年多没有见到他们了。她决心今年召他们回盛乐一起过年。

还有一件叫她高兴的事，就是儿媳妇刘缨马上就要临产，她马上就要做祖母了。为了安全，她特意带信给拓跋珪，让他送刘缨回盛乐来临盆生孩子。同时，她还要与拓跋珪弟兄商量明年的部署。

外面传来一阵喧哗。侍卫进来报告，说大单于一行已经回到王宫。马兰急忙向外走。"等等我，阿娘。"拓跋觚喊叫着一个鲤鱼打挺从炕上跳了起来，蹦下炕去。

"哎哟，我的小祖宗！你慢着点！摔了可咋办？"马兰心疼地喊。

拓跋珪穿着白茬羊皮袍，戴着狐皮帽，从外面裹挟着一团冷气冲了进来。他单腿跪下，给母亲代王行礼。"孩儿见过母亲！"

拓跋仪和拓跋烈也跟在大单于大单于拓跋珪身后跪下，给马兰行礼。他们每个人都是一脸的白霜，白眉毛、白睫毛、白须髯，连狐皮帽子都挂着一层白花花的霜花。

马兰心疼地拉了他们起来，连声问："天很冷吧？冻坏了吧？"

"还行，不算太冷。"拓跋珪回答着站了起来，呵着双手，跺着脚。

"快上热炕去，去暖暖，烤烤火。"马兰手忙脚乱地为拓跋珪摘掉帽子，推着他上炕。炕上红红的火盆里，散发着热烘烘的热气。"来，你们也快上炕。"马兰又为拓跋仪和拓跋烈取了帽子，拉着他们上炕。拓跋烈正和拓跋觚亲热。拓跋珪冷冷地瞅了他们一眼，什么也没有说，脱了皮袍，穿着短小皮袄，自己上炕，拉过火盆，烤着自己的手。

马兰心里一冷。她急忙笑着问：

"你媳妇呢？路上没冻坏她、颠坏她吧？"

"她在后面，一会就到。"拓跋珪微笑起来。

"哪能冻着嫂子呢？"拓跋仪一边脱去大皮袍也上了炕，盘脚坐到拓跋珪身旁，笑着替哥哥回答："阿干一路上照顾得无微不至呢。一辆高车，用两层毡子围了个严严实实，里面铺了十层毡子，放了个大火盆，一路上烧了一车干牛粪，里面真是又暖和又柔软，舒服极了。"

拓跋珪擂了拓跋仪一拳："就你话多。"

鲜卑国母：献明皇后

说话间，门一开，又冲进来一团白色冷气。"阿娘!"随着清脆的喊声，一团冷气扑到马兰面前，把马兰紧紧抱住。

"轻一点，轻一点!"马兰看到刘缨，心疼地喊。刘缨戴着狐皮大帽子，把脸遮掩得只露出两只水灵灵的大眼睛，她穿着臃肿的皮袍子，看样子就不冷。马兰心疼地抚摩着她的通红的脸颊："看把你们冻的，没冻坏吧?"

刘缨脱去皮帽，笑着说："阿娘，你看我还热得满头冒热气呢。"马兰笑了，刘缨头上冒着蒸腾的热气，额头上也沁着细密的小汗珠。"看把女娃热的! 小心热坏了!"马兰又心疼起来，急忙为刘缨擦着头上的汗水。

拓跋烈已经脱去皮袍，正要上炕，他哈哈笑了起来："看阿娘把嫂子心疼的。冷也怕热也怕，真是捧在手上怕掉了，含在嘴里怕化了。阿娘就是偏心，只心疼儿媳妇，不心疼儿子!"

"瘪犊子，别笑话你老娘! 将来你娶了媳妇，阿娘不也是一样心疼?"马兰斜了拓跋烈一眼，看了看拉着他的手的拓跋觚，心里很有些喜欢。幸亏这拓跋仪、拓跋烈弟兄俩真心喜欢拓跋觚，这叫她心里感到有些慰藉。

"来! 上炕暖和暖和。"马兰亲手为刘缨脱去笨重的大皮袍，搀扶着大腹便便的刘缨上了炕。一家人坐在热炕上，围着炕几，饮着热腾腾的浆酪，嗑着瓜子、松子、榛子，吃着红枣、冻柿，欢天喜地地谈论着拓跋珪的战事，议论着家事国事。

"听说你在行宫遭遇袭击，可有此事?"马兰关心地问。

拓跋珪淡然一笑："不过是库莫部帅纠集几个流贼闲散，趁夜色馈进行营，闯进营帐，已经被我一一擒来，全部剪除干净!"

"真是危险! 以后要提高警惕，多布置一些岗哨巡夜，万不可粗心大意!"马兰谆谆嘱咐着。

"我给你介绍个武将。"马兰对拓跋珪说。"他叫莫题。"马兰指着一个魁梧高大面容狰狞的男人对拓跋珪说。叫莫题的男人急忙甩下马蹄袖，跪下向大单于行礼。

"莫题?"拓跋珪皱着眉头："我好像听说过这名字。"

马兰笑着："你当然应该听说过他，他可是老代人了，一直跟随着你祖父到长安，后来跟随窟咄。窟咄败了，他怕我责怪于他，一直流落在漠北柔然人部落里。可又禁不住思念家乡同胞，终于偷偷跑了回来，托梁六眷向我说情,要求收留他。他可是员虎将啊。"

拓跋珪恶狠狠地瞪了莫题一眼,挥手向说:"你先下去吧!"莫题急忙站起,退了出去。

"我不能收留他!"拓跋珪皱着眉头,看着马兰。

"为甚啊?"马兰看着拓跋珪阴沉的脸。

"他当年死心塌地地跟随窟咄,还遗箭向窟咄表示忠心,说甚:三岁犊岂胜重载?你看他多轻视我?我干甚要收留他?及早赶他出城算了!"拓跋珪抑制不住心中的愤怒,暴躁地说。

"你看你,牛脾气又来了不是?谁还没有个犯错的时候?当时你确实年纪幼小,被别人轻视自是难免。你不能如此小心眼,老记住别人的不是啊。他能征善战,足智多谋,又在柔然住了几年,对柔然情况十分了解,你要是准备征柔然,他不是最好将领?"马兰微笑着劝解拓跋珪。

拓跋珪在母亲柔声细语的劝慰下平静下来,他虽然脾气暴躁,却很能听从母亲和他人的劝慰。

"好吧,阿娘看让他干甚好?"

"让他领禁兵如何?",马兰征询地问。

"禁兵?"拓跋珪吃惊地瞪起眼睛:"他可靠吗?让他领禁军?"

"你放心,没有比他忠心的了。他曾经有过失于你,心中一定惶惶不安,一定会加倍小心谨慎从事,不敢越雷池一步。他要比那些老臣还可靠呢。一些老臣难免会居功自傲,难免会倚老卖老,他不会的!"马兰虽然依然微笑,那语气却十分肯定,叫拓跋珪不得不信服。

"那就依母亲之见,让他当个禁军的幢将吧。"拓跋珪笑了笑,又补充一句:"不过,他那笔旧账,我一定不会忘记,要是有一天他得意忘形,我一定要用那件事去惩罚他!"①

马兰笑着摇头:"做大事者要宽宏大量,宰相肚里能撑船,才能成大事啊!"

拓跋珪阴冷地笑着:"我可没有这么宽宏大量!我容不得别人的轻慢污蔑!我喜欢大魏曹操的处世办法,宁叫我负人,不叫人负我!"拓跋珪阴沉着

①天赐五年,有人告发莫题居处倨傲,拟则人主,拓跋珪则使人示以箭,告之曰:"三岁犊,能胜重否?"莫题奉诏,父子对泣,受刑。

鲜卑国母:献明皇后

脸一字一顿地说。

马兰微笑说："眼下用人之际，还是要想办法多笼络人心的好！"

拓跋珪点点头。他从炕几上的盘子里拈起一粒瓜子，放在嘴里嗑着，看着母亲马兰，说起他的打算。"阿娘，开春以后，我想西征，驻扎到鹿浑海，袭击高车袁纥部。听探子报，他是西部最大的部落，破了袁纥部，可以掳获马、牛、羊等牲口二十余万呢。有了这二十余万的牲口，我们的国力会充实很多。而且，我驻扎鹿浑海，距离代来城近了许多，我将择机去攻刘卫辰。"

拓跋仪急忙说："阿娘，大阿干领着我们打了不少胜仗，看来以后代国不必再向燕国进贡了吧？"

马兰白了拓跋仪一眼，正想呵斥他，突然意识到这说法是来自于拓跋珪，拓跋仪不过是做了个传声筒而已。她拣了个冻海棠慢慢咬着，思谋着拓跋珪的计划，思谋着如何打消他们这可怕的想法。刘卫辰不除，她和儿子食不甘味。但是除刘卫辰一定要慎重。刘卫辰固守河西，以大河为屏障，给征讨带来许多困难。他在河西，西部的许多部落投靠于他，一时很难攻下代来城。至于不向燕国朝贡，眼下是想也不敢想的事情。不向燕国朝贡，势必惹怒慕容垂，如果慕容垂派兵来攻，代国前后受敌，哪还有代国的生存之地啊？这些糊涂的犊子，打了几次胜仗，就不知道天高地厚了！

想到这里，她看着拓跋珪，慢慢说着自己的想法："你驻扎鹿浑海去攻击高车袁纥部的想法，我看可行。但是，依我之见，攻击了袁纥部，掳获牲口以后，还是要还军牛川。牛川是你的根据地，牛川还有许多新虏获来的部落人口，你不可离开牛川过久，征战之后，还是及时回到牛川牢靠一些。打下袁纥部以后，还是先不急于攻打代来城的好。以我们代国眼下的形势，仅靠我们单独兵力去征讨刘卫辰还未到合适时机。少一个袁纥部，对刘卫辰来说，仅仅不过是断他十指之一而已。在他周围，还聚集着蠕蠕、高车、山胡的许多强大部落，他的力量还很强大。我们代国，虽然经过这几年的征战，取得很大胜利，征服了一些部落，掳获了不少牲口，国力壮大不少，可是，相比于刘卫辰来说，实力还是差得很远。"

说到这里，马兰注意地看了看拓跋珪的脸。她知道，拓跋珪性子傲，不愿意承认自己不如别人，尤其这四五年来，他打了许多胜仗，更是增长了他的傲气，他能不能接受自己的这番说法呢？

鲜卑国母：献明皇后

拓跋珪脸上还算平和，正专心致志地听她说话。马兰放心了，便接着往下说："所以，依我的看法，眼下我们代国还是要尽量与燕国保持良好关系，按时向燕国进贡，不到时候，不能轻易交恶于燕国。我们还是要保持与燕国的联盟，让燕国支持我们征讨行动，逐步消灭西部部落，然后在适当的时候征讨刘卫辰。你看呢，大单于？"马兰笑着问拓跋珪。

拓跋珪心里有些不服气，他不认为自己还得依附于燕国。他自认为自己已经有能力单独征讨刘卫辰，他很想立刻脱离燕国的附属地位，不再向燕国进贡称藩。可是，听母亲刚才这一番精辟分析，他不由得动摇了自己的想法。母亲说得很有道理，前后受敌，他还是难于招架的。拓跋珪轻轻点头。

马兰继续说："眼下，我们代国最大的敌人应该是西部的刘卫辰，刘卫辰是我们拓跋代国不共戴天的最大仇人！我们去征讨他们，燕皇不会阻挠，也不会起疑心。既然这样，我们就不妨打着征讨刘卫辰的旗号，去征讨西部的部落，逐步征服西部，一面扩大我们的实力，一面断刘卫辰的十指。等到断他五指六指之后，再联合燕国军队，向刘卫辰发动总攻击。那时候，刘卫辰何愁不灭？刘卫辰一灭，这阴山南北，大河东西，大部分地区就全部落到代国旗下，到那时，代国即使不宣布脱离燕国管辖，燕国也奈何不得我们！我们何苦要急于交恶于燕国呢？"

拓跋珪已经被母亲说服，他睁着明亮的大眼睛看着母亲，不断点头："阿娘所言极对，就依阿娘的话，暂时放过他刘卫辰。"

马兰看着拓跋珪，说："我还有一事与你们弟兄商量。"

拓跋仪为拓跋觚嗑着瓜子，笑着说："阿娘只管说来，我们弟兄洗耳恭听呢。"

拓跋珪白了拓跋仪一眼，没有说话。

马兰说："我想送拓跋觚到中山去求学，你们同意不同意？"

拓跋仪拍了拍身边的拓跋觚，笑着问："你离开阿娘，行吗？"

拓跋觚眼睛一瞪，朗声说："行！有甚不行！"

拓跋烈也拍了拍拓跋觚："人不大，志气还不小！"

马兰见拓跋珪不说话，眼睛定在他的脸上，问："大单于，你看行吗？"

拓跋珪见母亲这么郑重其事地称呼自己，知道母亲很是看重自己的想法，只好敷衍着说："母亲看着办就是了，孩儿没有异议。"拓跋珪隐约知道，

鲜卑国母：献明皇后

这拓跋觚是慕容垂的孩子，所以，他不喜欢拓跋觚，从骨子里不喜欢这拓跋觚。母亲想送拓跋觚去燕国，他明白，这是母亲进一步交好燕国的表示，是为代国利益考虑的，终究也还是为他拓跋珪考虑的，他有什么理由反对呢？但是，他心里就是转不过这弯，不能向母亲表示他对拓跋觚的丝毫喜欢。

一丝失望的阴影闪过马兰明亮的眼睛，她在心里叹息了一声：拓跋珪就是不肯对拓跋觚表示一点关心和手足之情。这儿子未免太寡情了。

刘缨见婆母有些不快，急忙笑着说："送拓跋觚去中山求学，对小觚是大磨炼。小觚到中山一定可以学到许多学问。三四年以后，小觚就大有出息了！"

拓跋仪也附和着刘缨："可不是，中山那里文化兴盛，小觚能够增长见识学到学问的。中山像长安一样，当初我们……"

拓跋珪突然大声咳了一声，吓得拓跋仪停住话头，小心看了看拓跋珪的脸色。拓跋珪的脸色很是难看，他狠狠地瞪着拓跋仪。拓跋仪急忙咽下要说的话，他知道自己又触犯了拓跋珪的痛楚，拓跋珪坚决不允许别人在他面前提起长安。

马兰装作没有看到这一切，只是笑着与刘缨谈论临产的事情，叮嘱着刘缨生孩子的注意事项。

拓跋觚并不懂得大人心思，他好奇地看着拓跋珪，笑着问拓跋烈："三阿干，大阿干为甚生气了？"说完，他又看着拓跋珪，不高兴地伸出手推了拓跋珪一把："大阿干，你别瞪着二阿干嘛！"

拓跋珪已经生出一肚子怒气，哪能容得拓跋觚当着这么多人抢白他，他劈手打了拓跋觚一掌，狠狠地骂着："小犊子！哪来你教训本王！"

这一掌，打痛了拓跋觚，拓跋觚仗势着自己是"傲特更"（小儿子），得母亲的宠爱，便踢腾着脚在炕上哭喊起来："阿娘！大阿干打我！"

拓跋珪愤怒得脸色通红，他跳下炕，摔门而出。刘缨急忙下炕，拿起他的皮袍和皮帽，追了出去。

马兰搂着拓跋觚，一边哄着他，一边自己掉眼泪。看着母亲眼泪吧嗒吧嗒地滴落在炕上，拓跋仪和拓跋烈兄弟二人你看我我看你，不知道如何安慰母亲。

3.送幼子使燕国父子相见　惹嫉恨引中山兄弟猜忌

　　登国五年,公元390年,开春以后,天气暖和起来,代国城门口集合着一支队伍,有骑马的士兵,还有装载着货物的骆驼队,也有几辆备人乘坐的高车。这是代国国主派遣到燕国中山进贡的队伍,已经准备停当,等待着代王马兰送她的儿子拓跋觚出来,然后出发。领队的大人梁六眷检查着队伍,询问着叔孙建,等待着出发。梁六眷与叔孙建前往中山,担负着三个使命,一是去朝见燕皇慕容垂向燕国进贡;二是向慕容垂请求他派兵前来支援拓跋珪的西征,去征讨西部最大的高车部落袁纥部;三是送拓跋觚到中山求学。

　　"代王准备好了没有?"梁六眷问。叔孙建摇头。叔孙建的父亲从小由什翼犍的母亲王太后所养,与皇子同等,他从小以智勇著称,现在是代国的外朝大人,与梁六眷等人选典国事,参军国之谋,派他跟随拓跋觚去中山,代王马兰最为放心。

　　梁六眷抬头看了看太阳,太阳刚刚升起,时辰还早。"你们再等一会。"梁六眷对随从说:"我进去看看代王。"

　　代王宫里,马兰拉住拓跋觚的手,恋恋不舍地嘱咐着他。

　　"到了中山,要学着照顾自己。"马兰抚摩着拓跋觚的黑发,目不转睛地看着拓跋觚,千言万语涌在心头,却又不知道从何说起。昨天晚上,整整一个晚上,她都在叮嘱着拓跋觚,方方面面,凡是她能够想到的,都叮嘱了一遍,可是她还是放心不下,还是觉得有许多事情没有叮嘱到。

　　"阿娘,你就放心吧,阿娘叮嘱的,孩儿已经全部记在心了!"拓跋觚豪迈地说,一脸的豪情壮志,虽然是第一次离开母亲,他却没有多少伤感,倒是充满成年男人离家壮游的豪情,他把这当作他成就大业的开始。

　　"我送你的碧玉呢? 你放在哪里? 拿出来叫我看看。"马兰最不放心就是这事,她在临行前一定要再检查检查,看拓跋觚是否把它放好了,还要看他记不记得她嘱咐他的话。

　　"在这里。阿娘,我把它挂在我的脖子上,丢不了的!"拓跋觚说着,从胸口的衣服里掏出那块碧绿温润的碧玉,让母亲过目。

　　"好,我这就放心了,快收拾起来。路上再也不要解下它,听到没有?"

鲜卑国母：献明皇后

395

"听到了。阿娘!"拓跋觚有些不耐烦。

"见了燕皇,你要在无人的时候把这碧玉给他看。"马兰又小声叮嘱道。

"知道了,阿娘!你都说了十几遍了!"

"我知道!可是阿娘还是怕你没有机会让燕皇看到这碧玉的!"

"那我就在第一次见到他的时候,拿出来让他看,不就行了吗?"

"不行!不能在有人的时候给他看!"马兰疾言厉色地说:"记住,一定不要那么做!那样会给你招惹麻烦的!听到没有?"

拓跋觚只好点头:"听到了,阿娘!我会找机会的!"

"你还要把你的岁数告诉燕皇,就说是阿娘我让你转告他的!记住没有?"马兰继续叮嘱着。

"记住了!"拓跋觚郑重其事地回答母亲。

这时,梁六眷进来。"代王,是不是该出发了?"梁六眷看着眼泪汪汪的马兰,轻声问。马兰急忙擦了擦眼睛,小声说:"是的。"

拓跋觚急忙催促着:"阿娘,我该走了。你看,梁大人都等急了。"

马兰一把抱住拓跋觚,又紧紧搂抱了一会,把自己的脸颊紧紧贴在拓跋觚的脸蛋上好一会,才终于下了决心推开拓跋觚,声音哽咽地说:"你走吧。"

拓跋觚心里也有些发堵,不过,他还是强忍着离别的哀伤,勉强笑着向母亲挥了挥手,大声对梁六眷说:"我们走吧。"头也不回地跟随梁六眷离开卧室。

马兰又追了出来,站到高台阶上,目送着拓跋觚坐上高车,目送着马队驼队与高车驶出盛乐城门。马兰擦去脸颊上的泪水,慢慢走回宫殿。尽管心里有些难受,却还是充满着期望。她送走幼子拓跋觚,可以换来慕容垂对代国西征的支援,使拓跋珪的西征有了胜利保证。她对自己的部署,有充分的信心,自己的部署是完全正确的。拓跋觚到中山去可以见到他的亲生父亲,可以在中山学到许多学问,将来拓跋觚一定可以帮助拓跋珪成就大业。这是多好的事情啊,难过甚呢?想到这里,马兰在自己脸前挥了挥手,挥去心头的忧伤,平静地走回宫去。

慕容垂在中山的皇宫里接见梁六眷一行。慕容垂坐在宝座龙椅上,看着跪拜的梁六眷。梁六眷的到来,又勾引起埋藏在他心底的一个情影。那

鲜卑国母:献明皇后

双明亮的略带一些幽深蓝色的黑亮眼睛，闪烁着勾人魂魄的亮光，在他眼前闪现。他多希望再见她一面啊。可惜千里关山阻隔，他不可能离开中山去塞外，她也无法飞跃长城来到中山，只好两地明月关山，作一处思念了。

慕容垂懒洋洋地靠在龙椅上，半闭着眼睛，似听非听地听着梁六眷朗朗报告着贡品。太子慕容宝站在他的身后。

慕容垂已经明显地衰老了。几年来的征战消耗了他的体力与精力，他现在一身病痛，经常不断地感觉到心口憋闷和疼痛，尽管延请燕国最好的郎中来治疗，可还是感到心力不足。于是，他安排慕容宝做自己的接班人。慕容宝虽然不是长子，但是他聪明乖巧，很会讨他的欢心。

慕容宝，字道佑，小字库勾，是慕容垂的第四子。慕容宝从小机灵，长大以后，砥砺自修，学问见长，满朝文武都夸赞他。而且这慕容宝很会笼络人心，在他的身边，总能有一帮狐朋狗友死心塌地为他奔走。慕容垂就看中了他这个特点。一国之君，不能笼络人心怎么行呢？但是，他的夫人段氏私下却劝说他："宝儿尽管资质聪慧，人也长得雍容大方气派非凡，但其秉性柔弱寡断，承平时期可为仁明之主，处难则非济世之雄。今托以大业，未见克昌之美。在几个儿子中，辽西与高阳，是最贤良的，不如从他们二人中选择更合适人选以树为太子。而贺辚，奸诈又轻视宝，恐怕难以托付大事。选择太子，是我家事，宜深谋远虑从长计议。"这话，叫慕容垂犹豫了几天，但是，架不住慕容宝百般讨好，曲意奉承，终于还是选择慕容宝做了太子。

慕容垂头脑了闪现出这几年的片段场景，眼皮慢慢沉重起来，头脑中有些昏昏沉沉，听不人清楚梁六眷的说话。太子慕容宝看到慕容垂要昏昏欲睡的样子，在他身后轻轻地咳嗽了一声。慕容垂缓慢地睁开了眼睛，梁六眷刚刚读完了代国进贡的贡品名录。

他挥挥手："朕知道了，下去吧。"

梁六眷急忙向上拜："启禀皇帝，臣还有一事相奏。代国国主马兰可汗禀告皇帝陛下，代国准备于三月西征高车部，请皇帝按时派兵前去会师。"

慕容垂坐了起来，眼睛放了些光彩："代国准备西征高车？那太好了，朕这就下令慕容贺麟，从平城带兵与你会师好了。下去吧。"

"等等，父皇。"慕容宝急忙阻拦，他伏身慕容垂耳边，提醒道："父皇，还没有听到代国禀告质子之事，怎么可以答应派兵会师呢？"

鲜卑国母：献明皇后

慕容垂懒洋洋看了看慕容宝,反问了一句:"有必要吗?"他又转过脸来看着梁六眷:"太子问,代国可曾派质子前来?"

梁六眷急忙行了拜回答:"禀报皇帝陛下,代国国主大可汗不敢违抗皇帝陛下旨意,已经派来质子,现在外面等待皇帝陛下接见。"

"噢?派了质子?"慕容垂惊喜地问。他眼睛一下子闪现出亮光,人一下子精神了许多,又重现出以往他精明强悍的风貌。"传他进来!"慕容垂对太子慕容宝说。慕容宝惊异地看了父亲一眼,满怀狐疑地让人去传唤。

"他是你们大可汗的什么人?"慕容垂迫不及待地询问梁六眷。

"回皇帝陛下,他是大可汗最小的儿子拓跋觚。"

慕容垂竭力回忆着马兰的几个儿子的模样,可惜都已成为模糊一片,想不起他们清晰的面目了。不过他还记得马兰有三个儿子,分别叫拓跋珪、拓跋仪和拓跋烈。好像没有叫拓跋觚的。难道马兰回到代国又找了个男人生了个儿子不成?慕容垂在心里算计着马兰离开他的时间。

拓跋觚走了进来,跪倒在慕容垂龙座前,三拜以后,朗朗说:"小臣拓跋觚参见皇帝陛下。"

慕容垂急急地站了起来,走下龙椅,来到拓跋觚面前,说:"起来吧。让我好好看看你。"拓跋觚站了起来,垂手站在慕容垂面前,心里忐忑不安有些发慌,他不知道这燕国皇帝想要怎么安置他这来自代国的人质。名义是上求学,实质是做人质,他其实也清楚自己来到燕国中山的真实目的。人质的命运如何,他年纪小,还不清楚。

慕容垂仔细打量着拓跋觚,这拓跋觚长得很像马兰,一样的眼睛,一样白皙的皮肤,头发却不像马兰那样乌黑,反而有些发黄,像他们慕容一样,慕容垂心跳了起来。这俊朗的男孩子更是勾引起他对马兰的怀念。

"你今年几岁?"慕容垂托着拓跋觚的下颌,审视着他的眼睛,问。

"九岁。"拓跋觚怯生生地回答。

不是回到代地生的。慕容垂心里想。九岁,应该是马兰离开长安之后几个月里生的,怀他的时候马兰应该还在长安,还住在他的府上啊。慕容垂心里一阵激动。他仔细看着拓跋觚,拓跋觚那么像马兰,他想从他的脸上寻找什么呢?自己也说不清楚。

"你娘送你来中山干什么?你知道吗?"慕容垂看着拓跋觚可爱的脸盘,

问。他的心里，已经对这好看的男孩子充满了深深的喜爱之情。

"知道。我娘送我到中山来求学，让我来中山学习读书长学问。她说代国没有中山有学问的师傅多，她请求皇帝陛下安排一个好师傅教我读书。"拓跋觚现在已经不太慌张，脑子里想起了母亲的嘱咐，便朗朗说了起来。

"好，朕成全你和你娘的心愿，给你找一个最好的师傅来教你读书。慕容宝，你说，中山最好的读书人是谁？"慕容垂转过脸问太子慕容宝。

慕容宝看着父亲对代国人质突然产生出的浓烈兴趣与喜爱，心中很有些不高兴，他不大情愿地咕噜着说："听说是崔玄伯和许谦吧。"

慕容垂喜笑颜开，声音喜色了许多："这两个人我都认识，崔玄伯在长安太学教书，教过你兄长。"慕容垂又转过脸笑眯眯地对拓跋觚说："许谦原来就是代国人，做过代国官员，让他们来教你，再合适不过了。"

"感谢皇帝陛下隆恩！"梁六眷急忙代替拓跋觚感谢慕容垂。

慕容垂拉着拓跋觚的手走回龙椅，自己坐了下来，让拓跋觚站在身旁，他想多询问一些有关马兰的情况。"你们都退下吧，让朕与拓跋觚说会话。"

慕容宝满怀狐疑，看了看父亲，又看了一眼拓跋觚，一边向后走出大殿，一边心里只嘀咕：父亲为何突然对这代国男娃产生这么大的兴趣呢？是不是另有隐情？

慕容垂见人们都退了出去，便抚摩着拓跋觚的手，问："你告诉我，你的阿爷是谁？"

拓跋觚不好意思地羞红了脸，他从生下来就不知道自己的阿爷是谁。他摇了摇头，小声说："不知道。"

慕容垂的心跳得更快了。"你娘送你来有什么嘱咐没有啊？比如有没有交给朕什么东西啊？"

"有！"拓跋觚在慕容垂的提示下，想起母亲千叮咛万嘱咐的话，他急忙从胸口掏出那块碧绿的挂玉，从脖子上解了下来，双手捧着递给慕容垂："这是我娘让我转交给皇帝陛下的东西。"

慕容垂从拓跋觚手中接过这块晶莹剔透还带着拓跋觚身体温热的碧玉，一时竟有些哽咽，他的嗓子里升起一团硬块，堵住他的喉咙，眼泪涌进了眼眶。他呜咽了一下，竭力控制着自己的心情，把眼泪咽了回去。他久久地抚摩着这块当年送给马兰的定情之物，感慨万千。这么多年，这么多磨难与

鲜卑国母：献明皇后

变故，这么多颠沛流离，马兰始终没有丢失它，可见，马兰心中对他怀着多深的依恋和思念啊！慕容垂恨不能此时生出双飞翼，飞越万重关山，飞到塞外，飞到阴山纽埂川草原，飞到马兰身边，与她紧紧相拥在一起，互相倾诉衷肠。可是，他生不出双飞翼。慕容垂把碧玉贴在自己的胸膛上，深深地、沉重地叹息了一声。

"你阿娘还有什么嘱咐吗？"

"我阿娘还让我告诉皇帝陛下，我是我阿娘离开长安六个月以后出生的！"拓跋觚睁着一双明亮的大眼睛，看着燕国皇帝慕容垂，心里已经没有一丝的不安，不知为什么，反而滋生出一种依恋，他很想扑进他的怀抱，紧紧地拥抱着他。

慕容垂一阵狂喜！离开长安六个月前那半年里，正是他慕容垂在长安与马兰私会的时候！这拓跋觚是自己与马兰的孩子！怪不得他一见这男娃，就觉得满心喜欢！

慕容垂伸开双臂，紧紧抱住拓跋觚，小声说："儿啊！朕的儿啊！"

拓跋觚也紧紧搂抱着慕容垂，感觉到无限幸福。他从小没有享受过父亲的爱，没有享受过父亲的拥抱，面对着这么尊贵又这么可亲的慕容垂，他早就想扑入他的怀抱与他亲近，即使他不是他的亲生阿爷。

慕容宝并没有离开大殿，他躲在后面的帷幕后，窥视着慕容垂和拓跋觚的举动。看到慕容垂紧紧搂抱着拓跋觚，他突然明白了事情的真相。当年在长安，父亲与马兰偷情的事情，他也略有所闻。这拓跋觚看来是父亲与马兰偷情所生的儿子了。他恨恨地朝拓跋觚挥舞着拳头，离开了大殿。

慕容垂轻轻抚摩着拓跋觚的黑发，爱抚着自己这最小的血脉，心疼地说："你从小可是受了不少苦，以后，就与朕一起，朕要好好照顾你！让你受最好的教育，把你培养成学富五车经略大业之才！"

慕容宝从大殿退了出来，满腹愤怒。父亲认了从代国来的拓跋觚为子，叫他十分恼怒。虽然他现在已经贵为太子，可是，他还是难以容忍父亲对其他儿子的重用和喜爱。他的三个兄长，慕容贺麟、慕容普麟、慕容高阳，分别带兵在外，并不对他构成危险，现在却来个最小的拓跋觚，被父亲认为亲子，这问题有些严重。他知道自己母亲曾经劝阻过父亲选择自己为太子一事，

鲜卑国母：献明皇后

心中对母亲怀着很深的仇恨。不过,他知道只要父亲还在位,他就必得暂时压抑自己的仇恨,不能显露一点不满,否则,小不忍则乱大谋,坏了他的大事。

这拓跋觚的到来,会不会改变父亲的想法呢? 鲜卑人总是把最小的儿子当作看家人,他之所以被选为太子,就是因为慕容垂最小的儿子慕容熙身体不好,父亲经常把他当作小儿子。这拓跋觚,会不会夺去父亲的心呢? 千万不能掉以轻心! 慕容宝心里告诫自己,一定要多长十个心眼,注意着父亲与拓跋觚的关系。该出手的时候就出手,千万不能养虎为患啊!

是不是该把这事情向几个兄长说明,挑起他们的愤怒? 慕容垂心里琢磨着各种办法。在长安的时候,除了慕容熙对拓跋珪兄弟友善以外,几个兄长都十分憎恶拓跋珪兄弟,现在大阿干长住平城,经常被父亲所差遣出兵援助拓跋珪,听说也是牢骚满腹,不过慑于父皇威力不敢不服从军令。也许有机会可以挑动慕容贺麟对拓跋觚的怨恨?

慕容宝一边走,一边胡乱琢磨着将来对付拓跋觚的办法。迎面走来母亲段氏。段氏被一班仆妇太监侍从簇拥着,正向后花园走去。春天阳光灿烂,春风和煦,作为皇后的段氏不愿待在阴凉的宫里枯坐着,她想到后花园去走走,看看春花绿草,听听清脆的鸟叫来舒缓舒缓无聊的心情。当了皇后,她倒觉得不如当年在长安舒坦,在长安日子过得多惬意,她要操心慕容府上的大小事情,要操心慕容垂,要提防慕容垂拈花惹草,要教育儿子读书,要到后菜园里瞅着看菜园那个拓跋女人是不是在勾引她的儿子。所有这些大大小小、咸咸淡淡的事情让她每天忙忙碌碌,不得空闲。终日忙碌,也就没有时间感受无聊。可是现在,作了这燕国皇后,皇帝慕容垂忙于国事,很少见面,儿子大多在外,更难得相逢,后宫里的值得她关心的事情几乎没有,她的时间多得难以打发,不知道每天干什么好。百无聊赖,就带领着仆妇四处走走看看,打发时光。

"孩儿给母亲大人行礼了!"慕容宝看见母亲段氏,心头突然有了主意,急忙上来见过段氏。

"你从哪里来啊?"段氏问慕容宝。

"孩儿刚从前殿回来。"慕容宝垂手恭立在段氏前,一脸甜蜜灿烂的笑容,一腔恭敬、温顺而甜蜜的回答母亲问话的声音。

鲜卑国母:献明皇后

"你父皇在前殿?"

"是的,父皇正单独接见代国来的质子呢。"慕容宝的声音里透露出意味深长,引起段氏的警觉。

"代国来的质子? 谁啊?"段氏扬起眉毛。

慕容宝暗自欢喜。他知道母亲当年大闹菜园的经过。"就是住在我们菜园里那个鲜卑女人的最小的儿子,才九岁。"

段氏在心里一一数落着马兰的儿子。当年最小的那个孩子,应该有十四五岁了,哪来个九岁的儿子? 九岁,不是在长安怀上的吗? 段氏凭直觉和智慧立刻推断出来,这最小的儿子与慕容垂有些瓜葛、干系。

段氏的眼睛阴郁下来,她闷声问慕容宝:"他们还在前殿?"

慕容宝喜形于色地指点着:"是在前殿。大约快回后宫了。嗑,他们出来了!"

慕容垂拉着拓跋觚从前殿走了出来,在侍从、太监簇拥下回自己的寝宫。

段氏加快脚步赶了过去。"皇帝陛下,等等!"她一边跑一边喊,一路奔了过去。

慕容宝看着段氏的背影,暗自得意:这下有好戏看了。母亲不发河东狮吼才怪呢! 但愿母亲能够处理拓跋觚一事,把他打发回代国了事。

慕容垂听到皇后段氏的喊声,停住脚步,回过头来。他看着大声喊叫着奔跑过来的段氏,皱了皱眉头:如今都是皇后了,还这般疯狂模样! 不过,他也知道,正是段氏这种剽悍,救了他的性命。当年在燕国受迫害出逃,他的段氏被毒打几近死去,至死也不说出他的去向,从而拯救了他。所以,他一直对这段氏心怀感激,不管她多么不讲道理,多么河东狮吼。

"什么事情?"慕容垂紧皱眉头,眼睛看着段氏的额头,厌恶地问。

"听说代国送来质子,可是这娃?"段氏盯着拓跋觚,眼光在他的脸上反复来回盘旋,仔细端详打量着这拓跋鲜卑的孩子。这张小脸很是好看,与他那狐狸精阿娘一模一样。段氏看不出什么破绽。

慕容垂哼了一声算作回答。

"这男娃可是那个看菜园的拓跋女人的孩子?"段氏不肯放弃,继续追问。

"是的。"慕容垂只好回答。

"他阿爷是谁?"段氏毫不放松,抬起眼睛紧紧逼视着慕容垂,追问不休。

"他来燕国作质子,朕管他阿爷何人?"慕容垂恶狠狠地瞪了段氏一眼,拉着拓跋觚,加快脚步向自己寝宫走去,想摆脱段氏的纠缠。

段氏提高声音说:"你要把这娃子送回去,让代主重新送一个质子来!"

慕容垂扭过头,斩钉截铁回答:"此乃朕之事,你休得干涉!"

段氏跺脚,恶狠狠地喊:"慕容垂,你不听我的劝告,一定要自食其果的!"

鲜卑国母:献明皇后

第十二章　母子嫌隙

1.率大军援贺兰看中妖娆小美女　使阴谋杀丈夫强占妩媚幼姨娘

登国六年，公元 391 年，二月，凛冽的寒风从阴山山口吹到纽垤川平原上，纽垤川平原上白茫茫的一片，一场冬雪覆盖在纽垤川平原上，覆盖在阴山山坡和山顶上，到处是一片耀眼的雪白，没有消融的大雪把大地染得白茫茫一片。

一支大军从阴山坝口出来进入纽垤川平原，黑色狼头大纛在寒风中飘扬，发出猎猎声响，战马咴咴嘶鸣，跟着马队跑前跑后的猎犬汪汪狂吠，骆驼高车拉着毡帐，发出一阵阵吱吱扭扭声。猎鹰掠着低空飞翔。白皑皑的雪原上被马蹄踏碎了，留下杂沓散乱的踏痕轨迹。寂静的纽垤川草原一下子热闹起来。

拓跋珪率领着他的部队回到纽垤川。拓跋珪骑在高头人兆马上，拓跋仪、拓跋烈、穆崇、长孙嵩、叔孙建等十三个亲信大将紧紧跟在他的马后。拓跋珪的火红狐皮帽上满是白霜，口鼻周围也满是呵气结下的白霜。天气虽然寒冷，他却满脸、满心的热气蒸腾。

拓跋珪端坐在马背上，让坐骑慢慢行进在纽垤川平原上，他想慢慢欣赏着白雪覆盖的茫茫雪原的美丽景色。

前方茫茫的雪原上，一片冰清玉宇，湛蓝的天，晴空万里，红日照在雪原上，让雪白的草原染上了淡淡的红色。一望无际的雪原上，树是白的，远处的毡包是白的，耸立在南边的昭君墓也是白的。厚厚的雪原上，偶尔有几株白茅草挺立着，在风中摇摆着白色的花穗，也有野兽跑过，留下的一行行清晰的，如同梅花瓣一样的蹄痕。这一行是狐狸跑过的脚印，那一行是黄羊留下的,那边是野鹿的五瓣蹄子。拓跋珪兴趣盎然地欣赏着,发出爽快的笑声。他真的好高兴,驰骋一年,劳累一年,凯旋回到纽垤川,该是多兴奋的事情。他带着他的队伍回到纽垤川,要在纽垤川好好休整个把月,然后,对刘卫辰发动最后的攻击,坚决消灭这个拓跋鲜卑的宿敌。

刚刚过去的一年,是拓跋珪大胜的一年。送拓跋觚去中山以后,燕国皇帝慕容垂爽快地答应了代国会师的请求,下诏派遣慕容贺麟的骑步军出塞前来助战。有了慕容贺麟一万步骑兵的援助,他的胆气壮了许多,指挥着自己三千人的队伍,从登国五年三月到登国六年二月近一年里,驰骋阴山南北草原,一连打了许多胜仗,收复了许多草原游牧部落,俘获大量的人口牲畜,力量壮大了许多。当年救过他一命的独孤部大人独孤娄带领整个独孤部落和儿子独孤尼归顺拓跋珪。拓跋珪怎么能不高兴呢?

魏书记载:登国五年,公元390年,春三月甲申,拓跋珪率领大军西征,驻扎鹿浑海,袭高车袁纥部,大破之,虏获生口、马牛羊二十余万。慕容垂遣子贺麟率众来会。夏四月丙寅,行幸意辛山,与贺麟讨贺兰、纥突邻、纥奚诸部落,大破之。六月,还幸牛川。刘卫辰遣子直力鞮寇贺兰部,围之。贺讷等请降,告困。秋七月丙子,拓跋珪引兵救之,至羊山,直力鞮退走。八月,还幸牛川。九月壬申,讨叱奴部于囊曲河,大破之。冬十月,迁云中,讨高车豆陈部于狼山,破之。十有一月,纥奚部大人库寒举部内属。十有二月,纥突邻大人屈地鞬举部内属。帝还次白漠。登国六年,公元391年,春二月,幸纽垤川。三月,遣九原公元仪、陈留公元虔等西讨刘卫辰部,大破之。

还有一件更叫他想起来就心花怒放的事情。在后边一辆围着厚厚白毡的高车里,坐着一位绝代佳人,那是他刚从贺兰部带回来的新娘。一想到这绝代佳人,拓跋珪就浑身热血沸腾,一种强烈的难以抑制的欲火就炙烤着他的心,让他安静不下来。

拓跋珪来到高车旁,掀开车帘,从马上跳了下来,钻进高车,紧紧抱着贺兰,亲吻着她漂亮的脸庞,没有心思去欣赏雪原了。

拓跋珪紧紧抱着新娘,把新娘放倒在高车车厢里,迫不及待地压在她的身上,在高车的颠簸中,释放宣泄了自己的欲火。

新娘满脸通红,躺在车厢里,娇喘不已,在拓跋珪野兽般的宣泄里,她感受到从没有过的震颤和快乐。她紧紧搂抱着拓跋珪,意犹未尽似的呻吟着,

鲜卑国母:献明皇后

405

在拓跋珪怀抱里扭动。拓跋珪亲吻着佳人的脸蛋，无比舒坦地哈哈大笑起来。

"贺兰，跟了我后悔吗？"拓跋珪把自己一脸须髯蹭在贺兰娇嫩的脸蛋上，响亮的声音问。

贺兰双手搂抱着拓跋珪的脖颈，响亮地亲了他一口，娇嗔地反问："你说我后悔不后悔？"

"还想不想你那个小男人？"拓跋珪抚摩着贺兰白嫩绯红的脸蛋，又问。

"想他作甚？"贺兰拍打着拓跋珪的脸蛋："你都把他弄死了，我还想他干甚？"

拓跋珪哈哈大笑起来。想起自己千方百计把贺兰弄到手的经过，拓跋珪就乐不可支。没有他的计谋，如何能够遂心愿抱得美人归呢？

贺兰是贺兰部大人贺讷最小的妹妹，也就是拓跋珪母亲马兰最小的妹妹，虽然与贺讷、马兰不是一母所生，却都是同一父亲的血脉，也就是他拓跋珪的小姨。拓跋珪逃避刘显的迫害到贺兰部，第一次见到比他小几岁的贺兰，情窦初开的他就被贺兰的美丽所吸引，他从没有见过这么漂亮的美人，他喜欢追随着看贺兰，喜欢看她那白皙粉红的脸蛋，喜欢看她那一双水汪汪会说话的又大又圆的黑眼睛。不过那时他年纪小，贺兰也不大，不过八九岁，他又是投靠母舅，自然不敢枉生邪念。两个月前，当他带兵去帮助贺讷征剿叛乱的贺染干，又一次看到贺兰时，情形就完全不同了。他那颗野心勃勃的成熟男人的心立时狂跳起来，再也抑制不住对贺兰的想念和巴望。一定要把她弄到手！他暗暗对天地发誓。

拓跋珪躺在高车车厢里，随着高车的颠簸，昏昏欲睡，脑海里又涌起他在贺兰部的情景。

一直觊觎贺兰部大人位置的贺染干纠集了附近一个独孤部落，囚禁了贺讷，自己做了贺兰部大人。贺讷派人秘密送信给拓跋珪，请求拓跋珪来救自己。拓跋珪得到舅舅贺讷的口信，立刻率着自己的几千人风卷残云般奔驰到贺兰部。贺染干望见拓跋珪的黑色狼头大纛，知道自己不是拓跋珪的对手，便带着几个人仓皇出逃。拓跋珪驻扎在贺兰部附近，趁势收缴了附近的几个部落。

贺讷感谢外甥拓跋珪的援助,在贺兰部摆下盛大宴席招待拓跋珪和他的部下。几十顶大毡帐里,欢声雷动,呱呱的饮酒声,咯吃咯吃的啃咬声,劝酒划拳嬉笑吵闹叫骂声,惊天动地。贺讷和木兰在中帐里招待拓跋珪。他又专门叫了自己的妹妹山丹和贺兰前来招待和作陪。

拓跋珪看到贺兰,眼睛一下子就直了。几年不见,贺兰出落得更漂亮。贺兰的漂亮几乎让人目眩头晕,让人不敢直视,又不能不偷偷窥视,就像一轮光辉灿烂的太阳。

拓跋珪的眼睛从贺兰出现就再没有离开过她。贺兰灿烂笑着,向拓跋珪问好。"你好啊,拓跋珪。几年不见,你长大了。"贺兰走过来向拓跋珪打招呼。拓跋珪魁梧、健壮、高大的身材,满脸的须髯,明亮的眼睛,浑身上下都散发着成年男人的力量。她在他健壮的胸脯上砸了一拳,却苦楚起脸,轻声呻吟着连连甩手,他坚实的肌肉碰疼了她柔弱娇嫩的手。

拓跋珪哈哈笑了起来。

拓跋珪在酒宴上小声问贺讷:"贺兰有人家了吗?"

贺讷瞪了他一眼:"你打听这干啥?"

拓跋珪笑嘻嘻地说:"要是没有人家,让她跟我走!"

贺讷狠狠地砸了拓跋珪一拳:"你想也不要想,贺兰已经许配贺兰部诺颜的儿子!"

拓跋珪掩饰着自己的失望,笑着:"我不过开个玩笑罢了。舅舅不必当真!"拓跋珪从盘子里拿起一块白煮羊腿,大口大口啃着,不再向贺讷谈论贺兰,可是,他的眼睛却总溜向贺兰,悄悄地欣赏着贺兰惊人的妖艳。我一定要把你弄到手! 拓跋珪心里说。

贺讷起身端着酒碗,去向其他人敬酒。拓跋珪挪到木兰身边,木兰怀里抱着个刚生的婴儿,看着拓跋珪:"贺兰部多亏大单于你的援助了,我谢谢你。"

拓跋珪逗了逗婴儿:"我阿娘问你好。"

木兰拍着婴儿,说:"你阿娘好吧? 我可真想她。"

拓跋珪用下颏点了点贺兰:"刚才听舅舅说,她已经许配了人家,是真的吗?"

"是真的。刚刚嫁了部落诺颜的儿子,很幸福呢。"木兰怀抱里的婴儿咿咿呀呀,睁着明亮的小黑眼睛,踢腾着小手小脚,很不安分。木兰换了个姿势,把他抱了起来,让他能够看到更多的人。

拓跋珪心里一凉。很幸福,这可如何把她弄到手啊?他的眼睛看了过去,怔怔地看着贺兰。贺兰正与身旁的人说笑着,似乎感受到拓跋珪锐利的逼人的火热目光,故意不向拓跋珪方向望。

"她的夫婿叫甚名字啊?我回去要告诉母亲的。"拓跋珪见贺兰不肯看他,又压低声音问木兰。

"叫曲干,是个很不错的小后生,人虽然显得瘦弱了点,可是对贺兰很好。不像有些男人那样动不动就打老婆。你媳妇还好吧?生娃娃了没有?"

"好,生了个女儿,一直在盛乐,我还没有见过。"拓跋珪回答着木兰的问题,琢磨着如何把话题再引导到贺兰夫婿身上,他要了解清楚他的情况,才好想办法除去他,以实现自己的谋划。

"贺兰有没有孩子啊?她那夫婿曲干可是个巴特尔?贺兰部的姑娘都爱巴特尔(英雄)。"

木兰笑着:"哪有那么多巴特尔啊?不过,他很喜欢打猎,经常与后生们一起上狼山去打猎,听说他还打死过老虎呢,也算上巴特尔了吧?"

拓跋珪心里一乐,终于知道这曲干的一些情况了。要是能够把他引到狼山去,一切问题都会迎刃而解。

拓跋珪端起酒碗,呱呱饮了一大碗,满意地吃了个酒足饭饱。

宴会一结束,贺兰便匆匆离开帐讷毡帐,回自己毡帐去了。她害怕看见拓跋珪那喷火一般的目光。刚才酒宴上拓跋珪不时投射过来的目光几乎要把她燃烧起来,让她心惊肉跳。这个外甥的目光邪乎的很。

拓跋珪目送着贺兰匆匆离去,想去追赶,稍微思忖了一下,又停住了脚步。暂时还是控制住自己情绪的好,不要惹舅舅贺讷不高兴。拓跋珪对自己说。眼下,他要去见一个人,就是当年那个冒着生命危险给他送信的贺染干的部人尉古真。贺讷领着拓跋珪来到尉古真的毡帐。

"尉古真,你看谁来看你了?"贺讷走进毡帐,大声说。

受了贺染干酷刑的尉古真正在生病,躺在铺上。听到贺讷的声音,他急忙坐了起来,那只被挤压掉眼球的眼窝已经深深下陷,没有了眼珠。拓跋珪急忙上前,紧紧握住尉古真的双手:"我来看你来了。当年你的救命大恩还没有报答呢。代王和我都很过意不去。谢谢你!"拓跋珪深深鞠了一躬。

尉古真那只好眼睛里流出泪水。这深深一鞠躬,已经补偿了他所受的苦难。这些年,他一直想去投奔拓跋珪,无奈贺染干对他心存怀疑,把他全家控制起来,使他不能离开贺兰部。这一次,贺染干叛离贺讷,他又暗中送信给贺讷,使贺讷得到消息,请来拓跋珪帮助平息贺染干叛乱。

"跟我走吧,我一定重用你!"拓跋珪诚心诚意地说。

"谢谢你大单于,但是,我的家眷还在贺染干那里,我暂时还不能跟大单于走!"尉古真拜谢着。

"舅舅,你说呢?"拓跋珪征求贺讷的意见。

"我看得听尉古真的话,不能让他的家眷死在贺染干的手里。"贺讷沉思地说:"他也是我的恩人呢。我看还是先让尉古真回到贺染干那里,等他想办法弄出家人以后再投奔你的好。"

拓跋珪坐到尉古真身旁,询问他的身体。"那好,就依了你。你的身体好不好? 我想请你帮忙,带我上狼山打猎。"

尉古真笑着说:"大单于算是找对了人。我自己就是向导,另外,我还可以再给你找几个贺兰部落的人,他们都是经常与我一起打猎的伙伴。"

贺讷笑着插嘴说:"你想上狼山打猎,不一定要让他带你去嘛,我们贺兰部有许多好猎手,我可以帮你找几个。"

"那太好了。"拓跋珪高兴地说:"不知舅舅准备找谁做我的向导啊?"

贺讷看着尉古真:"那曲干不是最好的猎手吗? 他在狼山打过老虎呢,让他做你的向导再合适不过。"

"曲干? 曲干是谁啊?"拓跋珪装作懵懂的样子看着贺讷问。

"他是贺兰的夫婿。"

"好,就这么定了。明天让他带领我上狼山打猎玩!"

拓跋珪带着几个亲信,在曲干、尉古真的引领下上了狼山。拓跋珪站在狼山上放眼望去,远处平原上的大河像条闪闪放光的白色练子,曲曲折折,流向东南。狼山山坡上,长满茂盛的高大的松树、杨树、白桦树,茂密的枝叶交叉着遮蔽天日,林间错杂低矮的灌木,灌木丛里生长着各种野草,开放着红、黄、白、紫各色野花,山雀在林间啾鸣,山鹰在天空翱翔,山林里不时窜出成群的野鹿,闪着温和惊异的大眼睛,警惕地注视着林间的动静。

曲干，一个白净瘦弱的贺兰部鲜卑男人，贺兰新婚不久的丈夫，背着箭囊和弯弓，挥舞着弯刀，砍着茂密的灌木枝叶，为拓跋珪带路。他认识狼山密林里的路，他知道哪里可以猎到獐子、狍子和野鹿。拓跋珪和尉古真紧跟在他的身后，随从们在后面，警惕地倾听着密林里的声音。

穿过遮天蔽日的密林，来到开阔的山崖前，从山崖下的深谷里传出潺潺的流水声。曲干指着山崖下的深谷："狍子、獐子、老虎经常到那里饮水，我们就埋伏在这山崖后，等到晌午，总会有猎物来的。"

拓跋珪伏身在高大的岩石上，向下面的深谷望去。深谷不算太深，一条小溪从山涧流了出来，在这里积聚成一个不大的水潭，水潭在阳光的照耀下闪闪烁烁，耀人眼目。水潭里隐约可以见到一些游动的小鱼，几只青蛙呱呱叫着，在水潭犬牙交错的岩石上跳来跳去，旁边低矮的灌木里，有几只野兔趴伏着，晃动着长长的耳朵，它们似乎听到山崖上的动静，倏忽跳了起来，窜进林间，消失在茂密的绿色之中。拓跋珪估计了一下，野兽饮水在水潭旁，正好在他的射程之中。他按照曲干的指示，让自己的随从埋伏在山崖高大的岩石后面，静静等待猎物出现。

拓跋珪趴到曲干身旁，亲热地拍了拍他的肩膀，小声说："辛苦了，曲干巴颜。"

曲干笑了笑："没什么，大单于。我喜欢打猎。"

正说着，几只棕黄色獐子蹦跳着从密林里窜了出来，一只高大雄伟的、顶着狰狞鹿角的雄獐跳到一块岩石上，警觉地四下张望着，发出平安无事的告警声，其他獐子散在水潭周边，开始悠闲地饮水。雄獐自己也跳下岩石，来到水边，贪婪地饮着。

拓跋珪从背后的箭囊里掣着一支利箭，搭到弓弦上。深谷里的雄獐似乎听到响动，它抬起头，警觉地四下张望着，其他獐子也都停止了饮水，抬起头左右张望起来。

曲干轻轻推了拓跋珪一下，示意他可以开弓了。拓跋珪瞄准雄獐拉圆了弓弦。雄獐迅速地摆动着脖颈，寻找声音的来源，为了预防万一，雄獐昂头发出响亮的告警声音，群獐四下逃窜进密林里，它自己依然站在原地，看着亲人逃离险境。确保亲人都进了密林，它才跳了起来窜进灌木丛。就在那一刹那，拓跋珪射出去的利箭嗖地飞了过来，落在它站立的位置。

曲干小声叫好："好箭法！"

拓跋珪遗憾地摇着头："可惜慢了片刻！"

"没关系。一会还会有鹿群来的。"曲干和尉古真一起安慰拓跋珪。

拓跋珪看了曲干一眼，曲干诚实的眼睛看着他，流露出真诚的关心、顺从和景仰。他心里一动：这后生对人不错，自己是不是该修正原来的计谋呢？可是，一双勾人魂魄的美目闪现在他的眼前，一个艳丽的面容出现在他的脑海里。不除去这后生，如何能够得到那美人？大丈夫为实现自己的目的，绝不可这么优柔寡断，绝不可仁慈手软！拓跋珪的眼光黯然，一股凛然的寒意充满了他的眼睛。

拓跋珪转过脸，不再看曲干。

曲干和尉古真兴奋地看着深谷。"老虎！老虎！"曲干兴奋地压低声音推着拓跋珪。拓跋珪从山崖上石缝里看下去。他立时兴奋起来。山谷里的绿色灌木丛里闪烁着斑斓的黑白和金黄色条纹，一只斑斓大虎慢吞吞、懒洋洋地从灌木丛里踱了出来，作为山大王的老虎，在没有感到威胁的时候，总是这么一副懒洋洋、慢吞吞的懒散样子。它来到清澈的潭水旁，慢慢下了水潭，一边饮水一边洗澡，老虎斑斓的皮毛花纹在水光和阳光的映照下更加灿烂夺目，它慢慢抬起头，额头上那清晰的王字叫拓跋珪兴奋不已。他向同伴做了个手势，大家一起从箭囊里掣出利箭搭在弓弦上，各自瞄准着老虎的不同地位。老虎依然在水里踱步，依然散漫，毫不在乎周围环境，大约因为自己是百兽之王，具有至高无上的地位，它从不知道害怕，更不知道警惕暗算，所以养成这么懒散、这么随意、这么毫无戒备的习性。老虎懒散地走出水潭，浑身一抖，光亮的水珠四下飞溅。突然，从上面的山崖上射来飞蝗般的利箭，飞速的利箭插到它的腹部背部，扎在它的前胸头颅脖颈，鲜血从利箭下冒了出来。从不害怕暗算的老虎仰天发出痛楚的长啸，这啸声凄厉尖锐，震得密林里的树叶都簌簌作响。老虎挣扎着跳出水潭，却无助地倒了下去，又滑落在水潭里，清澈的潭水立刻被染成血红一片。老虎在潭水里挣扎搅动，水潭里溅起高大的水柱和水花。

"死了，老虎快死了！"尉古真和曲干都跳了起来，飞快地向山谷跑了下去。

拓跋珪从箭囊里慢慢抽出一根利箭，搭到弓弦上，瞄准曲干的后背，嗖

鲜卑国母：献明皇后

411

地射了出去。正在朝下跑的曲干噗地扑倒在尉古真脚下。

尉古真以为曲干被山石绊倒,笑着说:"曲干,你不会小心一点!"尉古真听不到曲干回答,只听到他发出痛苦的呻吟声,和将要咽气的咯咯声。尉古真回头看去,只见曲干背部插着利箭,冒泡的鲜血正从箭下汩汩流出。"大单于!曲干中箭了!曲干中箭了!"尉古真抱起曲干,大声喊了起来。

拓跋珪从山崖上跑了下来,好像没有明白发生什么事情一样,他跑到尉古真身边,着急地喊:"你喊甚哩?咋的啦?你的声音那么难听?"他低头一看,更加吃惊:"曲干,你这是咋的啦?刚才还好好的?咋就倒下了?"

"他中箭了!"尉古真看着曲干。曲干脸色煞白,眼睛惊恐地瞪着天空,嗓子眼里发出一阵一阵的咯咯声,这声音越来越小,越来越弱。曲干正在咽气。

拓跋珪咆哮着喊:"哪个犊子射的箭?"他挥舞起弯刀,朝赶来的侍从喊。"是不是你射的?"他朝跑在最前面的一个侍卫喊,侍卫正要辩解,拓跋珪挥舞的弯刀已经砍到他的头上,他扑通一声倒了下去,头颅被劈成两半,黄白脑浆伴着鲜红的血,喷了拓跋珪一身。他顾不上擦拭,急忙蹲下身,高声呼叫着:"曲干!曲干!"他摸着曲干的手,曲干的手正在慢慢凉下去。

"看这猎打的!"拓跋珪站了起来,跺足捶胸,连连拍打着自己的胸口:"我回去怎么向他家人交代啊!"

尉古真放下曲干的尸体,慢慢站了起来,他擦了擦满脸泪水,拍着拓跋珪的肩膀:"大单于,你也不要自责了。意外事故,谁也没有想到!"

拓跋珪又恨恨地踢着死去的士兵,咒骂着:"这瘪犊子!不知道眼睛长到哪里去了?居然把人当作猎物来射!"

尉古真对两个侍从说:"你们俩来抬曲干巴颜下山,我们下去抬老虎!"

听说曲干打猎遇到意外而死,贺兰趴在曲干身体上哭得天昏地暗。拓跋珪在旁边心痛得不知道如何是好。他亲自搀扶着贺兰,安慰贺兰,帮助贺兰安葬死者,整日陪伴在贺兰左右,半步都不肯离开。他的温柔,他的细心和体贴,感动了贺兰。贺讷见曲干已死,也不好再阻挠,任凭拓跋珪自己行动。几天以后,拓跋珪便如愿以偿把贺兰迎进了自己的毡帐,抱进自己的怀抱。

想到第一次拥着贺兰丰腴柔软的肉体的情景，躺在高车上颠簸的拓跋珪幸福得笑出了声。

“你笑什么啊？大单于？”贺兰看见躺在身旁的拓跋珪笑，推了推他，娇嗔地问。

“我想起第一次抱住你的情景。”拓跋珪坏笑着，捏了捏贺兰的鼻子。

“你真坏！”贺兰噘起嘴，扬起拳头，打在拓跋珪宽阔健壮结实的胸脯上。拓跋珪又趁势抱住贺兰，吧唧吧唧在她的嫩脸蛋上亲吻着。

贺兰推开拓跋珪，问：“你说，我阿姐，你阿娘，会不会生我的气啊？”

“不会的，她怎么会生气呢？”拓跋珪嘴里这么说，心里却也有些七上八下忐忑不安，他也拿不准母亲见到他带着贺兰回盛乐的态度。刘缨那里，他根本不担心。鲜卑男人谁不是好几个老婆？他作为代国大单于，难道还不应该娶他几个老婆？为代国立下赫赫战功，母亲代王不会为难他的，尽管没有事先禀告她，没有取得她的同意，母亲也不会归罪自己的。拓跋珪安慰自己。

“我有些担心。”贺兰轻轻蹙起眉头。

“别怕，有我呢，母亲不会为难你的。”拓跋珪用手指捋着贺兰眉心的皱纹，安慰着她。

“我不是怕她，我才不怕她呢。”贺兰展现娇艳的笑容，一下子抱住拓跋珪的脖子：“我是担心你怕你阿娘，冷了我！”

“我怕阿娘？”拓跋珪嚯地坐了起来：“谁说的？我拓跋珪天不怕地不怕，怕过谁？！”同所有男人一样，拓跋珪也最害怕自己喜欢的女人说他们怕自己的老娘，似乎怕老娘成了男人没出息的代名词。

贺兰笑了，她这激将法居然这么见效！“我知道，大单于天不怕地不怕，响当当的巴特儿一个！那我可把话说在前，要是你娘为难我，你可要为我说话！为我做主！”说到这里，贺兰眼睛一热，眼泪立时涌上眼眶：“大单于你要是不为我做主，你可让我靠谁个啊？我独身一人，什么亲人也没有啊！”说着就哽咽起来，抽抽搭搭，伤心欲绝。

拓跋珪见不得心爱的女人哭，贺兰这一娇一哭，已经把他的心揉搓成面团一样柔软，他心痛地一把抱住贺兰：“你看你，好好的咋说着就哭起来了？小心哭坏你美丽的眼睛！你放心好了，不管发生甚事，我都会站在你一边！

好了吧,别哭了!"

贺兰这才娇滴滴地擦干眼泪,抱着拓跋珪,在他的脸上亲吻着,一边娇嗔地说:"你可要记住你说的话哟!"

2.执迷不悟美色难舍 苦心劝导母子隔阂

盛乐城,代王马兰宽敞明亮的寝宫里,灿烂的阳光从镶着云母、琉璃的大窗户上射进来,房间和窗下的炕都笼罩在明亮的阳光中,加上火炕、火墙、火盆、地龙火一起烧烤,宽敞的寝宫里暖洋洋的。马兰抱着孙女坐在炕上玩耍,一边教她说话。一岁多的孙女长得很是漂亮,粉嘟嘟的,粉团似的小人,戴着鲜艳的猫头帽,穿着粉红缎小皮衣和小皮裤,一双黄黑相间的绣花虎头毡鞋,偎在马兰的怀抱里,咿呀学语。

刘缨侧身坐在炕沿上,拈着炕几盘子里的瓜子,嗑着仁,在炕几上摆了一小撮,让婆母马兰喂女儿吃。刘缨脸上挂着幸福、满足、甜蜜的微笑。

从牛川回盛乐生孩子这一年多,在婆母精心照顾下,生活很是惬意。盛乐比牛川的毡帐生活要舒适、温暖、方便得多。不说别的,单是每日必不可少的六七次拉屎拉尿,在冬季牛川的草原上就是苦不堪言的事情。脱了裤子蹲在草原上,呼呼的冷风灌进屁股里,几乎要把人的皮肉冻僵。在盛乐王宫里,就可以在有顶盖的茅厕里解手,不必担心呼呼的白毛风灌进身体。这是代王马兰特意为她修建的。王宫里有专门使女、随从伺候着,夜晚有侍卫在王宫内外巡逻保卫,不必像牛川那样担心有人偷袭。婆母虽然是代王,要操心代国事务,可是内朝有内大人梁六眷,外有大单于拓跋珪和拓跋仪、拓跋烈,以及长孙嵩、长孙肥、拓跋建等八大人安排,并不需要她事事关心,有许多闲暇陪伴在自己身旁。马兰把刘缨当女儿一样关爱,与刘缨关系极为融洽,婆媳之间亲密得如同亲生母女。

马兰逗弄着小孙女,抬眼看着刘缨问:"咋还没到?"

刘缨安慰着马兰:"天还早着呢。晌午前一定会到的。"她们正焦急地等待着拓跋珪兄弟回盛乐。

马兰执掌盛乐宫,靠着拓跋珪弟兄征战驰骋,眼看着代国国力逐渐强盛起来,她感到很是欣慰。盛乐城里百姓安居乐业,生活逐渐富裕起来,逐渐有汉人从口里投奔过来,做买卖,办馆驿,盛乐城已经明显繁荣起来。城里城外新盖了许多土屋,人口看着多了起来。马兰与内朝大人梁六眷计谋着要扩大城区范围,加修城墙。她召拓跋珪回纽垤川,想与他一起商议扩建盛乐城。可是,拓跋珪回纽垤川已经有些时日,怎么还不见他回盛乐宫呢? 这犊子,就不想他的阏氏和女儿?

正这么胡乱思索着,外面响起喧哗的人声。

"回来了!"马兰急忙把小孙女塞给刘缨,自己挪到炕边,穿鞋下地。

寝宫门开了,一团白色冷气冲了进来。

"给代王行礼!"拓跋珪和弟弟拓跋仪、拓跋烈齐齐单腿跪在马兰面前。

"快起来,快起来。"马兰高兴地挽扶起三个儿子。拓跋仪和拓跋烈向嫂子刘缨问好,在火盆前哄烤着手,想暖热了手去抱一抱可爱的小侄女。

"阿娘,我还带来一个人。"拓跋珪摘去头上的貂皮皮帽,稍微有些羞赧地对马兰说,把一个站在门口的人推到前面。

"这不是贺兰吗?"马兰吃惊地迎了上去:"你怎么来了? 几年不见,贺兰出落成大姑娘了,更漂亮了!"马兰啧啧赞叹着,替她摘去貂皮帽子,拓跋珪帮她脱去肥大的羊皮皮袍,露出粉红闪亮缎面羔羊皮小皮袄、紫红绸面小羔皮裤,衬托着顾长苗条身段。

贺兰红着脸,喊了声阿姐,便低着头抚弄着黑辫子不再说话。

马兰推着她上了炕,又关切地问:"你可是专门来看望阿姐的?"

贺兰还是红着脸,低着头,不肯说话。马兰有些纳闷,抬眼看了看拓跋珪:"你带她来的?"

拓跋珪点头,转向刘缨,不敢直接接触母亲锐利的目光。

刘缨红着脸,默默帮拓跋珪脱下皮袍、皮帽,放到炕箱上,从炕上抱起女儿,说:"快喊阿爷。"说着把女儿塞给拓跋珪:"让阿爷抱抱! 说阿爷抱抱!"

小女孩口齿不清地学舌:"阿爷,抱抱,抱抱!"

拓跋珪端详着眼前这粉嫩的小人,她头戴着猫头帽,穿着虎头鞋,扎煞着两只小手,朝他笑着、喊着。拓跋珪心里一阵激动,女儿都这么大了,都会喊阿爷了! 他急忙从刘缨怀里接过小女孩,把她抱在自己怀里,亲热地亲吻她的脸。小女孩受不了他的须髯,脸一苦楚,嘴便咧了开来,眼看着马上就是一场大风暴和大雷雨。刘缨急忙抱了过来,娇嗔地看白了拓跋珪一眼:

"快给我！看你，要把她弄哭了！"

拓跋珪高兴地哈哈大笑起来，只是小心地不去接触母亲那探索的目光，他一直感觉到母亲疑问的目光在他的脸上打旋儿，这叫他心里有些发怵。

马兰看拓跋珪故意躲避自己目光，心里越发疑惑起来。她又目不转睛地看着贺兰，想从她的脸上看出答案来。贺兰被姐姐锐利的目光打量得浑身不自在，白皙的脸飞上一片绯红。马兰心里叹息起来，她完全明白了事情的缘由。

马兰看了看刘缨，刘缨还是很幸福很快乐地与拓跋珪一起抱着小女儿，紧紧靠在拓跋珪身上与他亲热。她是太想念他了，一年没有见面，她心里塞满对他的思念和渴望，现在，站在他身边，嗅着他身上的汗味和气息，接触着他的肌肤，她的心微微地跳着，脸红扑扑的，不断用自己明亮的黑眼睛看着拓跋珪，表达自己的深情。

马兰更用心地观察着贺兰。贺兰虽然低头不语，但是，那一双灵活深邃明亮的眼睛却骨碌碌转着，寻找着拓跋珪的目光，她的眼神光芒四射，充满挑战，充满诱惑和魅力。这妹子实在太美貌。马兰心里不得不暗自赞叹着。虽然与这年龄悬殊的妹妹接触不多，可是，凭她女人的直觉，她感到，贺兰没有刘缨的温柔和敦厚，她更多一些野性，多一些强悍精明和狡诈。马兰心里一沉：不能让拓跋珪被她诱惑！

马兰看了看与刘缨站在一起逗弄女儿的拓跋珪，笑着对刘缨说："先回你们寝宫去，好好伺候大单于歇息，他路途辛苦了。我要和妹子说说话。"

拓跋珪尖锐地看了母亲一眼，又瞥了瞥贺兰，眼光里满是不放心。贺兰朝他微微一笑，目光闪动了一下。拓跋珪从贺兰明亮的会说话的目光里读出她的话，稍稍点点头，与刘缨到隔壁自己的寝宫里去。

"你们兄弟也先回自己寝宫去歇息吧。"马兰对拓跋仪拓跋烈兄弟说。兄弟二人对视了一下，急忙走了出去。

马兰自己上了炕，拍了拍炕面："上来坐吧，下面冷。"

贺兰脱了靴，上了炕。马兰把火盆推到她的跟前，笑着问："贺兰部咋的了？叛乱平息了吧？兄长还好吧？"

贺兰此时已经完全镇静下来，她笑眯眯地看着马兰，一一回答着马兰的问题，语气平静和缓。

家事说完，马兰沉默着，不知道如何开口询问贺兰和拓跋珪的事情。

贺兰却咯咯笑了起来："阿姐，咋的不说话了？是不是想问我到底来干什么啊？"说完，便把一双美丽的大眼睛定定地注视在马兰的脸上，大胆的毫不避讳的直直看着马兰。

马兰轻轻皱了皱眉头，心里说，这女子怎么这样厚颜无耻？她不高兴地说："是啊，我正是想问你这问题。你说，你跟拓跋珪到底是咋的回事？"

这么一问，叫贺兰又咯咯地笑了起来。她的笑声很是好听，好像山涧小溪水流撞击在山涧岩石上一样淙淙的清脆。"咋的回事？阿姐咋不去问大单于拓跋珪啊？这不是明白的吗？他要了我！"说完又笑了起来。看见马兰的脸色阴沉起来，贺兰识趣地急忙刹住笑声，端正了身体坐着。

"他糊涂，你也糊涂了不是？"马兰阴沉地看了贺兰一眼，掉转目光，她不想接触她那明亮的咄咄逼人的丝毫不退缩不感到羞怯的目光。"你可是我的妹子，他的小姨啊。你以后咋称呼我？是叫阿姐，还是叫阿娘？"马兰白眼看着贺兰。

"那有啥办法？谁叫大单于拓跋珪弄死我夫婿呢？我原本已经嫁了人，他大单于去贺兰部弄死了我男人，让我跟了他，说以后要封我作大阏氏呢！"

"休想！"马兰厉声喊："有我在，他别想封任何人作大阏氏！这大阏氏早已确立，别人谁也别想染指！来人！"马兰提高声音向外面喊。负责伺候代王的内侍长和辰急忙跑了进来："送贺兰夫人到客馆歇息！没有我的命令，不许她私自出来会人！不管是谁！听到没有？"

内侍长和辰唯唯诺诺答应着："是，是！听从代王吩咐！"

贺兰见马兰突然变脸，心里不免有些害怕，她赔着笑脸说："阿姐，你这是咋的了？我不过说的是大单于的话而已。要是你不同意，我还是作一个小阏氏算了。何苦生这么大的气啊？你就不念一点姐妹情吗？"

"少废话！"马兰冷然端坐着，看着贺兰："你这是在代国王宫里，不是在贺兰部！我代王说一不二！你马上给我下炕！带她走！"

和辰躬身行礼："夫人，请跟我走吧！"

贺兰一边下炕一边嘟囔着："真是狗脸！说变就变！我是你儿子的阏氏，不是你的奴婢，你说咋就咋！即使要赶我走，也得跟大单于说一声！"

"不行！你马上离开这里！"马兰对内侍长和辰说："带她走！她要是不

鲜卑国母：献明皇后

服从,宫里鞭刑伺候!"

和辰招来两个侍从,侍从一边一个架起贺兰就往外走。贺兰气愤得流着眼泪,哭泣着喊:"好你阿姐!你就这么对待我!将来有你后悔的时候!"

马兰从窗户琉璃上冷冷地看着侍从拉走贺兰,这才转过脸吩咐和辰:"去请大单于过来,代王有事相商!"刚刚说完,马兰又急忙制止了要出去的和辰:"算了,等明天再叫吧,今天让他们小两口好好说说话,亲热亲热。"

拓跋珪躺在自己寝宫的热炕上,身旁的刘缨还在熟睡中。窗户上已经透进明亮的阳光,看来天已经大亮了。使女悄悄地走了进来,把火红的火盆放在地中央。使女看了看已经睁开眼睛的拓跋珪,柔声问:"大单于醒了?要不要打开外面的窗户毡帘?"

"打开吧,屋里黑乎乎的,不舒服。"拓跋珪披着皮袍坐了起来。使女打开外面抵挡寒冷的毡帘,灿烂的阳光从云母窗户里照了进来,落在刘缨的脸庞上。刘缨白皙的脸上染着好看的玫瑰红,让拓跋珪忍不住伏下身轻轻地亲了她一下。

还在熟睡中的刘缨感受到拓跋珪的亲吻,长长的黑睫毛忽闪忽闪着,醒了过来。她睁开眼睛,寻找着自己的男人。夜里的亲热还保留在她的心头,让她回味无穷。小别胜新婚,何况她和拓跋珪已经别了一年多天气,这亲热自然悠远悠长。想起夜里的亲热,刘缨还脸热心跳不止。拓跋珪疯狂的举动,让她痛并让她感到无限的快乐。刘缨伸出白皙的胳膊,抱住拓跋珪的脖颈,撒着娇:"大单于,再睡一会嘛!"

拓跋珪刮着刘缨的脸蛋:"你看,阳婆都照到你脸上了,你也不怕阳婆笑话?"

刘缨半闭着眼睛,娇滴滴地说:"有你在,谁笑话我也不怕!"这话让拓跋珪心里好一阵感动。这真是个好女人,温柔、可意、体贴,该撒娇的时候也会撒娇,该庄重的时候又那么庄重。回想起夜里俩人的缠绵,拓跋珪也还有些激动。这阏氏应该是将来他的皇后,要是将来他能够成就曹操一样的霸业的话。

刘缨终于也坐了起来。拓跋珪急忙给她披上皮袍。刘缨靠在拓跋珪赤裸的健壮胸膛上,幸福地闭上眼睛,想再享受享受这难得的幸福。两人又亲热了一会,才穿着衣服,下了炕,去梳头洗脸。刘缨亲自伺候拓跋珪,为他梳理着发辫。使女上炕去叠起羊皮被子褥子,整齐地摆放到炕箱上面。奶娘抱来女儿,梳洗利落的拓跋珪坐到炕上,把她抱在温暖的怀抱里,女儿在他怀抱里咿咿呀呀,用自己柔嫩的小手扯着拓跋珪脸上的须髯。

刘缨让使女端来干果、热奶等早膳放到炕几上,自己梳洗以后,坐在拓跋珪对面,甜蜜幸福地看着他,问:"这次回来,能住几天?"

拓跋珪只顾和女儿玩耍,没有听到刘缨的问话。

"大单于,我跟你说话呢!"刘缨看拓跋珪走神,稍微提高声音说。

拓跋珪这才听到刘缨的声音,他笑了笑:"你刚才说个甚?"

"我问你,这次回来能住几天?"

"住不了几天,天暖和了,我要西征刘卫辰去!"拓跋珪说着,皱起眉毛,小女正扯着他的须髯,把他扯得生疼。他龇牙咧嘴,拉住女儿的小手尽量温柔地说:"小蹄子,把阿爷扯疼了! 快住手!"

刘缨开怀大笑起来。拓跋珪回来了,她可以躺到他的怀抱里,嗅着他男人的气息,枕在他粗壮的胳膊弯里,安心香甜地睡去。

寝宫门挂着抵挡冷气的绣花割绒挂帘挑开,内侍长和辰进来禀告:"大单于,早晨好。传代王诏令,请大单于早膳以后到代王寝宫议事!"

"知道了!"拓跋珪大声回答,他突然想起昨天的情况,贺兰昨天被安置在哪里了? 在刘缨这里,他差点忘掉了贺兰。母亲这么急着见他,是不是要跟他谈贺兰的事情? 万一母亲不接纳贺兰,他该咋办?

不管她! 她不接纳,自己正好带着她回牛川,带着她去征战。身边没有女人,真不是滋味!

拓跋珪急忙把女儿塞给刘缨;"找你阿娘去!"自己开始匆匆吃着早膳,默默地一句话也不说了。刘缨心里纳闷,想问他原因,却也不敢多嘴,只是默默看拓跋珪吃饭。拓跋珪三口两口吃了早膳,饮了碗热奶子,把炕几推推,自己挪到炕沿,准备下地穿靴。刘缨急忙把女儿放在炕上,自己抢先下地,拣起靴子,替拓跋珪穿上。拓跋珪还是不说话,穿上靴子,跟着内官匆匆而去。刘缨抱着女儿坐在炕上,一阵发呆。

"阿娘早安!"拓跋珪走进马兰寝宫,四下望望,没有看到贺兰。母亲马

鲜卑国母:献明皇后

兰端坐在炕上,面容凝重。

"上炕来吧。"马兰拍了拍炕,很温和地对拓跋珪说。

拓跋珪脱了靴子,上炕盘腿坐到母亲对面,小心翼翼地看着母亲的脸,问:"母亲叫儿子来,不知有何吩咐?"

马兰说:"叫你来,有几件事与你商量。一是想知道你开春以后征战的打算。你先讲给我听听。"马兰把想了一夜的话慢慢说了出来。

拓跋珪想了想,慢慢地说:"我准备在六月份出征西部讨刘卫辰。按照代王的部署,去年灭了西部最大的部落,刘卫辰现今孤立无援。征讨他正是时候。"

"你有把握一举消灭他吗?要是不能彻底消灭他,怕是以后祸患更大。"马兰看着已经完全成熟的儿子拓跋珪,追问着。

拓跋珪有些不大耐烦,他的语气里带着不大情愿地说:"你管那么多干吗?征战自是我的事,我心里有分寸!"

马兰亮晶晶的眼睛看着拓跋珪,心中颇有几分不高兴,她暗自忖度着:这犊子果真长大,事事都有些不大听使唤了。在贺兰的问题上,已经初露端倪,现在听这语气,分明是连出征这样的大事也不希望她插手了!这可不成!不能让他自作主张!

想到这里,马兰脸色一沉,生气地说:"咋的?我作为代王,连问一问你出征的事都不行了?"

拓跋珪见母亲生气,急忙放缓了语气,赔着笑脸,说:"我不是这个意思,我只是说,出征打仗是我的事,我自有安排,你尽管放心管好盛乐内的事就行了。"

马兰沉默了,不知道说什么好。拓跋珪等了一会,见母亲还是不说话,只好自己开口:"阿娘还有甚事要商量?"

马兰勉强抑制住自己内心的不痛快,说:"再就是拓跋觚留学中山的事,他已经去了快一年,我很思念他,不知道他近来情形如何,我想让拓跋仪去看看他。你看如何?"

拓跋珪马上说:"那怕是不行,拓跋仪是我出征西部征刘卫辰的主要将军,他走了,我这里如何能灭刘卫辰!?要去,也得等征刘卫辰以后。"拓跋珪不满地看了看马兰,嘟囔着:"留学就留学呗,有甚可想念的?看个甚!有甚可看的!"

马兰猛然拍着炕面:"你这犊子,咋说话呢! 他是我身上掉下来的肉,我能不想念他? 你说有甚可看的!"

拓跋珪拧着脖子把脸擎到一边,不看母亲。只要提到拓跋觚,他心里就生气。

马兰看着拓跋珪的模样,心里越发气愤起来,她提高声音说:"既然你不同意拓跋仪去,你自己去! 燕皇一直要你亲自去朝见他呢。他说,我们不去朝贡,他不再派兵援助我们任何军事行动! 你掂量着办!"

拓跋珪心里猛然一惊。慕容垂不派军队支援他征刘卫辰,可是非常严重的事情。没有慕容垂大军做后盾,不足以鼓舞自己的士气,更不能对刘卫辰产生威慑。没有感受到威慑的刘卫辰如果做拼命反抗,自己不足万人的兵力能不能打败刘卫辰还真的难说。有燕军做后援,那情形则大不一样! 刘卫辰那里感受到威慑,军心一定不稳,自己的士气则会大振。士气大振则无往而不胜。拓跋珪忖度着,看来不可以意气用事!

拓跋珪沉思良久,才看了马兰一眼:"那好吧,就派拓跋仪到中山朝贡,一方面请求燕国派兵,另一方面探望拓跋觚。"

马兰脸色少解,她舒了口长气,释放了心中全部不满。"这才像个成就大业的人!"

"阿娘,贺兰呢?"拓跋珪终于控制不住,张口问。

"这正是我要跟你说的第三件事!"马兰白了拓跋珪一眼:"我已经知道你为甚带她来盛乐! 不过,我告诉你,你不能把她留在你身边! 她不能做你的阏氏!"马兰一字一顿,语气决断,不容置疑。

"为甚?"拓跋珪睁大眼睛,看着马兰,声音高了许多。

"为甚? 这不是很明白的吗?"马兰不动声色,眼睛定定地看着拓跋珪:"她是有夫婿的人,你咋能让她做你的阏氏呢?"

"可是,她夫婿已经死了啊。她现在没有了夫婿。"拓跋珪看着母亲解释着。

"那也不行! 我对你说,她太漂亮,心眼太花哨,非敦厚老实之辈,将来会祸乱后宫的!"

"这是从哪说起? 漂亮不好? 漂亮就会祸乱后宫?"拓跋珪从炕上跳到

地上，愤怒地顶撞着母亲："母亲难道不也很漂亮吗？难道母亲也曾祸乱代宫不成？"拓跋珪想起自己近年逐渐听说的代宫故事，突然迸发了愤怒，他眼睛冒火，尽量压抑着，从牙缝里挤出这么一句。

"瘪犊子！你敢这么跟你阿娘说话！"马兰捶着炕面，满脸通红，尖声喊叫起来。

拓跋珪已经不管不顾了。"贺兰我是留定了！母亲允许也罢，不允许也罢，这贺兰一定要做我的大阏氏！"拓跋珪红头涨脸，冲着马兰喊。

马兰气得浑身颤抖，她指着拓跋珪，结结巴巴地说不出完整话来。"你……你……你这瘪犊子！你……反了……你！"许久，马兰才逐渐平静下来："我告诉你！拓跋珪！只要我活一天，这贺兰决不许进我代宫来！"

拓跋珪见母亲说出这么绝情的话，气得哇哇乱叫："阿娘！你不要逼儿太甚！我这就去带贺兰离开代宫！告诉我，贺兰在哪里？"

马兰冷笑一声："不知道！"

拓跋珪也冷笑着："代宫就这么点个地方，还怕我找不到？"

马兰从炕上下来，指着拓跋珪，手指哆嗦着："你居然敢违抗代王命令？反了你！你胆敢带她走，就永远不要见我！我不认你这个儿子！"

"不认就不认！"拓跋珪说着就往外走。刘缨、拓跋仪、拓跋烈听说母子争吵，都立在门外，不敢进来。看见拓跋珪往外走，刘缨急忙堵在门口，双手拦住门，流着眼泪，劝说拓跋珪："大单于，万万不可！万万不可啊！"

拓跋仪和拓跋烈也一边一个，向里拽着拓跋珪："阿干，有话好好说嘛！回去好好说嘛！"他们两个连拉带拽，把拓跋珪又拉回屋里。拓跋珪呼呼喘着粗气，马兰坐在炕沿上低头垂泪。刘缨站到马兰旁边，一边劝着婆母，一边也陪着婆母落泪。拓跋仪和拓跋烈把拓跋珪按到一个绳床上，让他坐了下去。拓跋仪给他倒了一碗热浆酪。拓跋珪接了过去，一仰脖子，呱呱灌了下去，还呼呼喘着粗气。

拓跋仪小心翼翼对拓跋珪小声说："阿干，还是先听从阿娘的话，从长计议的好。"拓跋烈也小声劝说："阿干，母亲正在气头上，暂且缓一缓，母亲会接纳贺兰的。"

拓跋珪只是双手抱头，沉默着，一句话也不说。

马兰默默流了一会眼泪，知道这么僵持着也不是办法。拓跋珪的牛脾

鲜卑国母：献明皇后

气上来，是十头牛也拉不转头的。看来，只有她先开口了。

"阿仪啊，"马兰轻声唤着拓跋仪："我想派你出使中山一趟。"

"好啊。"拓跋仪急忙走回母亲身旁，笑着说："去中山，可是好事情啊。我可以顺便去探望一下拓跋觚了。去中山还有甚使命啊？"

马兰心里稍微有了安慰，这拓跋仪心中还是有她这阿娘的。"你去中山主要是朝贡。这一年一次的贡品不敢不按时送去。不按时送去，就得不到燕国援助。何况拓跋觚在中山留学，燕国要求我们每年送一千匹宝马去。大单于说准备西征，恐怕还得靠燕国援助。另外，也顺便看看拓跋觚在中山情况。"马兰缓缓地说。

拓跋珪不满意地从鼻子里"哼"了一声。因为拓跋觚到中山留学，代国每年多送一千匹好马给燕国，叫他心里十分气恼。他终于忍耐不住，说："一千匹好马啊，白白给了慕容垂！"

马兰装作没有听到拓跋珪的抱怨一样，继续对专注听她部署的拓跋仪说：

"另外，听说中山人才济济。而我们代国，还缺少一些饱读经书、又有谋略的读书人，你到中山去，不妨借机打探打探，看能不能罗致一些人来代国。我听说代国旧臣燕凤、许谦，还有我们的救命恩人崔玄伯都淹留在中山。要是能够把他们召回代国，我们可是如虎添翼啊！"马兰已经忘掉和儿子争吵的不快，她的心思又回到这个她考虑了许久的大问题上。这可是治国大政啊。她一定要把自己考虑许久的事情详细地告诉拓跋仪，让他到中山能够有所收获。

拓跋仪认真思索着母亲的话，他明白了母亲的用意。"阿娘，你放心。儿子出使中山，一定不辱使命！"拓跋仪看着马兰，坚定地说。

拓跋珪心中只是挂念着贺兰，根本无心听马兰议事。他趁大家不注意，冲出寝宫，去寻找贺兰。

"大单于，哪里去？"内侍长和辰在拓跋珪身后喊。

"内行阿干啊。"拓跋珪站住脚步，等和辰赶了上来，"告诉我，贺兰现在何处？"拓跋珪看见内侍长和辰过来，一把抓住他的衣襟前胸，大声问。

和辰劝阻拓跋珪："大单于，代王亲自下令，不许任何人探望贺兰，，请大

鲜卑国母：献明皇后

单于不要让老奴为难!"

拓跋珪狠狠地瞪了和辰一眼,甩开了他,匆匆离去。

拓跋珪对和辰一肚子不满意。和辰在代王什翼犍时期就执掌代国畜牧,曾任代国中部大人之职。代国亡,他与弟弟和岳收拾畜产,富拟国君。刘显谋害拓跋珪,拓跋珪外逃,和辰竭力侍奉马兰,用自己的畜产资助马兰,让马兰逃脱刘显迫害。现在,他以内侍长职务掌管代宫事务并执掌代国畜牧,也就是掌管着代国财务。不过,这和辰似乎目中没有他大单于,并不向他大单于禀告国朝财产状况。这叫拓跋珪心里老不大满意。

拓跋珪径直奔向后院,贺兰一定被软禁在后宫的什么地方。

后院里,是侍从、宫女居住的地方,拓跋珪来到一排一排的土房前,推开一间房门,进去看了看,又走了出来。

和辰紧跟着他,一边跟着他,颠颠地跑,一边劝慰着:"大单于,你不要着急吗。等代王气消了,她会把夫人给你送去的。你这样东找西找,让下人看了,会有议论的。"

"闭上的你的鸟嘴!"拓跋珪眼睛一瞪,闪着愤怒的火焰,吓得和辰不敢再说。

拓跋珪踹开另一扇房门,还是没有找到贺兰。拓跋珪把后院各个房屋找了个遍,就是没有发现贺兰的踪影。愤怒的拓跋珪随即离开盛乐回扭垞川自己的驻地。

3.美髯公出使燕国网罗人才　　拓跋觚私离中山欲归盛乐

拓跋仪出使中山,慕容垂在小殿接见他。显得有些疲惫的慕容垂问:"西单于拓跋珪如何不来朝见我?只派你们来敷衍塞责?"

拓跋仪笑着解释:"西单于拓跋珪为皇上守朔方,如何能够离开?"

"代王为什么不来拜见,是不是有悖大礼?"慕容垂问:"代王前来拜见朕,方显出其诚意啊。"慕容垂有意这么说,他想借代国进贡时机见上马兰一面。

拓跋仪再拜,不卑不亢地说:"先人以来,世据北土,子孙相承,不失其旧,乃祖受晋正朔,爵称代王,东与燕世为兄弟。代王前来,方有悖大礼。"

慕容垂不想与之争辩,拈着须髯,点头:"你说的也是。你们弟兄谁来都可以。都说明你们忠心可嘉。今年不知你们有何军事行动?是不是又要朕出兵援助?"

拓跋仪急忙行拜礼:"皇帝陛下圣明!大单于冬季准备出征西部,还请皇帝陛下出手援助!"

慕容垂哈哈笑着:"慕容贺麟驻守平城,到时候朕会诏令于他,由他出兵北进。"

"谢陛下!"拓跋仪大声说。"陛下,臣拓跋仪还有一事相求,臣拓跋仪受代王所托,想去探望弟弟拓跋觚,不知皇帝陛下可否应许?"

慕容垂笑道:"手足亲情,探望自在情理之中,有何不应允?"慕容垂微笑着,沉吟片刻,看着拓跋仪,语气很亲切地问了一句:"代王可好?"

拓跋仪急忙回答:"感谢皇帝陛下垂询,代王一切都好!"

慕容垂点点头,小声说:"朕这就放心了。回去告诉代王,朕问候于她!"说完,慕容垂对恭立身后的太子慕容宝说:"让内官带他去太学见拓跋觚。"

慕容宝脸色阴沉着,走到拓跋仪身边,冷冷地说:"跟我走吧。"

拓跋仪退出大殿,跟随着慕容宝来到宫外太学。太学里,皇帝慕容家族的十几个子弟正在琅琅读书。

拓跋觚在太学里手持书卷正在诵读。他来中山学习很是勤奋,太学师傅崔玄伯和张衮都很喜爱这勤奋的鲜卑子弟。崔玄伯从长安回到邺城,被慕容垂扣留,听说他学问很好,便让他在自己军中服务。在中山建都以后,便让他作了太学师傅。

"拓跋觚,有人找你。"师傅张衮走到拓跋觚身边,轻轻地说。拓跋觚站了起来,辞过师傅张衮,走到外面。

"阿干!"拓跋觚惊喜得喊了起来,扑了过去,扑进拓跋仪的怀抱里。兄弟俩拥抱在一起,拓跋觚高兴得抽泣起来。

拓跋仪急忙替他擦着眼泪,心痛地连声说:"看你,都长这么高了,还哭鼻子,也不怕你师傅和同窗笑话!"

拓跋觚不好意思地噘起嘴:"看阿干!人家不是想念你们嘛!阿娘好吧?"

"好,阿娘可想你了。"拓跋仪拉着拓跋觚的手舍不得放开。

"我们去住处慢慢说话吧。"拓跋觚看看宫里正在读书的同窗，悄声说。

"好啊。阿娘吩咐，要我一定到你的住处去看看呢。"

拓跋觚领着拓跋仪，穿过几道门，住在宫里，慕容垂特意在自己寝宫旁安置了一个房给他住，派专人服侍他，一切都按照皇子待遇来伺候。

拓跋仪拉着拓跋觚的手，环顾着拓跋觚的住处。"皇帝待你不错啊。"

拓跋觚点头："可不是，皇帝陛下待我如同皇子，吃穿用行皆同皇子类似。"

"他怎么能对你这样好？"拓跋仪满怀狐疑地看着拓跋觚问："你不过是代国的质子啊。"

"我不知道。"拓跋觚满面通红，低下头，小声说。其实，他已经猜出自己的身份。自从他把那碧玉给慕容垂看过以后，慕容垂待他就非常亲热。而且，越来越多的人说他长得有些像慕容垂，慕容垂听了以后，只是得意地哈哈大笑，并不反驳。"你们说他像朕，那他就是朕的儿子了。你们要把他当皇子看待！"

拓跋仪沉默了。兄长拓跋珪曾经那么讨厌这拓跋觚，难道就是因为拓跋觚的身份？他果然是阿娘与慕容垂在长安私通的儿子？拓跋仪突然明白了缘由。可不是，在长安，阿娘除了接近慕容垂，没有其他男人进入他们的生活。拓跋仪看着拓跋觚，不再说话了。

"跟我回代国去吧。留得甚学？"拓跋仪突然抬头看着拓跋觚说："我带你回代国，你愿意不愿意？"

"我怎么不愿意呢？我想念阿娘和阿干！"拓跋觚拉着拓跋仪的胳膊，急切地说："那就带我回代国去吧。"

"不过，你估计皇帝能不能放你回去？"拓跋仪问。

随拓跋仪前来的叔孙建急忙说："肯定不会同意的。今天太子慕容宝通知我，从明年起要每年交五千匹马做支付四阿干留学费用。他把四阿干当作生财途径了！"

"奶奶的！"拓跋仪气愤地喊了起来。"每年一千匹好马，就够我们心疼了。居然要五千匹，简直是勒索！不行！不能让拓跋觚成为他们勒索代国的筹码！"拓跋仪站了起来，在房里来回走了起来，紧张地思谋着对付的办法。

"三十六计,走为上!我们偷偷离开中山!"拓跋仪把拳头砸在桌子上,斩钉截铁地说。

"甚时候?"叔孙建小声问。

"再等一两天,我还得去拜见几个人。等联络好了,我们一起走!"

拓跋仪去见崔玄伯。

"崔大人,我受代王和西单于之托,前来问候。"拓跋仪恭敬地拜见了他们的救命恩人,深深作揖,一揖到地,连拜三次。崔玄伯拉他坐下,稍加寒暄,拓跋仪向他表示了感谢:"代王、西单于和我弟兄都感谢先生当年救命之恩!"并且送上丰厚礼品。

崔玄伯扶着拓跋仪,请他坐下来,问起马兰和拓跋珪的情形。拓跋仪详细讲述了离开长安这些年的经过。

崔玄伯拊掌感叹说:"我当年就看出你母亲为女中豪杰,你兄长是项羽、曹操一样的英雄!看来,他们已经开始草创雄霸天下的业绩了!"

拓跋仪看着崔玄伯:"师傅学识一流,抱负远大,胸襟开阔,智谋冠世,代王歆羡已久。师傅如若就代国辅佐代王和西单于,我代国大业可早图!"拓跋仪迫不及待地把自己的来意直接向崔玄伯挑明。

崔玄伯深深叹了口气:"你说得很有道理。只是我现在身居燕国,蒙皇帝不弃,任命为吏部郎、尚书左丞,同时兼管太学。官职虽然不大,但是燕国在我最走投无路的时候,感念我不因扶摇之势,而与燕雀飞沉,委以高位。这知遇之恩,难以忘怀。若我叛离,则不仁不义。我立身雅正,励志笃学,平生以忘恩负义为耻。凡不仁不义之事,不管有多大利益,皆耻以思之,何况于行?另外,多病高堂,须我侍奉赡养,远离则为不孝。代王难道忍心陷我于这不仁、不义、不孝之罪愆之中?"

一番话说得拓跋仪连连点头:"先生所言,句句在理,小子无法反驳。"

崔玄伯拊着须髯,缓慢地说:"不过,我还是感谢代王和西单于的邀请,愿意助代王和西单于以绵薄之力。我向你推荐一个俊才。"

"是何人啊?请大人详细介绍。"拓跋仪满心喜欢说。

"你也见过了,就是拓跋觚的师傅张衮。"崔玄伯拊着须髯,慢条斯理地

鲜卑国母:献明皇后

427

说："张衮，字洪龙，上谷沮阳人。他勤奋好学，学识渊博，文才彪炳，为人淳厚笃实，文韬武略，计谋过人，志向高远，满腹经纶，凤有经纬天下之大志，是成就大业者之良相。现在不过太学师傅，专门为皇家子弟教授经学，甚为屈才。明珠暗投，不得明主，难以施展其才华抱负，我很替他惋惜。你不妨与他交谈，看他意愿如何？如果他能够随你到代国去，将是代国之大幸！"

拓跋仪点头，叹息道："先生果然君子！君子有行，小子不好勉强。不过，我想对先生说，如果将来形势有变，先生万不可一条路走到黑，不得不另寻出路非为君子之不义，乃形势所迫，不得已而为之。到那时，先生一定要接收代王和西单于的邀请才是！"

崔玄伯点头："这我可以允诺。"他沉思了一会，又说："我看你兄长拓跋珪将来一定能够成就一番霸业！要想成就霸业，不要操之过急，要注意网罗一大批有大略的人才。"

拓跋仪连连点头。

"走，我带你去见张衮。你与他密谈，不要牵扯于我。"崔玄伯嘱咐着。拓跋仪急忙允诺。

崔玄伯领着拓跋仪来到张衮住处。"张先生，有人要见你！"崔玄伯来到张衮门前，大声喊着。

张衮，字洪龙，上谷沮阳人氏，祖张翼，辽东太守，父亲张卓，昌黎太守，张衮原为大燕郡五官掾。

张衮正伏案疾书自己苦思多日酝酿成功的《治国论》，听得门外崔玄伯说话，急忙开门。"崔大人来访，快快有请。这位是……"张衮一时想不起来。

"这是拓跋觚的兄长，来看望先生的。"崔玄伯向张衮介绍。

拓跋仪深深作揖："我代代王感谢师傅对拓跋觚的教诲！"

张衮回礼，请崔玄伯和拓跋仪入座。崔玄伯急忙推辞："我还有些事情，不能久坐，你们谈，我这就告辞了！"

送走崔玄伯，张衮走了回来。

"这是代王让我送师傅的一点心意，请师傅笑纳。"拓跋仪双手捧上从代国带来的一张名贵紫貂皮交给张衮。张衮推让了一番，也就收下了。

拓跋珪看着桌子上张衮写的文章，笑着说："先生大作，可否拜读？"

428

鲜卑国母：献明皇后

张衮同所有读书人一样,喜欢卖弄自己的文章,看到有人对自己的文章感兴趣,就难免心花怒放,假若再得到几声夸赞,更是飘飘然。他急忙把桌上文章推到拓跋仪面前:"见笑,见笑! 你要是感兴趣,只管读。"

　　拓跋仪在长安,也粗学汉字,又跟着拓跋珪学了不少,能够阅读。他专心地看了起来。张衮在文章里写:

　　"世俗谓汉高起于布衣而有天下,此未达其故也。夫刘承尧统,旷世继德,有蛇龙之征,致云彩之应,五纬上聚,天人俱协,明革命之主,大运所钟,不可以非望求也。然狂狡之徒,所以颠蹶而不已者,诚惑于逐鹿之说,而迷于天命也。故有踵覆车之轨,蹈衅逆之踪,毒甚者倾州郡,害微者败邑里,至乃身死名颓,殃及九族,从乱随流,死而不悔,岂不痛哉!《春秋》之义,大一统之美,吴楚僭号,久加诛绝,君子贱其伪名,比之尘垢。自非继圣载德,天人合会,帝王之业,夫岂虚应。历观古今,不义而求非望者,徒丧其保家之道,而伏刀锯之诛。有国有家者,诚能推废兴之有期,审天命之不易,察征应之潜授,杜竞逐之邪言,绝奸雄之僭肆,思多福于止足,则几于神智矣。如此,则可以保荣禄于天年,流余庆于后世。夫然,故祸悖无缘而生,兵甲何因而起? 凡厥来世,勖哉戒之,可不慎欤!"

　　看到这里,拓跋仪抬头看着张衮,问:"先生所言,可是针对当今燕朝?"

　　张衮点头:"正是。燕朝今已到末路。太史屡奏天文错乱,臣下各怀鬼胎,腐败贪婪。假国之名,行中饱私囊之实,借为公之义,做肥己利己之事。人浮于事,政在群下,百姓怨声载道。但是,皇帝陛下浑然不觉,受虚言蒙蔽,居危思安,很是令人忧虑。"张衮紧皱眉头,他懂得一些天象,看到荧惑星屡犯金星,知道不是好兆头。

　　拓跋仪继续读下去:

　　"上古之治,尚德下名,有任而无爵,易治而事序,故邪谋息而不起,奸慝绝而不作。周姬之末,下凌上替,以号自定,以位制禄,卿世其官,大夫遂事,阳德不畅,议发家陪,故衅由此起,兵由此作。秦汉之弊,舍德崇侈,能否混杂,贤愚相乱,庶官失序,任非其人。于是忠义之道寝,廉耻之节废,退让之风绝,毁誉之义兴,莫不由乎贵尚名位,而祸败及之矣。古置三公,职大忧重,故曰'待罪宰相',将委任责成,非虚宠禄也。

而今世俗，金以台辅为荣贵，企慕而求之。夫此职司，在人主之所任耳，用之则重，舍之则轻。然则官无常名，而任有定分，是则所贵者至矣，何取于鼎司之虚称也。夫桀纣之南面，虽高而可薄；姬旦之为下，虽卑而可尊。一官可以效智，荜门可以垂范。苟以道德为实，贤于覆𫗦䬾家矣。故量己者，令终而义全；昧利者，身陷而名灭。利之与名，毁誉之疵竞；道之与德，神识之家宝。是故道义，治之本；名爵，治之末。名不本于道，不可以为宜；爵无补于时，不可以为用。用而不禁，为病深矣。能通其变，不失其正者，其惟圣人乎？来者诚思成败之理，察治乱之由，鉴殷周之失，革秦汉之弊，则几于治矣。"

拓跋仪虽然不能完全明白，但是文章的大意他已经懂了。他微笑着问张衮："先生所议真是治国警策，经国良方。可是，先生以为如此便可拯救燕国了吗？"

张衮叹了口气，摇了摇头："怕是鄙人一厢情愿。燕朝中，政在群下，太子慕容宝当道，皇帝老弱多病，已经回天无力。太子慕容宝心胸狭隘，又优柔寡断，难以担当大事。"

拓跋仪急忙说："既然如此，先生为何不另择明主呢？古人不是说，良禽择良木而栖，贤士择明主而就吗？"

张衮苦笑着："鄙人虽然可以在纸上高谈阔论，却难以决断。百年来，战乱频仍，国朝更替，不知何为明主，是故难以做出选择。"

拓跋仪微笑着，便开门见山，向张衮说明来意

"我代国地处偏远，但代王与和西单于凤有大志，欲振兴代地，恢复拓跋大业。代王与西单于久慕中山人杰地灵，此次派小子出使中山，赋予重任，欲从中山招募俊才贤士到代国，以辅佐代王与西单于。先生何不与我一起到代国，以展抱负与才能呢？"拓跋仪看着张衮，诚恳地说。

张衮确实如崔玄伯所说，凤有大志，心里并不安于眼下燕国这太学师傅之职。他原本对慕容垂存在许多希望，以为慕容垂有魄力有谋略，是成就帝业之人。可是自从燕国立国，慕容垂称皇帝以后，眼看他安于现状，一日更比一日昏庸，躲进深宫当起皇帝，政在群下，没有了宏图大志。张衮对眼下燕国局势已经感到深深失望，开始私下考虑自己的前程与去留。

张衮用心打量着拓跋仪。拓跋仪魁梧、高大、壮实，面色白皙，卧蚕黑眉

下一双美目,目光炯炯,清澈透亮,一脸美髯,相貌堂堂。再细看,他隆准美目,天庭直起而圆阔,地阁朝揖而圆阔,天地相应,天圆地方,山根(鼻梁)不断,眉毛抚天仓(鬓角),日角揠月,龙角龙庭,龙须龙骨,一脸龙相。龙行虎步,一身龙虎气。王充《论衡》的《骨相篇》他是读过的,"龙犀日角,帝王之表。"看来是成就大业的帝王之相,张衮暗自想。

"西单于与你相貌相似吗?"他试探着问。

"是的。西单于与我一母所生,都是代王亲子,长相相同。西单于比之我,还要高大魁梧一些。而且他的肩头还有七颗红痣,排列作七星,发委地,手过膝,极像先父代王。"拓跋仪急忙说。

"肩有七星红痣?"张衮听闻大惊。七星排列可是完全的帝王之相啊。而发委地,手过膝,也是奇人奇相! 与其在这里作个教书匠、孩子王,不如跟随这西单于之弟、代王之子到代国去碰碰运气。俗话说,树挪死,人挪活,挪动一下说不定会挪来荣华富贵,挪来万世功名!

想到这里,张衮急忙起身,作揖到地:"不才张衮愿意与将军到代国去!"

拓跋仪很是欢喜,急忙搀扶张衮坐下。他问:"你去向燕皇辞行,他能够准许你吗?"

张衮摇头:"不会的。现非太学散学,朝廷不会准许我辞行。"

拓跋仪沉思着:"那我们只好不辞而别了。先生不要轻举妄动,听我安排,待我一切安排妥当,让拓跋觚通知先生,我们一起离开中山。"

拓跋仪打听到燕凤和许谦在中山的住址,又分别去拜见了他们。

燕凤已经衰老了许多,看到英俊、高大、魁梧的拓跋仪,心里非常高兴,不由老泪纵横。燕凤拉住拓跋仪,让他坐到自己对面。燕凤细打量着老主人的儿子,他怎么也不能把眼前着魁梧、高大、壮实的后生与当年那个七八岁的小毛孩联系起来。

拓跋仪满怀深情地看着燕凤满头白发,眼睛有些发热。母亲经常向他们弟兄讲述燕凤在长安救他们的情况,他对这老臣满怀敬意和感激。

"大爷,"拓跋仪亲切地叫着:"我娘让我来探望你。这是她送给你老人家的礼物。"拓跋仪把一张上好的滩羊羔皮筒子捧给燕凤:"她让你老人家作件袍子以御风寒。"

"谢谢代王的关心。"燕凤眼睛发热，眼眶里充满了热泪。他从长安回到代地，在刘库仁手下做事。因为刘眷嫉恨，不久就告病南下到了中山，在中山，以开馆授童子为活，日子过得十分清苦，与当年在代国为代王什翼犍的左长史参决国事出使大秦的辉煌煊赫无法相比。好在他是淡泊之人，日有三餐，以满腹经纶教授童子，也自得其乐。偶尔回首往事，难免唏嘘。这一两年，他也逐渐听闻代国复兴，虽然只是燕国藩属，毕竟又打起代国旗号，还是令他感到欣慰。他有心投奔代主，只是这中山距离盛乐路途遥远，他恐怕自己年纪大，无法行走。他没有去找代国出使中山的使臣，他已经有些心灰意冷，不大想回代地去。中山气候好过盛乐，年纪大了，需要一个温暖繁华地方养老。今天看到拓跋仪亲自上门来探望他，叫他很是感动。代王马兰是一个有情有义的人，没有忘掉当年帮助过她的老人和旧人。

拓跋仪站了起来，深深向燕凤鞠躬作揖，再拜、三拜之后才说："燕大爷，代王请你老人家回去帮助她！"

燕凤老泪纵横。他连连摆手："代王好意，老朽心领，可老朽年事已高，不能做事。请二阿干回去禀告代王！"

拓跋仪笑着说："代王有令，要是我不能带先生与张衮、许谦回去，她就不许我入城！燕大爷忍心看我流落中山吗？"

燕凤唏嘘不已。代王诚心诚意邀请他回去，他如何能够拒绝呢？"好吧，我与二阿干回盛乐！"燕凤答应。

拓跋仪高兴地拉住燕凤的手，连连摇晃着："谢谢燕大爷给小子面子！我这就去见许谦，等我商量好行程日期，再来接大爷走。"

拓跋仪又去见许谦。许谦，字元逊，代人。少有文才，善天文图谶之学，什翼犍时，将家归附，受什翼犍赏识，擢为代王郎中令，兼掌文记。与燕凤一起授太子经。什翼犍迁徙长安，他也一起被迁徙到长安，苻坚任命他镇守和龙，不久，他就以母老辞归，转展来到中山。与燕凤一样，以教授童子开馆为生。

许谦比燕凤不同，他与燕凤曾经教授太子拓跋寔经书，他很怀念代国，一直有心归附代王，却也是苦于路途遥远，无法成行。现有拓跋仪亲自邀请，他二话不说，痛快地答应了拓跋仪。拓跋仪知道许谦足智多谋，便与他抵膝而谈，商量着如何带拓跋觚和张衮离开中山。

许谦沉思了一会,说:"我和燕凤出城离开燕国不成问题。我俩带着家眷乘车,只说是走亲戚,没有人阻拦。只要过了驿马岭进入五台恒岭,就不大要紧。只是带四阿干离开中山,就要困难一些,需要好好谋划。"

拓跋仪点头:"是这样,还请许大爷给想个万全之策。"

"能不能采用诈术?让四阿干向皇帝提出要求,说出城郊游,然后城外会合,乘机逃走?"许谦把椅子向前拉了拉,更靠近拓跋仪,小声说。

拓跋仪轻轻拍了拍手:"好,就这么办。我这就去安排。"

拓跋觚得到慕容垂的应允,带着师傅张衮以及随从叔孙建等人,轻装乘马出城,到中山郊外踏青。

正是清明时分,中山城外,唐河岸边,到处是士子、仕女踏青,男红女绿,车马冠盖,游人如鲫。拓跋觚一行杂在踏青人群中,一点也不显眼,不引起任何人注意。他们出了城,便快马加鞭向西北方向跑去。拓跋仪已经于几天前告别中山,出城回代国去了。所以,拓跋觚出城郊游没有引起朝内任何人的怀疑,包括眼睛经常盯着拓跋觚的太子慕容宝。

拓跋觚一行向西北方向跑去,立刻引起同行燕国侍卫的怀疑,他们极力阻拦,却挡不住拓跋觚代国随行叔孙建等人的反抗,叔孙建挥刀砍翻了燕国侍卫,向与拓跋仪约定的地点跑去。一个侍卫跑得快,拣了一条性命,落荒逃回燕宫报告。

"什么?拓跋觚与拓跋仪一起偷跑了?"消息同时传到慕容垂和慕容宝那里。慕容垂心里有些难过,不由双眼垂泪,他害怕从今以后又失去与马兰的联系,失去自己钟爱的小儿子。

自从拓跋觚到中山以后,慕容垂心里很是高兴。他与马兰所生的这幼子,给了他极大安慰。每到放学以后,慕容垂就把他接到自己寝宫里,与他一起用膳。这引起皇后段氏的极大怀疑。可是,眼看着慕容垂明显衰老,段氏也不忍心与之理论,只好听之任之,采取眼不见心不烦的办法。慕容垂怀念与马兰在一起的日子,待拓跋觚更加亲密。有时上朝,他也会偶然带拓跋觚去,向他的朝臣介绍拓跋觚。这样,拓跋觚在中山的名气越来越大。不少朝臣揣测,皇帝慕容垂为何这么重视拓跋觚呢?他想干什么呢?

慕容垂这么做,确实有他自己的用心。他准备在适当的时候公开宣布拓跋觚的身份，甚至他还在做更长远的打算，等拓跋觚学问威望提高以后，重新立太子。当然，所有这一切，都只能深埋在慕容垂的心底，不敢透漏出一点风声。

可是，现在，他怎么就不辞而别了呢？慕容垂伤心地想，不由悄悄掉了几点眼泪。

慕容宝也很震惊。不能让他跑了！

慕容宝并不喜欢拓跋觚。关于拓跋觚的种种揣测不可避免地传到他的耳朵里，让他对这拓跋觚越发嫉恨起来。可是，他却并不想驱赶拓跋觚离开中山。因为，有拓跋觚在中山，他反而能够更好牵制代国，使代国不敢脱离藩属地位。慕容宝本能地感到拓跋珪是个具有野心的家伙，当他自认为羽毛渐丰时，他会毫不犹豫地一脚踢开燕国，宣布自己独立。到那时，燕国不但失去阴山南北草原这天然牧场和天然大畜圈，而且还要失去给燕国提供大部分粮食的河套粮仓，那样一来，燕国的财富会受到很大损害。所以，他一定要留住拓跋觚，让拓跋觚成为代国在中山的永久人质。有拓跋觚在中山，就不害怕代国拓跋珪不按时交纳贡品。从今年起，他慕容宝已经决定，加收代国进贡马匹的数目，由一年一千匹好马改为五千匹。一千匹，简直太便宜拓跋珪了。要交五千匹才行！慕容宝已经把新的诏令通知了代国使臣，让代国补交四千匹好马。

怎么能叫拓跋觚跑了呢？慕容宝立刻派宫廷宿卫队去追赶。"一定要追回来！拓跋觚跑了，拿你脑袋是问！"慕容宝对燕国侍中、中郎将高霸喊。

高霸得令，不敢迟疑，立刻调集宿卫队伍，快马追出中山，向西北方向疾驰。

拓跋觚在叔孙建及随从的保护下，与张衮一起飞驰，向灵山奔去。拓跋仪和他的随从在那里等着接应他们。

叔孙建保护着拓跋觚，与他并排飞驰。张衮打马紧紧跟随着，不敢拉下。马队在黄土小路上扬起滚滚黄尘。穿过树林蹚过河，就是灵山。拓跋觚抓住马缰，伏身马背，催促着坐骑。身后已经传来急促的马蹄声。"追兵来了！"叔孙建在马背上喊，更响亮地催促着坐骑。拓跋觚回头望去，只见后面尘土飞扬，马蹄声连成一片，隐约可看到尘土团里的追兵身影。

拓跋觚扬起马鞭,朝马屁股抽去。坐骑四蹄腾空,几乎飞了起来,从林子外面的大路一路跑下去,向河边奔去。只要过了河,会合了拓跋仪的接应队伍,追兵就不敢再追了。

拓跋仪在灵山焦急地等待着。拓跋仪在河边高岗上驻足观望,看到对岸大路上飞奔着十几匹快马。"来了!"探子报告说。

"是他们!"拓跋仪高兴地喊,他已经认出跑在前面的两个身影,一大一小,那是拓跋觚和张衮。跑在最前面的大人已经跑到河边,坐骑已经涉水来到河里。

突然,从树林里窜出一队人马,拦到大路上,截住后面飞奔的马队。

"坏了! 他们被追兵拦住了!"拓跋仪喊:"我们去接应他们!"说着催马向河边跑去。上百个随从翻身上马,急忙跟随拓跋仪而去。

拓跋觚一行正在飞奔,他已经看到前面泛着波光的河水。河面不宽,河水也不急,看来也不深,马是可以淌过去的。已经下水的张衮回头喊:"水不深,能过去!"拓跋觚和叔孙建十分高兴,眼看就可以和拓跋仪会合一处,踏上归代国的路途了。

正在这时,从大路旁的树林里窜出一彪队伍,拦到他们前面。拓跋觚和叔孙建等人被高霸带来的宿卫追兵马队拦截在河岸边。拓跋觚的马嘶鸣着,转过头,躲避着迎面而来的马队。叔孙建也勒出马,想绕过阻挡,无奈追兵已经散成半弧,紧紧包围着他们,阻挡他们下河。叔孙建扬着大刀,保护着拓跋觚。高霸和宿卫步步紧逼,把拓跋觚紧紧包围起来。叔孙建突然猛踢坐骑,他的坐骑跳跃起来,冲向包围过来的宿卫,马上的叔孙建扬着大弯刀,砍翻了一个宿卫,冲开一个口子,跳出包围圈。

"跟我冲出去!"他向拓跋觚喊。拓跋觚学着叔孙建,踢着坐骑,扬着刀,向高霸的宿卫冲去。可惜他毕竟年纪小,力量不够,不能砍翻宿卫。宿卫合拢过来,各个扬着刀枪长矛,把拓跋觚和随从包围在中间不得脱身。叔孙建看拓跋觚冲不出来,自己又挥刀冲了过去。十几个宿卫掉转马头,与叔孙建对打起来。寡不敌众的叔孙建力量渐渐不支,被宿卫从马上擒拿住。那边,包围圈里的拓跋觚与随从都被高霸和他的宿卫拿下,捆绑起来。已经到了河中心的张衮听到身后的厮杀声,急忙掉转马头,马在河水里只是挣扎,并不听他指挥。

鲜卑国母:献明皇后

拓跋仪领着他的人冲下河,蹚河奔了过来。这边高霸急忙命令宿卫把拓跋觚、叔孙建等人放到马上,呼啸而去。

刚刚过了河的拓跋仪望着绝尘远去的燕兵,气得在马背上咆哮不止。可他依然身处燕境,不能前去追赶,只好指挥着兵士过河。过了河,命令队伍立刻开拔,带着张衮、燕凤、许谦等人连夜向代国赶去。一路上,拓跋仪忧心忡忡,不知道回去该如何向母亲交代,也不知道被燕国追兵带回去的拓跋觚会受到什么待遇,心里很是焦躁不安,一路上唉声叹气不断。

4.阳奉阴违别有所图　情深意切另有隐痛

拓跋仪回到盛乐,带着张衮、燕凤、许谦见了代王马兰。代王马兰见拓跋仪找回燕凤和许谦,又招徕一个新人,很是高兴。她和燕凤、许谦述说着几年的坎坷,燕凤和许谦陪着她流了许多眼泪。马兰由衷地说:"有了你们的支持,我的心里轻松了许多。以后可是要你们多多为代国出谋划策,我和西单于尚有许多事情需要你们倾力襄助!"

燕凤、许谦离开以后,拓跋仪一下子扑倒在马兰面前,跪地不起。马兰心里慌慌的,急忙下炕来,搀扶起拓跋仪:"你这是咋的了?快说话啊,到底发生了甚事?弄得我心里惶惶的。你快说啊!"

拓跋仪流着眼泪,把事情经过说了一遍。马兰跌坐在炕上,捶着炕沿说:"看看你,做的这是甚事?谁叫你去撺掇拓跋觚回代地了啊?你是出使中山使臣,是去向燕国皇帝进贡的啊!谁叫你自作主张弄他回来啊?"

拓跋仪哽咽着:"都是儿子的罪过,我看他燕国想长期扣住四弟,以之要挟我们,让我们每年多进贡马匹,一时气愤不过,就想出这么个主意,想摆脱燕国控制!没想到事情会能弄成这样,我原来以为,我能够把四弟救出燕国的!"

马兰流着泪沉思了一会,缓缓说:"事情既然发生,责备自己也于事无补。我想,燕国皇帝不至于加害拓跋觚,你不必过于担心。你出使还是很成功的嘛,求得燕国援助,又寻回几个人才,还是很有功劳的。只是这燕国加要好马四千匹的事,要与你阿干西单于商量。我想,眼下还是要顺从慕容宝的意思,每年给他五千匹好马,以求得他的援助。去请西单于过来议事!"

西单于拓跋珪驻扎在离盛乐不远的纽垤川草原上。没能从盛乐代宫带回贺兰，他一直非常不快乐，虽然刘缨带着孩子回到他的营帐，依然不能排遣他的苦闷。因为贺兰事情，拓跋珪对母亲滋生了强烈的不满。不是要等待出使燕国的拓跋仪的消息，他早就带兵离开纽垤川回牛川去了。尽管还住在扭垤川，他却很少进盛乐去向大可汗、代王马兰请安问好，年轻气盛的他已经不能容忍母亲对他的控制。

　　听内行长梁六眷派来的人说代王请他进宫去议事，他心中充满了怨气。"议事？议的甚事？她自己决定好了，叫我干甚？"

　　刘缨领着蹒跚学步的女儿走了过来，温柔地安慰他："大单于，千万不要这么说话！这要是传到阿娘耳里，她会伤心死的。她为我们吃了多少苦，方才有了今天局面。她这么做还不是为了你们拓跋代国的江山？你是拓跋代国的太子，万不可这么意气用事的！代国不仅需要代王，也需要大单于你啊！"

　　拓跋珪回头白瞪了刘缨一眼，嘟囔着："偏你这么懂道理！偏你这么会说！我说不过你，我这就赶过去，不就行了吗？"

　　刘缨甜甜地笑了起来，她轻轻拍了拍自己的腹部，娇嗔地说："你的儿子在听你说话呢，你可不要让他听到你那些不该说的话！"

　　拓跋珪破颜笑了笑："你敢保证是个男娃？"

　　刘缨笑着："我敢保证，这次和生她不一样。"刘缨拍了拍身旁的女儿："生她的时候，只想吃辣的，这次只想吃酸的。阿娘经常说，酸儿辣女。我想和你一起回盛乐去，让阿娘给我找些酸菜吃。"

　　拓跋珪笑着抱住她的腰："那好，我们一起回盛乐。我让人到蛮汉山上给你采些酸溜溜沙棘果吃，能酸倒你的牙。"说着，拓跋珪已经满嘴酸水，他不由得吸溜了一下。小时候，他经常吃那些黄黄的、豆子大小的、一簇一簇的沙棘果，吃得满嘴酸水流。蛮汉山上长满了金黄的沙棘，一到秋天，漫山坡金黄色，一簇一簇的沙棘果压弯枝条，附近的人们上山把缀满果实的枝条割回家，给娃子当零食吃，有的把它们藏到地窖里，也有的把它们用石蜜浸泡起来，放到冬天，酸甜酸甜的，孩子都很爱吃。代王宫里，也有这些小食。

　　拓跋珪带着刘缨回到盛乐宫。

　　马兰看见拓跋珪和刘缨带着小孙女回来，喜欢的不得了，她早就把对拓

鲜卑国母·献明皇后

跋珪的不满和他带给她的不快忘得一干二净。像所有慈母一样,对儿子,她永远没有记性,永远记不住儿子对她的冒犯。她把孙女抱在怀里亲热着,一边连声问拓跋珪:"这个把月,你歇息过来没有?"

拓跋珪见了母亲,还是淡淡的,他还在想着贺兰,心里根本没有原谅母亲。他极不情愿地哼了一声,算做对母亲关心的应答。

马兰看在眼里,心下难免有些不快,不过,为着商议眼下国事,她也不大在乎儿子的态度。她指着地上的绳床:"大单于,你也坐下吧。拓跋仪出使回来,有些事情我们需要商议商议。刘缨,你带孩子过去玩,我们要商量要事。"刘缨急忙从马兰怀抱里抱走女儿到隔壁去。

"阿仪,说说燕国出兵的条件吧。"马兰对儿子拓跋仪说。

拓跋仪简单地说了说燕国增加贡品数目的要求。

"甚?五千匹好马!"拓跋珪一下子从绳床上蹦了起来,他愤怒得满脸通红。"他慕容垂把我们当聚宝盆了不是?一年五千匹好马?我到哪里给他弄这么多好马?!"

"可是,太子慕容宝说,不给这么多好马,他燕国就拒绝派援军支援我们剿灭刘卫辰。"拓跋仪看了母亲一眼,抚摩着一把美髯,为难地说。

"不给!我一匹也不给!"拓跋珪铁青着脸,斩钉截铁地说。

马兰试图劝说:"大单于,你先坐下,我们从长计议!"

拓跋珪眼睛瞪得如牛眼睛一样,放射着冷冷的拒人千里的光,凛然地一字一顿地说:"我已经说过了!一匹也不给!"

"可是,你想过没有?要是慕容宝不答应派援军,我们咋去讨伐刘卫辰呢?"马兰语气很是轻柔,她不想用严厉的语气来刺激正在气头上的拓跋珪,她希望能够与儿子和风细雨、心平气和地讨论国事。国朝军事,全都依赖他,自己这代王也得靠他的支持啊。

拓跋珪眼睛一转,计上心来。何不利用这个机会,要挟母亲放出贺兰给他呢?他冷静下来,坐回绳床,目光炯炯地看着拓跋仪,些微流露出笑意,问:"要是我们答应了慕容宝的要求,他慕容垂就一定能够派军队来援助我们?"

拓跋仪点点头:"皇帝慕容垂是这么答应的。"

拓跋珪看着母亲:"既然如此,我可以答应慕容垂的要求,每年供给他五千匹大宛马。但是阿娘你也得答应我一个条件。"说到这里,拓跋珪抬眼看了母亲一下,又立刻掉转目光。

马兰心里笑骂着:这犊子,真是翅膀硬了,居然和母亲谈起条件来了!"你说吧,甚条件?"马兰勉强微笑着,猜测着拓跋珪的条件。肯定是借机要求我答应他和贺兰的事情。

拓跋珪看了看母亲那明亮透彻好像能洞穿他内心的眼睛,心里有些忐忑。要是母亲再一次坚决拒绝可怎么办?不,母亲恐怕不会也不能拒绝了。拓跋珪微微冷笑着猜测着马兰的内心想法。她那么想讨伐刘卫辰,她那么迫切地想得到燕国的援助,她不可能拒绝,母亲那么聪明,那么理智,那么善于衡量利害得失,她知道甚时候该放弃甚。

拓跋珪看了母亲一眼,别转脸,小声但是十分坚定地说:"把贺兰放出来还给我!"

马兰脸上还是浮着那若有若无的微笑,只是稍微动了动眉毛。拓跋珪的条件果然在她的意料之中。知儿莫若母,你犊子再有本事还能骗过生你养你的亲娘?

马兰沉默着,没有说话。她一直在心里琢磨着这事。答应还是不答应?答应了他,就是向儿子承认自己的失败。不答应他,国事就会受到影响。代国利益与个人脸面,孰轻孰重?

想了一会,马兰微笑了。向儿子承认失败,又算甚呢?国事才是大事,才是她首要考虑的!答应他!

马兰脸色开朗了,她轻声笑着,声音清脆好听:"大单于果然有情义,对贺兰念念不忘。我隔绝了你们一个多月,就是想让你冷一冷头脑。看来你还是一往情深,难以忘怀她,那我也只好成全你们。不过,我还是要把话说在前面,将来她会祸患于你!你是不是要再考虑考虑?"

拓跋珪冷冷地说:"不用再考虑!我早就考虑过了!"

马兰脸上闪过一丝阴云"既然如此,我也无话可说。我答应你的条件,放贺兰于你。那你呢,是不是答应燕国条件,给他五千匹好马?"

拓跋珪眼睛亮了一下,嘴角浮上短暂的微笑,那微笑是狡诈的,得意的,伪装的。"好吧,等我回牛川去筹划。阿娘,贺兰呢?我这就去看望她。"拓跋珪站起身,急不可耐地说:"带我去找她。"

鲜卑国母:献明皇后

439

马兰白了他一眼："你就那么着急？我这里还有要事商量呢。燕凤和许谦来了，你不见见他们？"

"先不着急，代王你说咋安置他们，我就咋安置他们。让拓跋仪领他们到驻地去，让他们先跟着出征，帮我谋划谋划。盛乐这里，我看暂时不必用太多的人，有阿娘和梁六眷舅父就足够了。"

马兰点头："也是。那就这么着吧。你去找内行阿干，让他带你去见贺兰。"

马兰看着匆匆而去的拓跋珪，心中充满疑虑：这犊子，会不会阳奉阴违啊？万一他心存欺诈，不按时供给慕容垂好马而失和于燕，将如之奈何？

马兰对拓跋仪说："你带着燕凤、许谦、张衮同去大单于营地，帮着他准备马匹，督促他早日给燕皇送去。我盼着早一日歼灭刘卫辰呢。"

拓跋仪了解母亲心事，他答应着，带燕凤等人往拓跋珪驻地而去。

拓跋珪如愿以偿，找到贺兰，他要带她回营地，而把刘缨和女儿留到盛乐宫。马兰看到刘缨即将临产，也不放心她回营地居住。春天到了，拓跋珪的征战快要开始，刘缨留在盛乐宫待产的好。刘缨自己也答应留了下来。于是，拓跋珪高高兴兴与贺兰回到扭垤川营地，无拘无束，恣意任性，放浪了几天。

这一天，心情不错的拓跋珪叫来拓跋仪，开始询问出使燕国情形。知己知彼，百战不殆，孙子兵法说，他既然心存悖逆，就需要详细了解燕国情形才好。

"你出使燕国，给我讲讲燕国情形。你看，燕国朝政还稳固吗？"

拓跋仪详细地介绍了他到燕国以后的所见所闻。

"我们现在出兵攻打燕国，你看行不行？"

拓跋仪很吃惊地看着拓跋珪，这是拓跋珪第一次在他面前流露出这种想法。出兵攻打燕国，这可不是他们代国的想法啊。阿娘对慕容垂的深情，他拓跋仪也是略微可以看出一些的。而慕容垂对他们代国，也给了不遗余力的支持，两国之间的密切关系是不容置疑的，拓跋珪为什么背着大可汗产生这种念头呢？

拓跋珪见拓跋仪一脸吃惊的样子，笑着："看把你吓的！我不过提一假设问题而已。其实，也不值得你吃惊。他能做得皇帝，为何你我就做不得？读《史记·陈胜吴广列传》，不是有一句话叫你我都很激动吗？你忘了？"

拓跋仪笑着："哪能忘了呢？不是陈胜那句豪言吗？王侯将相，宁有种乎？"

"对啊，他陈胜一个草莽农夫，尚有如此壮志，何况你我原本拓跋鲜卑王族、代王子孙？汉高祖刘邦，无非乡下亭长，布衣而已，不过当年不屈从命运，不自卑自贱，胸怀鸿鹄之志，斩蛇起事，遂得天下。难道你我原本王族后代，就心甘情愿永远臣服慕容燕国脚下，任他勒索不成？他慕容鲜卑可做皇帝，难道我拓跋鲜卑就不能想想吗？"拓跋珪洋溢着一脸的豪迈气概，激动地在营帐里走来走去，挥舞着胳膊。

拓跋仪看着兄长激动的样子，心潮也有些激动。可不是，同样鲜卑人，为什么他们拓跋鲜卑要如此屈从慕容鲜卑呢？这样一想，他也有些动心。图谋大事，要未雨绸缪，兄弟一心，也许会成就一番大事。他用心想了想，这才回答拓跋珪的问题：

"燕国也许可图，但不在眼下，眼下慕容垂还在，余威尚存。图谋燕国，小弟以为应在慕容垂死之后。眼下慕容垂已垂垂老矣，政在群下，太子慕容宝懦弱而刚愎，无甚威望，难于与群臣共事。慕容垂之弟，范阳王、司徒慕容德，自负才气，非久居慕容宝之下之人，慕容垂一死，慕容德势必与慕容宝争夺权位，燕国必将发生祸乱，那时才是图谋燕国之最佳时机。"

拓跋珪专注地倾听着拓跋仪的分析，一边听，一边点头。拓跋仪对燕国局势入木三分的分析，令他十分佩服。

"那就作罢，以后你我不必再提及此事。我召你来，还想告诉你，进贡燕国五千马匹之事，难以从命。想与你商议，看我们如何应付燕国。"

拓跋仪担忧地说："慕容宝坚决要求五千马匹，如果我们不准时送到，他将不发兵援助我们攻打刘卫辰。单凭我们的军力，恐怕难于剿灭刘卫辰。阿干，如此一来，恐怕伤及阿娘的心。你是知道的，她最大的心愿就是立即发兵攻打刘卫辰，为阿爷和代国复仇！"

拓跋珪只是点头。"我知道，我也想早一天发兵去攻打刘卫辰。阿娘的心思我明白，我会让阿娘高兴的。正是为了积蓄力量准备攻打刘卫辰，我们才不能把好马送给燕国！"

鲜卑国母：献明皇后

441

拓跋珪把早就想好的理由慢慢说给拓跋仪，他要安定住弟弟的心，不能让弟弟知道他真实用心。但是他还要得到弟弟的拥戴和协助。拓跋仪力大，膂力过人，弓力将十石，打仗勇猛无比，与什翼犍的儿子纥根之子陈留公拓跋虔一起，成为他打仗时最为倚重、最为得力的左右臂膀。

"你放心，马匹的事，不会影响到大可汗与代国部署。"拓跋珪安慰着弟弟拓跋仪。"你看，他慕容垂这般勒索，明摆着不是想借每年的进贡来削弱我代国的国力吗？我们不能让他的阴谋得逞。"拓跋珪巧言如簧，劝说着拓跋仪。

拓跋仪频频点头："可也是。不过，我担心燕国加害四弟。他逃跑未遂，已经惹慕容宝愤怒，我们这里再拒绝送马，他们会不会加害于他？"拓跋仪紧皱眉头，看着拓跋珪，说出他最担心的事情。

拓跋珪冷笑了一声："我谅慕容垂舍不得加害于他！你过虑了！"

拓跋仪听出拓跋珪话里有话，他垂下头，不好再说什么。其实他也清楚拓跋觚的身份，可是他没有拓跋珪那样的仇恨，他从小就爱怜这一母所生的幼弟，真心关心他在燕国的安危。

拓跋珪见拓跋仪沉默不语，生怕引起他的不快和误会，急忙又补充说："阿娘一时看不清慕容垂的真实用心，你我可要替阿娘把握好，阿娘只担心失去慕容垂的援助无法攻打刘卫辰。其实，这不用担心，我已经有了部署，慕容永会答应援助我的。"

拓跋仪点头："攻打刘卫辰是阿娘的心病，只要能帮助她实现这一凤愿，我想她也不会固执己见。"

见得到拓跋仪的赞许，拓跋珪心里很是高兴。他一定要摆脱慕容垂的控制。

"你去叫燕凤、张衮、许谦，以及拓跋虔和拓跋烈来，让我们弟兄和这几个谋士商议商议如何去与慕容永联络结盟。"拓跋珪对拓跋仪说。

拓跋珪派拓跋虔出使长子①，去拜见慕容永。慕容永进驻长子以后自立为燕王，号年中兴。他自知自己势单力薄，固守长子几年，并不与其他诸侯

---

① 长子：在今山西省长治市。

争雄夺霸,与慕容垂的大燕也还相安无事。现在见北地代国派使者前来联络,当然很是喜欢。他势力单薄,正想广为结交同盟,以防大燕慕容垂的侵夺。慕容永知道,虽然现在他与慕容垂和平共处,但慕容垂决不会长久容忍他平分大燕天下,也决不会承认他慕容永的大燕地位,总有一天,慕容垂要发难于他。

慕容永立刻召见拓跋虔。

拓跋虔是什翼犍儿子纥根之子,与九原公拓跋仪一样,高大魁梧,鼻高口方,眼大肤白,一部美髯,仪表堂堂,登国初年封为陈留公。时人说,九原公弓,陈留槊。槊,矛长丈八尺为槊,马上所持,言其槊槊便杀也。拓跋虔不用平常的槊,他嫌常槊细短,让工匠给他特制了一把超过丈八的大槊,但是他还嫌它的分量不够,在槊的刀刃下系一铁铃,其弓力倍加常人。拓跋虔经常领兵打仗,临阵之时,以槊刺人,贯穿而后高举于阵前,威镇三军。他还喜欢以一手扔槊于地,驰马假装败退,敌人便争相赶来拣拿,不能引弓射箭,他便趁机发弓,一箭射杀二三人,那些摇槊的人各个惊魂而逃,他才命人取回槊而去。每次征讨,他都先登陷阵,勇冠当时,敌无众寡,莫敢抗其前。

慕容永听说拓跋虔的威名,十分敬畏地接见他。

"陈留公前来,何事相告?"

拓跋虔送上拓跋珪的礼品,说:"代国大单于拓跋珪派末将前来,一来致以问候,二来想与燕王商讨大计。大单于仰慕燕王,愿与燕王结好,不知燕王可否有意?"

慕容永哈哈大笑:"大单于如此好意,我如何能不领情? 回复大单于,我燕国愿与代国结好。只是不知大单于有何要求?"

拓跋虔说:"代国与大燕,势力相当。大单于连年征战,感觉有些力不从心。而燕国也难免有战事兴起。如若两国结好,互为联盟,战事兴起,互为援手,力量倍增,如此一来,谁还敢小瞧我们? 望大王斟酌。小臣前来,便是请求联盟。"

慕容永想了想:"联盟对你我双方都有益处,互惠互利,燕国愿意联盟。只是不知道大单于眼下借兵,欲征何人? 大单于征战高车、柔然或其他部落,燕国愿意出手援助,只是慕容永与大燕慕容垂本是同宗同室,慕容永不愿与之结恶。再说,大燕势力雄厚,非你我可以与之抗衡。"

鲜卑国母:献明皇后

443

拓跋虔急忙解释："大燕皇帝慕容垂曾封大单于为西单于和上谷王，大单于怎么能够征讨大燕国呢？大单于只是想平定塞外漠北，使代国疆土安宁而已。但是，塞外漠北，部族骚扰频仍，代国疆土不宁，大单于这才需要结好燕王。请燕王不要误会。"

慕容永点头："这就好。大单于年轻有为，前途无量。我允诺大单于请求，不日派遣大鸿胪慕容钧奉表劝大单于进尊号，略表我对大单于赤诚。"

5.破宿敌城报一世仇　斩寇仇头偿生平愿

慕容永果不食言，于登国六年(公元 392 年)七月，派遣大鸿胪慕容钧出使来到拓跋珪的营帐，奉表劝拓跋珪进尊号。

拓跋珪十分兴奋，立刻召集九原公拓跋仪、拓跋虔、穆崇、叔孙建等十三人一起议事，共同商量进尊号之事。

叔孙建娶什翼犍的小女儿，是拓跋珪的长辈，历来说话直率，不拘小节。登国三年与梁六眷出使中山，面对皇帝慕容垂，辞色高亢，慕容垂很是欣赏。眼下，他对慕容永的建议很是不以为然。他首先表示反对："上尊号固然必要，但眼下为时尚早。代王大可汗在盛乐，每日翘首盼望大单于平刘卫辰以雪国耻，刘卫辰未平，大单于上尊号就有些师出无名。待大单于率领我等，平刘卫辰雪国耻之后，代王大可汗一定会为大单于上尊号的。"

九原公拓跋仪只是觉得为大单于拓跋珪上尊号不大合适，可他也说不出究竟哪里不合适，只是沉默着，注意倾听着叔孙建的发言。

拓跋虔总是维护着拓跋珪，他立刻反驳着叔孙建："大鸿胪慕容钧奉表劝大单于进尊号，我以为是个好主意。大单于上尊号以后便于号令，可以威镇漠北，威慑诸部，降伏高车、柔然、纥奚等屡次来犯者。"

拓跋珪获得拓跋虔的支持，心里很是喜欢，不过，他还是抑制住自己的心情，不让喜悦浮出脸面。他不动声色地转向拓跋仪："九原公，你说呢?"他很客气地称呼弟弟的封号，以表示自己对弟弟的重视。

拓跋仪正想着心事，他终于发现不妥之处。上尊号应该是代王大可汗提议，是大可汗代王对大单于的奖励，不经过代王大可汗而自行决议，显然不妥。见拓跋珪征询自己的意见，拓跋仪正要说出自己的想法，转念一想，在话要出口之时,他留个心眼,还是先提个问题,看看拓跋珪的表情再说。他发现,拓跋珪越来越不喜欢提及大可汗代王——他们的阿娘,他越来越多地自作主张。

拓跋仪抬起明亮的大眼睛,看着拓跋珪,微笑着问:"代王大可汗知道上尊号之事吗?"

拓跋珪的脸色一下子阴沉下来,他低垂下眼睛,哼了一声,不置可否。

拓跋仪心里一沉:拓跋珪没有禀报大可汗。固然,将在外君命有所不受,大可汗代王赋予他自行都督军事行动的一切权力,可是,这等大事,他还是应该禀报大可汗的好啊!拓跋仪心里想着,目光里便泻出一些不满。

拓跋珪感受到拓跋仪不满的目光,他阴沉着脸背转身,走回自己的座位。大帐里的气氛一下子沉闷紧张起来。

"报!"一个士兵闯进大帐,单腿跪下,大声喊。

"甚事?"拓跋珪囔地转过脸,大声问。

"报大单于! 接五原急报,说刘卫辰派遣他的儿子直力鞮出固阳塞,侵及黑城!"

"奶奶的!"拓跋珪咆哮,刚才的一腔怒气正好借机发泄出来:"我这里正想着征讨他,他倒找上门来了!"他挥手对拓跋虔说:"快请大鸿胪慕容钧过来,我们商议如何出兵,让他回去禀告慕容永,派兵来援助。"

拓跋虔站起身,问了一句:"大单于,这上尊号的事,不议了吗?"

拓跋珪眼睛一瞪:"甚时候了,还议甚上尊号啊? 等平了刘卫辰一并再说!"

拓跋虔不再多说,急忙打发慕容钧一行回长子去。

代王、大可汗马兰同时接到报告,说刘卫辰派儿子直力鞮寇犯五原和黑城,她急忙带着随从来到拓跋珪的驻帐。剿灭刘卫辰是她的夙愿,现在已经到时候了,她要亲自与儿子拓跋珪部署谋划,此次一定要消灭刘卫辰以血国耻,为什翼犍报仇雪恨。

拓跋珪看到大可汗马兰,略微有些吃惊,他把马兰迎进大帐:"大可汗,你怎么来了?"他拉了张绳床坐到马兰对面,问。

听到拓跋珪叫她大可汗这种敬而远之的称呼,马兰心里颇有些不大舒

鲜卑国母:献明皇后

服,自从贺兰事情以后,拓跋珪就一直这么称呼她,似乎再没有喊过她阿娘了。拓跋珪对自己越来越冷淡,离自己越来越远了,真是儿大不由娘了。她勉强微笑着:"大单于难道不欢迎我来?"

拓跋珪有些汗颜,急忙辩解:"大可汗说的甚话?我怎么不欢迎呢?"

"贡马准备好了吗?"马兰询问拓跋珪。这是她一直忐忑不安挂念着的事,她担心拓跋珪不送马匹给大燕,以致会断绝双方往来。

"大可汗尽管放宽心,我正在牛川调集呢,很快就送往中山。"拓跋珪欣然地说,脸上挂满舒心的笑容。

马兰点头:"这我就放心了。刘卫辰派儿子直力鞮来寇我五原,正需要大燕出兵援助。你准备如何对付?是不是要立刻派使者去中山送马带搬兵呢?"

拓跋珪对马兰过问他的军事部署有些不耐烦,不过他依然开朗地笑着:"恐怕眼下来不及了。直力鞮已经兵发五原,我们若不马上出击,五原的粮食就会尽数落入刘卫辰手中。我们需要立即出击!"

"可我们才不过五千兵力,没有大燕军队援助,有胜算的把握吗?我的意思是此次不仅要夺回五原的粮食,还要打进代来城,一举消灭刘卫辰!以血我代国国耻!报我切肤之痛!偿我多年夙愿!"马兰眼睛闪烁着仇恨的亮光,紧紧逼视着拓跋珪。

拓跋珪不动声色地看着激动的母亲,不置可否,心里嘀咕着:你又不懂军事,瞎说个甚?消灭刘卫辰,是你的心愿,也是我的心愿,他刘卫辰霸占着河西大片土地,不消灭他,代国就没有安宁日子过,但是,剿灭他,并不是一件轻而易举的事情。肉要一口一口吃,仗要一个一个打,要先消灭直力鞮后再根据情况谋划剿灭刘卫辰的方略。你这里说这么多有甚用?

马兰见拓跋珪久久不说话,便住了口,问:"你怎么不说话?你有甚打算?"

拓跋珪冷冷地说:"眼下我只有五千兵力,暂时没打算去进攻代来城。"

马兰急切地说:"是啊,兵力不足,那你赶快送马到大燕请求支援,慕容垂一定会派慕容贺麟来援助你的!"

拓跋珪轻轻"唔"了一下算做应答,他不想继续与大可汗商讨军事,便转换话题,问:"我那小女子还好吧?"

马兰本来还想继续与拓跋珪谈谈征剿刘卫辰这大事，可是拓跋珪却转换了话题，聪明的她顿时明白了儿子的心思。这犊子，不愿意自己介入他的军事部署呢。她勉强抑制住心里的不快，平静微笑着回答他的问话："好着呢。又乖又聪明，眼看着长高了。"说完以后，她便垂头沉默着，不再说话。

"贺兰！出来拜见大可汗！"拓跋珪朝大帐后面喊。

贺兰慵懒地走了出来拜见大可汗马兰。马兰看着更加娇艳的妹子，勉强微笑着，和贺兰寒暄家常。

盛夏八月，拓跋珪率领大军到五原征讨直力鞮。五原乃朔方肥沃之地，庄稼连年丰收，原本被刘卫辰控制，做供给他粮草的主要粮仓。但是，近几年，渐渐被拓跋珪控制了，刘卫辰不得不采用强抢的办法去收割庄稼。刘卫辰派他的儿子直力鞮从七月起一直驻守五原，让军队亲自收割粮食。八月底，五原农田的麦、谷、稷、豆收割完毕，直力鞮把粮食装车装驼，正要运回代来城，却遭遇了拓跋珪率领的军队的阻击，拓跋珪的几千人的队伍如飓风般扫过来，抢掠了所有的运粮车队和驼队，又罡风般扫过，向南消失在草原上。

有了充裕粮草的拓跋珪回到纽垤川草原，开始部署征讨柔然部落。

柔然，"东胡之苗裔，姓郁久闾氏。"①早年首领名字叫木古闾，后世子孙便以相近的郁久闾为其姓氏。木古闾是指首秃的意思，柔然习俗，男人在行成年礼后要剃去囟门、头顶部位的头发，所以称其为木古闾。木古闾的儿子开始聚集部落，自号柔然，至拓跋珪时已经历六代，势力逐渐强大起来，前些年分裂成东西两大部落，东部由匹侯跋统帅，西部由缊纥题统帅。西部柔然首领云纥题依附刘卫辰，经常骚扰寇犯代国，早就成为拓跋珪的眼中钉。要剿灭刘卫辰，首先要打散和消灭柔然部落。而且，自从前年（登国四年）拓跋珪打垮高车以后，这柔然部落没有了高车骚扰，反倒如虎添翼，更猖獗起来，东西两路部落合在一起，驰骋大漠东西，称霸阴山北部草原，把贺兰部都撵到东面。拓跋珪如何能放过这猖獗的柔然呢？

拓跋珪率兵回到纽垤川，让部下在纽垤川歇息了整整两个月，让兵士大吃大喝，尽情玩乐，在黑水河畔，举行大型游乐，赛马、摔跤、射箭、祭祀敖包，

①见《魏书》一百三，列传九十一，蠕蠕。

把兵士和马匹都养得膘肥体壮,精力充沛。

冬十月戊戌,拓跋珪在纽垤川草原举行了声势浩大的阅兵誓师。黑色狼头大纛在北风中猎猎飘扬,头戴貂皮帽头盔的拓跋珪,披着黑色锦缎羊皮斗篷,与披着紫色貂皮斗篷、戴着鲜红锦缎貂皮昭君帽的大可汗马兰并排站在高台上,检阅着出征前的队伍。眼前,六千子弟兵都一身戎装,骑在骏马上,骏马口鼻里喷着白气,北风把战士的脸庞吹得通红,眼睛眉毛上也挂着霜花,一个个精神焕发,神采奕奕,胸膛里涤荡着大战前的豪气,同仇敌忾。

萨满做过出征的祭祀,拓跋珪从高台上跳上自己的坐骑,挥舞着一柄长槊,带领着队伍向北出发了。站在高台上的马兰注视着远去的队伍,向天神祷告着,祈祷着他们的胜利。

拓跋珪率领队伍追赶着柔然部落,一直追到大碛①南床山下,柔然部落踪影皆无。连续追击五六百里,拓跋珪的队伍人乏马困,士气低落,连诸部将领也有些怨气。诸部将找到左长史张衮,请张衮转告拓跋珪及早收兵。张衮与燕凤、许谦一起随拓跋仪回到代国之后,燕凤因年纪大,留在盛乐,为吏部郎,张衮和许谦被拓跋珪任命为左、右长史,跟随拓跋珪左右出征为其出谋划策。张衮受诸将领委托,来劝拓跋珪收兵。

拓跋珪站在南床山麓的一块巨石上遥望眼前的大碛,一眼望不到尽头沙海,起伏着高低沙浪,一圈圈,一道道,好似黄色的凝固的涟漪,一阵北风吹过,这里那里,卷起沙旋,大大小小的沙旋在风中盘旋着,形成一根根沙柱,冲上天空。大碛里,没有飞鸟盘旋,没有野兔野鹿出没,只有无边的寂静,无边的沉默。

拓跋仪、拓跋虔和许谦,站在大石下,默默地了望着大碛,各自盘算着心事。

柔然,你逃到哪里了?拓跋珪焦躁地了望着。大碛里显然没有柔然的踪迹。他能逃到哪里呢?拓跋珪默默地想着。他们越过大碛逃往西北居延海方向了吗,如果那样,我们是不是继续追踪呢,我们的队伍有没有足够的粮草越过大碛呢?

拓跋珪手搭凉棚遥望大碛。他轻轻摇头。全军越过大碛,几乎是不可

①大碛:碛,qì,沙堆;大碛,大沙漠,大约是今内蒙古乌兰布和大沙漠。南床山,大约是今内蒙古乌海市附近的桌子山。

能的,没有足够的粮草和饮水。奶奶的柔然,你在哪里?不管你逃到哪里,我拓跋珪这一次一定要把找到你,消灭你!拓跋珪咬牙发誓。

张衮从那边过来:"大单于!"他来到巨石下,轻轻地呼唤着。

拓跋珪跳下巨石:"张乌矮真①,有事吗?"

张衮施礼,对拓跋珪说:"诸位将领让我来见大单于,他们说,继续追击下去,不一定能够找到柔然,各部的粮草饮水已经不多了,恐怕难以支持下去。是继续追击还是收兵,请大单于早做定夺!"

拓跋珪点头:"可不是,这柔然至今还是踪影皆无。卿的意见呢?"

张衮急忙说:"贼远粮尽,不宜深入,请速还军。"

拓跋珪焦躁地取下貂皮盔帽,用手上的羊皮手套擦了擦冒着热气的额头,看着拓跋仪和拓跋虔,大声说:"你们说呢?"

拓跋仪看了看拓跋虔,拓跋虔敞着皮袍,手里抓着羊皮盔帽,还是觉得有些燥热,他望着无边的大碛,摇头:"如果柔然越过大碛,我看也只好还军了,全军粮草饮水不足以越大碛。"

拓跋珪回头望着大碛,心事重重。难道他越过大碛了吗?不!柔然不可能越过大碛。他一定躲藏在南床山的什么地方。不能还军!他坚定地甩了甩手,戴上皮盔帽。"张乌矮真,你去问问部将,若杀副马,够不够三天食?"

拓跋仪和拓跋虔急忙说:"杀了副马,足够三日食。不知大单于有何抉择?"

拓跋珪哈哈大笑:"既然够三日食,我就决定在这南床山等待三日,我料定,柔然云纥题没有越大碛!"

第三日,果然见柔然部落从南床山西路出来,向大碛奔去。拓跋珪亲自指挥自己的队伍追赶上去,出其不意,冲散了柔然队伍,俘虏了大半。匹侯纥和另一部帅屋击各收集余部,继续向大碛深处逃去。拓跋珪命令长孙嵩和长孙肥轻装追击,一直追到平望川,长孙嵩斩杀屋击,长孙肥追匹侯纥到涿邪山②,匹侯纥实在筋疲力尽,再也没有继续奔跑的力气,便举部投降,长孙肥俘获了云纥题的儿子侄子等多人。

①乌矮真:鲜卑语,对外大人的统称。
②涿邪山:在今蒙古人民共和国阿尔泰山东南部一带。

鲜卑国母:献明皇后

被打散的柔然西部统帅云纥题率领着余部想西去投靠刘卫辰，拓跋珪亲自率领的队伍日夜追赶，在跋那山截获了云纥题余部，前有高山后有追兵，走投无路的云纥题只好下马受降。士兵把云纥题捆绑着带到拓跋珪面前，拓跋珪得意地哈哈笑着，问张衮："当初我问三日粮之事，卿曹众人有知其用意的吗？"

张衮摇头："无人知晓。"

拓跋珪说："其实这是很容易知道的嘛。柔然奔走数日，畜产之余，至水必留。计算其路途，三日就能够等到他们。我方轻骑卒至，出其不意，必然惊散他们。"

张衮把拓跋珪的话告诉诸将，大家都被拓跋珪的神机妙算而折服。

十一月中，经过一个多月的征战，拓跋珪率领着大军，押解着柔然俘虏凯旋云中，他把投降和俘获的柔然人离散以后，分配在云中各部落里。

进入十一月不久，纽垤川一带便开始飘起雪花，北风吹着，这雪越来越大，先是鹅毛般的雪花纷纷扬扬，接着是漫天雪花飘舞，把天地搅得一片雪白，分不出东西南北和树木房屋，紧接着，呼啸的北风，卷起漫天风雪，大地已经白茫茫什么也看不见了。大雪一直下个不停，地面上积了尺把厚的白雪，这天气便严寒得滴水成冰，所有的河流池沼湖泊连井口都冻得严严实实。大河上冻了。

十一月戊辰，拓跋珪率领着他的军队，冒着严寒和漫天风雪回到纽垤川。经过一个多月的奋战，回到纽垤川的拓跋珪想好好休整，过个腊月和热闹的正月。可是一回到纽垤川，他就知道自己歇息不成了。

三天前，刘卫辰派他的长子直力鞮率领大军进犯代国南部，出来大肆抢掠南部粮草牲畜，南部大人告急，将近二十万牛羊被直力鞮抢掠，十几个部落被其吞并。

"奶奶的！"拓跋珪愤怒地咆哮着。本不想这么快去征讨刘卫辰，可他偏是不让自己安静，树欲静而风不止，这刘卫辰是自找死路！

拓跋珪立刻举行誓师。风雪飘扬，战马嘶鸣，拓跋珪率领着队伍誓师："不灭刘卫辰誓不还家！""不破刘卫辰不做鲜卑人！""捉住刘卫辰，为代国复仇！"六千士兵众志成城，代王马兰刚才所做的一番声泪俱下的演说，激起每一个鲜卑士兵的愤怒,他们热血沸腾,同仇敌忾。原来这刘卫辰是当年引狼入室灭代国的第一罪魁祸首,与鲜卑有不共戴天的深仇大恨!士兵们声泪俱下,有的咬破指头,以血涂面,向天神发誓:"不破卫辰誓不还!"

拓跋珪率领着队伍去迎战直力鞮军。在纽垤川边缘,拓跋珪发现自己陷入直力鞮八九万军队的包围中。直力鞮仗着人多势众,指挥自己的队伍前后左右围困了拓跋珪。

怎么办?坐在战车上的拓跋珪冷静地思考着:直力鞮人多势众,铁桶般把自己的队伍团团包围在中央,想慢慢收口,以消灭之。如何指挥队伍突破重围呢?以狂飙突进的反击掩杀过去,恐怕还是难以突破他的重重包围。直力鞮人马众多,行动不便,辎重牲畜羁绊,行军速度恐怕快不起来,采用且战且进,慢慢推进,把直力鞮的主力推进到一个没有退路的境地,然后再予以迅雷不及掩耳的反击去进攻,一定可以大获全胜。

拓跋珪看着白茫茫的雪原,看着雪原上杂沓的马蹄车轮印痕想:最好把直力鞮的主里逼到铁岐山山脚下,让他无路可退。如何保护自己的兵力呢?六千对八九万,力量太过悬殊,一定要保护自己的兵力,不与直力鞮军队正面交锋。拓跋珪看着自己乘坐的战车,微笑了。战车可以隔绝两军的正面交锋,保护兵力不受冲击。

拓跋珪把四路军的主将拓跋仪、拓跋虔、长孙嵩、长孙肥叫到他的车驾前,亲自部署了他的战略进攻方案。四路军各自面对一方,他自己亲率主力,与拓跋仪共同面对北方直力鞮主力,采用战车方阵,慢慢向铁岐山方向推进,最终把直力鞮主力逼到铁岐山脚下。

拓跋珪的队伍立刻变成了一个巨大的四方形的战车方阵,骑兵围在战车中央,向北方推进。

直力鞮率领的队伍开始进攻,不管从哪个方向进攻,都被拓跋珪的战车方阵冲垮,直力鞮的队伍不得不慢慢向北后撤。

拓跋珪的战车方阵且战且进,一步一步向北推进,直力鞮的队伍一步一步,慢慢向北后退。几天以后,直力鞮发现自己的队伍退到铁岐山①南的山脚下。铁岐山山势险峻,丛林密布,像堵高峻的屏障挡住他的退路,他的队

①铁岐山:在今内蒙古固阳县西北。

鲜卑国母:献明皇后

伍已经无路可退。

"时机到了!"拓跋珪在车驾里兴奋地喊着"他无路可退了!立刻发动总攻击!"拓跋珪命令擂响进军鼙鼓,吹响进军牛角号。

铁歧山下原本静谧的雪原,被千军万马践踏的肮脏的雪原里,立刻骚动起来,一时间,几十面鼙鼓咚咚,上百牛角号呜呜,震天动地,夹杂着战马嘶鸣,大纛哗啦啦,兵士们高声呐喊着,挥舞着亮晃晃的弯刀、长矛、大槊,夹马从战车后面冲了出来,奋勇争先,向直力鞮队伍冲去。

冲啊!

杀啊!

活捉直力鞮!

打到悦跋城!

为代国雪耻!

呐喊声冲天而起。

直力鞮队伍立刻混乱起来,几万人的队伍顿时四下逃窜。刘卫辰这八九万队伍,原本是集合许多部落的乌合之众,有归附过来的高车、柔然、匈奴等杂胡部落,虽然归附,却各个心怀鬼胎,并不真心服从刘卫辰和直力鞮的调遣,此时,看到鲜卑大单于的军队如飓风般掩杀过来,便率领着自己的部落兵力争相逃窜,做了鸟兽散。

拓跋珪站在战车上,驭车手驾驶着风驰电掣般地战车冲在队伍最前面,拓跋珪呼喊着、指挥着队伍冲锋。

直力鞮队伍已经溃不成军,扔下器械辎重,有的向山上跑去,有的就地跪下投降。

直力鞮在马上拼命喊叫着,想阻挡着队伍的溃退,想继续组织队伍抵抗。可是,后退争相逃命的队伍如洪水一样裹挟着他,他不得不随着山倒一样的溃退军队向后撤退。兵败如山倒,他心里哀叹着,被潮水般溃退的队伍裹胁着后退,一边寻找着可以逃跑的道路。

拓跋珪看见直力鞮的队伍完全失去了抵抗能力,便跳下战车,翻身上了战马,挥舞着一把在阳光和雪光中散发着耀眼光芒的大弯刀,指挥着自己的队伍去追赶直力鞮。

直力鞮率领着几个亲兵,打马拼命逃窜。拓跋仪紧紧跟随拓跋珪,带着队伍追赶。追赶一阵,眼看着追赶不上,拓跋仪在马上喊着:"大单于!派伊谓将军去追击吧!"

拓跋珪勒住狂奔的坐骑,一声响亮的嘶鸣,坐下白马直立起前蹄,在空中踢腾着,后蹄原地旋了一圈,停了下来。

拓跋珪取下皮毛头盔,头上冒着白热气,他用皮手套擦着满头大汗,恨恨不已地说:"我真想亲自抓住他,饮他的血,食他的肉,寝他的皮!"

拓跋仪也勒住坐骑,撩开头盔凉快着,一边安慰拓跋珪:"他跑不了的!两三天就能活捉他!这里需要你的指挥和部署!"

"伊谓!"拓跋珪喊着自己的副将:"带人追击直力鞮!务必亲自捉拿于他!不管他跑到哪里!"副将伊谓带着一小队人马,轻骑追击而去。

"我们去打扫战场,收拾辎重器械喽!"拓跋珪大笑着,呼喊着,在马上手舞足蹈,高兴得像个孩子。

打扫战场之后,拓跋珪得到报告,共缴获器械辎重无数,牛羊二十余万头,俘获直力鞮降兵数万。

"下一步我们做什么?"拓跋仪征询着拓跋珪的意见。

拓跋珪回到战车里,侍卫送来马奶皮囊和牛肉干,拓跋珪与拓跋仪并排坐在战车里,一边吃喝着歇息,一边商讨着战役部署。

"弟兄们需要休整休整。"拓跋珪打开皮囊,口对口饮了一大口冰凉的带着冰碴的马奶,咯吱咯吱嚼着牛肉干,含糊不清地说:"回纽垤川去,你看咋样?"

拓跋仪从炒米袋里抓了一把炒穄子米嚼着,咽了下去,才用商讨和游移不定的语气说:"临来的时候,阿娘嘱咐我,如果取得胜利,务必乘胜追击,打到刘卫辰的老巢悦跋城去,一举消灭刘卫辰。大单于,我以为现在正是乘胜追击的最好时机,我们是不是按照代王的意思乘胜打过河去?"

拓跋珪诧异地看着拓跋仪:"代王是这么跟你说的?她咋没直接跟我说啊?"

拓跋仪生怕哥哥心生误会,急忙解释说:"阿娘看你忙着召集队伍,不忍心打乱你的部署,她见我站在一边,就先与我说,让我在你打胜仗以后提醒一下。她料你一定会打胜的。"

拓跋珪自负地笑了笑,心里还是有些不大痛快:阿娘不把她的想法直接

鲜卑国母:献明皇后

告诉我，要让拓跋仪转告，是何居心？不信任我吗？这念头转瞬飘忽过去，他思谋着拓跋仪的提醒。乘胜追击，确实好时机，刘卫辰的兵力几乎全部随直力鞮出来寇抄南部，悦跋城空虚，以迅雷不及掩耳的速度掩杀过去，悦跋城没有一点抵抗能力。何况现在大河冰冻，正好渡河。

拓跋珪一拍大腿："好！就这么办！乘胜追击！不给刘卫辰一点喘息机会！让士兵就地歇息，一个时辰以后启程渡河！"

冬月，外面北风呼啸，雪花漫天飘舞，刘卫辰在悦跋城自己的宫室里饮酒作乐，悦跋城也就是代来城①，苻坚被慕容垂灭了以后，他改代来城为悦跋城。刘卫辰感觉到自己的衰老，便把征战之事全部移交给长子直力鞮，自己蹲在悦跋城里享清福。虽然他没有像慕容和拓跋族一样自立为王，却也雄霸西方这一大片广袤土地，很是自得其乐。据守长子的大燕皇帝慕容永结好于他，拜他为持节使、大将军、朔州牧，居朔方，都督河西诸军事；姚苌建立后秦，也遣派使臣前来结好，拜他为持节使、大将军、大单于河西王、幽州牧，都督北朔杂夷诸军事。有了慕容永燕国与后秦姚苌的支持，他刘卫辰更觉得自己是朔方河西之主宰，根本不把复国的代王与她的儿子拓跋珪放在眼里。寡母孤儿，能成何气候？所以，几年来，他一直没有停止对河东代地方面的骚扰，屡屡寇边掠夺牲畜，强占土地，霸占牲畜，抢夺粮食。他现在率部八九万，何惧之有？

刘卫辰一边饮酒一边观赏年轻舞伎的轻歌曼舞。儿子直力鞮南下寇抄富饶的纽垤川，去征集过冬的牲畜与粮草，以报五原抢收庄稼失利之仇。长子直力鞮是员虎将，刘卫辰把都督军事的大权移交给他，很是放心，他在悦跋城静候儿子凯旋的佳音。

刘卫辰的妻妾陪他饮酒。宫室里，鼓吹笙箫，琵琶琴瑟，时而雄壮的西凉音乐，时而柔婉的高昌音乐，伴着清脆的歌声，婆娑的舞蹈，让刘卫辰心旷神怡，他迷离着眼睛，随着音乐的节拍晃着身体，随着歌板节奏拍打着桌面，十分悠然自得。

忽然，宫室外面一阵喧哗，有人大声喊叫，声音十分凄厉："拓跋人打进

---

①代来城：在今内蒙古伊金霍洛旗西北一带。

鲜卑国母：献明皇后

城了！"乐师和歌舞伎都受了惊吓，音乐歌舞戛然而止。

沉浸在美妙仙境中的刘卫辰一时还没有反应过来，他恍惚着如在梦境。"为什么不唱了？"他半睁着眼睛随口问。

几个守卫士兵已经冲进宫室，大声喊着："大单于，不好了！拓跋人打进城里了！"刘卫辰这才明白眼下发生的事情，他从座位上跳了起来，一把抓住跑过来报信的士兵的衣襟："你说什么？再说一遍！"

那士兵带着哭腔喊："大单于！拓跋人进城了！"

刘卫辰瞪着一双死鱼一样的大眼睛，自言自语："不可能！不可能！一定是你们看错了！他拓跋珪才有几个人？怎么能打败我儿子八九万的队伍？不可能！"

"哎哟！大单于！快跑吧，再晚就出不了城了！"士兵喊着。这时，一个人跌跌撞撞地跑了进来，原来正是他的儿子直力鞮，他虽然被后面追兵追得屁滚尿流，还是暂时逃脱了伊谓将军的追击，逃回悦跋城给刘卫辰报信，来收拾亲人和家眷逃命。

刘卫辰的三儿子勃勃也跑了进来，高声喊着，架起刘卫辰便往外跑。外面的马匹车辆已经备好，勃勃已经把自己的儿女、妻子以及侄子等家眷安置前边几辆车上，几辆装载着家眷亲属的高车正向西门冲去。勃勃连拉带拖把刘卫辰弄上一辆高车，自己也上了马。刘卫辰的妻妾在后面哭喊着，跟跄奔跑过来，扑到车辕上，抢着上车，勃勃甩鞭赶散，立即打马带着护兵亲信保护着高车从西门跑出悦跋城。直力鞮骑马跟随着刘卫辰跑着，刘卫辰迷迷糊糊地，一路上只是嘀咕："不可能！不可能！"

从五原金津①南渡大河的拓跋珪，轻骑突进，风驰电掣般卷到悦跋城，冲进悦跋城。

"包围宫室！"拓跋仪命令士兵把守宫室，跟着拓跋珪进了宫。

"奶奶的！"拓跋珪跳下马，拿着皮鞭，环视着刘卫辰精心营造了十来年的宫室，骂着说："还真像个样子！"他带着拓跋仪、拓跋虔、穆崇人等疾步走进宫室，让兵士把刘卫辰的侍从家眷全部集中到院子里。宫室里哭声、喊

---

①五原金津：在今内蒙古包头市西南大河上，为古渡口。

鲜卑国母：献明皇后

声，混乱不堪。全部人都集中到院子里，黑压压跪了一片。拓跋珪的脑海里突然闪过一个熟悉的画面，正是当年刘卫辰勾结符坚包围盛乐代宫时的场景。奶奶的！刘卫辰！拓跋珪咬牙切齿低声咒骂着，用皮鞭抬起那些跪在他面前的人的脸，一个一个寻找刘卫辰。

"刘卫辰呢？说！他藏在哪里？"拓跋珪拖出一个看似妻妾模样的女人，咆哮着。那女人吓得浑身颤抖得如秋风落叶一样，一句话也说不出来。

拓跋珪挥舞着弯刀，一刀削下她的半个脑袋，鲜血、脑浆顿时飞溅出来，喷洒在人们的脸上身上。女人孩子尖声喊叫着，昏死过去。

拓跋珪又揪出一个衣着华美的老女人，她正是刘卫辰的老妻，她已经被惊吓得半死，勉强睁着一双死鱼般眼睛，惊恐地看着拓跋珪。

"说！刘卫辰呢？！"拓跋珪扬着弯刀喊。

老女人浑身颤抖着籁籁地指着西门："跑……跑……"

拓跋珪扬起弯刀，白光一闪，一道红色喷洒出来，像一道彩虹一样闪过，那老女人扑通一声倒在地上，已经身首异处。一道冒着白色泡沫的和白色热气的鲜红血流从脖腔里奔涌而出，很快凝结在严寒中，在地上形成一道带着一圈一圈鲜红涟漪的静止的溪流。

"拓跋虔！"拓跋珪咆哮着："立刻带人去给我追赶！不许放走刘卫辰的一个家眷！"拓跋虔立刻跑了出去，带着自己的队伍向西门方向追赶出去。

"都拉出去砍了！"拓跋珪一挥手。士兵过来拖着院子里的人，不分男女，不辨老少，全都拖了出去，一个不留地砍杀了。

拓跋珪和拓跋仪在刘卫辰几院宫室里到处转悠。刘卫辰这宫室里很是豪华，全部房屋都是青砖墙，青砖墁地，琉璃瓦盖顶，高大宽敞，油漆彩画的雕梁画栋，朱红的雕刻精致的门窗隔扇，垂挂着的锦缎帷幄幕帐，高大的青铜灯座，伸展着十几束花枝，点燃着长明的羊油灯，把议事宫室里照得亮堂堂的。寝宫里的大窗户上镶着西域来的琉璃、云母，阳光照了进来，把寝宫照得亮堂堂、明晃晃。靠南窗下的大炕铺着镶花的毛毡，垛着锦缎面羊皮被，垛了一人高。寝宫里，地龙、火墙、暖炕一起烧，里面暖洋洋的，如夏天一样。

"奶奶的！他刘卫辰很会享福呢！"拓跋珪笑着骂。

拓跋仪环视这豪华舒服的宫室，也叹息着感慨万千："比盛乐代宫豪华多了,我们盛乐宫室不过是土房土屋,他这里全是青砖琉璃瓦,真气派!"

拓跋珪想起长安符坚皇宫,将来一定要住进长安一样的宫殿里,才不枉此生。眼下住进这样的宫室,不也比住毡帐舒服气派吗?盛乐宫室,他是不愿常去的,他也不能常去,那是他的阿娘、代王的宫室,他这大单于,不能去常住。自己为甚不也修建一所这样的宫室作为大单于宫殿呢?这念头涌进拓跋珪脑海。不行,不能单独在外起自己的宫室!拓跋珪急忙摇头,想摇去自己这荒唐的想法。可是,这念头却像生根一样,牢牢地占据着他的脑海。一个声音在反驳着他:为甚不行?自己已经同慕容垂决裂,已经拒绝慕容垂的封号:大单于,从今以后,他要打出自己的旗号,为甚不能有自己的宫室?将在外君命有所不受嘛!自己立了这么大的功劳,为甚就不能犒赏一下自己呢?

对!就在这悦跋城的基础上修建自己的河南宫!

"大单于!阿干!"拓跋仪轻声喊着。

拓跋珪猛地醒悟过来:"唔,你喊我?"

"你在思谋甚哩?"拓跋仪见拓跋珪久久地沉思不语,好奇地问。

"也没思谋个甚,我在思谋着能不能抓到刘卫辰。"拓跋珪掩饰着,把刚才的想法深深埋藏在心底。

"我带些人,再去追击!谅他插翅难逃!"拓跋仪说,他也有些不安心,万一让刘卫辰跑了,怎么向阿娘交代?她等待的就是抓住刘卫辰的这一天!他要满足阿娘的夙愿,亲自把刘卫辰抓住,把他送到阿娘面前!

"好!你去吧!"拓跋珪答应了。

刘卫辰在直力鞮和三儿子勃勃与几个亲信的保护下,跟随着家眷车队,拼命逃出悦跋城,向西南边的白盐池①方向跑去。

后面响起得得的马蹄踏地的声音。"不好了!追兵追来了!"直力鞮惊慌失措地喊着,打马向正西木根山②方向跑去,他想把追兵引开,以救自己老父和亲属家眷的性命。

伊谓将军穷追不舍,一直从铁岐山追过大河,追过悦跋城,一路追击而

鲜卑国母:献明皇后

___

①白盐池:在今宁夏回族自治区的盐池一带。
②木根山:在今内蒙古自治区鄂托克旗附近。

来。直力鞮向西跑去，伊谓带着部下，也向正西的木根山方向追了过去。

直力鞮引开了追兵，刘卫辰与三子勃勃都稍微安心，刘卫辰喊着儿子："勃勃，找个地方歇息一下吧，我实在坐不住了。"

马上的勃勃怒喝着："甚时候？你还敢歇息？你不怕鲜卑追兵追上来啊，你不想活了啊？"他喊着，继续催促着快走。刘卫辰实在坐不住，他还是让车夫停下车，自己从车里爬了出来，蹲到山石后面去屙屎。勃勃不耐烦等他，解下一匹马扔给两个士兵："你们在这里等着他，一会追上来吧！我们先走了！到白盐池会合！"他催促着车队继续赶路。

拓跋虔率领着一支小队，轻骑快马，一路向白盐池方向追击过去。拓跋虔在勃勃的车队快到白盐池时，追了上来。勃勃见鲜卑追兵上来，自己急忙扔下家眷车辆，打马向薛干部营地逃去，投奔薛干部主帅太悉伏，保住了性命。

拓跋虔俘获了刘卫辰全部家眷亲属，带回了悦跋城。

伊谓将军一直追到木根山，才捉拿了刘卫辰长子直力鞮，把他五花大绑带回拓跋珪面前。

拓跋珪面前，黑压压地跪着刘卫辰全部亲属、家眷、部从、亲信，共五千多人，男的，女的，老的，少的，上有八九十岁的老头老太，小有吃奶婴儿，一家一家，全都被俘获，他们跪在拓跋珪面前，哀哀地哭泣着，请求拓跋珪饶命。拓跋珪看着直力鞮，一句话不说，他在等待着，等待着拓跋仪捉拿回刘卫辰。刘卫辰到现在还没有捉拿回来，这叫他十分恼火！难道又让他逃掉不成？

蹲在山石后面屙屎的刘卫辰磨蹭着，不肯起身。刚才他在高车上被一路的颠簸，从昏昏然中清醒过来，才清楚意识到自己处境的可怕。拓跋珪追击上来，他肯定是难逃一死。他开始琢磨逃生的办法。跟随着家眷队伍继续前逃，目标太大，白皑皑的雪地上远远就可以看到这车队，要想逃生，恐怕是太难了。他要想办法离开车队，单独一个人逃跑，也许可以脱离死地。于是，他想出了一个下车来屙屎的办法。

"大单于，你快些啊！我们赶不上他们了！"两个被勃勃留下来等待刘卫辰的士兵不耐烦地催促着，他们怕得要死，与同伴们在一起，他们还觉得不那么恐怖,现在脱离了大队,只剩他们三个人孤零零留在寂静的山野里,满眼雪白,满眼寂静,他们十分恐惧,前后都有追兵,多待一分钟,就意味着多一分危险多一分死亡。看着天已经昏暗下来,几声狼嚎在山野里震荡,两个士兵浑身起了鸡皮疙瘩。

刘卫辰只是磨蹭,他要在这里多耽搁一些时间,好彻底脱离勃勃的车队,给自己赢得个逃生的机会。追兵会追踪着勃勃车队而去,那样他就可以死里逃生了!

两个士兵看着蹲在巨石后面不起来的刘卫辰,开始嘀咕起来。一个斜着眼睛看着巨石后的刘卫辰,压低声音说:"你看这狗日的,磨蹭着不动,我们等到甚时?"

另一个小声问:"可不是,这狗日的非害死我们不成!你说咋办?"

一个凑到另一个耳边:"要不我们自己跑算了!"

"不行!"那个斜眼看着还不起身的刘卫辰:"他会追上来的!"

"你说咋办?弄死狗日的?"

"对!"那个咬牙切齿:"反正这地方没有他的人!弄死他,我们回悦跋城去找鲜卑人领赏!"

"好主意!"两个士兵下了马,抄起弯刀,摸到巨石后面,一个朝另一个使了个眼色,两个人一起扑到巨石后面,挥舞着弯刀,几下子就把刘卫辰砍翻在地,他连哼也没来得及哼,就断了气。两个士兵急忙割下刘卫辰的首级,挂在马上,骑马朝悦跋城方向奔去,他们要赶在天黑前回到大路上。

拓跋仪带着人从大路赶了过来,一路上,没有发现刘卫辰的下落,叫他很是扫兴。要是叫刘卫辰跑了,该如何去向阿娘交代,阿娘一定很失望,她一直在盼望着能血刃刘卫辰,为代国和什翼犍报仇。眼看天就黑了下来,还是没有看到刘卫辰的踪影。拓跋仪命令部下安置毡帐过夜,准备第二天继续追赶。他跑不了的,拓跋仪看着远处黑黢黢的山峰和灰白的雪原,雪原上一定会留下刘卫辰的踪迹的。突然,两个移动的黑影从远处的山路慢慢移动过来。

"有人!"拓跋仪低声喊着,抓着弯刀,向前迎了过去,掩蔽到路旁的山石后面,在路上拦上绊马索。

两个匈奴士兵说笑着打马过来。一个说:"你看,转过这山路就快到悦跋城了。能赶回去吃晚饭呢。快些吧。"

另一个说:"别催嘛。你看,这马跑了一天,实在跑不快了。"

俩人说着,骑马过来,拓跋仪率领着部下一拉绊马索,一个士兵连人带马倒在路中间。另一个勒马不及,也从马背上摔了下来。拓跋仪和部下从巨石后面冲了出来,把他们捆了起来。

"你们是谁? 到哪里去?"部下把他们带到拓跋仪面前,拓跋仪吩咐打起火把,火光照亮了这两个士兵。

"是刘卫辰的士兵。"部下向拓跋仪报告。

"是不是刘卫辰的士兵?"拓跋仪大声问。

"是的,是的。"两个士兵已经看清拦路人的鲜卑人打扮,战战兢兢地回答。

"到哪里去?"拓跋仪厉声问。

"回悦跋城。"

"干什么去? 是不是给刘卫辰探风去?"拓跋仪抓住一个士兵的胸襟:"说,刘卫辰现在在哪里? 不说实话,我马上砍了你们!"

两个士兵互相看了一眼,哆嗦着指了指他们的马。

拓跋仪狐疑地看了他们一眼,放下那士兵,走到被绊马索绊倒的马匹前,士兵高举着火把,为他照亮。地上只有两匹马,并没有刘卫辰的踪影。

拓跋仪走了回来,挥舞起拳头劈面朝士兵打了过去:"奶奶的! 你糊弄老子! 刘卫辰在哪里?"

士兵捂着流血的鼻子,急忙跑到马匹前,从马背上褡裢里掏出刘卫辰的人头,捧着递给拓跋仪:"大人,刘卫辰在这里。"

拓跋仪惊喜地接过人头,让士兵有火把高举着照亮,他和几个士兵仔细辨认着。

"是刘卫辰! 是刘卫辰!"士兵都高兴地欢呼起来。拓跋仪也确定眼前这血糊糊的人头是刘卫辰,他那一双大眼睛大大地睁着,迷惑不解,一动不动瞪着天空。

拓跋仪把刘卫辰的头颅抛向天空,欢呼着:"刘卫辰死了! 刘卫辰死了!"他向空中跳跃着接住刘卫辰的头颅,对部下喊:"上马! 回去见大单于!"

拓跋仪带着人马和匈奴士兵,连夜赶回悦跋城。

拓跋珪听说拓跋仪带回刘卫辰的头颅,立刻大开悦跋城四个城门,鼟鼓动地,鼓吹齐鸣,欢呼雷动,以示庆祝。

几天以后,伊谓从木根山带回直力鞮,拓跋虔从白盐池带回刘卫辰家眷亲属随从。拓跋珪在河边西向,设了祭坛,把刘卫辰头颅摆放在大盘子里放在祭坛前,把直力鞮及其刘卫辰亲属、家眷、部属五千余人全部带到祭坛前,黑压压地跪了一片,举行了盛大祭祀仪式,然后,在祭坛前把五千余人全部用乱刀、乱箭砍杀射死,以祭祀代国主什翼犍。祭坛前,大河边,血流成河,立刻堆积起鲜血冻结成的血红河道,大河的河面上死尸堆积如山。开春以后,河水赤红,死尸漂流千里。

看着面前堆积如山的死尸,看着刘卫辰和直力鞮大睁着的一动不动的双眼,拓跋珪忍不住满腔的高兴,拿起刘卫辰的头抚弄着、把玩着,仰天哈哈笑着:"刘卫辰啊刘卫辰!你也有今天!"他的笑声震荡在河面上,引起一阵阵回声,久久不能消失。这一仗,是拓跋珪生平最为畅快、解气、最为酣畅淋漓的一仗。不过,叫拓跋珪稍微感到遗憾的是,没有捉住刘卫辰的三儿子勃勃,他独自一人逃走了,投奔了薛干部主帅太悉伏。

与拓跋珪并排站在一起的拓跋仪问:"大单于,要不要把刘卫辰首级传回盛乐,让阿娘高兴高兴?"

拓跋珪对大单于的称呼有些不满,他想:这称呼该是废除的时候了,慕容垂赏赐的称呼他不能再承认了。他沉吟了一会,点头说:"也好,应该在代宫也举行一次祭祀。这样吧,我要趁胜去收复盐池一带部落,不便返回盛乐。你带刘卫辰首级回去一趟,如何?"

拓跋仪答应了。

拓跋珪命令割下直力鞮首级,与刘卫辰首级一起用木匣装了,派拓跋仪带回盛乐,报告代王马兰。他留在悦跋城,计算登记获得的珍宝畜产,这一仗,从刘卫辰手中获得名马三十余万匹,牛羊四百余万头,安置俘获、归顺的其他山胡部落,有的迁徙到马邑,有的迁徙到云中。然后举行庆功大会,大宴群臣,大肆赏封班赐,大家都获得数目不等的马匹、珍宝、牛羊和人口的赏赐,君臣无不欢天喜地。

鲜卑国母:献明皇后

6.分庭抗礼建筑河南宫　分道扬镳隔膜母子情

拓跋仪走了以后,拓跋珪叫来张衮、许谦这左右长史,向他们讨教大事。拓跋珪喜欢读三国志,他喜欢曹操,也喜欢诸葛亮,他自比自己是曹操,而张衮、许谦这两个长史就是他的诸葛亮。

彻底剿灭了刘卫辰,报了代国一世宿仇,拓跋珪十分欣慰,军队的士气大振,军士将军都磨拳擦掌,纷纷进言建议拓跋珪趁胜出击,继续征战,以征服河西地区。拓跋珪也有此意,他要向西部进军,开辟河西地土疆域。现在的拓跋珪豪气满胸膛,征刘卫辰一仗获得的决定性胜利,叫他财富大增,叫他人力大增,使他具有进一步和慕容垂燕国抗衡的实力。以后,他该如何制定他扫荡北方、平定中原的宏图霸业呢? 他要认真地、仔细周全地考虑考虑。首先,他要废除慕容垂赏封的称号,打出自己的旗号;其次,他要在悦跋城的基础上建筑河南宫,以河南宫为自己的据点,图谋发展大计;第三,他要脱离慕容燕国的控制,并且要开始向他进发;第四,他要消灭姚苌的大秦和长子慕容永的燕国。但是进攻矛头孰先孰后,他却一时定不下来,要与他的诸葛亮们好好商量。一着不慎,全盘皆输,他一定要慎而又慎。

拓跋珪盘腿端坐在刘卫辰悦跋城豪华的宫室里,召见张衮和许谦。张衮和许谦恭敬地站到炕前:"大单于召见小人,不知何事?"

"叫卿前来,有要事相商。"拓跋珪拍了拍炕面:"地上冷,二卿炕上坐。"

张衮和许谦互相看了一眼,急忙推辞:"小人就在炕下站着吧。"

拓跋珪不再坚持,指了指墙边的椅子:"拉把椅子过来,围坐一起,暖和一些。"

张衮和许谦拉过椅子,坐在拓跋珪面前。"大单于何事商量?"

拓跋珪皱起眉头:"我现在对大单于的称呼很是不满,想改换一下称呼,二卿以为可行吗?"

张衮和许谦互相交换了一下眼色,心下豁然开朗:"太好了。我们两个也曾私下议论过,觉得到了改换称呼的时候。"张衮微笑着说。大单于是大燕皇帝慕容垂的封号,继续保留这称号,就意味着继续接受大燕皇帝的臣属的身份。他早就看出,拓跋珪具有成就霸业的能力,他很想辅助拓跋珪成就霸业。

拓跋珪见自己信任的两个谋士如此痛快,心里很是高兴,他的眼睛一亮眉毛一扬,大声说:"你们也这么看?那我们真是英雄所见略同了!你们以为如何称呼好呢?"

张衮看了一眼许谦,许谦对这个问题没有认真思谋,一时还说不出自己的想法,张衮却胸有成竹,他看着拓跋珪,不慌不忙地说:"小人以为,大单于既然喜欢曹魏,不如就以魏王自居,如何?曹魏是雄霸中原的英雄,在汉人地区很有影响,很是响亮。不知大单于意下如何?"

拓跋珪用劲拍了拍巴掌:"好!正合我意!我就喜欢曹操的英雄气概和满腹韬略!是个成就霸业的霸主英雄!魏王,我喜欢着称呼!以后就以魏王为新称号!"拓跋珪眉飞色舞地说。

"既然有了新称号,还得有新的大纛。"许谦微笑着补充说。

"不错,要有新大纛。"拓跋珪频频点头。他沉思了一会,抬眼看着许谦和张衮,商量着说:"虽然叫魏王,但是我们鲜卑本色不能丢。过去是黑色狼头大纛,代表鲜卑部落,现在还是要以狼头为大纛,可以改个颜色。用黄色和金色如何?金色灿烂,耀眼,象征财富。"

张衮和许谦都点头,连声说:"黄色象征土地,金色象征财富,就依魏王意思,改黑色为金色吧,以黄色为底。"

"这是商量的第一件事,下面商量第二件事。"拓跋珪掰着指头:"你们看,这悦跋城如何?"

张衮和许谦互相看了看,一时没有明白拓跋珪问这问题的用意,张衮就实话实说:"这悦跋城是刘卫辰的伤心地,虽然豪华,不值得留恋。"

许谦捻着须髯,用心琢磨着拓跋珪的心思,他有些明白了,急忙打断张衮的话:"张大人的话也不尽然,悦跋城位置河南,控河西腹地,左与纽垤川遥望呼应,右可监视大秦与西域,北扼守五原金津,南望长城要塞,进可攻,退可守,左右逢源,是重要城池。大单于,不,魏王若有宏图大业在胸,不可不据守此城。"

拓跋珪听得目光灼灼,连连点头。

张衮看着拓跋珪兴奋的样子,也明白了拓跋珪的心思,等许谦说完,急忙补充:"许大人所言不差,魏王据守此城十分必要。"

鲜卑国母:献明皇后

"好，这第二件事也议论过了。我接受二位乌矮真的建议，决定据守悦跋城，重新修建，祛除刘卫辰的晦气，把悦跋城建成一个崭新的大城，这事情交给你来办理。"拓跋珪看着许谦说："要建造出大秦长安一样的宫殿，我们以后就以此为宫室，图谋霸业。"

张衮想问："那盛乐代王宫殿如何？"这问题在他心里翻腾了几次，几次到了嘴边，几次又咽了回去。他们母子内部的事情，拓跋珪不容他来置喙。

"这事情暂时不要声张，尤其不要让盛乐代王知道。"拓跋珪看着张衮和许谦，眼睛的亮光暗淡下来，立时变得严厉和冷峻，还带着几分恐吓。

张衮的心惊悸地跳动着，幸亏没有多嘴问那愚蠢的问题！他替自己庆幸着。

"下面，我和二位乌矮真商量第三个事情，也是最重要的事情。"拓跋珪又掰下第三个指头。"代国，不，魏国周围，北有高车柔然，南有慕容垂的燕国和慕容永的燕国，西有姚苌的大秦，对我们形成包围之势，我们要扩大自己的地盘，一定要冲破这四面包围方可。你们看，依我魏王实力，我们应该如何部署我们的方略？"

张衮和许谦都低头沉思着，这是个大题目，需要认真思索，才能有比较合适的答案，张衮虽然在闲暇也曾替拓跋珪琢磨过成就霸业的方略，可毕竟形势不同，方略须重新修改才敢奉献给拓跋珪。许谦想了一会，抬头看着拓跋珪，游移不定地说："魏王所问题目，小人尚无成熟看法，以下粗略看法，仅供魏王参酌。"

拓跋珪轻轻笑着："乌矮真不必顾虑，说出你们的看法，我们一起来商议。"

许谦这才打消顾虑，慢慢地说着自己的分析："小人以为，魏王一打出新旗，最为恼怒的一定是大燕慕容垂，特别是慕容宝，他绝不容许魏王脱离大燕控制，他势必会有所动作。但是，大燕不会马上出兵。以魏王实力，对抗一方应该不难，但是若同时四面出击，必将导致力量不济。依小人看法，要先结好于姚苌大秦与长子慕容永，然后先逐一扫荡北方高车、柔然以及杂胡各部，等北方大体平定，便可集中力量对付慕容宝燕国！"

拓跋珪点头："言之有理，言之有理。扫荡高车、柔然及各杂胡部落，以我现在实力，已经胜券在握，只是如何交好于慕容永与姚苌呢？"

张衮眨着眼睛，想出了办法："姚苌病重，可派使者前去慰问，同时请求媾婚以通友好。"

　　拓跋珪尴尬地笑着："派使者慰问可以，只是这婚媾怕是难办。"原来，这贺兰新近得宠，与拓跋珪约法三章，不让他再纳新人。他曾经跪在翁衮前发重誓以承诺贺兰，此生不再纳新人，他如何能够出尔反尔自食其言呢？面对翁衮的誓言如何敢违背呢？

　　许谦微笑着打消拓跋珪的顾虑："魏王成就大事，焉能为区区誓言束缚自己？曹魏王宁让我负人，不让人负我，乃霸主胸怀。即使魏王当初与人有所约定，也不必拘泥，成就大事，必得此一时彼一时的变通，翁衮不会怪罪成就大业的英雄。"

　　"是啊，"张衮也敲打边鼓劝说："婚媾姚苌，乃最好的交好办法，舍此难以交好姚苌。万一慕容宝来攻，请求大秦援助最为可靠。"

　　拓跋珪挠着头皮，想了好一会，终于答应了张衮的提议："好，就派许谦右长史亲自出使大秦，向姚苌请求婚媾。"

　　许谦想了想，又说："若是姚苌同意与魏王通婚，小人建议魏王把姚苌公主娶到新建的大城，让她住在大城做大城夫人，以避免刘夫人和贺夫人的冲突。"

　　"这建议好，就这么办！这大城河南宫要很快建好，我想在明年春天迎娶大城夫人呢！"说完，哈哈大笑起来。

　　"正月到了，我们是不是要班师回纽垤川？"张衮征询着问。

　　拓跋珪摇头："新平定刘卫辰，需要巡视木根山和盐池，去招抚那里的部落，我们到黑盐池庆祝新春！在那里大飨一个月，好好庆祝庆祝！"拓跋珪说着下了炕。

　　梁六眷看见和辰急匆匆向代王宫走去，满脸张皇，他喊住和辰："内行长，出了甚事？这般张皇啊？"

　　和辰站住脚步，等待梁六眷赶了上来，才小声说："刚才偶尔听到一个从河西大城来的商人说，大单于从黑盐池巡视回来，在大城打出魏王大纛，赏封了许多大臣呢。"

　　梁六眷惊愕得半天说不出话来，他呆呆地看着和辰："这消息可靠吗？"

鲜卑国母：献明皇后

"看来是可靠的。从腊月剿灭刘卫辰到现在，大单于没有回来过，代王还整日惦记着他呢。"

梁六眷看着和辰小声问："大单于自立为魏王，是不是意味着他要废掉代王啊？"

和辰四下看了看，也压低声音说："我看这就在早晚之间。"

"为甚？代王可是他的亲娘啊。"梁六眷有些不大相信和辰这话。

"你想啊，这纽垤川地土广袤，草场肥沃，扼守牛川，面临大河，南通塞内，东接大燕，是南进最好的通道。大单于必不甘心只偏安大城河西一地，他势必谋求南下。南下图谋大燕，难道不先据守纽垤川？"

梁六眷拉着和辰走到一个偏僻角落里，急忙问："你说，我们该怎么办？代王这么优柔寡断，我看她怕是难以下手，我们就这么等着那犊子来剥夺我们的位置？"

和辰冷笑着："那犊子阴险着呢，从来就没有露过笑脸，他要是夺去这纽垤川，你我一定没有生路。"

"不至于吧？我们又没有与他结仇？"梁六眷浑身哆嗦了一下。

和辰摇头："难说。虽然我们没有与他结仇，可他要想除去代王势力，还能容你我等代王左右亲信存在？这叫城门失火，殃及池鱼啊。"

梁六眷点头："是这样的。他要占领纽垤川，一定要想法除去代王。我们这些追随代王的人，一定是他的眼中钉！我看，我们不能坐以待毙，得想办法自救才好。"

"怎么自救？"和辰看着梁六眷，眼光里泻出一些希望。

"去说服代王召大单于而后囚禁之。"梁六眷望着和辰。

和辰摇头："代王恐怕不相信这消息。不过，也只有先去报告代王，看看她的反映了。"

"说个甚？"马兰惊讶地站了起来，看着前来报信的内行长和辰和梁六眷。

拓跋珪在悦跋城建了大城，而且打出魏王的新大纛，这消息叫她十分震惊。这几个月，她和盛乐代宫都沉浸在快乐中，大单于拓跋珪彻底剿灭了刘卫辰，总算是去掉了她心头之患。拓跋仪带回刘卫辰和直力鞮的人头以后，她亲自主持在代宫举行了盛大的祭奠，用刘卫辰父子人头祭奠了代王什翼犍。

她很为儿子拓跋珪而自豪，为儿子拓跋珪为她报仇雪恨而兴奋异常，儿子拓跋珪的这一功绩，让她忘却了与拓跋珪产生的所有的不快，充满对拓跋珪的感激和想念。拓跋珪剿灭刘卫辰以后，没有回到纽垤川过年，她没有产生任何疑虑。七年春正月，他巡视木根山和盐池，巡视美水，听说在黑盐池庆祝新春，大飨群臣，班赏群臣，她也没有产生什么疑虑。倒是梁六眷，有时会表示出一些忧虑，不断在她耳边吹风，说什么："大单于离开代宫时间太长，这样恐怕不好，代王是不是要下诏召他回来一些日子啊？"河西初定，去招抚巡视是应该的，召他回来有甚益处呢？她不理不睬梁六眷的暗示。

马兰惊诧地看着梁六眷和和辰，不知是问他们还是问自己："他为甚这么做，为甚，他想干甚？"

梁六眷嘟囔着："为甚，不是为了与代王分庭抗礼？"

"他翅膀硬了，要自己飞了。"代王马兰颓然坐了下去，双手抱头，自言自语地说。

"代王，你得及早做决断，趁代王现在还能够控制，赶快把他召回盛乐，褫夺他的兵权！现在还为时不晚！"梁六眷压低声音说。

马兰摇头："怕是晚了。既然他已经打出了自己的旗号，他就不会听命于我！我了解他的个性！他是经过了深思熟虑才做的决定！他已经把一切都谋划好了！"

"那代王咋办？就任着他与代王分庭抗礼不成？"和辰垂手立在马兰面前，很沮丧地说："总得想个办法啊？"

"想办法把他召回代宫，褫夺他的兵权，让拓跋仪取而代之！"梁六眷坚持他的看法。

"用甚办法召他回来？他不会回来的！"

梁六眷转着眼睛，看着马兰："我有一个办法，不知该不该说？"

"你就说吧，行不行我们一起商量。"马兰有些不耐烦，挥了挥手。

"扣押贺兰，逼大单于回代宫！"梁六眷轻轻地说出他的办法。

马兰笑着摇头："我看没有用的。我的儿子我了解，他不会为女人放弃他的大事的。"

鲜卑国母：献明皇后

和辰往前凑了凑；"我倒有个主意，代王愿意不愿意听一听？"

马兰挥手："你就说吧。"

"刘夫人很快就要临产，何不趁刘夫人临产，调大单于回来呢？"和辰胸有成竹地说："大单于听说刘夫人产了儿子，一定很兴奋，一定会赶回代宫看望自己的儿子，然后把他软禁起来，褫夺他的兵权。"

马兰还是摇头："就算他回来又能怎样呢？软禁他，褫夺他的兵权，这代国不是要发生内讧了吗？我可不想看到代国内乱的事情发生。何况他也不一定会回来。"

"要是他还不回来，就把刘缨和他儿子一起做人质扣押，逼迫他回来！"梁六眷补充着说。

马兰生气地摆手："这算甚主意？怎么可以以我的孙子为人质？此话不许再提！"

"可是，代王，一山不容二虎，一国不能有二主啊。大单于宣布成为魏王，这就已经意味着代国已经内讧了。你容忍他，恐怕他将来不容忍你啊！"

"你这是甚话？不管他成甚王，就是成皇帝，他也总还是我的儿子吧？他难道能把我废了不成？谅他犊子也不敢！"马兰冷笑着："不是他老娘含辛茹苦十几载，能有他犊子的今天？他怎么也不能忘了他老娘的恩情吧？"马兰不高兴地瞪了梁六眷一眼。

"代王，你可不要大意啊！这权位之争，历来是最残酷的，最不讲甚情义。父子相残屡见不鲜，这母子相残也是见诸历史的啊。"和辰也劝说着马兰。

梁六眷急忙附和着："是啊，代王，当断不断，反受其害啊！"

马兰沉着脸挥手："你们先下去吧，让我自己想想办法。"梁六眷和和辰只好答应着出去了。

梁六眷和和辰走了以后，马兰抱着头想了许久，也还是想不出个办法来。这消息叫她震惊，又叫她伤心。儿子拓跋珪把这么大一件事一直小心翼翼地瞒着她，说明他早就起了异心，他早就想与自己分道扬镳了。这犊子，竟然这么无情无义，自己为了他们弟兄，吃了多少苦，受了多少罪，难道他都忘记了不成？如今翅膀刚刚硬，就要摆脱阿娘自己为王了？以后呢？

他下一步要干甚,会干甚? 会不会真的像梁六眷们所说,一山不容二虎,他会想办法废掉自己?

不至于吧? 这念头刚一出现,马兰立刻否定了,他是自己的亲生儿子,他不会那么绝情,即使他称王,他也不会废除自己的代王称号,他不过是想挣个平起平坐、分庭抗礼的地位罢了。

马兰安慰着自己。她摇了摇头,摇去满脑子的乱麻似的念头,站起身。去看看刘缨和可爱的孙女吧,见了她们,可以忘却一切烦人的事情。

马兰来到刘缨的寝宫,刘缨正坐在炕上,与女儿玩着拍手,教她数数:

你拍一,我拍一,一只小羊啃鸭梨。

你拍二,我拍二,二头牛犊四只耳。

你拍三,我拍三,三匹儿马来撒欢。

……

小女孩口齿不清地跟着刘缨说着,她一扭头,看见马兰推门进来,立刻从炕上跳了起来,挜挲着双手,欢快地喊着:"奶奶来了,奶奶抱。"边喊边向马兰扑了过来。马兰惊慌地喊着:"乖乖,小心摔下炕!"三步并作两步,抢上前来抱住孙女:"乖乖,你可吓死奶奶了!"

刘缨挪动着沉重的身体,挣扎着要下炕去行礼,马兰拉住她:"你就别动了,看着就要临盆,别动了胎气。该生了吧?"

刘缨难为情地笑着:"可不是,胎儿动得越发频繁起来,看来就在这一两天。"说着,她皱起眉头:"阿娘,你看,他又在踹我呢。"

马兰笑了:"是啊,他着急着出来见世面了。"她拍着孙女的小手,笑着问:"你想要小弟弟还是小妹妹啊?"

小女孩咿呀着说:"小弟弟,小弟弟。"

马兰抱着孙女坐到炕沿上,看着刘缨:"你放心,这次你一定生个男娃。"

刘缨明亮的眼睛看着婆母马兰,问:"大单于还没回盛乐?"

马兰摇了摇头:"还没有。你这里马上要生了,是不是派人去叫他回来?"

刘缨神色黯然下来,她摇摇头:"他不会回来的。有了贺兰,他早就忘了我们娘俩了。"

马兰安慰着:"不会的。有我在,他就不敢不要你们。你是他的原配,生的又是他的长男,这嫡长子不管在哪朝哪代都是名正言顺的嗣子,将来你生的男娃就是我们代国的嗣子,我会下诏布告全国,我也会让拓跋珪和拓跋仪几个人盟誓来捍卫嗣子地位,决不许他人改变!"

"谢谢阿娘。"刘缨在炕上向马兰叩头:"有阿娘这话,我就放心多了。听说贺兰也有了身孕,我真害怕大单于把嗣子位置给了她的儿子,她现在可是大单于的心肝宝贝。"

马兰嘴一撇:"这嗣子还轮不到她的儿子。不管怎么说,你是大阏氏,她不过小阏氏而已,嗣子是你儿子的。这点你放心,孩子落生以后,我就给他起名拓跋嗣,以表明他的身份地位,谁也别想改变!"马兰看着刘缨,坚定地说。

刘缨微笑着:"有阿娘的关心爱护,我就心满意足了。我会尽心尽力为大单于打理内部事务,协助阿娘管理内宫的。"

马兰试探着问:"要是有一天大单于自立门户,你看他会不会废掉我的代王称号?"

刘缨愕然地睁大双眼:"这怎么可能?大单于不会那么做的!他不可能忘记阿娘的恩情。不会的!阿娘!不会的!"刘缨一把拉住马兰的手,连声说。

马兰抚摩着刘缨的手,神色十分忧郁:"但愿不会!但愿不会!"她把孙女放到炕上,站了起来:"我现在就去让长史拟写诏书,一切准备好,孩子一落生就布告内外。"

登国七年的初夏,晚到的春天来到大城,大城内外已是一片融融春光,柳树杨树枝头,已经绽发了新芽,地上冒出嫩绿的青草。春风吹拂着,拓跋珪站在新修建的大城河南宫的高台上,满心喜悦地欣赏着眼前这宫殿。

拓跋珪率领着自己的全体军队人马,赶赴木根山,招抚了木根山一带的高车、柔然以及各杂胡小部落,然后到了黑盐池,驻守黑盐池,收回了黑盐池的控制权。他在黑盐池大宴群臣,犒赏军队,饮宴作乐,赏封部众,接受西域诸国贡使,整整歇息了三个多月。春天春草发,他又带领着部属来到北方的美水滨,在美水滨缤宴群臣,嬉戏玩乐,直到四月大城宫殿修建工程完毕,出使大秦去向姚苌请求通婚的许谦带着大秦国公主回来,他才率领着部众返回大城河南宫。

眼前的河南宫,是按照长安大秦宫殿重新修建的。拓跋珪从小就羡慕长安的大秦皇宫,他在长安时,每当望着高大宽敞,金碧辉煌的大秦宫殿,望着宫殿上覆盖着的那镶边的绿、黄琉璃瓦,那飞檐斗拱,那各色砖雕,那站在宫殿屋脊上的各色琉璃祥兽吉禽,那雕花的涂饰着金粉银粉的雕梁画栋,宫殿里的彩色藻井,心里就无比羡慕。从那时起,他心里就想着拥有那么一座属于自己的宫殿。做皇帝,就得有那种气派!他经常这样想。现在终于有了属于自己的宫殿,虽然依然比不上长安大秦宫殿的规模,比不上未央宫、朱雀门的气派,没有昆明池的粼粼波光,但是比起盛乐那不过几院土屋土房的代王宫殿,已是天上人间!

拓跋珪拈着满脸的须髯自得地笑了起来。魏王宫殿,这是他魏王自己的宫殿!以后,这里是他的家,是他的国,是他的天地!他可以在这里称王称霸!可以在这里任意作为,不必再仰人鼻息,不必再看人脸色,不必再向人俯首称臣!

城头飘扬着的金色狼头大纛,发出呼啦呼啦的清脆声响。拓跋珪抬头,看着大纛上金色的汉字"魏",不由仰天发出一阵响亮得意地哈哈大笑。从今以后,他不再受制于大燕,不再向任何人称臣,他就是王,他就是别人的大王!

一个楚楚动人的盛装小姑娘款步姗姗而来,她满头珠翠,鲜卑式打扮,立领左衽粉红绛丝锦缎小袍,紧紧裹着她袅娜苗条的腰身,肥大的杏黄色的锦缎百褶裤,束在红色高腰的牛皮靴子里,使她显得颀长而袅娜。她飘然来到拓跋珪身后,从后面紧紧地抱住拓跋珪,把嫩脸紧紧贴在拓跋珪的后脖颈里。

拓跋珪一动不动,享受这销魂的拥抱。这是出使大秦的许谦为他娶来的大秦皇帝姚苌的孙女,姚兴之女,一个豆蔻年华的小姑娘,鲜嫩得就像眼前的刚刚露头的春草,刚刚含苞的桃花,叫他心疼怜惜得放在嘴里怕化了,放在手上怕碰了。拓跋珪已经封她为大城夫人。

过了一会,他才慢慢转过身,把他心爱的宝贝大城夫人紧紧揽进自己宽阔的胸怀里。

"你咋不再睡一会?我的心肝?"拓跋珪亲吻着女子娇嫩的嘴唇,温柔地问。

大城夫人在拓跋珪胸怀里扭来扭去，噘起鲜艳饱满的小嘴娇嗔地说："魏王不在身边，我怎么睡得着哟？"

拓跋珪被大城夫人蹭得浑身舒坦，他感到自己热血已经开始沸腾，体下那静若处子的小弟开始膨胀，他正要揽着大城夫人回寝宫去，侍卫领着使者过来。

使者拜见了拓跋珪，拿出代王马兰的诏书禀报："代王有诏令给大单于。"

拓跋珪的侍卫大声呵斥着："不得称呼大单于，要叫魏王。"

使者愣了一下，急忙改口："请魏王接着代王诏令。"

拓跋珪阴沉着脸，接过使者递过来的诏书，挥手让侍卫带走使者，自己看着母亲来的诏书。诏书说，拓跋珪喜得贵子，代王诏令为太子，起名拓跋嗣。拓跋珪的脸一下子开朗起来，自己有了儿子，是多值得高兴庆贺的事情啊。可是，欣喜不过一闪，他的脸色又阴郁起来，一丝不快涌上心头，遮蔽了刚才的喜悦：为甚阿娘不先跟自己商量，就给他起名了？真是的，你管那么多干甚？我的儿子该我起名才是！你总是以代王的身份凌驾于我之上！

一个总不愿意去想的问题清晰地浮上拓跋珪的心头：自立为魏王以后，他该如何对待自己的阿娘代王，继续向代王称臣，还是与代王平起平坐，还是干脆不再承认代王？

称臣恐怕是再也不可能的了！拓跋珪冷笑了一声，我不再是大燕的臣子，也就不再是代王的臣子，我是和他们地位平等的魏王，应该与他们平起平坐！

如何处理与代王的关系呢？拓跋珪感到有些为难，他搔着头皮沉思。暂时保持现状吧，代王毕竟是自己的亲娘，他不能不承认她，更不能废掉她，也不能去图谋她的城池土地，只有暂时保持现状。现在的目标是大燕，他要凭借大城，逐步实现自己的扩张计划，一步一步向南去先吞并大燕，再吞并大秦，慢慢扩大自己的势力，以实现雄霸天下做天下霸主，做皇帝的美梦！

拓跋珪眼睛稍微亮了亮，做了决定。为了庆祝儿子诞生，今年他要尽量减少战事，让登国七年成为祥和的年份。回不回盛乐呢？不！拓跋珪在心里说。避免节外生枝，他以后还是少回盛乐的好。

7.祭祖先纽垤川节外生枝　生龃龉母子间矛盾激化

秋八月,又是一年最好季节,代王宫里又忙碌起来,一年中最大规模的祭祀祖先和天地的活动要在盛乐举行。马兰很兴奋,今年的祭祀是最畅快的了,刘卫辰被剿灭,孙子诞生,两件大事都需要祭告祖先和天地,让祖先和天地一起保佑代国的繁荣昌盛和日益强大。马兰已经派人通知在河南宫休整的拓跋珪,让他率领部众回盛乐参加盛大的祭奠仪式。

他来不来呢?马兰有些忐忑。万一他拒绝参加,这祭祀如何进行?这犊子,翅膀硬了,要自己飞翔了,再也不会听自己的话了。马兰感到很悲戚。这半年多天气,她一直处在这种闷闷不乐的境况中。四个儿子全不在身边,拓跋珪躲避在河南宫,连儿子诞生都没有回盛乐来看望刘缨和婴儿,更别想他来探望自己。拓跋仪被拓跋珪赏封了东平公,派往河北屯田,自五原至固阳塞外大片农田,要靠他管理,他忙于给农户和新迁徙去的部落人口分田地,监督他们种庄稼,根本没有闲暇回来看望她。她最思念的小儿子拓跋觚远在中山,多年不见,更是叫她牵挂。儿行千里母担忧,母行千里儿不愁,确实如此啊。拓跋珪在河南宫自称魏王,事前没有跟她商量,没有征求她的同意,很明确地向她宣告了他的独立,宣告了他脱离代王控制,尽管他没有宣告废除她代王的身份和位置,似乎很大度地在盛乐保持了代王原有的一切。不过,马兰知道,这日子长不了。拓跋珪掌握着全部军队,这军队越来越强大,她自己手中什么也没有,根本无法与拓跋珪抗衡。而且,她也不想让代国内部纷争起来。只要拓跋珪允许目前这局面存在,她也愿意代王与魏王并存,毕竟都是鲜卑拓跋的国家,毕竟是母子,不必互相争斗个你死我活。

刘缨和抱着婴儿拓跋嗣的乳母过来拜见马兰。乳母怀中的拓跋嗣按照鲜卑习惯盛装起来,穿戴一新,虎头帽,虎头鞋,小老虎一样。刘缨粉面染着红晕,依然很漂亮,哺乳期间,显得丰满肥腴。

小孙女跟在她们后面,哼唱着小调,跑了进来。

马兰亲了亲孙子拓跋嗣。拓跋嗣拍着小手,咿呀笑着。

"都准备好了吗?"马兰问刘缨。

刘缨点头:"都准备停当了,只等拓跋珪来了。"

内行长和辰和梁六眷一起走来报告："代王,魏王已经率领部众开进纽垤川了。"

"是吗?"马兰兴奋起来,有些手忙脚乱:"在哪里?快领我去见他。"

刘缨怜悯地上前搀扶住马兰,小声安抚着她:"阿娘,不要着急,不要着急。"

梁六眷与和辰对望了一眼,梁六眷搔了搔头皮,抱歉地说:"代王,你别心急。魏王派人来说,他已经回到自己行宫居住了,暂时不回盛乐宫。"

马兰的心一下子落进无边的黑洞,她失望得几乎想哭出来。马兰紧咬住嘴唇,控制着自己。眼泪在她的眼眶里转了几个圈,慢慢融化了。马兰用手拢了拢额头的头发,掩饰着自己的激动。"不回盛乐?这也好,行宫离祭祀地点不远,更方便一些。这样也好,还是他想得周到。"马兰平静地说,长长嘘了口气,大声向梁六眷命令:"祭祀队伍现在出发!"她的声音十分坚定。

接到代王通知的祭祀日期,拓跋珪也经历了一番紧张的争斗,回不回纽垤川参加代王祭祀呢?回去,就意味着他依然接受代王命令,这在他是忍受不了的。不回去,又难向部众启口,大家都是鲜卑血脉,不参加这最盛大的鲜卑祭祀,还能算鲜卑子孙吗?不回去,怕是要引起大多数鲜卑将领的反对。

小不忍乱大谋。拓跋珪接受了张衮、许谦的建议,决定还是回去参加祭祀的好。为了稳定人心,为了得到部众拥戴,他必须克服个人的喜好,强迫自己去做应该做但是自己不喜欢做的事情。成就大事者,必定得有如此胸怀,韩信能忍受胯下之辱,方才成就大事。他又想起当年在长安阿娘的教诲。阿娘这教诲,让他终身受益。现在,他还是要用阿娘的教诲来对待阿娘了。

拓跋珪收拾起自己的不快,决定回纽垤川参加拓跋鲜卑的举国祭祀。从黑盐池归来,他只进行了一次战事,平定了一次小小叛逃,那就是西部泣黎大人茂鲜叛走,他遣南部大人长孙嵩追讨,大破之。八个多月的休整,连续不断的大宴,狂吃海饮,歌舞玩乐,多次的赏封班赐,部众都得到牛羊马匹,奴隶人口,珍宝财富,人人满足,各个欢欣,都死心塌地拥戴拓跋珪。拓跋珪的威望鼎盛,军队的士气鼎盛,他应该回纽垤川去。再说,他也有些怀念被他扔在行营里的贺兰。

拓跋珪带领部众回到纽垤川行营。

贺兰从营帐里狂奔出来,扑到拓跋珪的怀里。分别快一年了,贺兰几乎孤寂得要死,虽然有侍卫使女扈从伺候,她可以随心所欲地玩乐享福,可是,没有拓跋珪的陪伴,她觉得自己度日如年。听说拓跋珪大获全胜定居在河南宫,她多想去河南宫与拓跋珪团聚,共享天伦之乐,可是,拓跋珪不派人来接她,而且还警告她,不许她私自去河南宫。她不敢违抗拓跋珪的意愿。拓跋珪是那种说一不二的人,是那种绝不讲情面的人,若是胆敢违抗他的意愿,他一定要严惩不贷。

贺兰不知道拓跋珪不让他去河南宫的原因,大城夫人的事严禁传到她的耳中。

贺兰幸福地扑进拓跋珪怀抱中,紧紧搂抱着拓跋珪,把自己鲜嫩的脸蛋紧紧贴在拓跋珪满脸须髯的毛脸上,蹭啊蹭的,怎么也不想离开。

拓跋珪抱起贺兰,大步走回营帐,他已经按捺不住自己了。

拓跋珪与贺兰温存亲热之后,四脚八叉地仰面躺着,大汗淋漓,浑身瘫软,每一个毛孔都张大着。奶奶的!一年没有这么痛快过了!拓跋珪暗自笑着想,三个老婆中,数这贺兰风骚,跟她睡觉最累人,也最舒畅。

贺兰拿出浑身解数逢迎拓跋珪,自己也累得大汗淋漓,娇喘吁吁,不胜体力,不过由于旷日持久,她还是觉得意犹未尽,依然紧紧抱着拓跋珪舍不得放开。

拓跋珪亲吻着贺兰的脸蛋,笑着说:"这一年,你没有偷人吧?看你这般饥渴?"

贺兰轻轻捶打着拓跋珪,唾骂着:"灰鬼!看你说个甚?"她模仿着鲜卑拓跋的语言说,这一年她在纽垤川也学了一些盛乐的拓跋话。"每日里有那么多你的人看管我,我就是有偷人的贼心,也没有那个贼胆啊?叫你知道了,你还不活剥了我的皮啊?"

拓跋珪没声息地冷笑了几声:"知道就好!我最恨女人偷人!"那声音那么阴鸷,那么残忍,叫贺兰浑身起了一层鸡皮疙瘩。

贺兰放开了拓跋珪,娇媚地笑着问:"你呢?你在河南宫是不是又有了新女人,要不,为甚不接我过去,亏你也能忍住?"

拓跋珪哈哈大笑起来："算你聪明！我是新娶了一个小姑娘，是大秦皇帝姚苌的孙女儿，鲜嫩得像带露水的花苞一样！"

贺兰愣怔住了，过了一会，一阵号啕大哭夹杂着拓跋珪怒喝声，冲出毡帐。拓跋珪从铺上跳了起来，抽出弯刀，怒喝着："号！再号！再号我砍了你！"贺兰脸色吓得煞白，顿时止住她的号啕大哭，只是忍气吞声地抽泣着，发出一声两声控制不住的呜咽。

拓跋珪怒气冲冲，走出营帐，命令部众跟随他出发去参加祭祀活动。

在昭君墓前的广袤草原上，已经立起祭祀天地的祭坛。四十九根木人已经穿戴好白衣戴好白帻，腰围白色腰带，站立在祭坛四围。主持祭祀的大萨满盛装祭祀礼服，三牲拴在祭坛前，哀伤地低着头，等待祭祀开始。

马兰焦急地等待着，眼看着太阳正慢慢落下，这祭祀还不开始，等太阳落下草原，如何举行祭祀呢？鲜卑拓跋的祭祀，西向朝太阳而祭啊。

马兰又踮脚向北瞭望了一番，那边草原上天地之间还是见不到人影。"开始吧，不等了！"马兰阴沉着脸，发布命令。一时之间，鼓吹大作，雄壮的《阿干之歌》回荡在草原上，湛蓝的天空下。

主祭的萨满跳上祭坛，开始了祭祀的一切仪式。祭祀天地以后，马兰抱着新生的拓跋嗣祭告祖先，请求祖先保佑嗣子拓跋嗣。拓跋仪、拓跋烈、和辰、梁六眷等人也在祖先和天地前盟誓，表示他们坚决捍卫拓跋嗣嗣子地位的心愿。

拓跋珪赶来，祭祀已经进入尾声。拓跋珪感到很恼火，居然不等他到来祭祀就开始，这不是代王故意给他下不来台吗？

代王领着拓跋家族和部众正按照大萨满的指令向祭坛上的木人三跪九叩。拓跋珪冲上祭坛，一把把大萨满揪了下来，他怒吼着："你为甚不等我来？我可是拓跋家族的长孙，你居然这么目中无人！"

大萨满惊吓得面无人色，他结结巴巴、哆哆嗦嗦地说不出一句完整的话来："我……我……不是……"

马兰正专心致志地行三跪九叩大礼，听见祭坛上发出怒吼，她听出是拓跋珪的声音，急忙抬起头，看见拓跋珪正揪着大萨满衣襟红头涨脑地争吵着，她站起身，向拓跋珪呵斥道："拓跋珪，快放手！这是祭祀天地大礼，容不得你胡闹!"

拓跋珪看着母亲马兰,冷笑着:"不是我无礼,是他目中无人! 我还没到场,为甚就开始了祭祀? 这不是成心要我难看吗?"

马兰上来拉住拓跋珪,好言劝慰着:"你误会了,这与大萨满无关,是我看见太阳西下,怕天色晚,耽搁了祭祀,才下令开始祭祀的! 你为甚不早点赶来呢? 大家都在等着你!"马兰责备着。

拓跋珪甩开马兰的拉扯,恼怒地说:"我不是没来晚吗? 是你们成心要提早祭祀,干甚怪我!"

马兰惊诧地看着儿子拓跋珪,一年不见,他完全大变了,他变得脾气乖戾,变得暴躁异常,见了母亲,连个问候也没有,只是一味大发脾气。这是咋的了?

拓跋珪这是故意在伤他母亲的心,他要让迫使马兰做出绝情的举动,以使他自己心安理得,不受良心谴责。

马兰非常气愤。"你……你……! 拓跋珪! 你咋这么无礼? 你眼中还有没有你的阿娘? 有没有代王我?"

拓跋珪只是冷着脸,什么也不说。

马兰尽量压抑着自己的愤怒,继续好生劝说着:"你不要这样! 有话好好说,有话好好说。大家都盼着你回来呢!"

刘缨抱着儿子过来,劝说着拓跋珪:"大单于,不要生气,看看你儿子! 你还没有见过他呢。瞧,他都会对你笑了。"

拓跋珪听见刘缨叫他大单于,非常愤怒,他扬起胳膊抡圆了朝刘缨一巴掌扇了过去:"你叫我甚? 你敢这么叫我? 贱蹄子! 作死啊!"刘缨被打得一个趔趄,差点倒在马兰怀抱里。马兰就势搀扶住刘缨,大声呵斥着:"死犊子! 你怎么打人啊! 你!"

拓跋珪并不理睬母亲,拉着刘缨,"走!"他怒喝着,把刘缨拉得东倒西歪,脚步趔趄。

"我不走,我要跟着阿娘!"刘缨喊着哭着,用力缩着身体,却还是被拓跋珪强行拉上高车。"你是我的老婆,必须跟我待在一起!"拓跋珪喊叫着:"我的儿子,要和我在一起!"

马兰直眉瞪眼看着拓跋珪,气得浑身哆嗦,手指着他:"你……你……"一口气上不来,喷出一口鲜血,倒在地上。

第十三章　争霸天下

1.拓跋珪出计安天下　慕容垂发兵灭同宗

拓跋珪正在中山大燕宫慕容垂的寝宫里为他诵读《道德经》。慕容垂垂脚坐在雕刻得很是精致的红木椅子上，专注地听着拓跋珪诵读。

慕容垂满头白发，大腹便便，这几年，他是越来越胖，喘得厉害，走动很是吃力。自觉精力不如从前，他已经把大燕大权交与儿子慕容宝处理，自己只把拓跋珪留在身旁做伴。他微笑地看着拓跋珪诵读，心下很是安乐。幸亏有拓跋珪做伴，他才觉得日子过得很是舒心。

拓跋珪已经长成一个身材魁梧、伟岸的青年，白皙，黑蓝的眼睛，有些发黄的头发，明显的慕容家族的特点，越长越像慕容垂。他在中山这几年，为人十分谦和，待人彬彬有礼，学业进步很快，文章、品德与为人，深得大燕宫廷称赞，不少大臣私下谏慕容垂，说拓跋珪具有治理大燕的才能和威望，比慕容宝更得人心。

慕容垂不是没有动心，他也很想重新立太子，可是，他知道，慕容宝如今羽翼已丰，如若把拓跋珪立为太子，势必引起大燕朝政混乱。万一朝政大乱，他已经力不从心，难以收拾局面。而且，这拓跋珪年纪还小一些，还不能威慑众人，所以，他迟迟没有动作。

"道生一，一生二，二生三，三生万物。"拓跋珪朗朗地诵读着，读了几句，听不到慕容垂说话声，以为他又睡着了，拓跋珪停了下来，抬眼偷看了一下，慕容垂正目光炯炯地望着他，他微微一笑，又继续读着："人法地，地法天，天法道，道法自然。"

慕容垂一边听，一边思索着，等拓跋珪停顿下来，他便像过去一样开口议论："老子说得很好，这人地天道，原本合一，都要法其自然，一切人力外物作用，都不能改变。不过，我还是喜欢老子的'反者道之动'之说，你看，'祸兮福之倚，福兮祸所之所伏'说得多贴切，福祸互生，可见这人世间原本没有定规的。"

拓跋觚认真听着慕容垂的议论，微笑着补充："陛下说得很是贴切。这人世间原本就没有定规，既没有永远的福，也没有永远的祸，福祸倒是经常转化轮回，今天看来是福，明天却变成祸，所以说塞翁失马，焉知祸福？老子也说，有无相生，天下万物生于有，有生于无，也是相同意思。今天有的，明天就成了无，没有永远的有，也没有永远的无。"

慕容垂点头："我还喜欢老子说的'天之道，损有余而补不足，人之道则不然，损不足以奉有余'。治国之道，就是要损不足以奉有余，要想办法从百姓那里把他们很少的土地、财产都集中到朝廷手里。"

拓跋觚笑了："可是老子也说'民之饥，以其上食税之多，民之轻死，以其上求生之厚'。所以，损不足以奉有余太过，会招致民怨沸腾的。民不畏死，奈何以死惧之？依小子之见，老子这些话还是很正确的。"拓跋觚缓缓地说。

慕容垂沉思着，思索着拓跋觚的话，不由得频频点头称是。这小子，学业确实大见长进，对许多问题有了自己的见解。是不是该考虑重新立太子？大臣对慕容宝颇多指责，连皇后段氏到现在还是不满意于他，说他心黑寡情，说他贪婪又怯懦，将来一定要坏他大燕大事。

慕容垂正要拓跋觚接着为他诵读，只见慕容宝匆匆闯了进来。他瞪了拓跋觚一眼，径直来到慕容垂身边，伏身慕容垂耳边耳语了一阵。慕容垂显得有些惊讶，他扬起眉毛，看着慕容宝："消息确实吗？"

"当然确实。平城慕容贺麟派专使回来报告的。"慕容宝又白了拓跋觚一眼，拓跋觚急忙站起身，想告辞，慕容垂却止住他："你不要走，等会我们继续诵读。"

拓跋觚只好又坐了回去。从慕容宝的神色看出，他说的事情一定与代国有关。甚事情呢？他惴惴不安地猜度着。自从拓跋仪来中山带着张衮、许谦、燕凤逃离中山，已经快两年了。他被带了回来，慕容垂并没有怪罪他们，依然优渥地对待他。两年里，偶尔有代国使者前来纳贡，但是慕容垂再也不让他见代国贡使了，彻底断绝他返回代国的念头。他知道，由于代国纳

鲜卑国母：献明皇后

贡远没有达到慕容宝要求的数量，慕容宝气愤不已，经常在慕容垂面前叫嚣，要出兵攻打代国。好在慕容垂不想与代国打仗，总是百般阻挠。

慕容垂沉默着，慕容宝的消息让他有些震惊，拓跋珪占据河南自称魏王，挂出了新的大纛，他想干什么，难道这拓跋珪真的心存二心？去年，当慕容贺麟与拓跋珪联军打败贺兰部以后，慕容贺麟曾经私下对他说过："观拓跋珪举动，终为国患，不若摄之还朝，使其弟监国事。"可当时并没有引起他的重视。现在应验了吗？

慕容宝恨恨不已，催促着慕容垂："皇帝陛下，你快做决断吧！要不马上发兵，势必养虎为患！"

慕容垂看了拓跋觚一眼，挥手对慕容宝说："你先下去，让我好好想想。"

慕容宝恨恨地斜了拓跋觚一眼，心里说：都是这鲜卑犊子让父皇难以下攻打代国的决心！要想办法驱除他才好！他曾经几次想下手，无奈慕容垂看管严密，使他无法得手。

慕容垂看着慕容宝恨恨离去，对拓跋觚说："我们接着读吧。"

拓跋觚胆怯地看着慕容垂，小心翼翼地询问着："陛下，出了甚事？太子殿下那样生气啊？"

慕容垂想了想，叹了口气："你阿干自立为魏王了，眼下带兵南下巡视白楼。你说，我要不要出兵去攻打他啊？"

拓跋觚气急败坏，不假思索地冲口而出："陛下千万不要出兵去攻打拓跋珪！"

"为什么？"慕容垂爱怜地看着着急地满脸通红的拓跋觚，问。

拓跋觚让自己冷静下来，他努力寻找着可以说服慕容垂的理由，这理由一定要冠冕堂皇，要叫慕容垂以为自己在为大燕利益考虑才行。"是这样。"拓跋觚清了清喉咙，压抑着自己的激动，平静地说："拓跋珪自称魏王，没有得到皇帝陛下恩准，确实有些大逆不道。不过，小子以为，他拓跋珪自称魏王不过玩笑而已。他远在河西称王，不过是逞一时之快，根本没有想成甚大事。如果他有甚野心，他一定首先要取盛乐代王而代之，现在代王尚在，说明他没有取代代王之野心。有代王管辖于他，他就不能够威胁大燕。可是，皇帝陛下贸然出兵攻击他，军师远走河西，势必给长子的慕容永以可乘之机。慕容永觊觎中山，可是司马昭之心，路人皆知啊。"

慕容垂看着拓跋觚，连连点头，不断赞叹："孺子言之有理，言之有理。慕容永占据长子，终是朕之未了心病。"

拓跋觚急忙火上添油："陛下即使要去攻打拓跋珪，小子以为，也须在先平定长子慕容永以后，解除大燕后顾之忧，方可部署攻打河西方略。"

慕容垂无比喜悦地看着拓跋觚，啧啧赞叹不已："真想不到，你年纪这么轻，就如此有谋略，难得难得！真该让你……"慕容垂吞回后半句话，陷入沉思：慕容永正在勾结拓跋珪以扩大其影响，看来确实具有吞并中山燕国的念头，着实可恶的很。是除去慕容永之患的时机了。慕容永不去，中山燕国难以安稳，两个燕国，终究名不正言不顺。

慕容垂在议事殿召见群臣。慕容垂脸色庄重，缓慢地说："长子慕容永最近很是活跃，不仅与长安大秦姚苌有来往，又勾结新近自立的魏王拓跋珪，朕看他并不安心长子，终究为我心腹之患。朕召集大家，商议出兵攻打慕容永。诸卿以为如何？"

太子慕容宝阴沉着脸，首先表示赞同："慕容永一直打着燕国旗号，自立为燕国皇帝，不把父皇大燕放在眼里，还总想取而代之，实在可恶至极。如今我大燕兵强国富，财力充足，完全有能力一举剿灭慕容永，确保我大燕国地位。"

慕容垂捋着须髯，不断点头，今天慕容宝的表现令他十分满意。

司徒、范阳王慕容德，慕容垂的弟弟，他颇为慷慨激昂地说："慕容永收留丁零叛部翟燎之子，明摆着是与皇帝陛下作对，与我大燕为敌！依我之见，不平慕容永，难解我大燕心头之恨！"

慕容德的一席话更勾引起慕容垂对慕容永的愤怒。去年，归顺大燕的丁零部帅翟燎率领部落叛逃大燕，后来竟自号大魏天王，积众数万，屯于滑台与大燕对抗。慕容垂派军队攻击，翟燎死，其子翟钊做了大魏天王，继续与大燕对抗。慕容垂指挥大军攻克滑台，翟钊率余部奔逃长子慕容永，被慕容永收留。慕容垂多次讨要，都被慕容永拒绝。

"岂有此理！"慕容垂跺着脚，喊了一声。"可恶至极！不灭慕容永，朕心难平！"

慕容德火上浇油："这慕容永狼子野心，总想取皇帝陛下以代之！还经常散布，他乃慕容燕国之正统！纯属妖言惑众！不除去他，终为大燕祸患！"

太史令靳安上前起奏："皇帝陛下息怒！彗星经尾箕之分，燕党有野死之王，不出五年，其国必亡，岁在鹑火，必克长子。陛下不妨静观其变，待其自灭。"

慕容贺麟也说："慕容永固然可恨，但臣以为，慕容永尚无挑衅，本朝连岁征战，士卒疲怠，请待他年。"

一时间，众将纷纷上谏，请求慕容垂罢兵。慕容垂犹豫起来。

慕容德坚决请求出战："陛下，慕容永不除，大燕永无宁日！臣以为，我大燕现在财力充足，正是出击慕容永之合适时机！陛下！请早做决断！"

慕容垂一拳头擂在面前的桌子上："司徒之议与朕同，二人同心，其利断金！朕意决矣！且朕没老，叩囊底智足以克之，不复留逆贼以累子孙！朕亲将步骑七万伐永，不克长子，誓不还兵！众卿不必多言！"

登国八年（公元 395 年）五月，慕容垂亲率步骑大军七万，西进长子，讨伐慕容永。长子的慕容永听说慕容垂发大军讨伐长子，急忙派使到牛川请求拓跋珪支援。

登国八年（公元 395 年）正月，经过差不多一年的休整之后，拓跋珪从河西大城出发南下，一路过塞口，到殺羊原，巡视了当年宣布复国的白楼，在白楼驻扎下来。三月，他亲自征讨了柔然一个小部落，完全占据了殺羊原、牛川以及向东到赤城一带。夏四月，他又到苦水，大破苦水流域的各个部落。五月，刚刚返回白楼，便接到慕容永急使来请求发兵支援。

拓跋珪微微冷笑，与慕容族人终于发生直接冲突，这正是他巴望了许久的事情。不管慕容永和慕容垂谁赢，他都高兴，两虎相都，必有一伤，从此，他将少一个竞争对手。拓跋珪如今已经有宏大策略部署在胸，他要按照谋士们拟订的方略，一步一步，慢慢地向四方扩张，去实现他雄霸北方的宏图大计。

拓跋珪叫来张衮、许谦，一起商量对策。张衮笑着说："慕容氏相争，正是魏王得利之时。两虎相斗，必有一伤。依臣之见，魏王不若坐山观虎斗。"

拓跋珪摇头："我与慕容永有约，若不守信用，反为各路英雄耻笑。这出兵还是要出的，我不能自食其言。"

鲜卑国母：献明皇后

许谦急忙奉承："魏王所言极是。魏王以仁信传名天下，必将招致更多部落归附。魏王还是要派兵去援助长子慕容永。不过……"说到这里，许谦拈着自己稀疏的须髯狡黠地微笑着停了下来，看看张衮，又看看拓跋珪，三人目光对视了片刻，交换了想法，一起哈哈大笑起来。

"长子附近尚有一些没有归顺的山胡，像类拔部，部帅是刘曜，魏王出兵河东，若先破此部，拖延时日，以坐山观虎斗，乃一石二鸟之计。"张衮笑着点头："许先生谋略更其精到。"

"屯兵秀容①，顺便征讨那里的匈奴残部，一举两得，何乐不为？"拓跋珪笑着拍了拍许谦的肩头："卿更为狡诈，更老谋深算！好，传拓跋虔将军！派他率领五万军队东渡河以救长子！"

"明修栈道，暗度陈仓。明救长子，暗取刘曜！"拓跋珪哈哈大笑，笑声震动着营帐。

慕容垂听说拓跋珪派拓跋虔率五万军队东渡河救长子，于是命令军队驻扎路途中，不敢继续前进。

不久，慕容垂得到探报，说拓跋虔的军队在秀容附近攻击类拔部，驻扎在秀容，以安置迁徙类拔部落到云中，一直迁延不前。慕容垂很高兴，知道拓跋珪并非诚心援助慕容永，便立即挥师直奔长子，把长子紧紧包围起来，围得如铁桶一般。

拓跋珪听说慕容垂紧紧包围了慕容永，长子慕容永已成慕容垂瓮中之鳖，他便即刻调回自己的军队，去实施他打击北方柔然及杂胡各部的部署。他首先要去收拾收留刘卫辰儿子勃勃的薛干部。拓跋珪非常恼怒薛干部，薛干部收留勃勃以后，他多次派人向薛干部帅太息佛索要勃勃，可太息佛总是不交出，继续让勃勃留在薛干部落。

夏七月，拓跋珪调回拓跋虔的五万军队回到纽垤川新台，大宴群臣，祭祀天地，训练部队。八月，车驾亲自征薛干部于三城，此时，太息佛正出征，三城空虚，拓跋珪乘虚而入，屠城，获太息佛之子珍宝，带着薛干部人口到纽垤川安置。

---

①秀容：今山西忻州附近。

太息佛听说拓跋珪来攻，回兵不及，只好逃奔姚兴。九月，拓跋珪返回河南宫。

2.思念拓跋嗣马兰行营劫母子　招抚拓跋珪代王中山求救兵

代王马兰躺在盛乐寝宫的炕上，从去年秋八月祭天吐血晕倒在草原上，她卧炕不起已经快一年天气。这一年，经过调养，身体慢慢恢复过来，现在已经能够下地，也能够与群臣商议商议国事。

魏王拓跋珪已经彻底脱离了她的辖制，她已经是鞭长莫及，现在的代宫，只不过成了个空架子，她只能管辖盛乐城这千把人。好在那些代宫里的内臣还忠心耿耿地跟随着她，捍卫着她和盛乐。

对拓跋珪，她已经彻底绝望了，不再期盼着他能够回心转意，但是她极其想念刘缨和去年刚刚降生的长孙，她命名的拓跋嗣。刘缨被拓跋珪强行带回纽垤川巡台行营，就再也没有机会回来。她多次派人去接她回来，都被拓跋珪的亲信阻挡。

对拓跋珪的行踪，她还是清楚的。八月纽垤川祭祀天地之后，拓跋珪立即带着刘缨回河南宫，他在河南宫举行大宴，庆祝儿子出生。正月，他南巡，回到纽垤川，把刘缨和拓跋嗣送到行营居住。他自己带着贺兰，率领队伍到白楼，三月，西征吕邻部，四月，在苦水大破吕邻部，六月，北巡，派拓跋虔援助长子慕容永。

"一定要让拓跋嗣和刘缨回到我身边。"马兰想着，慢慢坐了起来。

"去叫内行阿干和辰和梁六眷来。"马兰对使女说。

和辰和梁六眷很快来到马兰寝宫。马兰已经梳洗完毕，坐在炕上，一边吃早餐，一边等待着他们的到来。

"代王召见我们？"和辰和梁六眷拜见了马兰，垂手恭立在炕前。

马兰饮了一碗热气腾腾的鲜牛奶，吃了几口炒米，几块羊肉，让使女收拾了炕几上的盘碗，换上几碟奶皮、奶豆腐和干果，一碟金黄的大杏，一盘水灵灵的鲜桃。

"坐了吧。"她指了指对面的炕沿，让和辰和梁六眷坐。和辰和梁六眷拉过马凳，并排坐了，等着马兰开口问话。

马兰拈起一枚金黄的大杏,放嘴里慢慢咬了一小口,才看了看和辰和梁六眷,很随意地问:"大单于现在在干甚呢?"

梁六眷欠了欠身体:"回代王,大单于从牛川回到河南宫,派拓跋虔率领五万军队东渡河到长子去救慕容永。"

马兰轻轻地"哦"了一声,接着问:"大阏氏是否还在行营居住?"

和辰点头:"回代王,大阏氏在行营住。"

"拓跋嗣可在?"马兰又追问了一句。

"在。拓跋嗣与大阏氏在一起。"

"贺兰呢?"

"贺兰被大单于安排到牛川行营,经常跟随大单于出巡。"

马兰苦笑了一下,小声嘟囔着:"他倒很会享福呢。一个地方留守一个老婆。"她抬眼看着梁六眷和和辰,说:"你们去安排一下,我要去行营探望大阏氏和拓跋嗣。"

梁六眷和和辰互相看了一眼,梁六眷喝嗫着说:"代王大病初愈,恐怕不合适出行吧?何况,大单于行营,有拓跋遵率兵把守,不让他人去看望。代王是不是再斟酌斟酌?"

马兰脸色一沉:"我去探望我的儿媳与孙子,谁敢阻拦?他拓跋遵不过百多人,我们不是还有千把侍卫吗?怕他咋的?"

和辰看了看梁六眷,明白了马兰的用意,他急忙起身:"我这就去安排。代王放心,我们一定让代王见到大阏氏母子。"

阴山脚下,靠近过阴山白道的纽垤川上,绿色草原翻腾着绿浪,夏六月的草原风光旖旎,各色野花盛开,小凉风掠过草原,绿草摇曳,百灵在草丛里歌唱,鹰鹞在碧空下翱翔,寻找猎物。一只野兔从洞穴里窜了出来,直起身子,警惕地四下张望,见没有危险,便洞里发出信号,几只兔子从洞穴钻了出来,在碧绿草丛里跳跃、觅食、玩耍。一只老鹰倏忽从碧空俯冲而下,转瞬便用一双铁勾似的利爪抓起一只小兔,小兔在老鹰的利爪下拼命挣扎着,被老鹰带上蓝天,转瞬消失在碧空里。

山脚下,一条清澈的小河穿越阴山,从山谷里潺潺流了出来,向山脚下的草原流去。河畔是一片几十顶白色毡帐组成的营地,好像绿草地上盛开

485

着的白色蘑菇一样。几十顶毡帐围在一起，坐北朝南，被木栅围着。最前面最大的一座毡帐，最为华丽，毡帐上装饰着漂亮的图案，前面竖着一竿高高的戟形旗杆，挂着一串骷髅，一面迎风飘扬的金色狼头大纛，在小凉风里发出清脆的哗啦啦声音。这就是拓跋珪在纽垤川的行营。

刘缨抱着儿子拓跋嗣走出那座最大最华丽的毡帐，伫立在毡帐前的草地，出神地看着老鹰捕猎野兔的惊心动魄的场面。女儿在草地上追逐着蝴蝶，嘻嘻哈哈地喊着、笑着。怀抱里的儿子拓跋嗣拍着双手，在母亲怀抱里不安生地挣扎着，看来是想下地玩。使女走过来，抱过拓跋嗣，把他放到碧绿的柔软的草地上，照看着让他在草地上爬来爬去。

刘缨遥望着南方，她很思念在盛乐的婆母。已经快一年了，她都没有再见到马兰，婆母的身体恢复了没有？想起婆母的病，刘缨的心里就滋生出对拓跋珪的强烈不满。太绝情了，他把自己亲生母亲气得吐血，却连看望都不去看望，而且还禁止她前去探望。怎么这样无情呢？当年可是母亲含辛茹苦把他抚养成人，而且辅助他复国，现在却这么对待她！

刘缨心里怨恨着拓跋珪。拓跋珪现在早就不是几年前的拓跋珪，他变得冷酷无情，又贪婪美色，早已失去了当年对她的一片温情。河南宫里有大城夫人，身边有贺兰，拓跋珪把她这原配大阏氏安置在行宫里，难得见上几面。不是她生了拓跋嗣，还不知道他会如何对待她呢！①

那边拓跋嗣哇哇哭了起来，他被草绊住手脚，纠缠不开，就躺在草地上人声哭。刘缨急忙跑了过去。女儿捧着一捧花草蹒跚跑过来，喊："阿娘，来了一队人！"

刘缨抱起拓跋嗣，顺着女儿的手指方向望去，果然看见南边草原上滚来一队人马，她心中一喜：魏王拓跋珪回来了。虽然她心中怨恨他，却也还是盼望着他来到她的身旁，与她相守住些日子。

刘缨踮起脚尖，望着。

守卫行营的拓跋遵带着人马跑了过来。他的任务是守护魏王行营，为魏王看护纽垤川草原的放牧人家。纽垤川已经迁徙来许多被魏王征服了部落，有柔然，高车，山胡，他们被迁徙到纽垤川草原上，在拓跋遵和他的军士

---

①刘夫人：《魏书·皇后列传》："以铸造金人不成，故不得后位。魏故事，后宫产子将为储贰，其母赐死。太祖末年，后以旧法薨。"

的看管下，为魏王放牧和蓄养牲畜。

"上马！"拓跋遵命令着。他的士兵都翻身上马，打马在行营周围转着，警惕地守卫着行营，注视着南边队伍。

南边队伍越来越近。队伍前面迎风招展着一面黑色狼头大纛，上面绣着"代"字。

"是代王！"刘缨欢欣雀跃，抱着拓跋嗣向队伍跑了过去。

"阏氏，等等！"拓跋遵打马赶了过去。

刘缨站住脚步。拓跋遵在马上抱拳行礼："大阏氏你不能走出行营，这是魏王的命令！"

刘缨愤怒得涨红了脸："代王来了，我难道都不能去迎接一下吗？"

拓跋遵只是连连行礼："大阏氏见谅，小弟只是遵照魏王命令行事，他吩咐过，不许营地家眷走出营地，也不许外来人进入营地！小弟只能依照魏王命令行事！不敢有所违抗！"

刘缨喊着："代王也不许进入营地吗？她可是魏王的亲娘啊！"

拓跋遵沉着脸，面无表情地说："魏王吩咐过，任何人不得进入营地，不管是谁！"

"岂有此理！"刘缨怒喝着："魏王不可能下这种不近情理的命令！你休得假借魏王命令干涉我的行动！"说着，抱着拓跋嗣继续向营地外走去。

拓跋遵把马横在刘缨面前，从腰里掣出拓跋珪赏赐的腰刀，在空中啪啪连劈了几下，大声说："大阏氏，你可认得这腰刀？这是魏王特意赏赐我的，他命令我，如果有人胆敢不听命令，可以先斩后奏！大阏氏，你要再往前走一步，小弟的腰刀可要得罪大阏氏了！"

刘缨愣怔在原地。这拓跋遵，是什翼犍子寿鸠的长子，少而壮勇，不拘小节，忠勇好酒，恭谨听命，决不变通。拓跋珪正是看中他这一点，才派他来守营地。

拓跋遵带领着他的士兵，警惕地把守着营地。

南边草原上的马队越来越近。感受到紧张气氛的拓跋遵的坐骑喷着响鼻，发出嘶鸣，不安地甩着尾巴，前蹄刨着地面。拓跋遵用力勒着马嚼子，极力控制着让它平静，警惕地看着前来的队伍。

马兰的马队来到行营前面，和辰打马上前，呵斥拓跋遵："拓跋遵，代王

鲜卑国母：献明皇后

在此,还不下马前来拜见?"

拓跋遵马上拱手:"代王,侄孙儿拓跋遵这边有礼了。请饶恕侄孙儿有重任在身,不能下马拜见代王!"

马兰笑着回答:"不下马拜见也就算了。我要去见大阏氏,请放行吧。"

拓跋遵马上拱手:"代王赎罪!魏王有令,不许任何人进入营地!拓跋遵不敢从命!"

刘缨抱着拓跋嗣隔着栅栏喊:"代王!媳妇见过代王!"

马兰见刘缨抱着孙子拓跋嗣,高兴地喊着,在侍卫的搀扶下翻身跳下马,向栅栏跑去。

拓跋遵却打马冲了过来:"代王,不许入内!"他扬起手中的弯刀,朝空中劈砍着。和辰和梁六眷率着侍卫冲了过来,拦住拓跋遵。拓跋遵向自己的兵士大声喊着:"拦住她!不许她入内!"可是士兵毕竟害怕代王,谁也不敢上前,只是在马背上挥舞着武器咋呼着喊,并不真正上前拦截。

马兰跑进栅栏,与刘缨拥抱在一起。她流着热泪亲吻着孙子拓跋嗣,拓跋嗣有些认生,撇着小嘴要哭的样子。孙女却跑上来,紧紧抱着奶奶的腿,亲热地喊着奶奶。马兰放开拓跋嗣,蹲下来抱住孙女,又哭又笑。

"跟我回代宫去吧,这行营里终究不如代宫生活方便。"马兰扫了一眼行营毡帐,说:"这毡帐没有热炕,拓跋嗣会落下病根的。你看你都瘦了许多,可怜见的,快跟我回去吧,我那里有高车。"马兰拉住刘缨的手,小声说。

刘缨看了看营地周围的士兵,摇头:"怕是出不去,拓跋遵日夜带领士兵守卫着营地,我想回盛乐看看,就是出不去。"

马兰瞟了瞟拓跋遵,他在梁六眷率领的侍卫包围圈中转来转去,一直无法冲出包围,急得在马背上哇哇乱叫。

"跟我回去住个把月,我再送你回来。"马兰劝说着:"我实在太想拓跋嗣了,让他回去跟我住个把月吧。"

刘缨有些心动,她把拓跋嗣交给马兰:"代王,你抱上他,我拉着女儿,我们慢慢走出营地,看他们咋办。"

马兰抱起拓跋嗣,贴着他的嫩脸蛋,一边逗着他,一边向栅栏外移动。刘缨拉着女儿,悄声对女儿说:"你装作捕蝴蝶,跑出去。快跑。"她轻轻地推了女儿一把。聪明的小姑娘马上张着手喊了起来:"阿娘,你看,那只蝴蝶多多好看啊！”一边喊，一边向栅栏外跑去。

刘缨张着双手喊着：“慢点跑，小心摔跤！”一边向女孩追了过去，也跑出栅栏。

马兰笑着喊：“看你们娘俩多疯！孩子都不要了！”说着在拓跋嗣的屁股上拧了一把，拓跋嗣哇哇哭喊起来：“娃娃哭了，快给你！”马兰也快步走出栅栏，向刘缨母子追了出去。把守栅栏的士兵笑着，看着刘缨母子追逐着蝴蝶乱跑，也没有阻拦抱着拓跋嗣的马兰出来。马兰抱着拓跋嗣快步向自己的队伍走了过去。梁六眷急忙带着人赶了过来，把马兰围了起来，簇拥着她走向高车。

拓跋遵被和辰和侍卫团团围着，不得脱身，看着刘缨母子也向高车跑过去，他着急地大声呼喊着自己的兵士：“快去抢回大阏氏，不能让她跑了！”几个士兵打马跑了过来，被梁六眷率领的侍卫拦住，无法接近刘缨。刘缨抱着女儿，跟着马兰钻近高车，车夫鞭打着骆驼赶着高车向南边拼命奔去。梁六眷和和辰率领着侍卫队伍在后面边战边退，阻挡着拓跋遵的追赶。高车很快消失在草原的绿色中，梁六眷和和辰也率领着侍卫队伍摆脱了拓跋遵，迅速赶了上来。

马兰抱着拓跋嗣，不断亲吻着，喃喃地说：“想死奶奶了，想死奶奶了。”

刘缨搂抱着马兰的肩头，把自己的脸紧紧贴在马兰的脸上，也是喃喃自语：“阿娘，我也想死你了。你的身体好了吗？”

马兰亲热地拍着刘缨的手背：“你真是我的好女儿。难为你一直想念着我，更难为你能跟我回盛乐。拓跋珪不知道会怎样生气呢，你不怕他生你的气？”

刘缨噘着嘴：“管他呢。反正他现在早就变了心，他的心早就不在我身上了。打仗有贺兰跟着，不打仗回河南宫，有大城夫人跟着，哪有我的份啊？”

贺兰拍着她的手背安慰着：“也不能那么说。你总是原配大阏氏，是第一夫人，这位置谁也夺不去。何况你的儿子是代国储君，这已经诏告天下，谁也改变不了。他不敢把你咋样，何况，他还是喜欢你的。”

刘缨紧紧抱着马兰：“我有阿娘疼，就心满意足了。我愿意陪伴阿娘，伺候阿娘。他那里，就让贺兰和其他夫人去伺候好了。”

马兰爱昵地戳了戳刘缨的额头："傻女子，别说这话。跟我住些日子，等他回行营，你再回去伺候他。他是你男人，你哪能不伺候他呢？哪能守着我过日子？我只是想念你们，想让你们娘俩来陪我住几个月罢了。"

刘缨眼睛里含着一汪眼泪："即使我想伺候他怕也做不到。他很少回这里，把我留在行营，就好像坐牢狱似的，形单影只，度日如年。"

马兰叹息着："可怜见的，还是我们娘俩住在一起的好。"

刘缨抚摩着马兰的肩膀："阿娘也是孤单单的一个人，几个儿子都不在身边。"

马兰把刘缨接回盛乐，派和辰去河南宫劝说和招抚拓跋珪。

和辰第一次见到河南宫，他不禁为河南宫的气派感到惊讶。与河南宫比起来，盛乐的代宫不过几所土院落而已，哪能称作宫殿啊。

拓跋珪在内殿里接见和辰。和辰拜见了拓跋珪，送上代王马兰的礼品，便苦口婆心劝说拓跋珪回盛乐，不要与代王分庭抗礼。

拓跋珪冷笑着："儿马长大，总有分群的时候，难道代王连这也不懂，我能一辈子受她控制吗，她对大燕皇帝情深意切，她能同意我与大燕决裂，我不仅要与大燕决裂，还要消灭大燕，她能同意吗，我不离开她，如何实现我的抱负？"

和辰还是劝说着："代王劝魏王，不要忘记当年在长安的情景，不要忘恩负义。代王希望你能够知恩图报！不要以怨报德！"

"妇人之见！甚知恩图报！甚是以怨报德？大丈夫顶天立地，以创立不朽大业为最高抱负，从来不以个人恩怨为衡，要想成就大业，必须不顾任何个人恩怨！我可不想被她这妇人之见所拖累！"拓跋珪情绪激动，慷慨激昂地说。"不过，请你转告代王，我毕竟是她的亲生儿子，我会保证她在盛乐的地位，请她放心！她可以继续在盛乐称代王，我还会继续保护盛乐与代宫的完全，继续供给盛乐与代宫的一切必需。请代王完全放心！但是，也请转告代王，不必干涉我的事情！"

和辰直摇头，自己根本无法说服拓跋珪了，他沉思了一下，只好把代王最不想说的话说了出来："代王说，如果魏王一意孤行，她将扣押魏王妻儿，直到你回心转意为止！"

拓跋珪勃然大怒:"甚话?扣押我的妻儿?"他几乎要暴跳如雷地咆哮起来。不过,他立刻控制了自己的情绪。在母亲教育下形成的极强的控制能力,使他很快平静下来。

他想了想,苦笑着:"阿娘替我照管妻儿,我正求之不得。不过,你转告代王,好好照顾我的妻儿,我在这里谢谢代王了!可是,我的儿子是代国大统继承,也是代王的心肝宝贝,如果有了差池,不要怪我拓跋珪无情。"

贺兰扭动着沉重的身躯从后面走了出来,她听到和辰的话,咯咯笑着说:"魏王,随她扣押她们母子好了,我这里马上就要给你新添个儿子,等我的儿子落生,你让他当你的嗣子。"

和辰脸色大变,他急忙摆手:"贺夫人不敢乱说,不敢乱说!不管历朝历代,嗣子都是属于嫡长子的,这是不可改变的!嗣子早就确定了,如果随意改变,必将引起部将反对,引起内部纷争!"

拓跋珪知道和辰说的是事实,急忙呵斥着贺兰:"不得乱说!再乱说,看我不惩罚你!"

贺兰仗着拓跋珪平素的宠爱,根本不怕拓跋珪的威胁,她还是嬉皮笑脸地说:"看内行阿干说得多怕人啊!这嗣子不是魏王自己立的吗?他想立哪个儿子,就立哪个儿子,谁敢干涉?"

和辰浑身颤抖,脸色煞白,他严厉地驳斥着:"贺夫人,话不是这么说的!立嗣子之事,魏王曾经答应过代王,而且东平公与臣等都在祖先和天地面前盟誓,要坚决保卫拓跋嗣地位的,这可不是儿戏啊!搞不好,可是要引起内部混乱的!魏王,你说是吗?"和辰转向拓跋珪,战战兢兢地问。

拓跋珪不想节外生枝,来增加自己与部署的冲突,便厉声呵斥贺兰:"你出去!不要在这里害事!"拓跋珪推了贺兰一下,贺兰见拓跋珪真的变了脸色呵斥她,脸上早就有些挂不住,又被拓跋珪推了一下,更是觉得委屈,就趁势一屁股坐到地上,哇哇哭喊起来。

拓跋珪真的恼怒了,他抡起巴掌,朝贺兰扇去。

贺兰被拓跋珪打了一巴掌,脸上火辣辣地疼,她索性抓住拓跋珪的袍襟,惊天动地般哭喊起来:"你打我,我不活了,你打死我算了,把我们母子打死吧!"一边哭喊着一边在拓跋珪身上脸上到处乱抓乱挠,不一会,拓跋珪的脸上就被抓了几道血痕。

鲜卑国母:献明皇后

491

和辰见状,知道无法继续与拓跋珪谈下去,急忙告退。

听着和辰的禀报,马兰一脸忧郁。拓跋珪已经彻底背叛了她,这令她伤心不已。以后怎么办呢?相信他所说的,母子各自在河北、河南做代王、魏王,互不侵犯,互不干涉?

马兰心里明白,拓跋珪不会让这种局面持续很久,当他自以为时机已到,他一定会想办法结束眼下这局面,让魏王的大纛取代代王大纛的。他不会甘心居于河南宫,而放弃盛乐一带肥美的草原与辽阔地域的。代地,才是拓跋的祖地,他不会放弃祖地的。总有一天,他拓跋珪要回盛乐,让盛乐也飘扬起魏王的大纛。

该怎么办呢?马兰苦苦思索着。

"要不出兵去讨伐大单于?"和辰惴惴不安地小声提议。

马兰摇头,苦笑着:"就我们这点人马,如何能与他抗衡啊?不是以卵击石吗?"

"要不去求慕容垂出兵来救?"梁六眷谨慎地说了一句。

马兰心里一动。这未尝不是个办法?要是自己去求慕容垂,他不会不管的。慕容垂新近灭了长子慕容永,气焰正盛,力量正强,他要是派兵来救,对拓跋珪会形成威胁的。只要慕容垂出兵,迫使拓跋珪放弃魏王名分,继续以大单于身份侍奉代王和大燕皇帝,她就会让慕容垂收兵。

"这样行吗?"马兰看着梁六眷,犹豫地问。

梁六眷把握不大,他口气有些游移不定:"也许可以。病急乱投医罢了。"

"你说呢?"马兰又把明亮的目光转向和辰,征询地问。

"不妨试试吧。我也说不准。"

"大燕皇帝会发兵吗?大单于拒绝进贡好马,已经得罪于大燕,怕是大燕不肯发兵。"和辰又补充了一句。

"虽然大单于拒绝进贡好马,可我们还是以代王名义每年进贡的,大燕不至于太过绝情。"梁六眷看着马兰,反驳着和辰:"何况还有拓跋觚在燕,听说很受大燕皇帝慕容垂喜爱。"

提到拓跋觚,马兰的眼睛有些暗淡。好几年没有见到拓跋觚了,她那么

鲜卑国母:献明皇后

想念他,想念自己这最小的儿子。路途遥远,关山阻隔,她无法飞越关山去中山见他。她也思念慕容垂,想念在长安的幸福日子,可是,她更无缘见到慕容垂。甚时候得见一面诉诉衷肠呢?

慕容垂不会拒绝她的请求。马兰很有把握地想。假如真的去向大燕请求发兵威胁拓跋珪,以后这母子关系还能不能维系下去,拓跋珪会不会嫉恨于她?想到这里,马兰又犹豫起来。

和辰和梁六眷对视了一眼,知道马兰下不了决心。梁六眷试探地问:"代王,我秘密去中山一趟,先去看看形势,你看如何?"

马兰终于点了点头:"也好,你先去一趟大燕。一定要十分机密,不能让任何人知道,尤其不能让河南宫的人知道一点风声。"

3.拓跋珪谋划取大燕 慕容垂计谋攻北魏

八月,拓跋珪征服薛干部,屠三城,获太息佛之子珍宝,太息佛赶赴不及,走奔姚兴。九月,拓跋珪凯旋回河南宫。这时,也传来慕容垂灭慕容永的消息。这消息,叫拓跋珪又高兴又担心。高兴的是,慕容垂灭了慕容永,使他少了一个敌人,担心的是,慕容垂灭了慕容永,这大燕力量更强盛了许多,眼下他更难于跟慕容垂对抗。拓跋珪决定把自己的兵力全部转到河南以养精蓄锐,让拓跋仪和拓跋烈兄弟屯田河北五原,准备充足的粮草,以等待合适机会。

拓跋珪眼下只有一个顾虑,那就是作为质子的拓跋觚在大燕手中,如果自己主动去进攻大燕,部将一定会认为自己无情无义,竟然可以不顾亲兄弟死活,这会影响自己在部将中的威信,尤其会让拓跋仪、拓跋烈兄弟寒心,万一他们与自己离心背德,自己雄霸天下的大业定要受许多影响。拓跋觚活在大燕,他暂时不能主动出击,一定要创造一个名正言顺的理由。有什么名正言顺的理由呢?

最好引诱慕容垂主动来讨伐,拓跋珪想。有什么办法引诱慕容垂派兵主动来讨伐呢?他在河南宫的华丽寝宫走来走去,苦思冥想。这心思不能向张衮、许谦等人透露,只能他独自思谋。

慕容垂之所以不进攻代国,这原因拓跋珪心知肚明,慕容垂难以忘怀与母亲在长安那一段刻骨铭心的情义。要是能够制造出谣言，说母亲遭自己的囚禁，不就可以引诱慕容垂出击代国吗？

或者让大燕害死拓跋觚，不就有了名正言顺讨伐燕国的理由了吗？对，让燕国害死拓跋觚，自己高举为弟复仇的旗号，多理直气壮啊，多有号召力啊！正义之师，师出有名，军队一定同仇敌忾，众志成城！

拓跋珪以手加额，在河南宫高大华丽的寝宫里走来走去，思谋着各种办法。

应该去联络慕容贺麟，拓跋珪想。慕容贺麟几次与自己合兵行动，关系密切，如果说服慕容贺麟私放拓跋觚，也许有用。

拓跋珪私下派了几个人，前往平城慕容贺麟的驻地，去说服慕容贺麟想办法放他弟弟拓跋觚回盛乐。慕容贺麟是慕容垂的大儿子。慕容垂有六个儿子，慕容贺麟、慕容普麟、慕容辽西、慕容高阳、慕容宝、慕容熙。当年在长安，唯有这慕容贺麟与慕容熙待拓跋珪兄弟友好。驻守平城的慕容贺麟很是同情拓跋觚，决定派人回中山，想办法救出拓跋觚。

得到慕容贺麟的应允，拓跋珪又让几个人潜入中山，去见太子慕容宝，把慕容贺麟要救拓跋觚的消息透露给他。

太子慕容宝去拜见大燕皇帝慕容垂。灭了慕容永，举国欢欣，皇帝慕容垂也是喜不自禁，天天宴饮作乐，让拓跋觚陪伴着他，与他一起欢乐。

"父皇，到现在为止，还未见代国前来进贡。代国已经连续三年没有进贡好马了，父皇，你能容忍代国如此怠慢吗？"慕容宝愤愤不平地说。

慕容垂挥手，很不以为然地说："算了，算了，代国不比其他附庸，不必追究她了。"

太子慕容宝并不放弃，他上前，走到慕容垂面前，很不客气地对拓跋觚说："你先回避一下，我和父皇有要事相商。"

拓跋觚看了看慕容垂，起身离去。

慕容垂不高兴地瞪了儿子慕容宝一眼："你这是干什么？他又不是外人，何必撵他走？"

慕容宝恨恨地说："我不放心他。刚才得到密报，说拓跋珪派人去联络贺麟，想让贺麟回来私放他回代国。你还说他不是外人？我还得到密报，说拓跋珪在河南宫养精蓄锐,大肆练兵,不断收复河北河南土地,而且不断吞并北地部落,河北、河南、河东、河西大片土地都落入了拓跋珪手中。如此下去,拓跋珪势必成为大燕在北方的最大威胁。他背信弃义,三年未向大燕进贡,难道大燕还要忍耐下去不成?"

慕容垂听着太子慕容宝的分析,拈着须髯沉思着。太子慕容宝的分析似乎很有说服力,但是他依然下不了讨伐代国的决心。他十分怀念他与马兰那段深情。再说,马兰送拓跋觚来到自己身边,已经表明她的心意,她不会与大燕为敌的。

慕容垂摇头,"代王不会与大燕为敌,这事不必再提。"

慕容宝心里骂着:都是拓跋觚那犊子作怪,影响父皇决断,不除去他是不行!

"父皇,你不能再宽容代国了,当断不断,反受其害!你对代国的宽容,已经是养虎为患了!再不出兵讨伐,那拓跋珪一定要先发制人了!"

"那你说该怎么办?"慕容垂被慕容宝说得有些动了心,便反问慕容宝。

"立即发兵代地,去收五原粮食,同时择机渡河进攻拓跋珪。先灭魏王拓跋珪,盛乐代王那里可以暂时不触动。"慕容宝看着慕容垂的脸色说。

慕容垂想了一会说:"也罢,依你之见,发兵去五原收粮。今年大燕粮食歉收,实在需要去北地弄些粮食来充实大燕国库。"慕容垂同意了慕容宝的建议。"不过,拓跋珪如果不来攻击,你也不必主动出击。你的任务只是去征集粮食。粮食到手,你就返回中山。另外,也不要去进攻盛乐,代王一个女人,并不威胁大燕,何况拓跋珪已经架空了她,她的代王位置有名无实了。"慕容垂叹了口气补充说。刚才,他与拓跋觚见到代国派来的一个秘密使者梁六眷,梁六眷向他讲述了代王目前的处境,话语间,透露出代王马兰似乎有请求他发兵代地去威胁一下拓跋珪,让拓跋珪放弃魏王称号的想法。既然如此,他何不一石二鸟,发兵进五原呢?

慕容宝不大乐意地说了声"知道了",便离开慕容垂去部署出征。虽然他口头上答应慕容垂,心眼里却打着自己的算盘。这一次出征代地,既要灭了拓跋珪,又要一举灭代,以图囊括塞外全部土地,扩大大燕舆图,等慕容垂去世,他慕容宝要做天下大皇帝!他不能容忍拓跋珪和代王的存在!

鲜卑国母：献明皇后

495

4.拓跋珪誓师大河边　慕容宝兵变五原城

　　慕容宝走出昭阳宫，来见赵王慕容普麟。虽然弟兄不和睦，但是，在大问题上赵王还能听从太子调遣。

　　慕容宝向赵王慕容普麟讲述了皇帝慕容垂出兵攻打代地的想法，向他讨要方略。

　　慕容普麟说："代国与我尚未完全决裂，现在直接出兵攻打盛乐不是上策。既然大燕粮食不足，不如先带兵去五原，以收缴粮食为借口，占领五原，在五原造舟以渡河。他龟缩在河南，怕是一时难于攻打成功，需慢慢对付。"

　　慕容宝同意慕容普麟的意见。

　　"好吧，依你之见，五月发兵五原，边收谷边造舟。我与你率领大军八万，直上五原，派范阳王慕容德另率步骑两万做后援。"

　　驻守在五原的拓跋仪和拓跋烈，得到大燕军队北上的消息，急忙派人报告拓跋珪。拓跋珪仰天大笑："他们果然来了！正合我意！我就怕他们不来呢！"

　　张衮拱手："魏王，可否听听臣之鄙见？"

　　"卿有何高见？"拓跋珪看着张衮，很是恭谨地问。

　　张衮上前一步，小声说："眼下慕容宝乘滑台之功，因长子之捷，倾资竭力，难与争锋。愚以为宜嬴师卷甲，以侈其心。"

　　拓跋珪重复着张衮文绉绉的话语："嬴师卷甲，以侈其心？是不是让军假装疲劳失败退守回来，以迷惑慕容宝？"

　　"魏王圣明，此乃臣意。"张衮笑着。

　　拓跋珪深思了一番，猛然拍手："好！就依左长史之意！嬴师卷甲，以侈其心！马上传令东平公，命令东平公撤回河南朔方①，让五原给慕容宝！我们也唱出空城计给他。"说罢哈哈笑着。

　　东平公拓跋仪和拓跋烈按照拓跋珪的部署，把队伍、人口和牲畜全部撤回河南。

---

　　①朔方：在今内蒙古乌拉特前旗西北，大河南。

慕容宝和慕容普麟率领八万大军从中山出发,顺利来到五原①,没有遇到拓跋珪军队的抵抗。到达五原,已是七月,正是河套肥沃土地收割的时候,满眼望去,黄澄澄的穄子谷穗沉甸甸地压弯了腰,一看就是一个丰收年。慕容宝喜气洋洋地命令军队收割庄稼,收获了百余万斛穄子,准备运送回中山。五原一带的部落,三万余家,失去了保护,便纷纷归附了大燕。

慕容宝在河北五原、黑城住了下来,监督着军士砍伐树木造舟,准备渡河去攻打拓跋珪。

河北,大燕军队伐木造舟,一片热闹。河南,拓跋仪静静把守朔方渡口,两军隔着滚滚大河相望,旌旗相向,遥相对峙。

拓跋珪在河南宫里紧张地想着办法。大燕军队士气正盛,他要小心避其锐气,不与大燕正面交锋。撤回拓跋仪五原军队,虽然损失了一些粮食和部落,但是,可以麻痹大燕军队,还是值得的。大燕军队在河北造舟准备渡河,他得小心应付。虽然说大河不是那么容易渡过,但慕容宝八万大军压境,还是引起河南的恐慌。

拓跋珪与许谦、张衮等商议对策。

"只有去向大秦姚兴请求支援了。"拓跋珪看着左右长史,拈着须髯,沉稳地说。

许谦和张衮都同意魏王拓跋珪的看法。

拓跋珪看着许谦,说道:"当初卿入大秦拜见姚苌,与姚苌有过交往,非卿不能致姚师。有劳卿驾,亲去长安,请姚兴派兵前来支援。"

许谦略一沉吟,说:"姚苌新亡,姚兴继位,想来说服其派兵支援还是可以的,臣定不辱使命。"

许谦日夜兼程赶到长安,见了大秦天王姚兴,送上礼物,把拓跋珪请求援兵的意思说了一遍。唇亡齿寒,他姚兴也害怕日益强大的大燕灭了代国,而后向大秦进发。何况,拓跋珪还是他姚兴的乘龙快婿,他如何可以见死不救呢?姚兴很痛快地答应了拓跋珪的要求,派驻守在上郡的将军杨佛嵩率领步骑劲旅去支援拓跋珪。但是,将军杨佛嵩对此次任务并不热心,他行动

①五原:在今内蒙古包头市西北。

497

鲜卑国母:献明皇后

迟缓,迟迟不愿出发。

拓跋珪心如火燎,他让许谦致函给杨佛嵩,晓之以理,动之以情。许谦写了一封情真意切的信给杨佛嵩。

许谦写:"夫杖顺以翦遗,乘义而攻昧,未有非其运而显功,无其时而著业。慕容无道,侵我疆场,师老兵疲,天亡期至,是以遣使命军,必望克赴。将军据方邵之任,总熊虎之师,事与机会,今其时也。因此而举,役不再驾,千载之勋,一朝可立。然后高会云中,进师三魏,举觞称寿,不亦绰乎?"

杨佛嵩读了许谦的信函,幡然悔悟,倍道兼行,赶到代地。许谦与他设案盟誓:"昔殷汤有鸣条之誓,周武有河阳之盟,所以藉神灵,昭忠信。夫亲仁善邻,古之令轨,歃血割牲,以敦永穆。今既盟之后,言归其好,分灾恤患,休戚是同。有违此盟,神祇斯殛。"

登国十年八月,拓跋珪在河南亲自训练军队,等待大秦援兵,九月,进师,临河筑台,祭拜河神。

拓跋珪临河奋扬威武,沿河摆下军队,旌旗连天,东西绵延千余里。拓跋珪登上高台,在大萨满的带领下祭拜天地、祭拜大河,贡献牺牲,祭旗盟誓,只听得杀声连天,震撼天地与大河。这时,拓跋珪麾下,河东有五万骑,由拓跋虔率领,要山截谷六百余里,以绝其左。拓跋仪十万骑在河北,以承其后;拓跋遵率领七万余骑,塞其南路。

拓跋珪阻塞了慕容宝进击路线,派遣兵士盘查行人,凡是从中山来的人,或是从中山方向到五原的,都一一逮捕,不管步兵,还是骑兵,全都收擒,不让其逃离河南,也不许通中山消息。

河北的燕军,看着对岸旌旗连天,杀声阵阵,无不胆战心惊。慕容宝和慕容普麟站在河边,面对着滚滚滔滔的河水,看着对岸旌旗飘扬,听着喊声阵阵的誓师,忧心忡忡。

慕容宝从登国十年(公元 395 年)五月出兵到达五原以后,一直在五原造舟,准备渡河。但是,大河波浪滔滔,风大浪急,几次尝试渡河都以失败告终。军队已经离开中山将近五个月,他总是得不到中山的任何消息,见不到中山派来的一个使者,内心很是不安。临走的时候,父亲慕容垂生病卧床,现在不知怎么样了? 他很担心父亲的身体。万一父亲不行了,他一定要及时赶回去。可是,直到现在,他没有得到中山的任何消息。一定是拓跋珪断绝了中山联络。慕容宝恨恨地想。不能再拖下去了。他看了看天空,蓝天白云,只有些微小风吹过,这两天天气不错,该再尝试一下渡河。

九月底,慕容宝排列大批木船于河边,准备再一次渡河。

兵士下了船,开始渡河。船至中流,突然刮起大风,慕容宝的木船在大风中飘荡,几十艘船被风吹到靠近南岸的河边。

河南守卫渡口的拓跋珪士兵用挠钩把船一一勾到岸边,擒获慕容宝将士三百多人。

拓跋珪集合了俘虏,看他们一个个衣衫单薄,在寒风中瑟瑟发抖,他笑了:"你们这些南方人,不带寒衣敢来塞外,简直是来找死的。塞外天寒地冻,十月一到,就是寒冬,不冻死你们才怪呢!来人,每人赏赐皮袍一件!"被俘虏的士兵穿上羊皮袍,立刻暖和过来,身上心里都暖洋洋的。

拓跋珪让俘虏排成一队,厉声说:"你们大声跟着我喊话! 一二三! 喊!你父亲已经病亡,还不快点回去?"

二三百人扯起嗓子,一起向河北喊。"你父亲已经病亡,还不快点回去!"

一遍一遍地喊声越过河面,传到慕容宝的耳朵里。慕容宝心中大惊。慕容垂死,他这太子却在外面,国中形势险峻,万一发生意外,他能不能接替父亲登极呢? 慕容宝心乱如麻。

慕容普麟也听到对面的喊声,他信以为真,痛不欲生,哀号不断。士兵也都心惊胆战,惊骇万分。

"收兵! 收兵!"慕容宝向慕容普麟发令。

燕军回到营地。寒风吹得更紧,一阵一阵沙石扑打着营帐,雪花漫天飞舞起来。没有御寒衣服的士兵缩在帐篷里,哆嗦成一团。

"他娘的! 这仗要打到什么时候?"一个士兵大声咒骂着,在营帐里跳着,暖和着身体。

"从五月到现在,已经走了五个月,眼看着冬天来了,让我们冻死在这该死的塞外啊!"又一个士兵骂了起来。

"去跟主帅说说,该撤兵回中山了! 皇帝陛下大行,我们也该回去送送

鲜卑国母:献明皇后

皇帝陛下啊。"

"太子殿下不回去,不怕别人抢了他的皇帝宝座?"

士兵们在营帐里七嘴八舌地议论着,咒骂着,吵嚷着。天寒地冻,没有御寒皮衣的士兵,久在外面,锐气尽失,怨声载道,不绝于耳。

在慕容普麟部将慕容嵩和慕容慕的营帐里,两个人正头抵头小声商议着:"你听到士兵的咒骂了吧?"

"听到了。"

"这仗要是再拖下去,只怕士兵会哗变!"

"可不是。得想想办法。"

"想什么办法?"

"拥立普麟,推倒慕容宝!普麟早就建议撤军,这慕容宝就是不让撤,非要渡河不行!他是非要把我们冻死在这该死的地方不行!"

"对,就这么办!我们这就去串联部下!"

慕容慕和慕容嵩带着刀,来到兵士营帐,分头串联兵士。一个兵士悄悄去报告了慕容宝。慕容宝大怒,立刻指挥着亲兵包围了营帐,捉拿了正在串联组织谋乱的慕容慕和慕容嵩。

慕容宝怒气冲冲来见慕容普麟,他掀开营帐门帘,冲进慕容普麟的营帐。慕容普麟已经躺下睡觉,被慕容宝一把揪了起来:"你干的好事!"他怒喝着。火把照亮了营帐,慕容宝的脸色在火光中分外凶狠狰狞可怖,充满着杀气。慕容普麟的心一紧。

"你想干什么?"他后退了一步,警惕地拔出营帐上挂着的腰刀。

"你干的好事!"慕容宝又冲上前:"你挑唆部下谋乱!你想加害于我!"

慕容普麟分辩着:"我在营帐歇息,我什么时候谋乱了,我怎么谋乱了?"

"走!我带你去看看谋乱之人!"慕容宝怒喝着:"带过来!"他朝外面喊。几个士兵把五花大绑的慕容嵩、慕容慕推搡着进来。

"说!是不是你们的主帅指示你们谋乱的?"慕容宝厉声问。

慕容嵩看着慕容宝,镇静地说:"没有人指使!我们不忍心看着弟兄冻死塞外,想拥立一个能让我们早日回中山的主帅!就这么回事!"

慕容宝大怒:"你们妖言惑众!拉出去砍了!"

士兵过来,推搡着慕容嵩和慕容慕往外走,到了外面,慕容慕挣扎着大

鲜卑国母:献明皇后

声喊着："弟兄们！不要白白在这里等死了！杀了慕容宝，回家乡去！回中山去！"

营帐里的士兵都听到这凄厉的喊声，流着泪，跑到外面。黑暗中，一些士兵喊了起来："对！我们要回中山！不能在这里等着送死！"

"回中山！""回家乡！"越来越多的喊声附和着。军营里骚乱起来。慕容普麟急忙大声安抚："弟兄们，不要乱！不要乱！大家回去歇息，明天太子殿下会给大家一个答复的！"

慕容宝的亲兵也上前，把士兵劝了回去。

慕容宝在大帐里焦躁地走来走去，眼看着士兵要哗变，他该怎么办？拓跋珪没有灭，他实在不甘心回去，可是，中山形势又让他担心。万一留守中山的慕容贺麟趁慕容垂新死，篡夺皇位，他将如何是好？这里士兵又人心不稳，急于返回中山，如果再淹留下去，队伍乱了又如何是好？

难道当初决定出征就是一个大错？难道天意就在预示自己不该来征讨拓跋珪？慕容宝想起来路上的那件一直叫他内心不安宁的怪事。来路到幽州时，一条大路，平坦宽阔，他乘坐的车突然倾覆，差点把他摔了下来。下车检查，原来是车轴无故断裂。他问当时占工靳安，占工靳安说："此征不妙，车轴无故断裂，主大凶，太子殿下不宜出行，请太子殿下还军。"当时慕容宝大怒，坚决不从，还威胁靳安说："你若再敢妖言惑众，小心严加惩罚！"

想起这事，慕容宝感到有些心悸：难道真有天意？

"快去给我叫靳安来见！"慕容宝对侍卫说。

占工靳安急急来见。慕容宝问："你看天意如何？是继续渡河攻打？还是退兵？"

靳安忧心地说："今天变人事，咎徵已集，速去可免！"

慕容宝心里更加恐慌，六神无主。他来回地走了一阵，对侍卫说："去叫慕容普麟副帅前来议事！"

慕容普麟来。"太子殿下，何事传唤？"

"你以为是继续渡河呢？还是退兵回中山？"慕容宝焦灼地看着慕容普麟，他的亲兄长。

"我以为还是返回中山，以避塞外严寒。看着寒冬就要来临，士兵将帅没有寒衣御寒,真的会冻死的。"慕容普麟说。

慕容宝狐疑地看了他一眼,什么也没说。

慕容普麟知道他对自己产生疑虑,也就不好再多说什么。

占工靳安说:"副帅言之凿凿,请太子殿下早做决断!拖延越久,我士兵伤亡越大,如果拓跋珪有所觉察,我们想退兵都退不了!"

慕容宝终于下了决心:"好!传令三军!明晨五更,偃旗息鼓,悄悄出发,退回中山!不得走漏一点风声!命令士卒连夜烧船!"

靳安走出慕容宝大帐,摇头叹气,自言自语:"今皆将死于他乡,尸骸委于草野,为乌鸟蝼蚁所食,不复见家矣。"

5.拓跋珪神兵突降蟠羊山　慕容宝大意覆灭参合陂

"两天了,燕军那边有甚动静?"拓跋珪问拓跋仪。

拓跋仪摇头:"没甚动静。一个人影也看不见。只是河上船只不见了,有些地方冒烟。"

"奇怪!慕容宝葫芦里卖的甚药?"拓跋珪摇着索辫,搔着头皮,沉思着。"一个人影也看不见?"他抬起浓黑的眉毛,看着拓跋仪,又问了一句:"两天都是这样?"

"是的,两天没有见到一个燕军人影。"拓跋仪一双浓眉下闪闪放光的大眼睛景慕地看着拓跋珪。

"坏了!慕容宝撤退了!"拓跋珪猛然拍了一下额头,跺着脚说:"他烧船逃跑了!"

"那好啊,他被我们的誓师吓跑了,不就省却我们打仗了吗?"拓跋仪笑着。

"哼!他想跑,我还不让他跑呢!他送上门来找打,我们怎么能轻易放他走呢?我们得撵上他!"拓跋珪沉着脸,决断地说。"现在是十月,等大冻来临,河面新合,我们轻装前进,日夜兼程,追过河东,争取在参合陂一带撵上他们!把慕容宝大军消灭在参合陂。"

"好!"拓跋仪拊掌叫好:"但愿天助我。"

"我们设坛祭天,祈祷天气变冷。天神会助我的!"拓跋珪冷然笑着,眼睛望着河面。河面上已经结了薄冰,晶莹的冰面反射着阳光,耀人眼目,薄冰下面的流水清晰可见。

拓跋珪跪了下来,面对河水:"天神啊! 助我一臂之力吧!"拓跋珪在心中默默祷告起来。

拓跋仪也跪了下来,大声祷告着:"天神! 我魏王替天行道,弘扬正气,愿天神降福祗于魏王,刮大风,暴风寒,河冰合,助我渡河追击!"

拓跋珪笑着站了起来:"明日设三牲祭河,天神定助我一臂之力!"

十一月初九,慕容宝率领着燕军经过十几日行军,来到蟠羊山脚的参合陂东,沿着已经上冻的南水向东方行走。南水流入参合陂,已经上冻的湖面上覆盖着厚实的坚冰。这几天,天气变得冷了起来,也越来越恶劣,天空黑云笼罩,呼啸的北风越来越猛,把马背上的士兵吹得东倒西歪,只好下马步行,还是步履踉跄,军队行进十分艰难。

靳安赶上慕容宝说:"太子殿下,今日西北风劲吹,是追兵将至之应,宜设警备,兼行速去,不然必危。"

慕容宝点头,让慕容普麟设后卫防后。

慕容普麟轻蔑地唾了一口:"设什么后卫防线啊? 拓跋珪还在河南宫搂着他老婆睡大觉呢!"

靳安好言劝说:"副帅大人还是小心为上,小心无大过,万一拓跋珪追赶上来,有后卫防线总归妥当。"

慕容普麟挥手说:"好了,别啰唆了。设就设后卫吧。"说着,他嘟囔着去布置。

靳安看着他的背影,摇头自言自语地叹息着:"怕是这后卫形同虚设,我们可是要大难临头了! 但愿副帅大人后卫担当起职责,不要误我大燕军队!"

行了十余里,西北风一阵紧似一阵,吹得沙石纷飞,扑面打得人脸生疼,眼睛也睁不开,许多士兵被大风吹落下马,马匹也在原地打旋无法前进。冰面又光滑,人马在冰上不断颠仆跌倒,行进十分困难。

慕容普麟赶了上来,大声对慕容宝说:"太子殿下,天气太坏,部队行进艰难,是不是就地驻扎下来,等大风平息过后,明日再继续行军?"

慕容宝看着黑云密布的天空，看着被大风吹得东倒西歪的大纛，点头同意了。

"就地安营扎寨!"慕容普麟命令。

"小心后卫!"靳安小心提醒着。慕容普麟挥手，不屑听他啰唆。十九日一直不设后卫防线，并无任何事情发生，在这荒芜的山脚，还会有拓跋珪追兵? 军无节度，慕容普麟与后卫将士一样并不尽心，那些后卫将士，已经解鞍寝卧，忘记了守卫职责。

慕容宝和慕容普麟分别回自己营帐歇息。慕容宝还带着一个宠妻同行，他舍不得留宠妻一人在大帐里。

天已经黑了下来。宿营在南水冰面上的燕军士兵们，吃过干粮，便在营帐里倒头歇息。各路队伍都沉沉睡去，包括负责警卫的后卫将士，也各自倒头大睡了。

"河面冻住了!"拓跋仪惊喜地跑进河南宫拓跋珪的寝宫，欢天喜地地向他报告。

"冻结实了吗? 可以过渡河了?"拓跋珪正拥着贺兰亲热，腾地站了起来，问。

"冻实了，冻实了。士兵拉马过河，又走回来，冰面没有一点爆裂声，没有一点裂缝。已经冻有二三尺了!"拓跋仪高兴地说。

"天神助我! 天神助我!"拓跋珪挥舞着手足，喊着，高兴得像个孩子。"走，我们现在就去部署。估计慕容垂不过走到纽坦川，我们轻骑追逐，一定可以在参合陂一带追上他，他的队伍辎重、家眷、粮草太多，行得很慢。一定能追上他，他慕容宝别想跑出参合陂!"

拓跋珪马上命令，不带任何辎重，轻骑二万，由他亲自率领，立即渡河，日夜兼程，追逐慕容宝的大军。

十一月初九，慕容宝驻扎在参合陂南水的时候，拓跋珪率领的轻骑已经追到蟠羊山参合陂西，与杨佛嵩的队伍兵合一处。拓跋遵率领骑兵七百，从北向参合陂包抄，以断慕容宝退路。

哨兵前来向拓跋珪报告："探马发现慕容宝大军驻扎在蟠羊山南水谷。"

拓跋珪命令全军,士卒衔枚①,束马口潜行。拓跋珪的大军连夜静悄悄摸上蟠羊山头。趁着晨曦光芒,拓跋珪站立在山头观察地形。

东方刚刚放晓,刮了一夜的猛烈西北风已经慢慢停了下来,漫天黑云也已经慢慢散去,东方现出了鱼肚白,一抹红色朝霞染红了东边天边。

山脚下,大燕军队营地里一片繁忙,已经起身的士兵将帅,正在忙碌着乱哄哄地收拾帐篷,装运行李上车,准备出发。

一个拉马的士兵被东方绚丽的朝霞吸引:"奶奶的,昨天的天那么可怕,今天却这般好。"他嘟囔着抬头望向东方山头。

"不好了!魏军占据了山头!"他"哎哟"一声喊了起来。

这喊声像一声惊雷炸在大燕军营上空,大燕营地立刻乱了起来。

"不好了!魏军追来了!"兵士们扔下手中的活计,四散着寻找逃路。

慕容宝和慕容普麟也在指挥着兵士收拾他们的营帐,突然听到这喊声,看到营地一片混乱,有士兵争抢马匹,有士兵打马疯狂向参合陂东岸逃跑,有的士兵干脆撒开脚向山谷里奔跑。黑压压几万人的队伍立刻混乱得没有一点队形。

山头上,拓跋珪跃马挥刀冲下山头,魏军看着主帅冲了下去,各个奋勇争先,狂呼乱叫,冲下山去,漫山洪水般冲进大燕营地。士兵在尉古真、长孙肥、穆崇等大将军指挥下,挥舞着弯刀、长矛、槊、戟,在大燕混乱的营地里横冲直撞,砍着,劈着,戳着,杀着。大燕军士喊叫着,四下逃散,马匹踩踏着倒地的士兵,士兵互相挤撞着,马匹滑倒在光滑的冰面上,压倒许多士兵。几万大燕士兵已经倒下一大片,冒着热气的鲜血立刻凝结在冰面上,冰面上凝聚起血红的血堆。还没有倒下的大燕士兵立即放仗跪到冰面上投降,以为可以保住一条性命。

慕容宝看见漫山冲下来魏兵,知道大势已去,就与几个亲信跳上马,打马逃命。还在试图组织反扑的慕容普麟见慕容宝拼命逃跑,自己也不敢留恋,急忙跳上马,打马向东方跑去。跟着慕容宝逃命的不过千把人。慕容宝的宠妾看着慕容宝弃她而逃,哭喊着,跪到地上,投降了拓跋珪。

拓跋珪披着金黄色的貂皮斗篷,站在一块大石上,东方的旭日把他笼罩

鲜卑国母:献明皇后

---

①枚:古代兵士衔于口中以噤声的用具。

在一片金色的阳光中,使他无比雄伟高大。一大群随慕容宝出征的燕国官吏被士兵用绳子捆绑着牵引过来,一个一个地让拓跋珪检阅。拓跋珪微笑着,拈着他的须髯,十分得意地看着眼前走过的一个一个俘虏。这些人曾经都是不可一世的燕国大臣,其中还有燕国皇室贵胄,如今都匍匐着佝偻着身躯,在他面前走过,谁也不敢仰视他。

"这女子漂亮。"拓跋珪看着走过的一个衣着鲜亮的年轻女子:"她是甚人?"

一个俘虏回答着:"回魏王,她是慕容宝的宠妾周氏。"

"把她带过来。"拓跋珪命令。那女子战战兢兢地被带到拓跋珪面前。

拓跋珪用马鞭抬起她的下颏,仔细打量着她的面容。这女子不过十七八岁年纪,白皙面庞,乌黑大眼睛,略带弯曲的密密的黑睫毛,鲜红的小嘴,很是美丽。拓跋珪心里一动:是不是收进后宫,让慕容宝的女人来伺候自己?

他回过头,想和拓跋仪商量,却看见拓跋仪正痴呆呆地瞪着那女子。拓跋珪微笑着,推了拓跋仪一下:"这女子是不是很漂亮?"

拓跋仪点点头。

拓跋珪眼睛转了几转:拓跋仪跟随自己南征北战,忠心耿耿,可是,在母亲问题上,他总与自己有些分歧,他并不支持自己代替代王的想法。一定要笼络住自己这两个弟弟的心。

"把她送与你!要不要啊?"拓跋珪很豪爽地说。

拓跋仪正想入非非,听到拓跋珪的话惊喜万分,他急忙拱手:"谢魏王的赏赐!"

拓跋珪喊:"把这女子松绑,送进大将军的营帐!"拓跋仪欢喜地看着兄长赏赐他的美人,心里充满对拓跋珪的感激。

拓跋珪收拾了慕容宝留下的器械、粮草、辎重、车辆、军资,共得十余万。

拓跋珪安下营帐,立即召集左中右三部以及迭典庶事的十三大人长孙肥、王建、长孙嵩、穆崇、尉古真等人来中军帐会议。

拓跋珪说:"大燕人才济济,今天我们俘获他大燕陈留王绍、鲁阳王倭奴、桂林王道成、济阴王尹国、北地王世子钟葵、安定王世子羊儿及文武将吏数千人,看看里面有些甚贤良之才可为我用。"

王建出使过大燕,便举荐了几个才识者,如贾彝、贾闺、晁崇等。拓跋珪命令侍从把举荐出来的人带到一边,松去绳绑,换了魏国衣服。

"那些被我俘获的士兵,都给以衣服,送些干粮,放他们回去,以向中州之士显示我魏王恩德。你们说呢?"拓跋珪问。

王建说:"臣以为不妥。慕容宝覆败于此,国内空虚,图之为易。今俘获而又放归,纵敌生患,不如杀之。"

拓跋珪说:"若听从王建之言,我恐怕以后征服南人,南人绝无归附向化之心,以为我们不是伐罪吊民之义举。"

王建激昂慷慨抗辩:"魏王如若放了他们,他们绝不会感激魏王,依然会奔赴燕军,与我为敌。既然已经俘获,何必放虎归山,浪费衣服粮食来增多大燕兵力呢?不若就地解决的好!"

穆崇等将领也纷纷议论,表示同意王建看法。

拓跋珪站了起来:"本王同意王建看法,就地处决那些俘虏!去执行吧。"看着跪在冰面上的黑压压的投降的大燕士兵,拓跋珪挥手:"就地解决!"

命令一下,大魏士兵立刻冲进举手投降的大燕士兵群里,见人便砍,不一会,几万投降的士兵一个不剩,全都倒在血泊里。参合陂冰面上,蟠羊山谷里,山坡上,横七竖八,燕军士兵横尸遍野,堆积成山,冒着热气、泛着白色泡沫的血流刚刚流出,就在滴水成冰的严寒里凝固起来,蟠羊山谷,南水冰面,以至于参合陂湖面,凝固的红色血山,红色血堆,这里那里,触目皆是,空气里弥漫着强烈呛鼻的血腥味,令人作呕。

慕容宝、慕容普麟单骑从参合陂逃出生天,各自拼命向长城关里跑去。一路上,他们又慢慢聚拢了千把来人,连夜向中山跑去。

6.忍痛让位马兰明识大体　　走险叛乱逆臣挟持代王

马兰躺在盛乐寝宫的炕上,刘缨坐在她的旁边,孙子拓跋嗣在炕上和姐姐一起玩。拓跋嗣已经一岁多,时不时站起来,在炕上蹒跚着走。入冬以来,马兰身体不大好,经常卧炕歇息,刘缨便与一双儿女守在她的身边,陪着她说话解闷。马兰听说拓跋珪大战燕军获得全胜,她既高兴又有些难过和

鲜卑国母：献明皇后

担心。代宫成为空壳，实权已经全部掌握到魏王拓跋珪的手里，她无可奈何。听说魏王为了追击慕容垂从河南宫赶到参合陂，又大胜慕容宝，盛乐代宫里就开始弥漫着恐慌情绪，宫里上下都猜测着，魏王一定要趁势吞并代宫。大家私下议论，与其让魏王来宣布废除，还不如让代王自己宣布让出代王位置，给儿子拓跋珪魏王的好。

这些议论也传到马兰耳朵里，她看着刘缨，凄然地笑着说："魏王大胜慕容宝，你是不是该带着孩子回行营去和他团聚了？"

刘缨摇头："阿娘眼下身体不好，我还是守着阿娘放心。"

马兰抚摩着刘缨的手背："你是他的大阏氏，还是与他长相厮守得好。还是带拓跋嗣回行营去吧。"

刘缨摇头："他要是还思念我和孩子，他早就派人来接我回去。他不派人来，就是不想我们回去。他大概已经把贺兰和大城夫人一起接到行营了。"

马兰坐了起来，刘缨急忙给她披上貂裘大袍，扶着她，给后背塞了个大枕头，让她舒服地靠在大枕上。拓跋嗣爬了过来，掀开羊皮被，钻了进去，坐到马兰的怀抱里，抱着马兰的脖颈与马兰亲热。刘缨怕拓跋嗣累着马兰，急忙把他抱到自己怀里。拓跋嗣趁机把头拱进刘缨怀里，伸手去抓刘缨的乳房，嘴里哼哼着要吃奶。刘缨只好掀开袍襟，把拓跋嗣横抱在怀里，喂他吃奶。拓跋嗣一口噙住奶头，咕嘟咕嘟香甜地吮吸了起来。小女孩在旁边刮着自己的脸蛋，羞着拓跋嗣："羞！那么大了还吃奶！"拓跋嗣嘴里含混不清地哼唧着表示抗议，扑腾着小脚踢着姐姐。

马兰抚摩着拓跋嗣的小手，与刘缨拉呱着心里话。"你看，魏王好几年不回盛乐，我这代王早就有名无实。不如我先宣布除去代王名分，干脆承认他的魏王身份算了。这样，还可以换回他的心，让我们母子和好如初，也让你们夫妻和好。"

马兰大眼睛依然很是明亮，不过却充满了忧郁。刘缨知道，这些年她生活得不快乐，因为母子失和，因为思念不在身边的儿子，因为孤独。

刘缨不知道该说什么好，只是默默地低头奶着拓跋嗣。她知道，这正是魏王拓跋珪所希望的，马兰自己让出代王，让魏王取而代之，他拓跋珪不必担负什么逼迫母亲的良心谴责。

刘缨放下袍襟，抱着拓跋嗣坐了起来。"去跟姐姐玩吧。"刘缨把拓跋嗣放到炕上，他并不太饿，吃了几口，就吐出母亲的奶头，用手抓挠着玩。

"内行阿干的意思呢？"刘缨没有直接回答婆母的问话，迂回着提了个新问题。她知道，婆母很是听从内行长和辰和都统长梁六眷的意见，他们是婆母的心腹。特别是和辰，高大魁梧，更受马兰喜爱。

马兰摇头："我还没有跟他们说，想先跟你商议。"

刘缨推辞着："还是先听听他们的意见。"

马兰点头："也好，去传他们来见。"

和辰与梁六眷急忙来见代王。"坐下吧。"马兰指了指地上的马形木条长凳，和辰与梁六眷并排坐了下来。刘缨拉儿女避了出去。

"叫你们来，是想与你们商量一件大事。"马兰用手捋了捋凌乱的头发，说："眼下魏王在参合陂打败了慕容宝，已经控弦纽垤川。我这里继续维持着代王，怕是让魏王心里不美气。魏王虽然不会强迫我交出代王位和盛乐，不过我想，还是自己让位给他的好。这样，可以让魏王兵合一处，使拓跋氏事业发扬光大。"

梁六眷和和辰互相看了看，无话可说。代王大势已去，这是不争事实，代王想依靠大燕以恢复代国的希望也已破灭，走到这一步，采用这样的办法还算是比较明智的选择。可是，代王让位，他们俩人的前途和命运就难说了。

"不行！"梁六眷曜地站了起来："代王不为自己考虑，还要为我们想想！代王让出位置，无疑是置我们于死地！"

和辰也站了起来："代王，代宫里的几千人的性命都在代王手上。代王让位，就是把我们拱手交给魏王，由他宰割！他不会放过我们的！"

"不会的。"马兰蔼然说："魏王生性仁义，不是那过河拆桥、无情无义之人！何况你们二位阿干都是有功于代国也有功于魏王的老臣，他更感念你们的恩德。至于代宫内朝各位大臣，他一定会善待的。大家原本一家。"

梁六眷还想争辩，和辰却对梁六眷使了个眼色，问马兰："代王准备如何行事呢？"

马兰说："我准备派你去参合陂见魏王，把我的话告诉他，请他带着将士回盛乐来，我给他举行庆功封赏，同时宣布禅位给他。"

"甚时候动身?"和辰不动声色地问。

"听说魏王已经动身要回纽垤川行营，我想你这就动身，越快越好。"

"我这就去准备。"和辰拉了梁六眷一把，俩人急忙告退。

和辰拉着梁六眷，急匆匆走过马兰寝宫，来到一个偏僻无人的角落，站住脚。

"你搞甚鬼?"梁六眷小声问。

和辰四下看看，压低声音说："我们死期到了，你还如此痴迷不悟!"

梁六眷满脸疑惑："不是我执迷不悟，是你不让我与代王争辩。你答应了代王，不是要去请魏王回盛乐吗?"

和辰苦笑了一下："我不过是不让你当面与代王争辩而已。代王决心已下，争辩已毫无用处。我们需要另想办法才行。"

梁六眷冷笑着："你都答应了代王，还有甚办法可想?"

和辰呵着双手，跺着有些冻疼的脚："走，到我府上，让我们想个万全之策。"

梁六眷跟着和辰，走出代宫，来到他自己的府邸。仆人丫鬟上来为他们脱去羊皮袍和皮帽，和辰让梁六眷上了热炕，在炕几两边盘腿坐了下来，丫鬟端来热浆酪，摆上干鲜果品，各色奶食。和辰挥手，让所有仆从全部退了出去。

"代王要让位于魏王，你看，我们该咋办?"和辰看着梁六眷："是服从代王安排，还是另想辙呢?"

"代王主意已定，我们有甚办法?"梁六眷唉声叹气说："明知道代王让位以后，最倒霉的是我们这些一直忠心耿耿跟随代王的内朝人员，可是也毫无办法。"

"是啊。我们这些内朝官员一直跟随代王在盛乐，事事听从代王，在魏王眼里，我们都是代王心腹，是代王的人。你说，他接管代王位置以后，能放心使用我们吗，能信任我们吗?"和辰瞪着一双不大但是灼灼的眼睛，看着梁六眷。梁六眷这些年已经明显发胖，双下颏垂到脖颈上。

梁六眷急忙摇头，肥胖虚软的双下颏晃荡着："咋能呢，我还不知道这拓跋珪，从小就缺情寡义，为人疑心极重，他对自己的亲娘都信不过，咋能信任我们呢？将来他代替代王以后，一定要迫不及待地大批撤换内朝官员，听说他已经从慕容宝那里接受了一批文官，说他们有才能，肯定会用他们来代替我们这些代王老人的。”

和辰不断点头：“是的，阿干言之有理，小弟也是这么想。既然你我兄弟看法一致，难道你我兄弟就束手无策、坐以待毙不行？我看，我们应该想想自己的办法才是。”和辰目光灼灼，紧紧逼视着梁六眷：“我们要为我们自己和家人想想出路啊！不能让拓跋珪慢慢来收拾我们！”

“你说咋办？我是没有一点办法的！”梁六眷目光暗淡，无精打采。

“我们现在已经无路可走！一不做二不休！带着代王投奔慕容垂去！”和辰一拳头擂在炕几上，泼洒了热浆酪。

梁六眷一惊，他惊慌地看着和辰，怀疑地问：“这行吗？慕容垂会不会收留我们？再说，我们能不能跑到中山？拓跋珪正在纽垤川，我们跑得了吗？”

“我看行！拓跋觚会说服慕容垂接纳他的母亲的。不管慕容垂是不是收留我们，我们先跑到定襄，那里山高林密，先在虎山暂时住下来，以后去联络慕容垂。我们马上出发，拓跋珪发现不了，他在纽垤川，我们从盛乐南下入关，他一时追不上。”

梁六眷点头：“是个办法。可代王她会同意吗？”

和辰冷笑起来：“她当然不会同意！可眼下，她只能跟我们走！有她在，拓跋珪就不敢把我们咋样！”

“那大阏氏刘缨和拓跋嗣呢？”梁六眷眼睛转了几转，又问。

“一起走！”和辰断然说：“有她母子，拓跋珪更不敢把我们咋样了。他不敢太追赶我们！”

“好，我同意！”梁六眷跳下热炕：“我们立刻分头部署！”

马兰刚起身，正坐在热炕上饮着热浆酪，侍卫进来报告，说内行长和辰和都统长梁六眷求见。

“甚事啊？”马兰有些不高兴地问。她昨天已经派内行长和辰去见拓跋珪，怎么现在还没有出发，他磨蹭个甚？

侍卫还没有来得及回答，和辰和梁六眷已经挑开毡门帘进来，一身戎装，后面还跟着十几个带刀的侍卫。

鲜卑国母：献明皇后

"内行阿干,为甚还不动身去见魏王?"马兰不高兴地看着和辰。

和辰马兰行礼:"代王,委屈了! 魏王马上要带兵前来占领盛乐,我们只好委屈代王与我们一起出逃!"

马兰吃惊地喊了起来:"你们不能乱来! 听从我的计谋,魏王不会为难你们的!"

梁六眷冷笑着:"我们知道魏王的为人! 他绝不会饶恕我们! 代王你虽然是他的生身母亲,他也不会放过你的! 还是赶快跟我们走吧! 再晚一步,他就打过来了!"

刘缨母子也被一些士兵簇拥着进来。刘缨知道这是梁六眷与和辰商议的计谋,她愤怒地说:"你们这是背主谋逆,魏王饶不了你们的!"

梁六眷冷笑着:"我们这是保全自己身家性命的万不得已之举,还请大阏氏原谅! 我们保证不会伤害你和代王!"

梁六眷和和辰裹挟着马兰和刘缨母子,指挥着盛乐代宫全体内官、侍卫,以及盛乐周围的一些部落,立即动身,向南边长城方向奔去,他们要尽快通过长城关隘,向中山方向逃窜。

7.大搜虎山追踪叛臣　甘冒危险智救亲子

"甚话?"刚到达纽垤川行营的拓跋珪听到报告大惊失色:"梁六眷裹挟代王逃往中山了? 奶奶的! 赶快去追!"拓跋珪命令。

"来不及了! 他们已经走了几天,不知道走的哪条道,无法追的!"拓跋遵说。

"将士连着辛苦两个月了,再去追踪恐怕将士有怨言。魏王还是暂且回盛乐,一边犒赏三军,让将士好好歇息,一边派探马去打听,看梁六眷、和辰逃向何方,等弄清楚他们的去向,魏王再去追击,为时不晚。"左右长史许谦、张衮都试图劝说着拓跋珪。

拓跋珪点头:"也罢,我们立即动身回盛乐!"

拓跋珪回到盛乐,盛乐已经人去楼空。拓跋珪在盛乐举行盛大的班赏庆贺,犒赏有功部将,也犒赏了杨佛嵩和他的部下。十二月,放假给将士好好歇息游乐一个月。

正月一过,派出的探马纷纷赶了回来,向拓跋珪报告了梁六眷、和辰的准确下落。

"虎山? 虎山在甚地方?"拓跋珪问探马。

"虎山在定襄①东面。"许谦代替探马回答。他用石头子在地上摆放着,给拓跋珪解释定襄的位置:"这是盛乐,这是平城,这是中山,这是定襄,这就是虎山。"

拓跋珪皱着眉头:"定襄离平城不远,他一抬脚不就进了平城投奔了慕容普麟了吗? 奶奶的,怕是追不上了!"

张衮摆手:"那也说不准。梁六眷和和辰既然落脚于虎山,可能眼下还没有投奔慕容普麟的意思。我们若是出其不备追踪而去,也许可以追上,救出代王和夫人。"

拓跋珪看着地上的石头子,比量着各地之间的距离:"虎山离平城这么近,若是我们赶到定襄,不是可以集结在定襄,以图合适机会进攻平城吗?夺回平城,撵走慕容普麟,把平城作为我们进攻中山的后方,进攻中山就容易了许多。慕容垂在参合陂损失惨重,怕是元气大伤,一时难得恢复过来。进发定襄,可是一举两得啊。各位乌矮真,你们说呢?"拓跋珪得意扬扬地看着张衮、许谦、拓跋遵、拓跋仪、拓跋虔等人。

拓跋虔说:"现在平城守备空虚,我们大可以借追赶叛臣名义向南进发,顺便收复平城。魏王如果同意,我愿意领兵前去平城,一定为魏王夺得平城,为魏王守卫平城,等待魏王到达善无以后,再图谋中山。"

拓跋珪看着许谦和张衮,征询地问:"卿等以为可行吗?"

许谦和张衮都点头。张衮补充说:"平城扼守中山与盛乐要道,夺取平城,既可以防备大燕偷袭大魏,又可以做魏王将来进攻中山的后援,也是一举两得。"

"好! 此任务交与拓跋虔! 命拓跋虔率领骑兵五千,先行向平城出发,夺取后镇守平城,不得有失!"

拓跋虔得令,率兵从盛乐出发,一直向东,过参合陂尾,南向进,直奔平城。

――――――――――――――――

①定襄:在今山西右玉县周围,善无为郡治

鲜卑国母:献明皇后

拓跋虔出发以后,拓跋珪经过认真准备,也率领着大军经盛乐南关隘向定襄虎山出发,去搜寻梁六眷。

马兰紧紧抱着拓跋嗣,刘缨抱着女娃,互相依偎着,坐在毡帐里。毡帐隐蔽在虎山深处长满密林的山坡里,很难发现。拓跋嗣和他的姐姐都冷得发抖,牙齿发出咯咯的颤抖。马兰解开貂皮皮袍,把拓跋嗣捂得更严实一些。正月的天气,定襄虎山里还是寒风瑟瑟,这毡帐里没有生火,冷得叫人受不了。

和辰和梁六眷裹挟着她们出了盛乐,便直奔关隘,朝中山方向奔来。马兰在路上几次想跑,却总被和辰和梁六眷紧紧看管,找不到机会。来到虎山,马兰放弃了逃跑的念头。这深山老林,跑到哪里呢?为了拓跋嗣,她一定要忍辱负重,想办法保全刘缨母子平安。拓跋珪一定会来救她们的,尽管这些年母子之间不那么融洽和谐,可母子血肉相连,打断骨头还连着筋,拓跋珪不会不救她的。

"还冷不冷?"马兰用嘴唇亲着拓跋嗣,问。

拓跋嗣摇头:"不冷了,奶奶。"

马兰又问孙女:"你呢?冷不冷?"

女娃依偎在母亲刘缨温暖的怀抱里,也已经不那么冷了。她也摇头说:"奶奶,不冷了。"

拓跋嗣在马兰怀里蠕动起来,哼唧着:"奶奶,我饿了。"马兰朝外面喊:"来人!"负责看管她们的侍卫急忙跑了进来:"代王,甚事?"

"娃子饿了!快给弄点吃食!"马兰严厉地呵斥着:"到现在,火也不给生,吃食也不给准备,这是干甚呢?想饿死我们不成?"

"代王息怒,小人得到梁大人命令,晚上才可以生火。小人这就去为代王准备吃食。"侍卫急忙跑了出去,一会,捧着一盘肉干、一碗炒米、一囊浆酪,放到马兰面前。马兰让拓跋嗣拿着肉干吃。

梁六眷和和辰相跟着进来:"代王歇息得还好吧?"他们笑着问。

马兰冷着脸哼了一声:"都快冻死、饿死了,还好个甚?"

梁六眷和和辰互相对视了一眼,尴尬地苦笑着。梁六眷赔着笑脸:"还请代王谅解,这深山老林里,没有办法让代王住得舒服。白天不敢举火,怕追兵发现，还请代王多多包涵。"

刘缨插嘴说："你们打算在这深山老林里待到甚时候？"

梁六眷说："快了，用不了几天。等派到平城与慕容普麟联系的人回来，我们得到大燕慕容垂皇帝的恩准，就离开这里。"

"你说瞎话吧？"马兰眼睛里画着一个大大的问号："你们派人到中山了，不会吧，你们大概又有新诡计了吧？"

梁六眷和和辰又互相望了一眼，脸上现出尴尬的神情。梁六眷惊诧地想：这女人，确实不一般，总能猜对他的心思。来到虎山以后，他和和辰确实改变了投奔慕容垂的主意，他们想在这虎山里先落下脚，等着看局势的发展变化，也许他们有机会自己立国，何必投靠他人仰人鼻息呢？所以，他们便滞留在这大山里等待着时机。

"我劝你们还是死了心吧。不管是投靠慕容垂还是你们自己立国，都是死路一条。不如还是回到我们自己的地方去，魏王不会难为你们的！不管怎么说，你们都是代国老臣，魏王会感念你们的旧恩，放你们一马的！"马兰又试图劝说他们回心转意。一路上，她苦口婆心，口干舌燥，不停地劝说着。

刘缨冷笑了一声："阿娘，你歇息歇息吧，不要白费口舌了。他们已经铁了心背叛代王，哪能听你劝啊？"

"听人劝，吃饱饭！你们这么做，可真是自寻死路！"马兰看着和辰和梁六眷，用指头戳点着他们："好好个人，咋就这么糊涂，这么执迷不悟？告诉你们，魏王已经带领队伍追踪过来了！我看你们往哪里跑？"

梁六眷被马兰责备得恼羞成怒，他大喝一声："臭婆娘！闭上你的鸟嘴！"

和辰讥讽地嘲笑着："到现在，你还耍甚代王威风啊？就算他拓跋珪追了上来，也别想在虎山里找到我们！"

刘缨冷笑着："别嘴硬！我们等着瞧！"

正说着，一个侍卫慌里慌张地进来："报告大人！探马发现有大队人马进山了！"

和辰和梁六眷吓得脸色发白，急忙跑了出去。

马兰拉住刘缨的手，哽咽着说："我们有救了！我们有救了！"她把拓跋嗣交给刘缨："你抱着他，我出去看看。"说着，马兰站起身，出了毡帐。侍卫

鲜卑国母：献明皇后

515

想阻挡,她把眼睛一瞪:"你找死呢?代王来出来透透气解个手都不行啊?"侍卫吓得急忙退到后面,不敢再阻挡马兰走出毡帐。

马兰向毡帐后的山坡密林走去。山坡上满是高大粗壮的松柏杨柳白桦榆槐,还是一片光秃秃的满眼枯黄,却还是遮天蔽日。马兰来到一个比较开阔的地方,站在一块巨石上向山外瞭望。远处,蓝天白云下,群山连绵,峰峦起伏,峻岭叠嶂,一片静寂。远处,传来几声悠长的老虎长啸。马兰不由打了个寒战。虎山,果然名实相符。

拓跋珪在哪里呢?马兰手搭凉棚向远处瞭望。山风吹过,树梢上掠过一阵飒飒声,树枝摇晃着,像起伏的黄色海浪。他在哪里呢?

山谷里,和辰和梁六眷正集合着队伍。士兵们肩头亮皇皇的枪戟刀箭在寒冷的阳光里闪烁着白色光芒。和辰和和梁六眷带领着士兵进了山坡密林,消失在密林里。他们要干甚?马兰思忖着。对,他们是埋伏起来了。马兰拍了拍自己被寒风吹得有些疼痛的前额,把皮帽子往下拉了拉。看来拓跋珪真的来了!马兰欣喜地想,眼睛里亮起殷切期盼的亮光。

拓跋珪在向导的带领下,带着队伍进了虎山。他和拓跋仪并肩牵着马,步行在山谷里,他们进山已经好几天了,每日搜寻一个山坡山谷,却还是一无所获。今天,他又兵分多路,在几个山坡山涧里拉网般搜寻着。

我就不信找不到你梁六眷!拓跋珪仰头望着长满树木的山峰,恼怒地想。今天老子一定要找到你!奶奶的,梁六眷!奶奶的,和辰!想起和辰,他就更加气恼,几年前他就恼怒这和辰,作为代王内行长的和辰,眼中从来就没有他拓跋珪,从不向他报告他经营的各项收入。加上和辰是直接囚禁贺兰的人,拓跋珪早就想杀了他!今天找到他,一定要先报仇!

今天一定能够找到他们!拓跋珪冷笑着想,他似乎有一种预感,和辰和梁六眷就在这深山谷里躲着。

拓跋珪带领着不过千把人的队伍进了山谷。山谷里寒风嗖嗖地吹,拓跋珪拉了拉头上的皮帽子,让它遮挡住前额,阻挡着寒风的吹袭。不过,这寒风,比起塞外纽垤川的刀子割脸似的寒风,已经很是温和了。

拓跋珪用锐利的目光四下了望着。漫山坡的密林在寒风中摇晃着,看不见一点人迹。拓跋珪低头看着崎岖不平的山谷,似乎也没有什么痕迹说明这里来过人马。一两千人马进山,必得留下些蛛丝马迹啊。

拓跋珪跟着向导慢慢走,一边注意观察。

山谷里,乱石崎岖,干枯的野草、灌木还没有发芽,一条小溪流还结着冰,有些地方还堆积着没有融化的积雪。突然,拓跋珪眼睛一亮,一堆石头中,露出一团黑乎乎的粪便一样的东西。拓跋珪疾步走了过去,用脚踢开石头。

"马粪!"跟着他走过来的拓跋仪高兴地喊了起来。

果然是堆马粪!

拓跋珪用靴子踩碎马粪,笑了。马粪还很新鲜,不过是几天前的。他回身扬手大声喊:"散开!小心搜索!他们就藏在这山里!"

士兵们立刻来了精神,个个眼睛发亮,散开到山坡上,小心搜索着。

拓跋珪带着几个人,上了山坡,在密林里寻找。

马兰站在山坡的巨石上,小心地注视着。树木掩映的山谷,静悄悄的,没有人影,没有声音。她的双脚已经冻得生疼,浑身都冰凉。拓跋珪,你在哪里呢?马兰叹了口气,下了巨石,想返回毡帐去暖和暖和。

突然,她听到山谷里传来几声战马嘶鸣。她心里一阵惊喜:拓跋珪来了。她向山下跑去。两个士兵拦住她的去路:"代王!不能下山!"

马兰说:"你们没听见战马嘶鸣吗?这是魏王来了!你们要是想活命,就跟着我!我保证魏王不难为你们,还会奖赏你们!走,还是跟着我走吧!"

两个士兵小声嘀咕了几句,便听话地跟在马兰身后,绕着树,小心地躲避着和辰和梁六眷的人,向山谷走去。

马兰透过树林的缝隙,看着进山的一个狭口处,那里的山坡上密林里,在悬崖巨石的后面,埋伏着和辰和梁六眷,士兵们有的身边堆积着小山一样的檑木、巨石,个个拉弓张弩,等待着进山的人马。

马兰不敢再向前走,她伏身在树后,紧张地注视着山谷狭口。狭口处两边都是悬崖峭壁,入山的人必须经过狭口。马兰的心揪了起来。万一拓跋珪要率领队伍从这里入山,一定会遭到梁六眷的伏兵的袭击。乱箭、巨石、檑木,一起滚落下来,拓跋珪即使有千军万马,也难以逃离生天!

她一定要想办法拯救自己的儿子拓跋珪!马兰轻轻咬着嘴唇,紧张地

鲜卑国母:献明皇后

想着对策。如果拓跋珪的队伍出现，她要冲出去大喊大叫，阻止他们入山！马兰想。

不行！她立即否认了自己的想法。这里离山口很远，她再大声音喊叫他们也听不见！这办法不行，没有用的。

要赶到山口处，站到悬崖峭壁上喊，才能引起山谷里的人的注意！

马兰打定主意，便挑拣着树木稠密可以遮掩自己的地方，慢慢向山口处移动。两个士兵不敢跟随，只藏在树林里不动。

马兰轻手轻脚地走，小心翼翼地拨弄着灌木树枝，不让脚下和树枝发出响动，一面紧张地注意着山口动静。她怀着忐忑心情，既希望看到拓跋珪的队伍，又担心在自己没有赶到前看到拓跋珪的队伍出现在山口处遭到伏兵的突然袭击。

马兰心急火燎地往山口方向赶去。

下面山口出现了一些影影绰绰的人影，拓跋珪带领着队伍来到山口处！

掩藏在山口峭壁后面的梁六眷兴奋地注视着下面。这像个葫芦口的山口处狭小，两边是陡峭的悬崖，进入山口里面，是一个宽敞的葫芦肚，虽然地方宽阔了许多，但两边依然是陡峭的山崖，无路可走。葫芦肚再往里，又是一个狭小的山口，仅仅能容两三个人通过。只要等拓跋珪的大队人马进入葫芦肚，他就可以下令动手了。他的人马分别从山坡上冲下来，堵住入口和出口，他的伏兵从悬崖上射箭、滚檑木、扔乱石，拓跋珪和他的部下必将插翅难逃！

和辰和梁六眷趴伏在悬崖后，紧张地看着开始进山口的拓跋珪的队伍。

马兰透过稀疏的树木空隙，看到山口处来了一些士兵。来不及了！她发疯似的冲出密林抓下头上的红色锦缎貂皮帽子，一边挥动着一边大声喊叫着："不要进山！不要进山！有埋伏！有埋伏！"

树枝划破马兰的脸，划破她的手，鲜血流了出来，她一点也没有察觉疼痛，依然拼命往山坡下树木少的地方跑，一边跑一边大声喊，希望她的喊声和挥舞着的皮帽能够引起山谷里的人的主意。

"不能进山！不能进山！有伏兵！有伏兵！"马兰声嘶力竭地挥舞着红色皮帽喊着。

一阵北风吹乱了马兰的喊声,把她的喊声刮向山谷。

"你听,好像有人在喊。"拓跋仪突然站住了脚,他正站在山口处。一阵北风从山坡上吹了过来,裹挟着隐隐约约的喊声。拓跋仪抬头向山坡方向看去。南面山坡上,树木稀疏的林间,隐约闪动着一团红色的东西,那红色向山口方向移动。

"魏王,你看!"拓跋仪喊着拓跋珪,指着山坡:"那里有人,向我们跑来!好像在喊我们!"

拓跋珪也站住脚,抬头向山坡望去,树木正好挡住马兰的身影。"没人哇。哪里有人呢?"他侧耳听了听,也没有听到什么喊声。"走吧,甚也没听到。进山吧。"拓跋珪不耐烦地催促着拓跋仪。眼前是个入山口,他敢肯定,和辰和梁六眷就在里面的山谷里,他迫不及待地要找到他们!

"听!"拓跋仪拉住拓跋珪。一阵瑟瑟的北风吹过山坡,风声里隐约可以听到断断续续的喊声:"不要入山! ——不要入山! ——有——伏——兵!"

"阿娘!"拓跋仪一把抓住拓跋珪:"是阿娘的喊声!是阿娘的喊声!"拓跋仪喊着:"阿娘告诉我们不要进山,有伏兵!赶快撤回去!"拓跋仪向拓跋珪喊着,自己退回山口,找了一个较为平坦的山坡爬了上去,迎着那喊声和舞动的红点跑了过去。

拓跋珪也听清楚喊声。他急忙命令队伍撤出山口,指挥队伍散向山坡。

"咋的了,发生甚事啦,他们怎么撤退了?!"梁六眷惊愕地喊了起来。山口处拓跋珪的队伍正急急后撤,没有一个士兵进山,连几个已经进了山口的士兵也着急慌忙地退了出来,向山口外跑。

"他们发现我们了?"和辰看着梁六眷,惊讶地问。

"不可能!他发现不了我们!"梁六眷站了起来,从山崖上四下张望。

和辰也站了起来,四下了望着。

"你看!那里!"他喊了起来,指着山坡。一些士兵正在向山坡上爬,迎着一个边跑边挥舞着红帽子的人。

"代王向拓跋珪报信呢!"和辰跺着脚,气急败坏地说。

"奶奶的!谁让她跑了出来?!"梁六眷抓着一块大石头,愤怒地向山下扔去。石头落到葫芦肚里,发出轰然的空洞响声。

"完了!我们快撤退吧!"和辰对梁六眷喊。

梁六眷这才清醒过来，急忙命令队伍仓皇撤退。队伍乱了起来，士兵拼命向山坡上自己的营地跑去，争抢着自己的马匹，有的士兵干脆扔掉武器，逃进密林里等着拓跋珪队伍的到来。

和辰和梁六眷带着自己的一些心腹，向深山深处逃窜。

马兰气喘吁吁，跑着，喊着，挥舞着红帽子。她只有一个念头，一定要阻止拓跋珪进入山口，她一定要救出自己的儿子！当年她忍辱负重，把拓跋珪弟兄拉扯成人，今天，她就是拼着自己的这条老命，也要把拓跋珪从死亡线上拯救出来！因为，他是她的儿子，是她身上的一块肉，是她千辛万苦抚养大的儿子！此时，与拓跋珪发生的一切不快，拓跋珪给予她的所有辛酸，都消失得无影无踪！

救出他！救出他！马兰头脑里只轰鸣这一个声音。

一个人迎面跑来，是拓跋珪还是拓跋仪？她已经分辨不清，她的眼睛冒着金星，她的头脑在眩晕，她感到天地在旋转。马兰眼睛一阵发黑，她一头栽倒在赶过来的拓跋仪的怀抱里。

"阿娘！阿娘！"拓跋仪抱着马兰大声喊着，把自己的脸颊紧紧贴到马兰脸上。这一年多，他跟随着拓跋珪南征北战，无暇回盛乐，已经有些时日没有见到马兰了。虽然想念阿娘，可是毕竟自己已经长大成人，需要跟随兄长建功立业。

拓跋珪也赶了上来，看了一眼倒在拓跋仪怀中的马兰，叫了两个士兵："送到山下去，伺候她歇息。我去追踪和辰和梁六眷，你去找刘缨母子！"拓跋仪本想多陪伴母亲一会，等待母亲醒来，可是他又不敢违抗拓跋珪的命令，只好把马兰交于士兵，自己带领着人向山坡马兰来路搜寻过去。

冰凉的水流进喉咙，马兰慢慢睁开眼睛。她转动着眼睛四下看了看，不大清楚自己躺在甚地方。不过，她还是感觉天旋地转。

"奶奶！奶奶！"拓跋嗣趴在她的身上，不听地喊。

马兰看见刘缨，她正给她喂着水。

"阿娘，你醒了。"刘缨高兴地说："你可吓死我了。"

"我这是在哪里？"马兰依然有些迷糊。

"这是在高车上。"刘缨高兴地搀扶着马兰坐了起来。

"高车上,我们要到哪里去啊?"马兰看着高车外闪动的山峦。

"魏王派人送我们到平城去。"刘缨回答。

"到平城,为甚?"马兰看着刘缨,懵懂地问。

"魏王说,让我们到平城住着,给你养身子。"

"魏王呢?"马兰急忙问。她猛然想起刚才的事情,一把抓住刘缨的手,着急地问:"他们没有中梁六眷的埋伏吧?"

"没有!"刘缨又喂了马兰一勺水:"多亏代王及时报信,要不魏王就出不了这山口了。"

"魏王呢? 他现在在何处?"马兰连声问,她多想见到儿子啊,她要亲口告诉他,她已经准备让出代王位置给他,她愿意放弃代王名分,愿意放弃代王权力,只要拓跋珪依然爱她,依然尊重她,依然把她看作自己的母亲,而不计较母子之间过去发生的各种不愉快。

"他带领队伍去搜寻和辰和梁六眷了,可能想趁机袭击中山。"刘缨放下水碗,拿出牛肉干,给马兰吃。

马兰叹了口气。她明白,对待中山的态度,是母子分歧的主要原因。拓跋珪对慕容垂耿耿于怀,非要消灭慕容垂不可,他根本就不念慕容垂当年在长安收留她母子的旧恩,这使马兰很感痛心。现在已经大败慕容宝,为甚还要追逼到中山呢? 拓跋觚一直在中山,难道你就不念兄弟手足之情吗?

马兰默默接过刘缨递过来的牛肉干,默默地咀嚼起来。喷香的牛肉干在她的嘴里,味同嚼蜡,她根本吃不出什么味道。倒是拓跋嗣和姐姐嚼得很是响亮,吃得津津有味。

刘缨知道婆母心事,却不知道如何安慰她。她自己此时对拓跋珪也是爱恨参半,心情很复杂。在山坡上的毡帐里见到拓跋仪,真是惊喜万分,当她知道是拓跋珪来寻找她们的时候,喜悦的泪水流了一脸。她的心怦怦地跳着,等待着与拓跋珪的见面。但是,当拓跋仪把她们母子送到山下营帐里与马兰在一起,却接到拓跋珪的命令,让她陪同马兰回平城去,她始终没有见到拓跋珪一面。铁石心肠啊!

高车在崎岖不平的山路上颠簸着,车轮发出嘎吱嘎吱的单调的声响,拓跋嗣和姐姐分别依偎在母亲与奶奶的怀抱里睡着了。

第十四章　香消玉殒

1.慕容垂慷慨亲征伐魏　拓跋虔仓促出战丧命

慕容宝从参合陂大败,回到中山,向慕容垂哭诉了他的失败。当然,他隐瞒了自己造船攻击拓跋珪的情形,只说拓跋珪因为他征集河套粮食而耿耿于怀,设圈套在参合陂,使他全军覆灭!

听着慕容宝的叙述,慕容垂浑身哆嗦。慕容宝带了五六万人去河套征集粮草,如今粮草没有征集回来,连六万人马也留在塞外的代北!

慕容垂一口气上不来,倒在座位上。拓跋觚喊着,慕容宝喊着,总算把慕容垂唤醒过来。

"好你个拓跋珪!"慕容垂浑身颤抖,咬牙切齿地骂着:"好个白眼狼!你如此恩将仇报!当年在长安,我收留你母子,如今竟为了点粮食,下这样毒手!杀我五六万士卒!你好狠心啊!"

慕容垂老泪纵横,一头白发颤巍巍的。

慕容宝扑通一声跪倒在慕容垂面前,涕泪交流,号啕不止:"父皇啊!你要替五万士卒报仇雪恨啊!你要替儿臣报仇雪恨啊!"

慕容德跪倒在慕容垂的面前,抽泣着说:"陛下龙威天颜,只要陛下亲自带兵征讨代地,定能将拓跋珪置之死地!愿陛下体恤我五万士卒之冤魂不散,亲自将军出征,一举消灭拓跋珪!以慰我五万士卒!慰五万士卒亲人!"

慕容垂擦干眼泪,强烈的仇恨让他心潮难平。亲自出征,率领大军,踏破贺兰山阙,踏破阴山山阙,为惨死的士卒复仇!

慕容垂腾地从座位上站立起来:"好!朕亲征拓跋珪!为死难士卒报仇!"

拓跋觚急忙劝慰着慕容垂："陛下息怒！陛下年事已高，不宜亲自出征！还望陛下三思而后行！"

慕容宝从慕容垂宝座前站了起来，指着拓跋觚，咬牙切齿："你是拓跋珪的内奸！你休想阻止我大燕复仇！父皇，今日你要是听从他的话，我将率领人马亲自去征讨拓跋珪！我今后不再是大燕太子！"

气头上的慕容垂厉声呵斥拓跋觚："从今以后，你休得为拓跋氏说话！若敢多言，有如这椅子！"说着，拔出宝剑，向座椅砍去。咔嚓一声，宝座的一个扶手断裂开来，落在地上。

拓跋觚轻轻哆嗦起来，他还从来没见过慕容垂向他发这么大的火。他退到后面，不敢再多说一句。

太史官上前劝说："陛下，臣观天象，见太白夕没西方，数日后见东方，此为躁兵，先举者亡。万望陛下三思！"

"休得再行聒噪！朕主意已定，三月开春即便发兵。诏令全国，即日起开始点兵！"

经过一个多月的紧急征兵，慕容垂征得五万兵力，便告别中山，亲自率领大军向塞外进发。为了出其不意，慕容垂决定改行一条新路，缩短到达平城的时间。

皇始元年（公元 396 年）三月，春暖花开，慕容垂带领大军逾越青岭①，经天门②，凿恒岭山道，出魏不意，直奔平城。

马兰与刘缨母子来到平城，守城大将军拓跋虔恭谨地把她们迎进平城，每日里殷勤伺候，不敢懈怠。拓跋虔带兵三万从盛乐奔平城，没有费太大气力，就把守平城的慕容普麟撵出平城，他占据平城，便守在那里，等待拓跋珪进一步的部署。

此时的平城，不过一个很小的城池，几乎只有军营，只够驻军居住，没有多少防御工事。

慕容普麟被拓跋虔撵出平城，移居上谷郡。

马兰在平城已经住了一个多月，身体精神好多了。三月，春暖花开，她

①青岭：在今河北省涞源县北，广昌镇。
②天门：在今河北省涞源县南。

鲜卑国母：献明皇后

的心情也慢慢好了起来。拓跋珪在定襄没有搜寻到梁六眷，便结束了虎山大搜查，带领着队伍向南移动，准备攻取中山，她在平城时刻注意着拓跋珪的动静。

这一天，她和刘缨带着孙女、孙子拓跋嗣，走出军营驻地，带着几个侍卫，乘坐高车来到军营外面白登山游玩。这里有刘邦被围的白登台。

平城是西汉旧县，汉朝一度在此设雁门郡，归并州刺史部，辖繁峙、汪淘、剧阳、崞、平城五县。王莽时改为平顺。东汉末年，又改回平城。到拓跋猗卢为代王时，以平城为南都。这里百年前，草场肥沃，人口稠密，但是，代国灭亡以后，这里经常成为战场，代国复兴以后，拓跋珪又经常在这里与刘卫辰、刘眷等人展开争斗，这里人口越来越少，村庄稀稀拉拉。

马兰和刘缨来到城外，城外北面是蜿蜒起伏的武周山，西面是赭色的白登山。

马兰拉着拓跋嗣登上白登台，这是当年汉武帝被匈奴包围的地方。马兰站在白登台上放眼望去，远处的武周山也是嫩绿一片，山坡上长满郁郁葱葱的树木，遮天蔽日。她把目光收到山下平原上，依然满目翠绿，平畴上一片一片的森林，夹杂着一些嫩绿草场，这里那里点缀着一簇一簇白色毡帐，蘑菇似的毡帐住着受降的高车、柔然、杂胡部落，他们被拓跋珪迁徙过来。黄色土屋群是汉人稀稀拉拉的村庄。翠绿草原上放牧着白色的羊群、红棕色的牛群、白色枣红的马群，杂色点缀其间，煞是好看。

马兰看着坐落在白登台西面的平城，小小的平城，黄色土墙环绕着一些黄色的土房、瓦房，倒也齐整俨然。马兰四下望了一遍，笑着对刘缨说："平城气候比盛乐好，比盛乐暖和多了，将来要是能定居平城，也很不错。"

刘缨笑着点头："是啊，塞外天气太冷，现在还是天寒地冻，难见绿色。这里却满眼一片绿了。"

马兰指点着武周山："你看，那山多美，好像侧卧的女人身体，起起伏伏的。你看，那是女人的头，那是鼻子，那是嘴，那是细腰，那是屁股。"

刘缨拍手："果然很像哩。"

女娃也附和着，一边跳一边喊："就是，就是，那是鼻子，那是嘴。"

拓跋嗣却哇哇乱喊："不是，不是。"

马兰拉着拓跋嗣，对马兰说："将来要是魏王成了大业，还是把这里定都城的好。这里气候温和，又靠近汉人朝廷，容易学习汉人的好东西。等魏王成了大业，你可以提醒他。"

刘缨苦笑了一下，神色有些黯然："哪轮到我提醒他啊？将来就算是他成了大业，也不会想到我的。他宠幸的贺兰不会让我接近他。"

马兰急忙说："不会的，他是对天发过誓的，他成了大业，一定要封这娃做继承人。他不敢违背誓言的。只要这娃是继承人，他就不敢冷落你！"

刘缨叹了口气："贺兰已经生了个男娃，我担心这娃的地位也不保！"刘缨摸着拓跋嗣的头顶说。

"我谅他不敢随便重新选继承人！"马兰望着远方，小声说。

"奶奶！你看，那里来了一队人马！"女娃指着平城南边，那边一条土路上，腾起滚滚尘土，隐约可以听到得得马蹄声，辚辚车轮声。尘土飞扬处，可以隐约看到旗幡飘扬。这支队伍向平城围了过去。

"糟了！"马兰大声喊着，双腿一软，一屁股跌坐到地上。

平城方向，传来连天喊杀声、鼓声、进军号角声。

拓跋虔在平城军营里饮酒。平城汉人酿制的一种粮食酒，醇香可口，饮过之后叫人感到晕晕乎乎，飘飘欲仙，浑身每个毛孔都舒张着，上下无处不舒坦。拓跋虔进入平城以后，没有得到魏王拓跋珪的新的命令，只好原地待命，他闲来无事，便终日饮酒作乐。这一日，他从平城招来一班乐人舞女，一边饮酒一边听着乐师的吹拉弹唱，几个半裸的轻盈娇媚的舞娘在他前面甩着水红长袖，快速地旋转着，翠绿的长裙随着旋转，慢慢张开，好像荷叶一样展开，露出白嫩的大腿。

拓跋虔入迷地看着，随着节拍，拍打着面前的桌几。

突然，外面一阵急促杂沓的脚步响了起来，冲进几个军官："报！"军官单腿跪下大声喊，不等拓跋虔回话，就急促地说："大燕军队兵临平城，先头队伍正在攻城！"

拓跋虔猛然站了起来，推倒面前的桌几，上面的美酒佳肴全都泼洒到地上。"甚话，大燕军队到平城，这怎么可能？没有得到探报啊！"拓跋虔吃惊地瞪大双眼，完全不相信这消息。

又有几个士卒冲了进来："大将军，大事不好！东门失守，大燕队伍进城了!"

拓跋虔急忙喊:"来人! 给我披挂!"侍卫急忙拿来拓跋虔的甲胄头盔,急急地给他穿戴起来。拓跋虔抓起他那特制的又长又沉的槊,跑了出去。院子里,侍卫牵来他的白色战马,刚刚备好马鞍,拓跋虔抓着马鞍翻身跳了上去。

"召集队伍!"他挥舞着丈八长槊对副将喊。

队伍立刻召集起来,拓跋虔带领着队伍冲了出去,向东门跑去。这时,又有一些哨兵来报:"大燕军队攻破北门!""大燕军队攻破南门!"

这时,大燕军队已经出现在平城。拓跋虔带领队伍仓皇向西门跑去。后面大燕的军队已经逼了过来。

"快开城门!"拓跋虔挥舞着长槊喊。

守城士兵急忙打开西门,拓跋虔领着队伍冲出西门。大燕军队尾随着跟了出来。出了城,来到宽阔地方,拓跋虔决定回身抵抗大燕军队。他不能这么不战而溃。魏王最恼怒这种不战而溃的将军。他这样逃回代地,拓跋珪不会饶恕他的!

拓跋虔掉转马头,迎着大燕军队冲了上去。

大燕军队见拓跋虔突然掉头,不但不害怕,反而士气大增,呼喊着冲了上来。大燕军队士气十分高涨,有不少士兵的兄弟亲人都战死在参合陂,他们怀着给亲人报仇的决心参军,如今亲眼看到杀死他们亲人的魏军,个个怒火中烧,恨不得抓住每一个魏军,杀于杀死他们。

大燕士兵呼啸着,勇敢地迎着拓跋虔冲了过来。两军混战在一起。

拓跋虔挥舞着丈八长槊,在两军对战中左杀右刺,一些燕军士兵倒在他的长槊下。慕容垂坐在车上,看到前方打在一起,便命令慕容宝率领着剽悍的禁军前去支援。

"一定要把那个挥舞长槊的将军干掉!"慕容垂命令慕容宝。

慕容宝指挥着禁军包抄上去。

"放冷箭!"慕容宝命令自己的弓箭手。

弓箭手瞄准着拓跋虔的坐骑,嗖嗖射出了利箭。有几支箭射在拓跋虔的坐骑臀部上,坐骑忍不住疼痛倒了下去,把拓跋虔摔到地上。看见主将倒下去,魏军士兵急忙上来抢救,可是燕军已经蜂拥而上,乱刀砍向这英勇无比的将军。可怜一个盖世英雄拓跋虔，被燕军乱刀砍死在平城西门外。

魏军看到主将已死，都慌成一团，纷纷寻找逃跑的生路，立即溃不成军。慕容宝挥舞大矗掩杀过来，将拓跋虔来不及逃走的两万多士兵围了个水泄不通。被包围的士兵见没有逃跑希望，纷纷扔了武器下马投降。慕容宝效仿拓跋珪，把投降的魏军全部活埋。

慕容垂的大燕军队顺利地占领了平城。

2.临危不乱马兰送信　见机行事魏王撤兵

白登台上的马兰听到平城方向传来连天的喊声，双腿一软，一屁股坐到地上。刘缨着急地跺着脚喊："阿娘，是不是燕军打过来了？是不是啊？"

马兰一时着急得说不出话来，只是点头。

"这可咋办呢？"刘缨也一屁股坐到马兰身边，急得只是哭喊着掉眼泪。

马兰看着平城方向，让自己冷静下来："你别哭啊，让我们想想办法。"她拍着刘缨的手："你这么一哭，弄得我没了主意！别哭!"马兰呵斥着刘缨。刘缨急忙止住哭声，拉着女儿、儿子，看着马兰。

马兰嘘了口气："我看要赶快去给魏王报信！大燕出其不意，突然出现在平城，这平城守军没有一点防备，肯定要吃大亏！魏王守在善无①，平城攻陷，大燕军队很快可以赶到那里，他若是一无所知，后果不堪设想!"

"那可如何是好？"刘缨惊慌地问。

"要赶快去给善无给魏王报信!"马兰说着，从地上站了起来："走！我们不能回平城了！我们立即赶到善无!"马兰一说，一边拉着拓跋嗣，催促着刘缨："走！我们赶快下去坐车，直奔善无!"

马兰抱起拓跋嗣，奔跑着下了白登台。刘缨也拉着女儿，跟着马兰向台下高车奔去。

马兰抱着拓跋嗣上了高车，拉着孙女和刘缨上了车，对车夫和侍从大声命令着："回善无！快走!"

车夫赶着马，正要启动，只见东面一队士兵骑马奔来。

---

①善无:在今山西右玉县南古城村。

鲜卑国母：献明皇后

"坏了！燕军发现我们了！"马兰着急地喊，她略一沉思，对刘缨说："你带着娃赶快去给魏王送信，我来应付他们！拖住他们！"说着，跳下高车，照着驾车马匹狠狠踢了一脚，对车夫大声喊："快跑！"

车夫打马拼命向善无方向奔去。

刘缨在高车上哭喊着："阿娘！阿娘！"

马兰拉过一匹马，翻身上马，带着几个侍卫，迎着急驰而来的一队士兵慢慢走了过去，挡在大路中央。

急驰过来的士兵急忙勒马，坐骑嘶鸣着前腿腾空，原地转了一圈，才停了下来。"你不要命了！"马上的骠骑将军怒喝着，甩出马鞭，朝马兰抽去。鞭子抽在马兰的脸上，她的右脸立刻肿起一道红色的肉棱。马兰捂着脸，还是横在路上，并不让道。

燕军的骠骑将军朝士兵命令："砍死她！"

几个士兵扬着刀冲了过来。马兰的侍卫急忙上前，端起枪矛抵挡着进攻的燕军兵士。马兰回头看了看，刘缨的高车已经转过山道，消失在密林里。

她大声笑着喊："将军！你今天可是立大功了！你赶快带我去领奖赏吧！"

骠骑将军疑惑地看着面前这衣着华丽高贵的鲜卑女人："领什么奖赏，你是谁？"

马兰仰天大笑，清脆的笑声荡漾在空气中："说出我的名字怕不吓死个你！我是谁？！我是代国代王！魏王拓跋珪的阿娘！怎么样？你可不是要得重奖了吧？"

骠骑将军颇有些不大相信："就你，是代王，不可能吧？"

"你不相信不是，那你就带我去见你们的主将啊，你们的主将是谁，是太子慕容宝还是司徒慕容德，带我去见他们，看他们认识不认识？"

骠骑将军还在犹豫。马兰笑了："放着重奖你不要，可真是愚蠢到家！"她转向燕军士兵，大声喊："你们谁愿意受重奖？谁愿意带我去见你们的主帅啊？"

几个想得重奖的校尉冲上前来。

骠骑将军甩着皮鞭，把他们赶了回去。"走！跟我回去见皇帝陛下！"他喊着,让士兵绑了马兰和她的侍卫。

"皇帝陛下?"马兰心中一颤:难道慕容垂亲自出战? 她突然感到浑身软弱无力,她深深叹了口气,心里乱成一团。要是慕容垂来了,她该怎么办,分别十几年,他还认识她吗,在这种你死我活、剑拔弩张的境况里见面,他们该说些什么,他会怎么对待自己?

马兰的心轻轻战栗起来。

刘缨不断回头看,平城越来越远,慢慢消失在密林后面。高车已经向西跑了很远很远,终于完全看不到平城,也不见追兵追赶,马兰才坐回座位,长长嘘了口气。

两个娃在高车急速地颠簸中吓得脸色发白,互相紧紧搂在一起,头都不敢抬。车夫站在驭座上牵着缰绳,不断地发出催马令,不断在空中甩着响鞭。四匹马马蹄腾空飞奔,踏起一团一团尘土。

刘缨紧紧搂抱着一双儿女。

"奶奶呢?"已经有些懂事的女儿仰脸看着刘缨,问:"甚时能见奶奶?"

女儿这话像刀子一样扎在刘缨的心上。甚时能见到奶奶? 她怎么回答女儿这稚嫩的问题。留在平城迎着敌兵去的婆母会有什么结果,她根本无法预料。但是她知道,婆母一定凶多吉少。

天神保佑婆母! 刘缨在心里念叨着。翁衮啊,但愿你保佑婆母平安!

高车在山路上颠簸,看着似曾相识的山地,刘缨估计已经快进到善无境地。刘缨对这一带并不陌生。当年她被刘显带到马邑①,从这里经过。被梁六眷挟持,也经过这里,在虎山住了一些日子。

转过山路,进入了一个小平原,一个不大的土城出现在远处。城外,有一大片毡帐,可以看到兵士晃动的身影,看到毡帐前高高的旗杆上飘扬着金色狼头大纛。

刘缨流着眼泪,命令车夫催马。

来到营帐围栅外,高车被一队巡逻的士兵挡住去路。

"下来! 下来!"巡逻的士兵吆喝着,动手把刘缨和孩子拉下高车,仔细

———————

①马邑:在今山西朔州市城关。

529

鲜卑国母:献明皇后

盘问着。士兵并不认识刘缨，他们询问着刘缨的来历，不停地追问着她的去处。

刘缨焦躁地喊着："快带我去见魏王！我有火急事情报告魏王！"

"见魏王？魏王是你见的嘛？"一个巡逻士兵嬉皮笑脸地调戏着刘缨，伸出手摸了摸刘缨的脸蛋："是不是凭你的漂亮脸蛋啊？"

又一个士兵调戏着说："让我亲一下，我就带你去见魏王！"说着就凑了上来，想亲刘缨！

刘缨扬起胳膊，抡圆了向士兵扇去。啪的一声，那士兵脸上挨了一记响亮嘴巴。

"你敢打我！"巡逻士兵捂着火辣辣的脸，跳着脚咆哮着，一边抽出腰刀。

正在营地里训练士兵的拓跋仪听到营门前的吵闹，急忙跑了过来。

"这里发生甚事？"拓跋仪一边跑一边喊着。

"嫂子！"他一眼看见刘缨和两个孩子，大喊一声，冲到刘缨面前。紧紧握住刘缨的手："你怎么来了？阿娘呢？她还好吗？"

刘缨眼前一黑，扑倒在拓跋仪的怀抱里，晕了过去。

拓跋仪急忙命令士兵把刘缨背进大营，他自己抱起拓跋嗣，拉着女孩，向拓跋珪大营跑去。

刚才盘问刘缨的那几个巡逻士兵吓得浑身哆嗦，不知如何是好。那个调戏刘缨的士兵跳上一匹马，打马向营地北面的山地奔去。他见过拓跋珪惩罚士兵，被牛皮鞭抽打得皮开肉绽，然后被快马拖在马后，直到被拖得四肢分离，皮肉淋漓为止。他可不想受那种罪，还是先跑了再说。

另外几个士兵也都飞身上马，拼命向北山逃去，其中一个一边跑，一边大声喊着："大燕军队打过来了！快逃命吧！"

喊声震荡在军营上空，正在训练的士兵都乱了起来。

拓跋珪今天从善无城里他那所高大宽敞的青砖瓦房里来到城外驻军营地视察，刚刚看过拓跋仪组织的阅兵仪式，回到主帐里歇息，一边与张衮、许谦等人闲谈。

拓跋珪大搜虎山之后一个多月，一直驻兵善无，他在善无一边准备军需粮草，一边让士兵休整。正月里的一个多月的大肆搜山，让士兵很是疲乏，他准备让士兵在善无好好休整一些日子，等征集粮草、马匹一到，就开始今年的大行动。他已经下了最后决心，要进攻中山，不做好充分准备是不行的。

张衮、许谦正在与拓跋珪部署出兵的时间。

拓跋珪靠在靠椅上，搔着头发："奶奶的，才进三月，这天气就热了许多。看来，可以动身了。"

张衮拈着须髯："魏王主张英明。现在动身，四月就可以攻下还没有恢复元气的慕容垂。如果再假慕容垂以时日，他的元气会有所恢复，攻打起来又会难一些。"

拓跋珪的手在扶手上轻轻拍打着，思考着张衮的提议。他之所以迟迟没有动身，一方面是天气没有转暖，另一方面，他是在做着认真的准备。征集新兵，训练马匹，筹集粮草，每次大规模的军事行动都需要很好准备。这一次，要深入大燕中山，那里以汉人为主，他没有充分的粮草后备，后果不堪设想。

外面响起兵士的喧哗声。

"发生了甚事？"拓跋珪从靠椅上坐正身体，问。

"在下出去看看。"许谦站了起来。

拓跋仪抱着拓跋嗣冲进主帐。

"魏王，你看谁来了？"拓跋仪把拓跋嗣放到拓跋珪的腿上。

拓跋珪惊愕地看着腿上这三两岁的男娃，有些不知所措。他根本不认识这男娃。

"这是谁家男娃？"拓跋珪摸了摸拓跋嗣白白胖胖红红的脸蛋，问拓跋珪。

这时，背着刘缨的士兵也进来，小姑娘拉着刘缨垂下的手。

拓跋珪站了起来，把拓跋嗣放到地上，看着拓跋仪问："这是咋的回事，哪来的女人？"他还没有认出刘缨。"这小姑娘又是谁？"

"小心点，小心点。"拓跋仪帮着士兵把刘缨放到拓跋珪的卧铺上，让她躺好，这才对拓跋珪说："你过来看看，就知道她是谁了。"

拓跋珪走了过来，伏身看了看躺着的刘缨。

"刘缨，大阏氏？"他惊叫了一声。

鲜卑国母：献明皇后

531

刘缨睁开了眼睛，转了转眼球，还没有完全清醒过来。小姑娘紧紧拉着母亲的手，轻声喊着："阿娘，阿娘！"

拓跋珪明白了，他低头摸着拓跋嗣的头，轻声问："你是拓跋嗣？是不是？"

拓跋嗣胆怯地看着面前这魁梧、高大、壮实的男人，点点头。

"快喊阿爷！"拓跋仪催促着。

拓跋嗣急忙跑到阿姐身边，拉出阿姐的手，一只手放在嘴里，怯生生的眼睛望着拓跋珪，就是不肯喊。

拓跋珪尴尬地笑着。倒是女孩大一些，对这阿爷还有点印象，她抬起明亮的黝黑的眼睛看着拓跋珪，一点也不害怕地，大声清脆地喊了一声："阿爷！"

卧铺上的刘缨已经完全清醒过来，听到帐篷里的说话，她急忙翻身坐了起来。

拓跋仪走过来搀扶她："嫂子，你看，魏王就在这里。"

刘缨挣扎着想站起来给魏王拓跋珪施礼，拓跋珪弯身拉住刘缨的手，关切地说："别动，你就不要起来了。你说说，你怎么来了？你不是在平城吗？"

刘缨一双大眼睛充溢着泪水："魏王，大燕军队打到平城，阿娘让我来给魏王送信，她老人家为了让我顺利出逃，她去阻拦大燕军队了。"

"甚话？"拓跋珪浑身一激灵，手颤抖了一下，放开刘缨："大燕军队到了平城，这怎么可能？昨日探报才从马邑回来报告，说中山方向的大路上并无动静啊！怎么就到了平城，是不是搞错了？"拓跋珪连声说。

"阿娘呢，阿娘的情况如何？"拓跋仪连声问刘缨。

刘缨的目光只注视着拓跋珪，回答拓跋珪的问题："没搞错。确实是大燕军队，我们清楚地看见了大燕的大纛。"

"奶奶的！他从哪里过来的，难道是插翅飞过来的？关隘并无动静啊！"拓跋珪瞪着一双牛似的大眼睛，看着拓跋仪，又看了看许谦和张衮。他们都茫然不知所措，只是摇头，不知道如何回答拓跋珪的问题。

"嫂子，阿娘如何？"拓跋仪又追问了一句。

刘缨感激地看了看拓跋仪，摇头叹息着："我只看见阿娘迎着大燕军队走了过去，阻拦着追赶的队伍，后来情况就不知道了。"

拓跋仪叹息着："阿娘啊!"

拓跋珪好像没有听到拓跋仪和刘缨的话,只是自言自语："奶奶的,大燕怎么过来的,从哪条路过来的,怎么就没有得到一点探报?"

刘缨悲哀地看了看拓跋珪,心里责备着:你怎么就连句问候母亲的话都没有?她可是拼着自己的性命来救你的啊!你怎么就这么寡情?

一个士兵溜出大帐,在营地里飞一样跑着。一些士兵看到了,便哄笑着喊:"嗨!你犊子跑那么快。是去找死呢还是去会女人啊?"

"到哪里会女人啊?怕是会母牛吧!"在营地里歇息的一些士兵哄笑着。

那士兵一边跑一边回头喊:"大燕军队到平城了!死到临头,你们还有心情嘲笑我!等死吧!"

这是刚才背刘缨进大帐的那个士兵,他把刘缨背进大帐以后,因为没有得到主人的命令,并没有及时退出去,他一直站在后面,等待着拓跋仪的命令。刘缨清醒过来说的话,他都听了,惊慌失措的他趁人不注意急忙溜出大帐。

一溜出大帐,他就撒丫子向自己的队伍跑去。他原本高车部落,被收降进拓跋珪的队伍不过一年多。他飞速跑回自己部队,那支队伍全是高车人。

刚才听到不明喊声已经乱了一阵的士兵又慌乱起来。

那士兵飞似的回到自己的驻地,找到自己的头领,把刚才听到的消息原原本本说了一遍。高车头领立刻找到贺兰部首领贺染干,贺染干杀了哥哥夺取了贺兰部之后,曾一度投靠高车,勾结高车与拓跋珪作对。拓跋珪发兵攻打贺兰部和高车,一举收降了他们,把他们编进自己的军队。但是,这两个人,并没有真心归降拓跋珪,经常在私下计谋反叛,只是一直被紧紧地监控着,没有找到反叛的机会。

高车首领找到贺染干,把刚才听到的消息说给贺染干。

"你说,我们咋办?"高车首领问贺染干,他挺佩服贺染干计谋多端。

贺染干搔着头皮:"跑他娘的!现在正是机会,爷可不想在这里等死!"

高车部落首领有些犹豫:"你看能跑掉吗?鲜卑人看管我们可是看管得死死的!"

贺染干说:"拓跋仪现在正在拓跋珪那里,他一时还出不来。他们一定

鲜卑国母:献明皇后

533

在商量对策,我们不如趁此机会制造点混乱,然后拉着我们的人马跑大漠。"

"制造混乱,怎么制造混乱?"高车首领征询贺染干的主意。

贺染干伏到高车首领耳边,如此这般地说了一会。高车首领的脸上露出得意的笑容:"好主意,好主意,就这么办!"

贺染干和高车首领立刻行动。他们召集了自己的队伍,贺染干对兵士们说:"刚才接到大将军命令,让我们集结起来演习追击!我们现在就开始演习追击,目标北方!大家立刻准备,带足粮食、肉干和浆酪。立刻准备!"士兵立刻开始动手拆卸帐篷,把拆卸的帐篷放到马上,把干粮装满干粮袋,浆酪囊里灌满浆酪,个个精神抖擞地上马集合。

几个鲜卑校尉疑惑地问高车头领:"大将军还没有回来,怎么能出发呢?"

高车头领说:"大将军在前面等着我们!"

鲜卑校尉不大相信:"怎么会呢?大将军一向亲自率领,他怎么会自己跑到前面去呢?你们不是要搞甚阴谋吧?"

高车首领狠狠地瞪了他们一眼:"你们不想去是不是?大将军说了,凡是违抗军令着者,立地斩首!来人!把他们捆了!"

几个鲜卑校尉见势头不对,急忙掣出腰刀自卫,几十个高车士兵已经一拥而上,把他们捆了起来。

"扔进那个毡帐里!"高车首领指着一个毡帐说。士兵把捆起来的鲜卑校尉扔进毡帐。"点火!"贺染干命令着。

熊熊大火燃烧起来,干燥的春风立刻卷着火舌向驻地其他毡帐裹了过去。

"上马!"高车首领和贺染干命令。两个队伍的士兵一起喊了起来。

"起火啦!"

"起火啦!"

"快救火啊!"

拓跋珪营地立刻乱成一团。混乱中,贺染干和高车部落首领带着自己的万把人马冲出营地,向北方奔去。

"高车和贺兰部叛逃了!"一个校尉冲进拓跋珪大帐报告。

拓跋珪腾地站了起来，眼睛瞪得如铜铃似的："甚话，高车和贺兰部叛逃了，为甚？"他抓住校尉的衣襟咆哮着问。

那校尉浑身哆嗦起来，他结结巴巴地说："他们听说大燕大军打了过来，就趁机叛逃！"

"奶奶的！"拓跋珪怒喝道，把校尉一脚踹出帐外。"走！我们去看看！"他撩起袍子，大步流星地走出帐外。

军营里，已经混乱不堪。起火的营帐在干燥的春风里，正愉快地飞扬着，鲜红的火舌夹着浓黑的黑烟，在军营上空跳跃着，从这个毡帐跳跃到另一个毡帐，卷起一股一股冲天大火。军营里兵士们喊叫着，忙乱地扑打着毡帐。受了惊吓的军马在马圈里发出惊慌的嘶鸣，不安地炮着蹶子，互相顶撞着，想冲出马圈。

"奶奶的！不要慌乱！"拓跋珪大声喊叫着，制止着军营像无头苍蝇一样乱跑乱撞的兵士。一个身上起火的士兵带着一身火焰，狂呼乱叫着在军营里跑，从这个毡帐跑到那个毡帐，像个引火种一样把火焰一路引了过来，没有燃烧的毡帐也开始冒烟。

"奶奶的！你乱跑个求！"拓跋珪怒喝着，抽出腰刀，赶上前去，挥舞腰刀，把那个浑身着火的士兵剁成两段。"谁要再乱跑，下场像他一样！"拓跋珪咆哮着，他浑厚响亮的洪钟般的声音在军营上空震荡。乱跑的士兵被震慑了，都乖乖地站在原地，不敢乱跑。

拓跋珪命令各将领，立即组织兵士灭火，他带着拓跋仪、张衮、许谦等来到高车、贺兰部的驻地。高车贺兰部的驻地已经没有了士兵的踪影。

"奶奶的，跑了万把人！"拓跋珪狠狠地跺着脚。

"魏王，不好了！"又有几个校尉喊着跑了过来。

"甚事？"拓跋珪迎了上去。

"纥突邻部帅匿物尼、纥奚部帅叱奴根也率部叛逃了！"校尉惊慌地说："看，他们已经冲出了营地！"校尉指着远处。远处营地里，正有一彪人马挥舞着弯刀，跃马冲出营栅，向正北方向跑去。

"奶奶的！给我追回来！"拓跋珪喊。

拓跋仪急忙去召集队伍。

"怕是追不上了！"张衮叹息着："魏王，还是赶快想办法稳住剩下的队伍,以防其他部帅叛逃!"

拓跋珪让自己冷静下来。张衮的建议是对的,需要立即稳住阵脚,否则,还会有部帅趁机叛逃的。

怎么办?看来部署南下的计划是无法实行了,需要立即避开大燕军队,否则,军心不稳,难保不发生更多的叛逃。兵败如山倒,这道理他是懂得的,眼下当务之急是稳定军心,避开大燕,以保存实力。

拓跋珪来回走着,思索着应急的办法。

慕容垂亲自率领的大燕军队突然降临平城的消息太突然,太震撼,像霹雳闪电一样让兵士震惊,假如此时他逼迫自己的队伍去迎战慕容垂,队伍一定要发生兵变。这已经叛逃的几个部帅不过是兵变前的先兆。绝对不能贸然率领队伍去迎战士气正猛的大燕军队,否则只能导致自己的崩溃!三十六计,走为上,孙子兵法这么教导他。对,只有先躲避锋芒,才能保存自己实力。

拓跋珪冷静下来,他站住脚步,看着他的左手右臂,左右长史兼左右司马张衮、许谦,斩钉截铁地说:"立即向阴山牛川方向撤退!"

张衮和许谦互相交换了一个眼色,他们正担心魏王愤怒中做出进攻的决策呢。现在他们放心了,急忙召集各路大将军,传达魏王拓跋珪英明的决策。

拓跋珪的队伍连夜向阴山牛川方向撤退,以躲避大燕军队锐不可当的锋芒。

3.情人久别今重逢　衷肠倾诉难别离

坐在战车上的慕容垂进了平城。先头部队夺取了平城以后,立刻迎接慕容垂进城。慕容垂很是高兴,这场首次大捷对他的军队极为重要,极大鼓舞了军队的士气。慕容垂为自己决策的英明禁不住沾沾自喜。前年攻克长子,他就是采用秘密勒兵,打了慕容永个措手不及。这次进攻平城,他放弃了从中山到平城的大道,从中山凿山为道直插平城,又打了拓跋珪个措手不及。他用兵如神,将无往而不胜。

慕容垂进入平城,立刻命令队伍建筑一个新城,以巩固后方,进攻魏王拓跋珪。

慕容垂在行宫里歇息。他躺在舒适的热炕上，浑身酸疼，一个多月的征程，让他十分劳累，毕竟已经六十多岁，年龄不饶人，腰疼腿疼，连屁股都是疼的。贴身太监在为他捶打着腰腿，太医在给他按摩肩背。

慕容垂在胡思乱想。他已经来到代地，一个隐秘的愿望突然从心底浮了起来。能不能见到代王马兰呢？尽管现在大燕与代国的关系如此恶劣，他来这里不是会情人而是来报仇雪恨的，为他悲惨死去的五万大燕士兵来复仇的，可是，他还是恨不起马兰。不是她的错，他一直这么想，不是代王马兰的错，代王马兰不会这么无情。所有这一切，都是拓跋珪的恣意妄为，是拓跋珪想篡夺代王位置、争夺霸主地位的结果。

自从拓跋觚到了中山，代王马兰就经常浮现在他的脑海中，他从拓跋觚嘴里，打听到马兰的所有情况，知道马兰一切经历，马兰便活到他的心里。他觉得，马兰又来到他的身边，他似乎感觉到马兰的音容笑貌，感受到马兰的呼吸气息。

现在的马兰什么样子呢？慕容垂经常在心里猜度着揣摩着，想象着。她还像当年那么漂亮吗？她的眼睛还是那样幽深那样明亮那样诱人吗？她的身材还是那么高挑那样丰满吗？她还是那样迷人那样美丽吗？

一定要想办法见她一面！慕容垂对自己说。当然，他知道，这想法一定要藏在心里，不能让太子慕容宝知道。也不能让其他文武大臣知道，否则，会引起他们愤怒的！

慕容垂的眼皮有些沉重，他的头脑混沌起来，朦朦胧胧中似乎看到马兰站在他的炕前，向他俏笑着，她的倩影在他面前晃动着。

外面一阵喊喊喳喳的说话声，惊醒了慕容垂。

"谁在外面聒噪？"慕容垂睁开眼睛，恼怒地问。

"奴婢去看看。"太监急忙停下捶打，恭身出去。

外面，太子慕容宝拦住先头部队的大将军，大将军身后站着一个鲜卑打扮的女人。

"陛下问何事喧哗？"太监高声问。

慕容宝正要报告，先头部队大将军却抢着回答："报告公公！末将抓住一个鲜卑女人，她自称是代王，请求见皇帝陛下！"

鲜卑国母：献明皇后

慕容宝狠狠地瞪了将军一眼，甩手离去。原来，他已经认出马兰，正在竭力阻止大将军进去报告慕容垂，不想让父皇见到这女人。

太监又恭身进去，向慕容垂报告："报告陛下，先头部队大将军说，抓住一个鲜卑女人，她自称是代王，她请求见陛下。"

慕容垂一下子坐了起来。"代王，她自称代王?!"慕容垂十分吃惊，连声追问着。

"她在哪里，在哪里?"说着，慕容垂下地，忙着用脚找鞋穿，太监急忙捧来靴子，给慕容垂穿上。

"她在哪里，在哪里?"慕容垂喊着，向门外冲去。

马兰站在行营外面，心头如小鹿撞似的怦怦跳个不停。难道真的要见到慕容垂了吗？她几乎不敢相信。分别多少年了？这十年虽然通过每年去中山进贡的使臣互致问候，虽然慕容垂也曾几次派使臣到盛乐赠送礼品致问候通报情况，虽然把拓跋觚送到中山，拉近了二人的距离，但是始终还是没有机会见上一面。马兰在梦里经常梦见慕容垂，可是梦境里的慕容垂却面目模糊不清，让她从快乐的梦境里醒来以后更加惆怅。

马兰感觉自己的心跳得快要蹦出胸膛。她用手捂住心口，紧张地注视着行宫门口。带她来的大将军进去这么久，还不见他出来，看来是慕容垂不想见她。

慕容垂不想见她，她的性命就难以保全，她也就没有办法拖住大燕军队，给拓跋珪一些时间部署对策。马兰忐忑不安地想着。

慕容垂不想见她，就说明慕容垂已经铁了心，要一举消灭她的代国和拓跋珪的魏国了！参合陂一役实在太残酷，让燕国和慕容垂切齿痛恨。为甚要杀那么多士兵呢？放他们回去不就行了吗？拓跋珪啊拓跋珪，你看你，做得甚事？

马兰在心里责备着拓跋珪。

怎么办？就这样束手无策，等候燕国处置？

马兰在心里问自己。

不！还是要做最后的努力，争取见慕容垂一面，向他为拓跋珪求情，说服他退兵，尽量保全代国！马兰眼睛亮了亮，下了决心。

马兰看了看押送自己的士兵，因为等候感到无聊，便斜倚在墙上，脸对脸地说着闲话，谁也没有看马兰。院子门口守卫的侍卫，也目光呆滞地望着天空，心思不知在哪里。马兰抬脚向院子里跑去，一边跑一边大声喊："皇帝陛下，我是代王马兰，我要见你一面！我要见你一面！"

侍卫和押解士兵愣怔了一下，急忙冲过去去抓马兰，可是马兰已经冲进了院落，在院子中央继续大声喊叫着。

侍卫上来，啪啪，扇了马兰两个耳光："你找死啊！"又抬脚狠命踹着押解的士兵："你们想害死我们啊！混账王八蛋！你咋看的？"

押解的士兵无端让侍卫踹了几脚，怒火中烧，怒骂着："你乱跑什么？死婆娘！"一边抬手要去打马兰。

"住手！"一声霹雳似的喊声响了起来，把几个士兵都惊吓得浑身颤抖了一下，扬起的手凝固在空中，不敢落下去。

这声音叫马兰战栗起来。是他！是他！这声音与当年长安的声音一样，那样响亮，那样浑厚，那样具有威慑力！

马兰试图抬起眼睛去寻找发出那喊声的人，却感觉到自己浑身无力，怎么也抬不起眼睛。马兰想挪动脚步向那喊声奔去，却觉得两腿像踩在泥沼似的，怎么也挪不动一步。马兰浑身颤抖起来，她知道自己的眩晕毛病又要犯了，她拼命控制着抑制着，不让自己倒下去。可是，眼前已经开始闪烁起金星，一层黑笼罩了所有的东西，她感觉天地在旋转，一切东西都转了起来。

马兰身子一歪，倒了下去。在她倒下的那一瞬间，她听到一声熟悉得不能再熟悉的喊声："马兰！"她朦胧中感到自己倒在一个温暖有力的男人的怀抱里。她已经十几年没有接触过的男人的怀抱。

慕容垂趿拉着靴子冲出房门，正看见士兵抬手要打马兰，他一声怒喝制止住士兵，便冲到马兰身边。

是他朝思暮想的心上人！慕容垂已经认出来！那面庞，那身材，那声音，都是经常出现在他眼前的形容！十几年过去，他从没有忘记这形容！

"马兰！"慕容垂忘情地大声呼喊着，冲向马兰。他要把他的马兰紧紧地抱在怀里，就像他经常做的梦一样。

慕容垂伸开双臂冲了过去，紧紧抱住正要晕倒的马兰。

慕容垂抱起马兰，三步两步回到房里，把马兰轻轻放到热炕上。

　　"快端热浆酪来！"慕容垂命令太监。太监急忙去准备浆酪。

　　慕容垂小心翼翼地抚摩着马兰的脸，她还是那么白皙温润，脸颊上还有淡淡的红晕，她的眉毛还是那样漆黑，弯弯的，长长的，她的眼睫毛还是那样弯曲浓密，毛忽碌碌的，覆盖着紧闭的双眼。她的嘴唇依然那样红润，那样轮廓分明，嘴唇上的纹路那样清晰。

　　慕容垂小心翼翼地抚摩着，小声呼喊着："马兰，马兰！"

　　马兰还是一动不动，只是眼睫毛忽闪了几下。

　　慕容垂终于忍耐不住，伏下身，轻轻地吻了吻马兰的嘴唇。

　　马兰动了一下。慕容垂又亲了亲她的脸颊。

　　轻度昏迷中的马兰感到嘴唇上的一个温热亲吻。那是一个男人的亲吻，这亲吻像一道电流传遍她的全身，激活了她全身的神经，令她浑身都兴奋起来。马兰的心欢快地跳动着，她想要睁开眼睛，看看谁在吻她。谁敢这么大胆，敢来亲吻代王？马兰心里又激动又奇怪，她一定要弄清楚。

　　慕容垂目不转睛地看着马兰，看着他离别了十几年的心上人。马兰那覆盖着眼睛的黑密弯曲的眼睫毛抖动了几下，慢慢睁开了眼睛，幽深黑亮的眸子在蔚蓝色的眼白里慢慢转动着，似乎还没有分辨出眼前的人和物。

　　慕容垂一下子抱住马兰的头，高兴地在她的脸上连连亲吻着，一边温柔地呼喊着："马兰，马兰！我的心肝！"

　　马兰呻吟着问："你是谁啊？"她模糊地看着眼前那白发苍苍的人影，还是没有明白过来。

　　慕容垂的心一下冷了下来。马兰没有认出他，难道自己已经苍老的让她认不出来了？

　　"我是慕容垂啊，你不认识我了？"慕容垂着急地说。

　　马兰呼地一下坐了起来："慕容垂？你是慕容垂？"马兰一下子抱住慕容垂，哭着，喊着，笑着："慕容垂！慕容垂！我的慕容阿干！"马兰满脸的泪水，和着慕容垂的泪水，一起交流着。

　　慕容垂与马兰紧紧拥抱在一起，一起哭着，笑着，喊着，说着，呻吟着。

　　太监端着托盘，站在一边，不敢惊动这一对久别重逢的情人。他也是满脸泪水，感动得不能自已。

一阵惊心动魄的重逢欢喜之后，慕容垂喂马兰饮了热奶，让她靠在靠枕上，自己依偎在她的身边，紧紧握着她的手，细声慢语地交谈着这许多年来的经历。

两人说着，一会儿笑，一会儿叹息，一会又一起流泪。

太子慕容宝几次要求进来禀报进军事宜，都被慕容垂坚决地、不容商榷地拒绝了。"朕这两天不见任何人!"

"太子殿下请示皇帝陛下，问军队如何动作。是立即起程，还是暂时驻扎平城?"太监小心地把太子慕容宝的话转述了一遍。

"暂时驻扎平城，先让士兵筑建平城!"慕容垂不容置辩地传了诏令。他要与马兰好好叙叙别离之情。

慕容宝没有办法，得不到皇帝的命令，他不敢随意指挥军队出发，他只好命令队伍驻扎在平城，在平城筑建新城。

马兰羞涩地依偎在慕容垂的怀抱里，她抚摩着慕容垂那白花花的须髯，很心痛地说:"你可是老多了! 瞧这头发和须髯全都白了。你可是太辛苦了! 还是在平城歇息几天的好!"

"你变化不大。还是那么年轻漂亮!"慕容垂用指头小心地抚摩着马兰的脸颊，啧啧赞叹着:"你遭受了那么多苦难，一点也不显老。看来真是翁衮保佑你呢。"

马兰叹息了一声:"哪能不老呢? 你看这皱纹都出来了。年龄不饶人啊，四十二岁了。"马兰摸了摸眼角。

慕容垂叹息着:"这时光流逝得真快，我都六十多了。老了，头发白了，须髯白了，体力精力都不比往昔了。"

"你可要多注意身体，在平城好好休养休养。"马兰小心地劝说着，她不敢提及慕容垂的军事行动，只是小心避开敏感话题。但是，她心里已经有了主意，一定要运用自己的温柔和魅力，让慕容垂乐不思燕，让慕容垂长久滞留平城，拖延他进发塞外的时间，以给拓跋珪赢得休养生息的时间。她还拿定主意，要慢慢说服慕容垂放弃进攻拓跋珪的想法。

慕容垂也舍不得离开马兰，更不想破坏俩人的心情，他也绝口不提军事，不提他此次的行动目的。

马兰与慕容垂在平城行宫里尽情快活地过了一天又一天，慕容垂似乎完全忘记了他率兵来平城的目的。

太子慕容宝和大司马慕容德又被太监堵在门外。"皇帝说了,今天不见任何人!"太监面无表情地重复着同一句话。

太子慕容宝和大司马慕容德呆立在大门外,看着太监离去的背影。慕容宝焦躁地跺着脚:"这算怎么回事啊?已经在平城住了一个月了,眼看着就交五月了。这拓跋珪已经消失得无影无踪了。我们再不进发塞外,这仗该怎么打啊?"

"可不是,这皇帝陛下总滞留在平城不是事啊。新城工程都筑建得差不多了,我看也该进发塞外去找拓跋珪了!要不,让拓跋珪在塞外招兵买马,力量越来越大,我们怎么复仇啊!"大司马慕容德也焦躁起来,来回踱步。

"士兵开始有怨言了!再这样拖延下去,士兵不叛逃才怪呢!"慕容宝满脸愤怒,看着紧紧关闭着的大门,听到院子里隐约传出的女人的嗤嗤地艳笑声。"都是那拓跋狐狸精,我真恨不得杀了她!"慕容宝指着院子,咬牙切齿地咆哮着。

慕容德拉着慕容宝:"太子殿下不必焦躁!我们还是想个万全办法,让皇帝及早向塞外进发的好。"

"你有什么办法?说来我听听。"慕容宝看着叔父慕容德,问。

"我有这么个办法。"慕容德伏在太子慕容宝耳朵边小声嘀咕着。

慕容宝眼睛一亮:"不错,不错!好办法!好办法!就这么着,明天早晨我们再来禀报皇帝!"慕容宝拉着慕容德走了几步,想起一个问题。"那代王如何处理?是不是杀了她?"

慕容德急忙摆手摇头:"不妥,不妥!千万不能动这主意!皇帝陛下与她正在热恋中,杀了她,万一皇帝陛下受不了这打击,有个三长两短,军心如何稳定?千万不要打这歪主意!"

"那该怎么办,就让这女人把皇帝陛下搞得晕头涨脑神魂颠倒?"慕容宝心有不甘地翻了翻白眼。

"等逼着皇帝离开平城到参合陂以后,再想办法吧。也许可以偷偷把代王弄回盛乐,也许皇帝那时自己同意送她回盛乐,谁知道呢。总之,现在不要乱来!听见没有?小不忍则乱大谋!"慕容德正颜厉色正告慕容宝。

慕容宝点点头:"知道了。"他并不是很痛快地回答着。

第二天,太子慕容宝和大司马慕容德又来到皇帝慕容垂行宫前,请求通报要求见皇帝。太监又懒洋洋地踱了出来:"皇帝陛下今天不见任何人!"他懒洋洋地撂下一句,旋即转身回宫里去。

太子慕容宝一把拉住太监:"公公请留步!今天我们来请皇帝陛下去视察新建的平城!请皇帝陛下去给新城命名!有劳公公通报一声,皇帝陛下很在意这新城落成的!他说过的,新城筑成,他一定要亲往视察的!"

慕容宝补充说:"要是公公耽误了,皇帝怪罪下来,只好请公公担待着了!"慕容德这棉中藏针的威胁令太监止住脚步。他回转过身,谄媚地笑着:"大司马的话小人吃罪不起。小人这就去禀报皇帝!不过皇帝陛下还没有起身,恐怕你们得等些时辰。"

太子慕容宝笑着:"公公只管去禀报。我和大司马现在去做准备,仪仗队伍、车马都随时等候在宫外。"

太监转身趋步进入慕容垂的寝宫,小心翼翼掀起炕前的金黄帷幕。

"什么事情?"慕容垂大睁着双眼,看着太监。他健壮的胸脯上正躺着马兰白皙粉红的脸颊,赤裸着雪白的双臂紧紧拥抱着他,露出鲜红的绣着鲜艳花鸟的抹胸。

太监急忙放下帷幕,站在炕前面,说:"禀告皇帝陛下,太子殿下说,新城已经建成,今天上午请陛下去视察,去举行命名仪式!"

慕容垂说:"知道了。下去吧。"

太监退到门口,又大声补充了一句:"太子殿下和大司马已经准备好车马,随时等候在宫外,请陛下早动身。"

慕容垂亲了亲马兰红扑扑的脸颊,拨弄着她丰满的嘴唇,说:"起身吧?我们用完早膳,出去看看新城。"

马兰其实早就醒了过来,不过,她总是装作没有睡醒的样子,慵懒娇嗔地抱住慕容垂的脖子:"皇帝陛下,再睡一会嘛。你不知道,春天困倦吗。"

慕容垂爱怜地刮了刮她的鼻子:"现在都是夏天了,哪里还有春困啊!起身吧,起身吧,今天这新城视察朕一定要去!"慕容垂一边说,一边从自己胸脯上挪开马兰丰腴的胳膊,顺便在她那雪白的如莲藕般的玉臂上响亮地亲了一口,坐了起来。慕容垂响亮地打了个哈欠,伸了伸胳膊,动手穿衣服。他已经歇息了一个月,天天与马兰相拥在炕上,谈论他们各自十几年的经历。日子就在这谈不完的话题中一日一日流了过去,慕容垂没有意识到,他已经在平城滞留了一个月。

慕容垂下了地。

马兰也急忙坐了起来,穿好衣服,拉开帷幕。太阳光已经照亮了屋子,落在炕上。

太监端来洗脸盆,伺候慕容垂和马兰净面。马兰一边为慕容垂梳头,一边问:"皇帝陛下,视察新城要用几个时辰?"

慕容垂笑着:"用不了多少时辰。视察之后,我们去西山打猎。听说西山有老虎,我很想亲自猎只老虎!"

"好啊!皇帝陛下一定可以亲自猎到老虎的!"马兰兴奋地说。她巴不得慕容垂一直滞留平城,放弃北上的主张。

"不过,我大燕不设猎郎,不知能不能猎到老虎?"慕容垂握着马兰的手,摩挲着。

"我给皇帝当猎郎!"马兰像个小姑娘似的,欢快地说。这一个月,她真的觉得自己年轻得像个少妇。多少年没有这样轻松欢快过了。做了代王,虽然一呼百诺,有说不尽的尊贵荣华,可是她不得不撑着自己,拿出代王的尊严威严,摆着代王的架势,心里的苦恼无人可以倾诉,心里的喜欢也不能尽情表现。她不能在人前流露一点女人的软弱,女人的娇羞,没有任何人可以让她在他的面前撒娇发嗲。这一个月,她尽情地撒娇,尽情地发嗲,尽情地欢笑,当然也尽情哭了许多次。这一个月,是她这二十年来最幸福、最尽情、最畅快的日子。她的撒娇发嗲有故意装出来吸引慕容垂的成分,但更多的是被长久压抑的天性的释放。

慕容垂回过头亲吻了她的脸颊一下:"你当猎郎,我可舍不得,要是老虎把你叼走了怎么办?"

"看皇帝说的甚话!"马兰就势把脸颊紧紧依偎在慕容垂结实的脖子上,蹭来蹭去。

太监端来早膳:"陛下,请用早膳。"太监提醒着这一对久别重逢的老鸳鸯。

鲜卑国母:献明皇后

慕容垂携着马兰上了太子慕容宝准备的宝车。仪仗前呼后拥,鼓吹齐鸣,慕容宝、慕容德率领着出征的百官跟随在慕容垂车后,向新城驶去。

野外已经一片葱绿,初夏的平城原野满目苍翠。春天盛开的花朵已经凋谢,绿树已经绿油油的,榆树上结满了成串成串的榆钱,一嘟噜一嘟噜地挂满枝头。枣树上已经挂满一簇一簇拇指大小的青翠小枣。

慕容垂吃惊地看着野外,心有所动。夏天来了!他刚进平城的时候,树还是嫩绿的,现在已经苍翠一片。他来平城已经一个月了。时间过得好快啊!离开中山已经三个多月了。

新城建在平城北面不远,一条清澈的河水从北面的武周山流了下来,绕着平城流向南方。新城四字方方的,坐落在河的北岸,与旧城携手相连。新城的黄色城墙掩映在绿树中,城里正准备建筑一座青砖青瓦的宫殿,样式完全按照中山皇宫的主殿太极殿建造,现在正紧张地施工。

太子慕容宝和大司马慕容德亲自导引着慕容垂和马兰登上城墙,巡视新城。

慕容垂兴致很高。他看着城里正在建筑着的工地,问太子:"这宫殿什么时候可以完工?"

太子慕容宝兴致勃勃地回答着:"也就一两个月吧。等皇帝陛下从塞外凯旋,就可以入住新宫了。"

"现在几月了?"慕容垂问太子。

"今天已经进入五月了。"慕容宝回答着,口气里略带一些谴责和不满。

"五月了!"慕容垂叹息了一声,沉默了。他听出太子语气里的谴责和不满,自己确实在这里滞留得太久了。

慕容德急忙上来说:"陛下,你看,给新城起个什么名字好?"

慕容垂想了想:"叫燕昌吧,预示着大燕繁荣昌盛!"

"好!就叫燕昌城!"慕容德和慕容宝一起说。

从城墙上下来,太子慕容宝和大司马慕容德亲自搀扶着皇帝慕容垂上了车,也让马兰上了车,坐到慕容垂身边。慕容垂笑着对慕容宝说:"天气还早,我们去北山猎虎。"

慕容宝笑着对慕容垂说:"好吧。请皇帝陛下车上暂且歇息着,等用过膳,我们就出发。"

鲜卑国母:献明皇后

慕容垂靠到柔软舒适的可躺可坐的御车里，与马兰依偎着，太监送来膳食，伺候着他们用了，大家等待着出发。

慕容宝见一切安排妥当，便命令队伍出发了。浩浩荡荡的队伍向北开拔。

慕容垂在颠簸的车里闭上了眼睛，很快就迷糊起来，一阵轻轻地呼噜声均匀地响着。在马车的颠簸摇晃中，听着旁边慕容垂均匀的呼噜，马兰的眼皮也慢慢沉重起来，她躺了下来紧紧靠在慕容垂的身边，迷迷糊糊地也入睡了。

4.机智马兰劝慕容垂谈判　情义刘缨逼拓跋珪就范

马兰睁开眼睛，外面一片漆黑，只见点点火把前前后后闪烁着，成为一条望不到尽头的火龙。这是在往哪里走呢？马兰疑惑地看着继续移动的长龙。不是去北山猎虎吗？怎么走到了天黑？

马兰推了推慕容垂。慕容垂还在沉睡中，黑暗的车里依稀可以看见他苍白的头发和须髯在黑暗中颠簸闪动。到底是年纪大了，总是睡不够。马兰怜惜地想。慕容垂哼了哼，又翻身睡去。马兰只好更加用劲地推醒慕容垂。

"皇帝陛下，你醒一醒。醒一醒！"马兰在慕容垂耳边小声喊着。

慕容垂终于清醒过来，他揉着眼睛坐了起来。"怎么这么黑啊，我们这是在哪啊？"慕容垂嘟嚷着。

马兰揽住慕容垂的腰，小声说："皇帝陛下，你看，我们现在还在行进中。这是去哪里啊？"马兰注视着黑黢黢的原野，只看到隐约的山形起伏。马兰看着黑蓝天空闪烁着的星星，仔细辨认着七星北斗，确定着行进的方向。

"我们正向参合陂方向行进。"马兰摇晃着慕容垂的手，焦灼地说："皇帝怕是上了太子的当了！"

慕容垂大惊，也趴到车窗前注意观察着北斗七星来确定方位。果然是在向西南方向行进。队伍出了平城，一直向北走，过了关隘，便转向西方，向参合陂方向行进。

慕容垂紧紧拉住马兰的手，叹息着："事已至此，朕也无法再瞒你。朕这次出征,就是为攻打拓跋珪来的!"

马兰依偎在慕容垂肩头,很平静和缓地说:"我知道。我知道拓跋珪在参合陂所做的一切。陛下前来,我没有怨言。不过,代国没有对不起皇帝,所以还恳请皇帝陛下大发慈悲,不要采取拓跋珪的方式来报复我代国臣民。假如皇帝陛下想报仇雪恨,就请皇帝把马兰碎成万段,以祭奠屈死的燕国士兵,平息燕国将士的仇恨!"

慕容垂在黑暗中抚摩着马兰的脸颊:"你不要这么说。我怎么舍得这么做呢?冤有头,债有主,拓跋珪是杀害大燕士兵的罪魁祸首,我们大燕要找他算账!你不过是代王,与魏王并不是一回事的。你不是也被他侵夺得几乎失去了代国了吗?所以,你不要担心,我不会难为你的!"

马兰却抽泣起来:"可是,他毕竟是我的亲生儿子啊!陛下,能不能答应我,不要难为拓跋珪?只要他答应改过自新,退守阴山,不再侵扰大燕,陛下就撤军回去?"

慕容垂在黑暗中摇头:"怕是不行。就算是我朕答应了,但是朕的文武百官,朕的十万将士不会答应!他们同仇敌忾,决心要扫荡拓跋珪,以报仇雪恨!朕难于劝服他们!"

马兰沉默着,在黑暗中抽泣起来。

马兰的抽泣呜咽像刀子一样戳在慕容垂的心上。慕容垂急忙温柔地揽住马兰的肩头,低声劝慰:"不要这样嘛。小心哭坏身体。也许还有办法可想。现在不是还不知道拓跋珪的下落嘛。等到天明驻扎下来,我们再从容商议。来,还是先睡下吧。"

慕容垂的队伍过了关隘,天渐渐亮了起来。太子慕容宝与大司马慕容德一起来见慕容垂,他们诚惶诚恐,口口声声请求皇帝的宽恕。

"皇帝陛下,我们也是迫不得已,将士滞留平城日久,已经啧有怨言,儿臣唯恐兵变,才不得已出此下策。请皇帝陛下宽恕!"

事已至此,慕容垂知道生米已经做成熟饭,埋怨惩罚都于事无补。何况他们也是忠心一片为大燕着想。

慕容垂摆摆手:"事已过去,休得再提。长城已过,驻扎下来,歇息歇息。"

太子慕容宝急忙传令安营扎寨。到了现在，慕容垂知道，自己不能再沉湎与马兰的温情中，他要以皇帝的身份来部署今后的军事行动。

队伍驻扎下来，慕容垂另外安置了代王马兰，自己开始与太子慕容宝和大司马慕容德认真研究部署着下面的行动。

"先派出探哨，寻找拓跋珪的下落。等找到拓跋珪的下落去向，我们便发动攻击！"慕容垂眼睛灼灼放光，神采奕奕。此时，他一扫暮年迟钝，又英姿勃发，浑身散发出果断勇敢和沉稳。

慕容宝和慕容德对视了一下，安心了许多。慕容垂宝刀未老，英气尚存，大燕气数未尽，还能雪耻。

几天以后，派出去的探报纷纷回来报告，纽垤川没有发现拓跋珪，盛乐没有发现拓跋珪，牛川也没有发现拓跋珪。

拓跋珪藏身哪里去了？

慕容垂烦恼地在营帐里踱步。找不到拓跋珪的下落，他无法决策他的下一步行动。他该挥师哪里呢？

马兰在自己的营帐里呆坐着，十分烦闷无聊。她知道慕容垂正在寻找拓跋珪的下落，然后部署决策他的行动。能找到拓跋珪吗？她很是担心。尽管塞外草原这样辽阔，可是时间长了，也还是能够打听出他的下落的。他率领着几万人的队伍，哪能不被人发现呢？她很想出去到慕容垂的营帐里去打探一些消息，可是她担心自己弄巧成拙，也许他们还没有打探出消息来，却暴露了自己的用心。

马兰抑制住的自己的担忧和烦躁，尽量让自己装出无所谓的样子，在自己营帐周围散步，摘些野花青草玩。

慕容垂从自己营帐里走了出来，向马兰走来，身后跟着太监和几个侍卫。

马兰微笑着，迎接着慕容垂。慕容垂快步走了上来，拥抱住马兰。俩人亲热了一会，慕容垂对太监说："把绳床拿来，朕要在这里坐一会。"

太监急忙架起两个绳床，让慕容垂和马兰并肩坐了下去。眼前是一望无际的绿色大草原，伸展向北方，西面东面都是连绵起伏的群山，在蓝天下闪烁着赭色。慕容垂望着草原，揽着马兰，小心试探着问："你看，拓跋珪现在藏在什么地方呢?"

马兰心里好笑,他知道慕容垂现在很是焦躁,想从她这里套出点什么来。马兰装作很爽快的样子说:"他多半在牛川活动。"

慕容垂摇头:"探报说,牛川没有发现踪影。"

马兰提起的心落了下来:他们在牛川没有找到拓跋珪,那拓跋珪就安全了。她皱起眉头:"不在牛川,那就一定在阴山,他能到哪呢?"

慕容垂还是摇头:"阴山也没有。"

这时,太子慕容宝喜气洋洋地跑了过来,一边跑,一边兴奋地喊:"皇帝陛下,找到了,找到了! 在意辛山里!"

马兰的心一沉,其实,她早就知道,拓跋珪一定藏身意辛山。她以为,慕容垂一时还找不到他的下落,没有想到,他们这么快就发现了他的踪迹。

怎么办? 怎么拯救拓跋珪? 慕容垂挥师十万大军进逼意辛山,拓跋珪一定没有抵抗能力。双方实力悬殊太大!

马兰苦苦思索着。

"意辛山? 快找向导来,看去意辛山如何走?"慕容垂站了起来,想与太子慕容宝走回主帐。

马兰一把拉住慕容垂:"皇帝陛下,我知道去意辛山的道路。"

太子慕容宝疑惑地看着马兰:"你知道? 那你说说看。"

马兰说:"意辛山是阴山的一座山峰,山高崖陡,树林茂密,藏身里面,很难被发现。拓跋珪所以选择意辛山来躲藏。"

慕容宝轻蔑地一笑:"那我们就封山困死他们。我们十万大军,还怕困不死他?"

马兰笑着:"太子殿下所言不错,十万大军确实可以困死拓跋珪的人马。不过,拓跋珪进入意辛山,一定做了充分准备,十万大军围困意辛山,没有一年半载别想让他走出意辛山。而意辛山地区人烟稀少,十万大军半年粮草从何处筹措? 陛下和太子可曾考虑?"

慕容垂点头说:"代王所言,甚有道理。长期围困意辛山,不是大燕军队所能承受起的。冬天一到,我大燕军队必将如前次一样陷入困境。前车之鉴,不可忘记。"

慕容宝嘿然。

鲜卑国母:献明皇后

马兰急忙说："陛下，我有一个主意，不知当不当讲？拓跋珪是我的儿子，我出主意不知会不会惹起陛下疑心？"

慕容垂笑着："但说无妨。"

马兰想了想，把刚才想出的办法说了出来："如今拓跋珪远遁意辛山，陛下如果拼力征讨，我恐怕大燕损失过大。不如派使者去劝说拓跋珪，让他投降。如果他同意归降，陛下可以恢复他西单于的称号，让他继续在我的管辖下，让他驻守意辛山一带，为陛下守卫北疆大漠，防止高车、柔然、杂胡侵犯大燕疆土。拓跋珪降伏高车、柔然、杂胡部落可是独一无二的！我保证他以后再不侵犯大燕疆土！"

慕容垂没有说话，他在思考马兰的提议。

慕容宝气急败坏，大声喊着说："陛下，不能听她的！她这不过是缓兵之计，想拖延时间，让拓跋珪东山再起！千万不要中了她的奸计！"

马兰苦笑着，一脸委屈："我知道太子不信任我。我不过随便说说，我不过替皇帝陛下考虑，不想让皇帝陛下遭受损失而已。我不过是也想趁机夺回被拓跋珪夺走的代国权力。他拓跋珪这些年觉得自己翅膀硬了，不把我这代王放在眼里，我也恨不得大燕军队能够围剿了他，夺回我代王统治代国的大权。太子殿下定夺吧！要是能够从意辛山找到拓跋珪，我可是感激不尽呢！"

一席话说得慕容宝哑口无言。

慕容垂坐回绳床，沉思着。马兰说得不无道理。去征讨躲进意辛山的拓跋珪，困难很大，几乎是不大可能的。不如依照马兰所说，派人去与拓跋珪谈判，如果他同意不再侵犯大燕疆土，愿意拥戴代王统治，不妨送马兰回盛乐，恢复代王身份，扶持代王马兰治理塞外。自己撤兵回到平城，在平城设坚固城池，防备拓跋珪的进犯。这样，可以避免大燕军队的损失，也实现了自己这次出征的目的。一举两得，何乐不为？

慕容垂试探着问："如果拓跋珪不同意这提议，不愿意把权力交还你，那该如何处置？"

马兰很有把握地说："我了解自己的儿子，他十分聪明，很会审时度势，眼下他走投无路，困守意辛山，不答应我这提议，必然死路一条！即使他不答应，他的部下，我的另外的几个儿子也会逼迫他答应的！"

鲜卑国母：献明皇后

慕容宝哼了一声："怕没那么容易吧！"

慕容垂又追问着："要是他出尔反尔，又将如何处置？"

马兰认真地想了一会："我愿意以我的生命向皇帝陛下担保！我会告诉拓跋珪，我以我的生命向皇帝担保他的忠诚。他难道能够把自己的亲娘推向死路吗？"

慕容宝又哼了一声："那可说不定！人心隔肚皮，谁知道呢！"

马兰尖锐地看了慕容宝一眼，反问着："难道太子殿下会这么做吗？"

慕容垂也尖锐地看着慕容宝，慕容宝急忙辩白："我当然不会这么做了，可是谁知道拓跋珪会不会这么做！"

马兰笑着："人心都是肉长的，太子殿下不会这么做，我担保我的儿子也不会这么做！"

慕容垂转过眼睛，望着碧绿的草原，说："就先派使者去找拓跋珪，看能不能商谈出个结果。不过，你一定要把你刚才的话说给他。你要用你的生命来担保他！"

马兰郑重点头："我决无戏言！"

拓跋珪带着张衮、许谦和拓跋仪、拓跋遵、拓跋烈、穆崇等将领大人登上意辛山，观察地形。进入意辛山，虽然说有了保障，但是也决不能麻痹大意，要做好应付各种突发情况的充分准备。万一慕容垂追踪到意辛山，他该向哪里突围呢？

苍翠的意辛山山坡上点缀着金黄的蒲公英，蓝色的马兰，鲜红的山丹，紫色的苜蓿，山脉逶迤伸向西北方向，正北便是大碛，当年拓跋珪一直追到那里，打败了刘卫辰。实在不行，只好向大碛方向暂且躲避，大碛以外活动着高车、柔然的部落，在那里藏身谅慕容垂不敢深入。慕容垂虽然也是鲜卑，可在中原日久，军队士兵以汉人为主，他们绝对不敢深入大碛以北的高车、柔然地区。但是拓跋珪不怕，他的军队以鲜卑、高车、柔然为主，在大碛以北地区依然游刃有余。

拓跋珪指着远处的一片黄色的不毛之地说："从这里下去，可以直奔大碛，不过半天路程，就可以穿越大碛到达柔然草原，慕容垂便无法追踪。如果打探到慕容垂动身，我们就立刻下山。你说呢，二弟？"拓跋珪转向拓

鲜卑国母：献明皇后

551

跋仪。

"我同意魏王部署。"拓跋仪点头。自从娶了慕容宝宠妾周氏以后,他对拓跋珪更加顺从。美丽的周氏给了他说不尽的温柔,叫他神魂颠倒。

张衮和许谦也都同意拓跋珪的部署。眼下,只有向北才能摆脱慕容垂的追逐。

拓跋珪决定了北撤的路线,便带着部下高高兴兴下山回营地去。他们驻扎在意辛山一个宽阔的山谷里,山坡上放牧着征来的羊群、牛群、马群。有这漫山遍野的牛羊,他即使在意辛山驻扎半年也绰绰有余。

来到营地,大将军蔚古真前来报告,说慕容垂派来使臣,等待在大帐里,要见魏王。魏王拓跋珪眉头一皱:"奶奶的!他果然追踪而来!他有甚话说?"

蔚古真说:"他是来谈判的!"

拓跋珪高兴了:"谈判?好啊。走,我去见见他们!"

拓跋珪来到大帐,果然有几个燕国使臣正等待在大帐里。"你们是来见我的吗?"拓跋珪冷着脸问来人。

慕容垂派来的使者站了起来,垂手恭立答道:"大燕皇帝陛下派我们前来谈判。"

"谈甚?"拓跋珪坐到大帐中间的高座上,跷起二郎腿,傲慢地问。几个使臣见他不下跪,他心里很是恼火。总有一天,我要叫不管哪里来的使臣都匍匐在我的脚下!拓跋珪心里发誓。

使臣说:"大燕皇帝同意代王提议,答应代王要求,不再追踪你们。但是你必须答应皇帝陛下的条件,取消自封的魏王称号,恢复原来的西单于封号,并且保证不再侵扰大燕北疆,永远驻扎在阴山以北,为大燕皇帝看守塞外北地!"

拓跋珪心里一惊:代王的提议?看来母亲确实已经落到了慕容垂手中,成为慕容垂的人质了。他的心微微颤动了一下,一个念头闪过心头。母亲是不是与慕容垂达成协议来劝降我呢?他们曾经有那么一段叫他想起来就感到羞耻的私情。

拓跋仪听使臣提到代王,心里一颤,他已经有些日子没有见到母亲了。听嫂子刘缨讲述平城沦陷的经过,他一直在为母亲担心。他正想张口问问

使臣关于母亲的情况,拓跋珪却猛拍了一下自己的大腿,腾地站了起来:

"要是我不答应呢?"拓跋珪咆哮的声音震荡着大帐。

"皇帝说了,要是你不答应,他就挥师十万大军追击过来,紧追不放,不管你跑到哪里,皇帝陛下就追到哪里,决不放弃!一直到把你擒获为止!"使臣毫不胆怯,看着拓跋珪针锋相对地大声说。

"奶奶的!老子不能同意这条件!回去告诉你那慕容垂老儿,我魏王拓跋珪决不答应这条件!让他追击来吧!老子拓跋珪在这里等着迎接他!来人!"拓跋珪向帐外喊。几个侍卫急忙跑了进来。"拉出去!每人割一只耳朵,送他们回去!"

几个侍卫大吼一声,便上前推着使臣出去。为首的使臣大声喊:"你不能乱来!你母亲代王在皇帝陛下手里!这是你母亲拿她的性命为你做的担保!要是你不答应皇帝陛下的条件,你母亲代王休想多活一天!看,这是你母亲代王让我们交给你的信物!"

使臣从怀里掏出一个手镯,让侍卫交给拓跋珪。拓跋珪阴沉着脸,接过手镯,随便看了一眼,便扔在座位上:"何以见得这是代王信物?你想诓我,没门!拉出去!"

拓跋仪从座位上拿起手镯,仔细地看了半天,他确认那是母亲从不摘下的手镯,是老代王送她的礼物。他急忙上前小声劝说拓跋珪:"魏王息怒!若是不同意条件,放他们回去传话就是了,何必伤他们呢?伤了他们,累及母亲,我们做儿子的心何安啊。"

拓跋珪一脸怒容地尖锐地看了拓跋仪一眼,没有说话。

站在拓跋仪身旁的三弟拓跋烈也上前一步,说:"二阿干说的是。不要累及母亲才是啊。"

张衮与许谦互相交换了一下眼色,张衮上前行礼:"魏王,在下以为,可以先让使臣去驿帐学暂且歇息歇息的好!"

拓跋珪阴沉着脸,挥了挥手:"让他们歇息去!明日再做计较!"

侍卫带着使臣去歇息。

侍卫带走使臣以后,拓跋珪在大帐与左右司马以及他的弟弟发生强烈的争执。拓跋珪坚决不同意使臣的条件。"让他们追来好了!只要他慕容

553

垂能追！我不怕他追！只要我们坚持到冬天，他慕容垂的十万大军不冻死塞外才算呢！"拓跋珪强硬地说。

拓跋仪笑着："魏王所言不差。只要坚持到冬天，慕容垂一定大败而归！只是小弟担忧母亲安危！母亲用她的性命担保我们可以接受大燕条件，我们却不答应谈判，那慕容垂父子一定恼羞成怒迁怒于母亲。母亲的性命可是攥在慕容垂父子手中的啊！我们做儿子的能不顾母亲安危吗？"

拓跋珪怒气冲冲，他在大帐里来回走着，很是暴躁不安。谁让你自作主张替我与慕容垂谈判？他在心里骂着母亲马兰：狗拿耗子多管闲事！你总偏向慕容垂，对我势力大起来一直心存不满，现在正好借助老相好来剥夺我的势力！你也真够歹毒的！一点也不管血肉情！

拓跋烈也试图劝说拓跋珪："魏王，还是暂时答应慕容垂的条件，以保存母亲性命为重！至于称号，不过是早晚的事！等母亲脱离慕容垂的羁绊，我们一定能够雄风再振，重图大业，魏王一定可以获得更大成功！"

因为这涉及了拓跋珪的家事，张衮和许谦都不敢随便开口说话，只是沉默着站在一旁，注意听他们弟兄说话。

拓跋珪实在不想答应慕容垂的条件。让他放弃魏王称号，对他来说，就像剜心一样的疼痛。这魏王称号来得并不容易，是以得罪母亲为代价的。他怎么舍得轻易放弃呢？

拓跋仪又说："三弟所言，十分有理。大丈夫能屈能伸，暂时委屈，以保存实力，正是为以后大业所计。魏王暂且在阴山养精蓄锐，休养生息，待母亲摆脱慕容垂回到盛乐，再图大业，并不为晚啊！"

拓跋珪还是急速地走来走去，并不出声。

拓跋仪给张衮和许谦使了个眼色。张衮装作没有看见拓跋仪的眼色一样，掉转了目光。许谦微微一笑，点点头，开口说："慕容垂的条件果然欺人太甚，怪不得魏王生气！魏王如今具有的兵力完全可以与大燕对抗，其实完全不必答应慕容垂的条件。"说到这里，他看了看拓跋仪和拓跋烈弟兄，他们二人都一脸愤怒，正怒目而视。

这么长时间，才算听到几句自己心里愿意听的话，拓跋珪急忙站下脚步，转向许谦，专注地听他继续说下去。

许谦微笑了一下，继续说："魏王不答应慕容垂的条件，慕容垂一定要率领十万大军追踪而来,我们可以有两条出路,或者坚守意辛山,拖到冬天,让慕容垂大败而归。或者可以度过大碛,深入高车、柔然地区,以躲避慕容垂。坚守意辛山半年,以我现在的牛羊数目看,是可以的,只是困守半年,我军将士也将瘦弱不堪,马匹损失巨大。即使慕容垂退兵,我军也面临巨大损失,可能在一两年里缓不过来。深入柔然草原,可以很快摆脱慕容垂追击,但是会不会遇到柔然、高车部落的袭击,还是难以估计。万一遇到高车、柔然部落的联合袭击,我军的损失也不会太小。这样看来,反倒是答应慕容垂的条件,最利于保存现有实力。留得青山在,不怕没柴烧。这话还是有道理的。”

许谦谦恭地退到一边。他偷偷抬眼看了拓跋仪和拓跋烈弟兄,只见二人正给他一个赞许的微笑。

拓跋珪刚刚舒展的眉头,又皱了起来。奶奶的! 说的说的,就转了方向! 拓跋珪焦躁地哼了一声,又在大帐里转来转去,一言不发。

大帐里死一样沉默着。拓跋珪烦躁地挥手:“都给我下去!”

大家不欢而散。

拓跋仪和拓跋烈弟兄担忧母亲安危。万一拓跋珪一意孤行,撵回使臣,拒绝谈判将如何是好? 不行,他们一定要想办法救自己的亲娘。

“要不去见见嫂子,她也许有办法说服阿干?”拓跋烈征求拓跋仪的意见。

拓跋仪叹了口气:“她能有甚办法? 阿干早就不听她的话来了。”

“可是,看在他儿子拓跋嗣的份上,阿干也许能听她的劝说。反正现在没有别的办法好想,不如去见见嫂子,她一定会想办法救阿娘的,她与阿娘亲生母女一般。”

“好吧,事已至此,只有去跟她商量商量。”拓跋仪和拓跋烈一起去见刘缨。

来到刘缨毡帐,刘缨正与儿子、女儿一起玩拍手游戏,唱着马兰教的拍手歌,母子三人欢笑不断。见到拓跋仪兄弟二人满脸忧愁,刘缨知道他们弟兄有事情要与她商量,她笑着对女儿说:“带弟弟出去玩一会。”

“嫂子! 你认识这手镯吗?”拓跋仪把手镯给刘缨看,

“这是阿娘从不离手的镯子啊? 怎么到了你的手里? 阿娘她出了甚事

情?"刘缨一时惊慌失措,一把拉住拓跋仪的手,颜色大变。

拓跋仪急忙安慰刘缨:"嫂子,你不要着急,母亲眼下还没有什么危险,不过明天以后恐怕就难保她老人家的性命!"于是,拓跋仪把燕国使臣到来所传达的情况一五一十地告诉了刘缨。

刘缨神色凝重地注意地听着拓跋仪的叙述,心里一边冷静地想着。一定要想办法救阿娘,一定要想办法劝说拓跋珪答应大燕的谈判条件!阿娘待她如亲生女儿,她不能在阿娘有生命危险的时候坐视不顾!

刘缨一边听一边思索着主意。她要孤注一掷,铤而走险!

待拓跋仪说完,刘缨沉静地问:"还能不能劝说魏王回心转意?"

"难!"拓跋仪、拓跋烈兄弟二人异口同声。

"我看他根本就没有考虑阿娘的生死!"拓跋烈气愤不已地说。

"这样吧,你们先回去,听我的动静!"刘缨沉静地说:"让我来想办法!我一定要让魏王回心转意!不过,到时候,你们弟兄得配合我!"刘缨只是笑。

"嫂子放心!我们当然要配合嫂子!"拓跋仪、拓跋烈兄弟二人声音朗朗地说。

"好,有你们这话,我就心中有底了。我会想办法的!你们赶快离去,不要让魏王看见我们在一起,否则他会起疑心的!"

拓跋仪和拓跋烈很敬重刘缨,他们急忙起身告辞。拓跋仪兄弟走了之后,刘缨沉思了许久,把刚才头脑里涌出那个逼迫拓跋珪答应慕容垂条件的想法又重新仔细地想了一遍,她要保证万无一失。

"阿爷回来了!"女儿从大帐外面喊着冲了进来报告消息。

拓跋珪抱着拓跋嗣,一边亲吻着他,他满脸须髯在拓跋嗣的嫩脸蛋上来回蹭,把拓跋嗣扎得龇牙咧嘴直喊叫。拓跋珪哈哈笑着钻进大帐。一见拓跋嗣,他就忘掉一切烦恼。这儿子越来越叫他喜欢,这些日子的亲密接触叫他对自己长子有了更多的感情。过去,他一直宠幸贺兰生的儿子拓跋绍。贺兰与拓跋绍留在盛乐宫,为他镇守盛乐后方,眼下只有刘缨和拓跋嗣伴随他从定襄虎山来到意辛山,朝夕相处,他对刘缨和拓跋嗣有了些感情。

刘缨恭身迎接拓跋珪:"魏王回来了。"刘缨甜甜地问候着,一边爱抚地呵斥儿子:"嗣儿,下来吧,别累阿爷。"她张开双臂。拓跋嗣立刻从拓跋珪怀抱里挣扎着投向阿娘的怀抱。在他的小心眼里看来,还是阿娘的怀抱更温暖、更舒适,他一直生活在阿娘的怀抱里。对这满脸须髯、高大、魁梧、壮实的阿爷,总感到有些陌生,感到有些畏惧。

拓跋珪笑着:"这嗣儿,终究还是亲你。"

刘缨笑道:"孩子嘛,总是亲娘奶大的嘛,当然亲娘多一些。大了,就亲阿爷了! 娶了媳妇就忘了娘了。是不是啊,嗣儿?"

"不是,不是。不忘亲娘!"拓跋嗣乖巧地回答。刘缨在他的嫩脸蛋上响亮地亲了一口,把他放到地上:"跟姐姐玩吧。阿娘要伺候阿爷吃饭了。"

刘缨端上手把肉,热气腾腾的牛奶,又端来一罐马奶酒,亲自伺候着拓跋珪。"魏王,辛苦了,饮碗马奶酒吧。"刘缨为拓跋珪斟了满满一大银碗马奶酒,双手捧着,送到拓跋珪面前。

拓跋珪接了过来,一饮而尽。刘缨急忙又给他斟满。拓跋珪撕了块鲜嫩的羊腿嚼了起来。"来,再饮一碗。"刘缨又双手捧起酒碗,送到拓跋珪面前。

拓跋珪笑着:"你来陪我饮。"说着,接过刘缨送上的酒碗,一饮而尽,给刘缨斟了一碗:"你也饮一碗。"

刘缨笑着:"我给魏王满上,我们一起饮!"给拓跋珪又斟满,才端起酒碗说:"这些年,我没有侍奉魏王,难得像现在这样厮守在魏王身边,亲自伺候魏王。今晚,我太高兴了,我要与魏王畅饮,再饮个交杯酒! 来,魏王,我们饮了!"说着,一仰脖子,把一碗酒全都饮了。

拓跋珪高兴地哈哈大笑。他想起当年与刘缨的恩爱,想起当年刘缨的美丽,这些年,因为有了贺兰,有了大王夫人,他疏远了刘缨,冷淡了刘缨,把刘缨母子扔在母亲身边,很少眷顾。但是,这刘缨,实在是几个老婆中最温柔、最贤惠、最有心机智慧的一个。一时间,他倒有些内疚,他端起酒碗,又灌了一碗。

刘缨替他满了酒,给他撕了一块鲜美的羊尾巴,殷勤地劝说着,说着她对他的思念,对他的关心,她的担惊受怕,她的忧虑疑惧。刘缨把这些年憋在心里的心里话全都娓娓倾泻了出来。

拓跋珪在刘缨娓娓的、如泣如诉的温柔中,饮了一碗又一碗。

拓跋珪趴伏在几上,烂醉如泥。刘缨立刻动手把拓跋珪牢牢地捆绑起

557

来,她一边捆绑一边说:"魏王,得罪了,原谅我无可奈何才出此下策!为了搭救阿娘,我只好这样做!你不要怪罪我!"刘缨把捆绑结实的拓跋珪拖到卧铺上,让烂醉如泥的拓跋珪睡了下去,给他盖上羊皮被。山里的夏天夜晚,依然很凉,她怕他着凉。

刘缨安置好女儿、拓跋嗣睡了,自己紧紧靠着拓跋珪,紧紧搂抱着他,让自己平静地睡一夜。

拓跋珪头疼得厉害,又感觉到十分口渴,他挣扎着呻吟着醒了过来。一道强烈的阳光从大帐中央的套脑(通风口)里射了进来,照亮了大帐。

"喝水!"他呻吟着。

刘缨急忙端来浆酪,搀扶起拓跋珪,让他靠在自己怀抱里,亲自喂着他饮。拓跋珪挣扎着想坐起来,可是没有成功,他只是觉得浑身瘫软。

他饮了几口浆酪,强烈的口干缓解了。拓跋珪又挣扎了几下,怎么回事,为甚动弹不得?拓跋珪极力挣扎着,终于感觉到自己双手双脚被捆绑着。

"你要干甚?!"拓跋珪咆哮着,用力挣扎着,把刘缨一下子撞倒在地。

刘缨跪在拓跋珪面前:"魏王饶恕我!为了拯救阿娘,我不得已出此下策!我恳求魏王答应慕容垂的条件!只要魏王答应慕容垂的条件,我立刻放了魏王,愿意接受魏王任何处罚!"刘缨泪流满面,泣不成声,连连磕着响头。

拓跋珪暴怒地挣扎了一番,还是挣不脱牛皮绳索,已经累得没有继续挣扎的力气,只好停止滚动挣扎,坐了起来。

"你这母牛!别想!"拓跋珪咆哮着,他愤怒地看着刘缨,眼睛红红的,眦眦俱裂,十分怕人。刘缨的心都颤抖起来。拓跋珪这么怕人的样子,她还从来没有见过。她怕是没有活路了。刘缨战战兢兢地想。即使被他处死,她也还要实施自己的计划,逼迫拓跋珪就范,以搭救她的亲娘似的婆母马兰!刘缨坚定着自己的信心。

刘缨冷静地说,站了起来。她大声喊:"你们过来吧!"

女儿和儿子拓跋嗣被五花大绑着蹒跚走了过来。"跪下!"刘缨命令着。女儿和儿子拓跋嗣扑通一声跪了下来。

鲜卑国母:献明皇后

刘缨自己也拿了条牛皮绳索，把自己捆了起来，她又一次跪到拓跋珪面前："现在，我们母子三人再一次用生命恳求魏王，答应慕容垂的条件吧！要是魏王不答应，我们母子三人将死在你的面前！"

女孩和拓跋嗣都嘤嘤哭了起来。

拓跋珪愤怒地咆哮着："死去吧！死去吧！你们别想以此要挟我！我决不答应慕容垂的条件！除非我死！"

刘缨抬起头，看着拓跋珪愤怒而坚定的面孔，那刚毅的、轮廓分明的、有棱有角的四方脸庞上只写着一个字：不！

两招都不灵，只有使用最后一步险棋了！刘缨平静地带些悲凉地想。这一着棋用了之后，她与拓跋珪的情意也就算断绝了。恩断义绝之后，她的后半生会面临什么情景，她无法预料，也不想去预料，她现在只能拼着自己的性命去救婆母马兰！

"魏王若是不答应我的要求，我就会发动军队背叛你，你别想再统领队伍！"刘缨索性坐到地上，极力平静自己，让自己能够镇静地看着拓跋珪那一双吓人的、喷射着怒火的、血红的眼睛。

"就凭你？"愤怒至极的拓跋珪突然爆发出一阵疯狂的大笑："就凭你想罢免我统领军队？"拓跋珪又是一阵疯狂的大笑。他真的感到非常滑稽可笑！一个从没有统领过军队的女人，在他面前说罢免他统领军队，真的叫他感到非常好笑。

看着拓跋珪笑得上气不接下气，刘缨也微笑了。拓跋珪的笑，让她心里不那么恐惧了。"你不相信我的话？"刘缨反问拓跋珪。

"笑话！我能相信你的牛皮大话？你从不吹牛撒谎，甚时也学会吹牛撒谎这小人伎俩了？"一阵大笑，叫拓跋珪的愤怒消失了不少，他相当平静地看着刘缨说。

"我真的不是吹牛，更不是撒谎，你知道我不会吹牛撒谎的。我说的都是实情！要是魏王不答应慕容垂的谈判条件，魏王恐怕要永远失去统帅地位！"

刘缨冷笑着，向帐外高喊："你们进来吧！"

拓跋仪和拓跋烈兄弟二人手按着腰里的腰刀走了进来。

"你们想干甚？"拓跋珪诧异地问，本能地向后面移动自己的身体。一阵恐惧突然从他心底升了起来,他的嘴唇轻轻哆嗦着,他极力控制着,不让自己打战的牙齿发出声音,他不能在老婆孩子弟弟面前呈现出自己的恐惧。

拓跋仪和拓跋烈扑通跪到拓跋珪面前。拓跋珪的心一下子落了下来。

"为阿娘的安危,我们弟兄再一次恳求魏王答应慕容垂的条件!"拓跋仪和拓跋烈双双磕头,流着眼泪,恳求着拓跋珪。

"不行! 决不答应!"拓跋珪又强硬起来,他咆哮着。决不让步! 他想,要是表现出他的让步,以后他如何统领他们!

拓跋仪慢慢抬起头,平静地看着拓跋珪,冷静地、一字一顿地反问了一句:"魏王真的不答应我们的恳求?"

"不答应!"拓跋珪依然无所畏惧的样子,坚定地回答。

"那就不要怪我们弟兄了!"拓跋仪慢慢地站了起来,手按到腰刀上。

"你要干甚?"拓跋珪惊慌地喊了起来。

"我再问你一句,答应还是不答应?"高大威武的拓跋仪站在拓跋珪的面前,手慢慢地抽着腰刀。

"你不要乱来! 我们可是亲兄弟啊!"拓跋珪一面向后移动,一面大声喊。

拓跋仪慢慢向前逼近,刀鞘里的腰刀已经抽出一些,正闪烁出着寒光。

"答——应——不——答——应——?"拓跋仪咬牙切齿地问。

拓跋珪战栗起来。他从拓跋仪冷静的眼睛里,已经看到闪烁着的杀气。这拓跋仪一直对他言听计从,从来没有忤逆过他,今天,他的眼睛里却流露着坚决的果断的决裂,流露着一种不计后果的拼命似的杀气!

拓跋珪浑身颤抖起来。好汉不吃眼前亏! 他想起汉人常说的一句话。他虽然不是汉人,可是也不能吃眼前亏啊! 再死硬地对峙下去,他的命都没了,还当甚魏王呢。留得青山在,不怕没柴烧。他想起拓跋烈昨天的劝告。还是暂且答应他们的要求吧,保命要紧!

拓跋珪一边挣扎向后退,一面哀求着:"二弟,有话好说,有话好说! 你说的事,还是可以再商量的嘛! 千万不要冲动! 不要冲动! 听我说嘛!"

拓跋烈按照事先约定的办法,作了和事佬,他急忙劝说拓跋仪:"二阿干! 魏王答应了你的恳求,你先听魏王说!"

拓跋仪把抽出的腰刀又塞回刀鞘。他冲上去,抱住拓跋珪:"阿干,你答应了,你答应了?你说话啊!"

拓跋珪惊魂未定,他倒吸了几口凉气,极力平静自己。他轻轻点点头,小声说:"我答应了!"

拓跋仪和拓跋烈喜极而泣,全都扑到拓跋珪的身上,紧紧拥抱着他,涕泗交流,喃喃着:"阿干答应了! 阿干答应了! 阿娘有救了! 阿娘有救了!"

刘缨也抽泣着。

"还不给我松绑!"拓跋珪呵斥着,眼睛流露着极大的压抑着愤怒,看也不看他的两个不知算叔叔还是算弟弟的骨肉血脉相连的人。

拓跋仪和拓跋烈手忙脚乱站起身,正要给拓跋珪松绑。

"慢着!"刘缨喊。她看到拓跋珪的眼睛,看到眼睛里压抑着极大仇恨的眼神,突然意识到这男人并不是真正答应他们的要求,他不过是在上演缓兵之计而已。一旦松绑,一旦他获得自由,他们就不可能控制他要挟他,那时,她不仅不能救阿娘,反而可能连累两个小兄弟的性命! 刘缨嚯地站了起来。

拓跋仪和拓跋烈都住了手,转过脸看着刘缨。这一切都是刘缨安排的,他们已经起誓一切听从刘缨安排。

刘缨走到拓跋珪面前,冷静地说:"魏王答应了我们的恳求,还请魏王在翁衮面前向天地神灵发誓!"刘缨让侍卫在翁衮面前摆上黑牛、白羊、白马三牲祭品,搀扶着拓跋珪跪到翁衮面前。

奶奶的! 这婆娘真鬼! 拓跋珪心里咒骂着。他真的没有预料到这刘缨比拓跋仪兄弟还难对付!

但是没有松绑的拓跋珪没有别的办法,只好跪到翁衮面前,向天地神灵发誓:"我拓跋珪向翁衮发誓! 同意慕容垂的谈判条件,从此放弃魏王称号,恢复大单于名义!"拓跋珪按照刘缨的话向翁衮发誓。

刘缨让拓跋珪再发誓:"向翁衮神灵发誓,拓跋珪决不追究刘缨、拓跋仪、拓跋烈的责任,以后决不加害他们! 如若违背誓言,让翁衮天地一起惩罚!"

拓跋珪当着翁衮发了重誓。刘缨还是不放心,她担心他记恨于心,将来找茬报复拓跋仪兄弟。她不能救出阿娘,又把阿娘的亲生儿子推向死地。她拉着儿子和女儿跪到翁衮面前,说:"天地神灵在上,我刘缨当着神灵的面发誓,若是将来拓跋仪、拓跋烈遭受报复和意外,我一定要以自己的性命和

鲜卑国母:献明皇后

一双儿女的性命来殉他们的情义！请翁衮为证！"

拓跋仪和拓跋烈互相看了一眼，他们十分感动：嫂子刘缨用自己的和儿女的性命来确保他们的安全！拓跋仪拉了拓跋烈一下，他们也跪到翁衮面前，向翁衮发誓："苍天在上，翁衮在上，拓跋仪和拓跋烈发誓！若嫂子刘缨发生不测，拓跋仪和拓跋烈一定要以生命为代价，为嫂子复仇！不管加害嫂子的是何人，我兄弟二人都要以命换命，为嫂子刘缨复仇！"

拓跋珪一下子感到十分沮丧，他刚才的心事全落空了。他们的誓言已经彻底阻止他自由以后复仇的企图！

"你们这是何苦呢？"拓跋珪苦着脸，沮丧地说："我们都是血肉相连的最亲的亲人，还有甚不放心的呢？"

刘缨只是冷笑了一下。①

拓跋珪催促着："这下该放心了吧？在翁衮面前发过重誓，我是不敢违抗的！快给我松绑吧，我的胳膊、腿脚都麻木了！你们想害死我不成？"

拓跋仪和拓跋烈②这才忙着给拓跋珪松绑。

拓跋珪活动着麻木的胳膊和腿脚，叫人传话给慕容垂的使臣。他让使臣回复慕容垂，说拓跋珪同意皇帝陛下的谈判条件，决定放弃魏王称号，恢复大燕西单于，活动于阴山以北，为大燕守护塞外疆土，请皇帝恢复代王自由，送代王回盛乐，同时，请大燕皇帝撤离塞外。

5.参合陂泣血祭奠　敕勒川含悲离别

等待在参合陂东的慕容垂终于等到使臣从意辛山归来，带回拓跋珪的答复。对拓跋珪的答复，慕容垂很是高兴。与拓跋珪达成协议，是他亲自出征的最大胜利。虽然没有剿灭拓跋珪，但是终于让拓跋珪俯首称臣，这就是

———————

①关于拓跋珪刘夫人结局的历史真实情况是：拓跋珪建立魏以后，拓跋仪等人建议立刘缨为皇后，但是拓跋珪用铸造金人的办法来选立皇后，所有的夫人都要去铸造金人，刘缨铸造金人不成，未被立为皇后。不久，立拓跋嗣为太子，拓跋珪用"子立母死"的规矩，处死了刘夫人。

②关于拓跋仪结局的真实历史是：拓跋珪建立魏以后，准备立孙子拓跋焘为储君，后又准备立拓跋绍，天赐六年八月，"天文多变，太祖恶之，颇杀公卿，仪内不自安，单骑遁走，太祖使人追执之，遂赐死。葬以庶人礼"。《魏书·太祖纪第二》说："卫王仪，谋叛，赐死。"拓跋烈在天赐六年十月，拓跋珪被拓跋绍杀死以后，"诈附绍募执太宗（拓跋嗣），绍信之，遂迎立太宗。"

鲜卑国母：献明皇后

他最大的成功。

太子慕容宝得到拓跋珪的答复，心里十分不满。他原来就不同意慕容垂听从马兰建议派使臣去谈判，依他的主意，挥师北上追击，一直把拓跋珪剿灭，才称他的心愿。

可是，他不敢违抗慕容垂的意愿。

慕容垂把太子慕容宝和大司马慕容德叫到自己的大帐里，向他们传达了使臣带回的拓跋珪的答复。"既然拓跋珪答应了朕的条件，朕准备到参合陂祭奠死难将士之后，送代王回盛乐。然后我们回撤到平城。你们说呢？"

大司马慕容德想了想，他同意了慕容垂的意见。拓跋珪答应放弃魏王称号恢复西单于，答应为大燕看守塞外，再逗留塞外确实没有必要。

太子慕容宝心中总是堵着一块石头，不说感到憋闷得慌，他忍耐不住："陛下，我以为拓跋珪不过在玩弄缓兵之计，他一定不甘于西单于位置，等我大燕军队撤离塞外，他还会招兵买马，扩大势力，以图卷土重来！陛下不可掉以轻心！"

慕容垂沉思着：慕容宝的提醒也是他所担心的事情，虽然有代王马兰以性命担保，可是，等他大军撤离塞外，谁能够钳制他拓跋珪呢？送代王马兰回盛乐以后，连这点钳制都失去了，拓跋珪必定横行如故。可是，他不能让自己的十万大军一直滞留塞外，他必须回中山。

"你说的不错。"慕容垂看着慕容宝："要不这样吧，我们撤到平城以后，我率领大军回中山，你率领一部分军队暂时留守燕昌城，以观拓跋珪动静。如果拓跋珪有图谋不轨之举，从燕昌城迅捷发兵弹压。你说呢？"

太子慕容宝没想到父皇慕容垂突然用这种办法来对付拓跋珪，这叫他大吃一惊。让他留守燕昌城，无异于剥夺了他的太子地位。留守中山的慕容普麟一直是母亲欣赏的儿子，自己不在京城，万一父皇听信了母亲撺掇，让慕容普麟取代自己，将如何是好？要是父皇自己决定让拓跋觚取代自己，又将如何是好？他不能离开中山，他应该与皇帝待在一起！

太子慕容宝心中，激潮澎湃，思潮汹涌，一时不知如何答复慕容垂的提议。

"行不行啊？"慕容垂催促着。

太子慕容宝支吾着："行倒是行，不过……，"他停顿了一下，看了看慕容

鲜卑国母：献明皇后

垂的脸色,接着说:"不如不放还代王,更易钳制拓跋珪。"

慕容垂沉默不语了。带马兰回中山,他当然愿意,可马兰愿意吗?拓跋珪同意在代王马兰统帅下驻扎阴山以北,代王对拓跋珪还有一定的约束力。一直扣留代王,恐怕叫人耻笑他言而无信。

大司马慕容德斡旋着:"这事还可以从容商议。我看,还是先确定陛下到参合陂祭奠的日期。"

"也好。"慕容垂同意了大司马慕容德的提议:"去叫史官来,让他给挑选一个日子,到参合陂去祭奠遇难将士。"

知道使臣带回的消息,代王马兰的一颗一直悬着的心才算落了下来。拓跋珪答应了慕容垂的谈判条件,无疑是极为聪明的选择,他以自己聪明的选择拯救了自己和自己的军队。马兰很替拓跋珪高兴和自豪。儿子果然是成就大业的人,能够审时度势,大丈夫能进能退,能屈能伸,具有灵活机动的处世原则!看来,自己过去的教导没有白费力气。果真能屈能伸大丈夫,识时务者的天下枭雄和俊杰!为保全自己的实力,他能够答应如此屈辱的条件,能够放弃眼前的利益,以后他有甚大计不能实现呢?

马兰在自己大帐里笑逐颜开。同时,她也为自己高兴。她这一着棋是既救儿子于水火之中,又帮助自己恢复原有的代王地位。以后,她又可以舒心地当几年代王,不用担心儿子拓跋珪取代她的位置了!尽管她爱儿子,可是她也爱代王这位置,她也曾为拓跋珪的野心而烦恼不巳。现在,她可以安心了。拓跋珪暂时会老实一些日子,不能再打他那金色的狼头大纛了。她才四十出头,正值盛年,还可以在代王位置上坐它十年八年,等她感到自己老迈感到自己精力不支,那时,她一定会主动出让代王位置给儿子,让他接替自己把代国繁荣起来。

马兰这样胡乱思索着,竟不由自主地哼起了《阿干之歌》的曲调。

"这么高兴啊?"慕容垂笑呵呵地钻进代王大帐:"是不是听说使臣回来,拓跋珪答应我的条件的消息了?"慕容垂笑着问。

代王马兰不隐瞒,她笑着:"可不是,营地里都传开了。我看陛下的将士听说这消息,也都很高兴呢。将士们互相传说这好消息,都高兴地说,可以早点回家了!"

慕容垂叹了口气："看来，将士们还是不想打仗啊。"

马兰笑着："谁愿意打仗呢？打仗，总是要死很多将士的！打仗总是不得已的事情！"

慕容垂摇头："这不过是妇人之仁！我们鲜卑还是好战的。不靠打仗，哪有我们今天的地位？你们拓跋更加好战！"慕容垂笑着。

马兰也叹了口气："与其说拓跋族好战，不如说男人好战。我做代王，就竭力主张少打仗，除非不得不打的仗，还是尽量少打的好！"

慕容垂看着马兰美丽的脸，摇头："但愿你能约束住拓跋珪，他可是第一好战的家伙！但愿今后他能够遵循他的诺言，不再骚扰大燕疆土，让你我能够和平安静地生活几年！"

马兰急忙说："请皇帝陛下放心！拓跋珪一定遵循他的诺言！我是用我的生命替他做担保的！他不会不顾及我的生命！我总是他的亲娘啊！"

慕容垂坐到绳床上，马兰急忙命令侍卫上酒菜伺候慕容垂用膳。酒足饭饱以后，慕容垂拥着马兰进入温柔乡。马上又要起程到参合陂西，在那里祭奠遇难的将士，以后，他就要送马兰回盛乐，离别在即，他慕容垂要抓紧时间与马兰好好亲热亲热。一个多月以来，他慕容垂天天在马兰大帐里歇息，他从没有这么幸福。

慕容垂率领着队伍沿着参合陂向慕容宝大败的参合陂西走来。

一到参合陂西岸，慕容垂就被眼前的惨境所震惊了。从山沟、山坡到溪流、湖岸，满目白骨死尸，腐烂尸体的恶臭飘荡在上空。

老鹰在空中盘旋，一群群豺狼、野狗在山坡上游荡，一群群鬣狗在山谷里跳窜。绿草丛中，覆盖着各色布片的白骨堆积着，有的横卧，有的跪着，有的平躺，有的侧倒，白色骷髅空着黑洞洞的眼窝，望着蓝天。白花花的牙齿衬着黑洞般的嘴窝，诉说着他们的不幸。缕缕黑发，散乱在绿草中。湖畔上，湖水里，也堆积着白花花的尸骨。有的站在水里，有的倒在水里，已经四肢分离，湖面上漂浮着一些散离的白骨，各色衣片，随波逐流。

将士们看到眼前的惨景，都呆立了。突然，几个士兵扑向白骨骷髅，他们哭喊着，发疯般在骷髅堆里扒拉着，寻找他们的亲人。士兵将士都乱了起来，扑向堆积如山般的尸体，跪倒在面前，哭喊声，号啕声，一阵一阵，一浪高

鲜卑国母：献明皇后

过一浪。

慕容垂眼睛里噙着泪水,急忙让史官部下摆下祭品,在蓝天草原上,在绿草如茵的草地上,开始盛大的祭奠。

慕容垂率领着三军将士,跪倒在草原上,面向参合陂湖水、山坡、溪流,面向堆积的白骨,磕头祭拜。死者的父兄子弟都号哭起来,声震山川。

慕容垂白发苍苍,跪伏在地,看着满目白骨,听着满耳号哭,心中无限伤感。将帅无能,致使将士无辜死伤,死伤这样惨烈,可是前无记载的。历史和后人都会永远记住他慕容垂这羞辱的一仗。他对不起眼前这白花花屈死的白骨,对不住三军将士。

慕容垂捶胸顿足,老泪纵横。

都是他用人不当,听从太子慕容宝的谗言,让他带兵来塞外收谷,以至于酿成千载惨剧!慕容垂斜眼睨了慕容宝一眼,见慕容宝虽然跪在地上,却身板挺直,脸面上没有多少羞愧和悔恨,依然一副志得意满、不可一世!

"向死难将士磕头!"慕容垂气愤不已,推了慕容宝一把,厉声说。

慕容宝白了慕容垂一眼:"我堂堂一个太子,向这些死鬼磕的什么头!"说完,把头一甩,居然站了起来。

"死犊子!"慕容垂一时气愤、恼怒、羞愧交集,感到有些天旋地转。他摇晃了几下身子,支撑住自己。"跪下!"他呵斥着!

一些号哭的将士停住哭泣,看着站了起来的慕容宝,气愤不已,怒目注视着他,有的已经攥起了拳头。

"跪下!向死难将士磕头!"慕容垂大声呵斥着。

慕容宝还梗着脖子与慕容垂僵持,大司马慕容德已经注意到一些将士的愤怒神色,他急忙拉了慕容宝一把,小声规劝着:"太子殿下,服从皇帝陛下的命令吧,不要激惹起兵变啊!你看那些将士,都怒目注视着你呢。"

慕容宝偷眼看了看左右,可不是,将士都停止哭泣,满脸愤怒地注视着他,有的还偷偷拔出了腰刀。

好汉不吃眼前亏。慕容宝急忙跪了下去,连连不断地磕头,一边大声念叨着祭文:"将士牺牲兮为故乡,祭奠死难兮泪沾裳。英魂不灭兮请归故乡,后人念颂兮永辉煌!"

慕容垂站了起来,高举金樽,率领着全体将士高声念颂祭文:"将士牺牲兮为故乡,祭奠死难兮泪沾裳。英魂不灭兮请归故乡,后人念颂兮永辉煌!"参合陂前,将士朗诵祭文的声音响彻天际。慕容垂亲自向死难英魂酹酒三巡。

马兰也跪在慕容垂身后,祭奠着死于拓跋珪之手的燕国将士。她百感交集,说不上是痛惜,是难过,是羞愧,是害怕,是震惊,还是自豪,总之,面对满目累累白骨,她的心情比谁都复杂。想起眼前的冤魂都是她拓跋氏一手造成的,这漫山遍野的冤魂永远不散,她战栗起来。

慕容宝仇恨地瞥了她一眼,恨不得拉她出来祭奠死难将士。不是碍于慕容垂的保护,他一定要当场杀了她来祭奠,来平息将士悲愤。

慕容宝对慕容垂说:"这些屈死的将士,都是拓跋珪一手造成的!应该杀几个拓跋家族的人来祭奠死者!"说着,用眼睛斜着马兰。

慕容垂明白太子慕容宝的意思,他呵斥着:"不得乱说!"

慕容宝非常不满慕容垂与马兰的关系,他恨恨地说:"陛下过于庇护拓跋人,将士已经口出怨言!我看,陛下不检点之举动必将激起兵变!"

"畜生!"慕容垂厉声呵斥着:"你若再口无遮拦,小心朕军法惩罚你!"

慕容宝悻悻地退到后面,嘴里还自管嘟囔不已。

"死犊子!成事不足,败事有余!"慕容垂看着他的背影,恨恨地骂,他又感到一阵眩晕,身子晃了几晃。

参合陂祭奠之后,马兰知道,自己与慕容垂分别的时刻到了。

马兰从没有这样留恋慕容垂。久别十几年之后的重逢,给了马兰刻骨铭心的记忆。十几年的思念,十几年的分别,在这一个多月里得到完全补偿。马兰享受到从没有享受过的幸福。

慕容垂来到马兰的大帐,护送代王马兰回归盛乐的队伍已经集合好了,正等着代王马兰上路。

马兰扑进慕容垂宽阔的怀抱,紧紧地紧紧地抱住慕容垂。虽然昨天夜里,俩人已经说了一夜分别的情话,几乎一夜没有入睡。可是分别在即,马兰还是那样的恋恋不舍。

这一别,大约是永别。马兰知道,慕容垂也知道,但是俩人谁也不说明,都在极力安慰着对方,互相约定着再见的时间。

鲜卑国母:献明皇后

马兰泪流满面,紧紧抱住慕容垂不放。她生命中的第一个男人,又是她生命中的最后一个男人,是她的至爱,是她最珍重的。她舍不得离开他,她不想离开他。

"我不做甚代王了,我要跟你回去!"马兰把嘴紧紧贴在慕容垂的耳边,又说起这句昨夜说过多次的话。每次,都被慕容垂劝阻反驳了。

"别说傻话了。你知道这是不可能的!即使你下了决心,我也不会容忍你这么做!这代王,你是一定要做的!即使不为你,也要为朕,为我大燕来做!塞外的安定系于你身!"每次,慕容垂都这么说。

慕容垂用手轻轻扳过马兰的脸,他深情地注视着端详着这张美丽的脸,尽管眼角上出现了细密的皱纹,但是,在他眼里,依然那么年轻,那么美丽,那么充满迷人的魅力。这张脸,他今生今世都不会忘怀。慕容垂轻轻地抚摩着马兰的脸,深情地吻着马兰的嘴唇,吻着她的眼睛,一边温柔地说:"别说傻话了。就要出发了!代国的臣民等待着你,代国需要你!明年我再来参合陂祭奠将士,那时,我们还能见面!"

马兰呜咽着:"一言为定!明年你一定要来!我会在参合陂等着你!我们不见不散!"

"我一定来!"慕容垂亲吻着马兰满是泪水的脸颊,把她那苦涩的泪水舔到自己的舌尖上,永远记忆在心间。这苦命的女人,一生坎坷,一生辛苦,他多愿意永远把她揽在自己的怀抱里,守着她,安慰她,陪伴她,跟她说说话,让剩余的时间,永远相伴、相守在一起。可是,他却不能这么做!为了大燕的利益,他只能忍痛送她回盛乐,而后自己率领着大燕军队,返回中山。

慕容垂长叹了一声,轻轻推开马兰:"出发的时刻到了,该走了!"

马兰呜咽得头也抬不起来,只是又扑了过去,紧紧地抱住慕容垂,生怕他离开。马兰,心如同揉碎的花瓣一样。

慕容垂只好半抱半揽着马兰柔软的腰肢,与她一起走出大帐,慢慢搀扶着她上了高车。

慕容宝站在一旁冷眼看着,嘿然冷笑:"瞧这对老鸳鸯,亲热的!"

慕容垂让马兰在高车上坐好,对护送马兰回盛乐的大司马慕容德挥挥手:"走吧!"

马兰双手掩面,呜咽得只是抬不起头。她多想抬头再看慕容垂一眼,可是,她又不敢抬头,小溪似的眼泪从她掩面的手掌里倾泻下来,打湿了她的衣襟。

高车慢慢地启动了,车轮在不平的路上颠簸起来。马兰终于移开双手,泪眼婆娑地朝车外望去。

慕容垂还屹立在草原上,夏风吹拂着他的白发和白须,他挥舞着手,向马兰做最后的告别。

马兰最后望了慕容垂一眼,最后向他挥舞着自己的双手。高车转入一条小路,慕容垂从马兰的视线里消失了。

6.燕昌城里太子下毒手　归国途中皇帝丧老命

送走马兰,慕容垂依然伫立在原地,怅然地望着马兰远去的方向。西方,只有连天的碧绿,只有绿色丘陵的起伏,只有一条浅白的带子迤逦在绿原上,那是黑河飘过草原。

太子慕容宝冷着脸走了过来。"皇帝陛下,我们是不是也该出发了?"

慕容垂瞥了太子慕容宝一眼,心里很不高兴。这犊子,越来越放肆,越来越急于凌驾于他之上。看来当年皇后段氏提醒他的话实在太对了,这犊子确实如他母亲所说:"资质雍容,柔而不断,承平则为仁明之主,处难则非济世之雄。"当年之所以选他为太子,就是看中他资质雍容,柔而不断,巧言令色,乖巧听话。近来,他却越来越强硬乖僻起来,是不是看自己老了,就想越权控制凌驾其上了?现在看来,处难时他不仅成事不足败事有余,而且越来越恣意妄为,反而不显现柔而不断的弱点。

慕容垂有些后悔当年没有听段氏的话,没有在辽西、高阳中择贤以树,使几万将士暴露白骨于塞外荒野。瞧他,对自己的失误,不仅没有一点悔悟和羞愧,反而洋洋自得,总是颐指气使地说话。

慕容垂一句话不说,掉头走回自己的大帐。

慕容宝气恼地跺着脚:老东西! 他竟然理也不理我! 慕容宝心中塞满恼怒。本指望慕容垂亲征拓跋珪,踏平塞外,彻底剿灭拓跋珪,却没想到,他与马兰不期而遇,卿卿我我了一路,最后竟听从马兰的妖言,与拓跋珪达成协议,使大燕十万大军出师无功而返。

鲜卑国母：献明皇后

569

慕容垂回到大帐，坐了下来。马兰走了，他需要认真考虑考虑大燕的未来。虽然与拓跋珪达成协议，可是他也对拓跋珪心存疑虑。太子慕容宝提醒他的话还是有道理的，拓跋珪虽然遭受一些损失，但是并没有得到重创，万一他再一次南下侵扰，大燕将难以制约。怎么办呢？

慕容垂凝望着空中。要在平城筑起一道坚固的防线才好。过去派遣慕容普麟驻扎平城，控制塞外很是得力。现在把他调回中山驻扎，为的是加强都城防卫。让谁驻扎平城好呢？再调慕容普麟来平城吗？

慕容垂摇头。慕容普麟比慕容宝更叫他放心。

让慕容宝暂时驻守平城，这是个一举两得的办法，既可以考验慕容宝，又不用重新调兵遣将劳民伤财。

对，就这么办。慕容垂下了决心。"去请太子殿下。"慕容垂对侍卫说。

听说皇帝陛下有请，慕容宝欢欢地来见慕容垂。

慕容垂沉着脸命令慕容宝："立刻下令队伍开拔！"

太子慕容宝心中高兴，他早就想离开这片白骨遍野冤魂游荡的鬼地方。"到哪里？是直接回中山，还是经过平城？"太子慕容宝问。

"先到平城。"慕容垂冷冷地说。

"到平城干什么？陛下，依儿臣之见，不若直接回中山，不必在绕道平城耽误时间。"慕容宝不合时宜地提了条建议。

慕容垂眼睛一瞪："听你的还是听我的？我说到平城，就到平城！你啰唆什么？"

慕容宝被慕容垂呵斥了个狗血喷头，满头的怒火不由冒了起来。他瞪起眼睛梗着脖子，看着慕容垂："皇帝陛下总要向我说明理由，我才能够明白陛下用意，好向将士解释说明啊。"

慕容垂见太子慕容宝一副桀骜不驯的样子，心中陡然生气，他浑身轻微地颤抖起来："你——你——怎么跟朕说话？"

"怎么啦？我？我这样说话有什么不对？我难道不能询问一下绕道平城的原因吗？"慕容宝毫不退让："谁叫你不告诉我绕道平城的原因呢！"

慕容垂眼睛瞪得溜圆，他张口结舌，头颤抖着。突然，他感到喉咙里一股发腥的热流奔涌上来。慕容垂哇的一下，一口热血喷了出来。几个月的跋涉，几个月的颠簸劳累，加上急火攻心，年迈的慕容垂慕容被太子慕容宝气得吐血。

慕容宝见慕容垂吐血，惊慌失措起来，他急忙上前搀扶住慕容垂，让他躺到卧铺上，叫来太医，给他调理。

大燕军队立刻动身，向平城方向赶去。

来到平城，新筑的燕昌城的行宫已经完工，慕容垂住进行宫。经过太医调理，慕容垂感到精神好多了。这时，大司马慕容德也从盛乐赶了上来，向他报告了马兰回盛乐的情况。马兰顺利回到盛乐，整顿了盛乐代宫，又树起代国的黑色狼头大纛，听到这些，慕容垂放心了。

慕容垂躺在燕昌城豪华行宫里，向慕容德部署他的安排。"明日启程回中山。我打算留太子驻防燕昌城，以监视塞外动静，钳制拓跋珪行动。"

慕容德问："太子殿下答应了吗？"

"我还没有跟他挑明。"慕容垂说。

"也好。明日启程前再说不晚。"慕容德点头。

慕容德走出慕容垂的寝宫，正好遇到太子慕容宝。"太子殿下，是不是去见皇帝陛下？"慕容德微笑着问慕容宝。

慕容宝皱起眉头："皇帝陛下没有说见，我不必去碰一鼻子灰。"慕容宝面露不悦。他看着慕容德："大司马叔父刚从皇帝那里出来，不知皇帝准备何时启程？"

慕容德笑着："皇帝陛下说，明日清晨启程，太子殿下难道没有听说吗？"

慕容宝烦躁地摇头："皇帝身体不适，我不敢去打扰他，对行动部署一无所知。既然明晨启程，我现在要去准备一下。"说着，就要离开。

慕容德拉住太子慕容宝："启程之事，太子殿下不必操心，皇帝陛下已经交付于我，由我统领部署。"

"那我呢，为什么不用我安排了？"慕容宝诧异地看着慕容德："难道皇帝陛下有什么瞒着我的？"

慕容德支吾起来："这——这——"

"有什么机密不可告人吗？"慕容宝立时警觉起来："叔父，有什么事情？不能告诉侄儿吗？"

慕容德想，反正这事早晚要告诉慕容宝，现在告诉他也没有什么关系。

鲜卑国母：献明皇后

571

他是太子,皇帝位置迟早是他的,为这么点小事与他交恶不值得。

"其实也没什么。皇帝陛下准备留太子殿下留守燕昌城一段时间,所以明日行军改由我指挥统领。"

慕容宝咬住嘴唇:果然背着我行使起阴谋了!老东西!想把我留在平城,好与段氏及慕容普麟一起慢慢剥夺我太子的权力!

休想!慕容宝一言不发,转身离开慕容德。慕容德看着他的背影,好一阵愣怔。

慕容宝默默回到自己寝宫,怔怔地躺到炕上。他抱着头,仰望着房顶,急速地思索着对策。明早大燕军队就要离开平城返回中山,他要不在今天晚上想出对策,就只有乖乖地听从慕容垂的安排,留在平城,丧失了返回中山的机会。以后,也就丧失了继承大燕皇帝的机会!

不行!他不能让这事发生!就是拼着性命也要阻止慕容垂的计划实施!

慕容宝烦躁地想着。采用什么办法呢?去找慕容垂理论,逼迫他改变自己的安排?没有用的!慕容垂是皇帝,他根本说服不了他!何况近来父子关系有些紧张,慕容垂根本听不进自己的提议!

不能让老牲口得逞!慕容宝嚯地从炕上坐了起来。先下手为强!先发制人,后发制于人!对!一定要先发制人!

慕容宝想起自己在草原上采集的那种毒蘑菇,没想到今天派上用场。只好如此了!老东西反正已经命不久长,何苦让他占着茅坑不拉屎?今晚动手让他老命归西,不是省却了许多麻烦了吗?

慕容宝主意已定,便起身拿出毒蘑菇,来到御厨。厨子见太子殿下来,都放下手中活计,迎了出来。"皇帝陛下爱吃草原的炖蘑菇,我派人采了许多,今晚,他又想吃,现在给皇帝陛下炖好送去,不得有误!"

厨子把雪白肥嫩的蘑菇与鲜嫩的羊肉一起炖下,晚饭给慕容垂送了过去。慕容垂果然喜欢,吃了许多。

夜里,慕容垂便肚子疼痛,呕吐不止,不久就陷入昏迷中。太子慕容宝抑制着喜悦,守在慕容垂寝宫外面,禁止一切人前来探视。

清晨,太子慕容宝发布慕容垂的命令,让慕容德留守平城,自己拥着皇帝陛下的车,率领着大军向中山进发。

返至沮阳①,慕容垂病死。太子慕容宝隐瞒着慕容垂死的消息,继续率领大军前进。到了中山,控制了都城局势,他才宣布慕容垂死亡的消息,然后宣布自己继位登基,作了大燕皇帝,年号永康。

慕容宝一即位,便派遣慕容普麟去见母亲段氏,让慕容普麟对段氏说:"后常谓主上不能继守大统,看今能否? 宜早自裁,以全自己!"

段氏愤怒地说:"汝兄弟连亲生母亲都不放过,尚逼杀生母,安能保住社稷! 我不怕死,只可惜国不久长了!"可怜国母段氏,慕容垂的结发妻子,在两个儿子的逼迫下,遂自裁身亡。

7.相煎太急香消玉殒　幽怨难消地远天长

马兰在慕容德的护送下回到盛乐。拓跋珪留守盛乐的军队很少,听说慕容垂大军到参合陂,便已经在拓跋顺的带领下,远避山里。只有贺兰坚决不离开盛乐,她带着儿子拓跋绍,一直住在盛乐代宫,为拓跋珪看守盛乐。

听说慕容垂派大军送代王马兰回盛乐,贺兰只好走避到盛乐故城里,不肯去见马兰。马兰在慕容德走后开始安抚盛乐臣属,她到处打探拓跋顺和贺兰的下落,听说贺兰住在故城里,她便立刻乘车到盛乐故城,当年木兰父母居住的旧城,来寻找贺兰。她要把代国旧臣招徕到盛乐,以帮助她治理代国。梁六眷和和辰叛逃,盛乐剩下的旧臣没有几个,她急需帮手。即使是拓跋珪的部下,她也愿意招揽过来,让他们帮助自己恢复代国。

马兰带着侍卫,来到故城,找到贺兰。

贺兰走避不及,被马兰侍卫拦住去路。贺兰抱着拓跋绍,被侍卫带来见马兰。

马兰见到多年不见的妹子贺兰,喜笑颜开,迎上前,拉住贺兰的手:"我们姐妹有些日子没有见面了。来,绍儿,叫奶奶!"马兰拉着拓跋绍的手,亲热地喊着。拓跋绍认生地钻进母亲贺兰的怀抱,死也不肯喊。

贺兰鄙夷地看着姐姐马兰,怪腔怪调地说:"代王啊,你那老相好呢? 不

---

①沮阳:今北京市怀来县东南。

是他送你回来的吗？也让我见见啊！"

马兰一阵脸红，又一阵心痛，贺兰因为当年她阻挠拓跋珪娶她，一直耿耿于怀。姐妹俩有些年没有往来。马兰也不喜欢这妹妹，对儿子拓跋珪娶这么一个祸水也是耿耿于怀①。但不管如何，毕竟还是同胞姐妹，如今见了她，马兰还是感到很亲切。

"贺兰，回宫去吧。"马兰尽量抑制着自己的恼怒，微笑着对贺兰说。"我需要你的帮助。代国又恢复起来，我需要你和拓跋珪的帮助。"马兰冷静地说。

贺兰一阵冷笑："代国，甚代国？我只知道魏，我只认识魏王！"

马兰尴尬地摸了摸拓跋绍的脸蛋。贺兰却一把拨拉开马兰的手，尖锐地喊着："你不要碰他！"

马兰难过地缩回手，看着贺兰："你怎么能这样？他可是我的亲孙子啊！"

贺兰冷笑了一声。"他没有你这么个不知羞耻的奶奶！"

马兰终于忍无可忍，抢起巴掌，扇在贺兰脸上。

"你打我！你敢打我！"贺兰捂着火辣辣的脸颊，尖声喊叫着，声音犀利怕人："我向翁衮发誓，你要后悔的！"

这时，侍卫长过来，向马兰报告："报告代王！找到拓跋顺，他们同意回盛乐！"

马兰转身向高车走去，一边走一边命令："带他们回盛乐昌！好好安置！"

贺兰被带回盛乐宫，被安置在马兰寝宫旁的大房间里，当年刘缨居住的寝宫。马兰还是希望能够与贺兰改善关系，她更想常常见到孙儿拓跋绍。她思念刘缨和孙子拓跋嗣，现在看到拓跋绍，心里也洋溢起一股温情。不管怎么说，这拓跋绍还是她的亲孙儿，她见了还是喜欢不已。这拓跋绍长得虎头虎脑，大大的圆圆的黑眼睛，更像小时候的拓跋珪。

---

①《魏书》记载："贺氏有谴，太祖（拓跋珪）幽之于宫，将杀之。会日暮，未决。贺氏密告绍（拓跋绍）：'汝得何以救母焉？'绍乃与帐下及宦者数人，逾宫犯禁。左右侍御呼曰：'贼至！'太祖惊起，求弓刀不获，遂暴卒。"

贺兰抱着拓跋绍，坐在炕上，拿着拓跋绍白胖的起着小窝的小手，教他玩："豆豆，豆豆，飞飞！豆豆，豆豆，飞飞！"贺兰抓着拓跋绍的小手，让它们碰在一起，又猛然分开，把拓跋绍逗得咯咯笑个不停。

玩了一会，拓跋绍不想玩了，哼唧着挣扎着从贺兰怀抱里出来，爬到炕上玩。炕上放着当年拓跋嗣玩过的金黄色的布老虎，卜浪鼓等玩具，他抓起大小布老虎，抱在怀里玩。

贺兰一边看着儿子玩耍，一边想着心事。魏王拓跋珪现在何处呢？慕容垂没有追踪到他吧，为甚马兰又成了代王呢，是不是慕容垂废除了拓跋珪的魏王称号？

贺兰恨恨地想。拓跋珪用了多少力气，才走到今日，成为响当当的魏王，难道让他再回到过去局面，做一个代王辖制下的大单于吗？不行！不能让拓跋珪回到过去！

贺兰看着拓跋绍，想起她多次在枕边向拓跋珪提出要求：让拓跋绍当嗣子！拓跋珪总是推三阻四，说母亲已经把嗣子位给了拓跋嗣，他不好改变。有一次，在她逼急的时候，拓跋珪终于松口，答应说，将来他想办法让拓跋绍当嗣子。虽然这保证有些空口白话，不足为凭，但是，只要她贺兰多动动心机，是能够实现的。拓跋嗣不是靠马兰才成为嗣子吗？拓跋珪之所以不能痛快答应她的要求，不就是碍于马兰吗？马兰简直就是绊脚石就是拦路虎！

贺兰看着院子。院子里，灿烂的夏日阳光照耀着，一棵杏树上已经结了累累的金黄杏子，马兰站在树下，看着几个侍从从树枝上摘着杏子。

贺兰掉转目光，看着儿子拓跋绍。拓跋绍摇着羊皮卜浪鼓，玩得正高兴。贺兰继续想着心事。

用什么办法帮助拓跋珪恢复魏王称号呢？

贺兰阴郁地又看了看院子里的马兰，她正从侍从手里挑拣了一个又大又黄的杏子，忙不迭放进嘴里，津津有味地吃着。

她这是咋的了？这么大年纪的人还爱吃酸杏？贺兰诧异地看着马兰。

难道她……贺兰突然明白过来。呸！贺兰轻轻啐了一口，骂着："羞死个人了！这么大一把年纪！"

贺兰怨恨地看着马兰，暗自盘算着：应该想办法送信给拓跋珪，让他回盛乐来看看他亲娘的模样！

鲜卑国母：献明皇后

贺兰心有所动。

在意辛山的拓跋珪，一直密切注意打探着慕容垂的举动，一听说慕容垂撤离参合陂回中山，他就部署自己的队伍出意辛山，慢慢向阴山北麓移动。等慕容垂一出长城关隘，他就要率领着队伍翻过阴山到纽垤川平原。他才不想窝憋在意辛山呢。只有回到纽垤川，他才可以继续图谋南进，以实现自己的雄心霸业。

至于他对慕容垂所做的承诺和保证，早已经甩到了意辛山。他觉得自己已经相当仁至义尽，他已经拯救了母亲的性命，现在慕容垂已经放还了马兰回盛乐，他拓跋珪背信弃义也危急不到母亲的安危。拓跋仪、拓跋烈和刘缨也明白眼下形势，并不反对拓跋珪离开意辛山回扭垤川。

拓跋珪的队伍翻过阴山坝口，顺白道向纽垤川奔来。同时，他派遣王建率三军去征讨慕容宝的广宁太守和上谷太守，为他开道。等夺取上谷后，他便率领大军从纽垤川直插平城，然后几路大军会合，挥师南下，向燕都城中山进发。

拓跋珪现在正率领着部分军队向纽垤川方向移动。回到纽垤川以后，要不要回盛乐去见代王马兰，一路上，他正在想这个事情。回去见她，他很不情愿。尽管化解这次危难，主要靠了马兰的斡旋，靠了马兰的计谋，拓跋珪不得不承认这一点。可是，只要一想到马兰与慕容垂的暧昧关系，拓跋珪就止不住滋生了许多恼怒，就止不住憎恨马兰。

刘缨搂抱着一双儿女坐在高车里，笑着对拓跋嗣说："快要见奶奶了。想不想奶奶啊？"

拓跋嗣瞪着明亮的眼睛，仰望着刘缨，脆生生地说："想奶奶，想奶奶。奶奶也想我吗？"

刘缨拍着拓跋嗣的手，温柔地说："傻娃娃，奶奶一定想死你了。你可是奶奶的心肝宝贝啊！她最疼你了！"

骑马走在旁边的拓跋珪听着高车里的说笑，脸色有些阴沉。刘缨对马兰的深厚感情叫他很是吃惊，意辛山的那出逼宫戏叫他终生难忘。从那以后，他对刘缨心怀恼怒，再也不到她的大帐里与她同床同枕。

拓跋珪双腿夹马，坐骑加快了步伐，拓跋珪离开高车，向前边跑去。前边山道上跑来一个骑马人。拓跋珪隐约认了出来，那是伺候贺兰的一个侍卫。

来人看见狼头大纛，急忙奔了过来，在拓跋珪马头前滚鞍下马，单腿跪在路旁，向拓跋珪行礼。拓跋珪急忙勒出马缰。"你来何事？"拓跋珪大声问。

"贺兰夫人有事让小人寻找魏王禀报。"

拓跋珪跳下马。"甚事？"

"夫人让魏王尽快赶回盛乐，她想见你。"

拓跋珪默然不语。回盛乐？贺兰一定不是因为想念他才让他回盛乐的。一定有大事！拓跋珪思忖着。他挥挥手："起来吧。"那士兵起身，拉马走进队伍，掉头跟随大队向纽垤川前进。

既然贺兰让他回盛乐，那就回盛乐去！拓跋珪做了决策。他要回盛乐看看马兰如何对待他，然后再决定以后的行动部署。

马兰伏身树下的一个瓦盆，发出呕吐的声音。呕吐了一阵，把早餐吃进去的一点食物全都吐了出来，她感到舒服了许多。使女端来水，让她漱口。马兰擦着嘴唇，正要往寝宫里走，守卫宫门的侍卫与侍卫长一起慌张跑了进来："报告代王，大单于的队伍回盛乐了！"

马兰一阵惊讶：他怎么回盛乐了？协议可是约定他守卫在阴山以北啊！马兰的心头升起一阵不安。不过，这不安立刻被惊喜所代替。

"几个人？卫王回来没有？拓跋嗣母子回来没有？"马兰着急地问。

"都回来了。都回来了！"侍卫长回答。

"快，快！他们在哪儿？"马兰慌张起来，急忙向院子外面走去。

"阿娘！"

"奶奶！"

从院子外面进来一大伙人，七嘴八舌地喊着，围拢上来。刘缨扑了上来，紧紧抱住马兰，泪流满面。拓跋嗣和姐姐也都紧紧抱住奶奶的腿，亲热地喊着。

拓跋仪和拓跋烈喊着走了过来，等刘缨放开手，才围上来拉着母亲的手，亲热地抚摩着。

577

马兰喜极而泣。她一边擦着幸福兴奋的眼泪,一边看着儿子、孙子、媳妇,喃喃着:"你们都回来了,都回来了。珪儿呢?"她四下寻找着拓跋珪。

拓跋珪站在大家身后,既不喊,也不上前,只是冷冷地站着。突然,他看到寝宫旁的房间里敞开的窗户上露出贺兰的脸,正向他招手。他心头一阵惊喜,急忙朝贺兰奔去。

马兰寻找着拓跋珪,她的目光停留在拓跋珪的后影上,拓跋珪已经冲进贺兰的房间,贺兰发出惊喜的尖锐的一阵欢笑。马兰的目光暗淡下来。刘缨急忙拉着马兰,温柔地搀扶着她:"阿娘,让我们进去说话吧,我们已经坐了几天车,都累坏了。"

拓跋仪和拓跋烈也催促着马兰:"阿娘,我们都饿坏了,赶紧给我们准备饭食吧。"

马兰收回阴郁、失望、难过的目光,勉强笑着,叫侍卫长去吩咐准备饭食。马兰抱起拓跋嗣,亲吻着他,喃喃地说:"想死我了,你想不想奶奶啊?"

拓跋嗣乖巧地亲吻着奶奶:"想,我可想奶奶了。"

"我的好嗣儿。我的好嗣儿。"马兰呻吟着,眼泪涌出了眼眶,她抱着拓跋嗣,遮掩着自己满是泪痕的脸,悄悄用拓跋嗣的衣服擦去眼泪,让大家进了寝宫。

拓跋仪和拓跋烈紧紧跟随着母亲,他们心痛地发现,母亲这一年里衰老了许多。其实,马兰是这半个多月才憔悴下来,她强烈的怀孕反应,每日呕吐不止,人马上显得衰老了许多。

马兰让儿子媳妇上了炕,母子亲热地围坐在一起,热烈地诉说着这些日子的情况。马兰的眼睛不断看着门口,热切地希望拓跋珪能够很快走进来,加入他们的谈话。

拓跋珪躺在炕上,让儿子拓跋绍骑在自己的身子上,一边墩着他玩,一边与贺兰说话。大半年光景没有见贺兰和拓跋绍,现在乍一相见,亲热得很。儿子已经这么大了,叫他很开心。这拓跋绍虎头虎脑,一双大眼睛,又黑又亮,眼睫毛长而密,十分好看。他抱着儿子左亲右亲,总是亲不够。

拓跋绍被拓跋珪抱着举起又墩下,骑在拓跋珪肚皮上,咯咯笑个不停。他用自己的小手拽住拓跋珪的须髯,把拓跋珪扯得生疼。

"小犊子,把阿爷的须髯都给扯断了。"拓跋珪呵呵笑着。

贺兰问拓跋珪:"见到我派去的侍卫了吗?"

"见到了。你叫我回来甚事啊?"拓跋珪一边高举着儿子拓跋绍,一边心不在焉地问。

"我要告诉你,她怀孕了。"马兰撇着嘴,迫不及待地说。

拓跋珪刚把拓跋绍墩在自己的肚皮上,拓跋绍发出一连串清脆的笑声。他刚听到贺兰说的最后一个词。

"说甚,怀孕了,你又怀孕了?"拓跋珪好奇地看着贺兰,笑着问:"甚时的事,你咋弄的,动一动就种下了?"

贺兰打了他一拳头:"灰鬼! 你说甚哩! 不是我,是你那老不正经的老娘,她怀上了!"

拓跋珪腾地坐了起来,吼了起来:"你说甚? 你再说一遍!"拓跋绍被这猛不丁的吼声惊吓住了,他的嘴撇了几撇,终于哇得一声哭喊起来。

拓跋珪把牛眼睛一瞪,朝拓跋绍大吼一声:"不许哭!"拓跋绍被惊吓得眼睛直瞪着,哭声噎在嗓子里。

贺兰急忙抱起拓跋绍,瞪着拓跋珪呵斥着:"你吼个甚哩! 看你把娃儿吓的!"她轻轻拍抚着拓跋绍的后背,小声哄着他:"娃儿不怕,娃儿不怕! 有阿娘在呢,娃儿不怕!"

拓跋珪直眉瞪眼,看着贺兰,面部表情十分狰狞:"你刚才说甚呢! 你再说一遍!"

贺兰毫不惊慌,也直直地瞪着拓跋珪:"说甚? 我说,你那老娘怀孕了! 天天吐得一塌糊涂,又是吐,又是要吃酸杏,真是热闹!"

拓跋珪脸色铁青,他恶狠狠地瞪着贺兰:"你说的可是真的? 要是你胡说,小心我要你的命!"

贺兰冷笑着:"你自己等着看吧。一吃饭,她就要吐!"

拓跋珪用拳头捶着炕面:"奶奶的! 怎么这样! 她都四十多岁了! 和谁弄的?"

"和谁,那还用问? 这一个多月,她和谁在一起? 还不是和她那老相好的在一起快活? 那慕容垂也真行,六十多岁了,居然还能种下个种!"贺兰把嘴撇得跟瓢似的,满脸的不屑和鄙视。

鲜卑国母:献明皇后

"奶奶的！丢死人了！"拓跋珪哇哇喊叫着。

贺兰急忙摆手制止拓跋珪："你先不要声张，不要让你的兄弟和刘缨知道这事，你要想办法自己解决！她现在是代王，她有权力辖制你，小心她点！"

拓跋珪阴沉着脸，沉思起来。代王？她现在是代王，回到盛乐来，他拓跋珪就要承认代王的地位，要服从代王的统领，这是他在翁衮面前向刘缨和两个弟弟发的誓。代王可以随意处置他，在盛乐他只能接受代王的处置，否则他的两个也统领着队伍的弟弟不会放过他！所以，在盛乐，他要小心谨慎，要装出服从的样子，否则，真的寒了母亲的心，她也许会做出绝情的举动来。他了解代王马兰，马兰不是一个优柔寡断的女人，她刚强果断，智谋勇气都不亚于男人。她之所以容忍自己，不过因为她是个母亲，只不过她爱自己的亲生儿子。可是，假如哪天她真的了断了母子情，她一定会毫不手软地对付自己！

一定要想办法结束眼前这不利于自己的局面！拓跋珪心里说。是的，一定要结束这局面！他反复对自己说。

拓跋嗣蹒跚走了进来，奶声奶气喊："阿爷，阿爷，奶奶叫你过去吃饭呢！"他看见阿爷坐在炕上，走了过来。"小弟弟，小弟弟。"拓跋嗣指着拓跋绍笑着喊。

拓跋珪烦躁地瞪着拓跋嗣："去！告诉你娘，我不过去吃饭了。"

贺兰推了拓跋珪一下："说个甚哩。你咋不过去吃饭？不过去吃饭，咋能验证我的话哩？去吧。去亲眼看看，才放心哩。要不还以为我挑拨你母子关系哩。"贺兰冷笑着。

拓跋珪冷着脸下炕，穿上靴子，拉着拓跋嗣走进马兰的寝宫。

马兰寝宫里，宽大的外间已经摆上方桌，马兰坐在上手，拓跋仪、拓跋珪坐在右手，左手空着，刘缨已经在下手坐下，等着拓跋珪入座。

拓跋珪拉着拓跋嗣走了进来，他的眼睛谁也不看，径直走向方桌，坐在左手位置。马兰笑着招呼他："大单于，快来吃饭。"

拓跋珪眼皮都不抬，只在嗓子里哼了一声，算作招呼。马兰脸上灿烂的笑容一时又凝固起来。

刘缨急忙站起身,喜色地招呼拓跋珪:"把嗣儿给我吧。"她想以此来打破僵局,化解马兰的尴尬和心情。

拓跋仪也笑声朗朗地对马兰说:"阿娘,可以上菜了吧?我都饿死了!"

拓跋烈也笑着附和:"是啊,阿娘,快让上菜吧,我也饿死了!"

马兰急忙融化了脸上僵硬的表情,招呼着内行长:"内行阿干,快让人上菜!"

侍卫鱼贯端上焦黄的烤羊尾,鲜嫩的手把肉,爆炒的驼峰丝,红烧的鹿肉,摆放了满满一桌子。

"快吃吧。"马兰爱昵地看着拓跋仪和拓跋烈,夹了一块红烧鹿肉,放在他们的碗里。她又夹了一筷子拓跋珪最爱吃的爆炒驼峰丝,放在拓跋珪面前的碗里,轻轻地说了声:"趁热吃吧。"

拓跋珪还是眼皮都不抬地哼了一声,算作回答。刘缨立刻站起身,给马兰夹了一筷子驼峰丝,欢快清脆地说:"阿娘,你不是也最爱吃吗?你也趁热吃吧。"

马兰抬起明亮的大眼睛,感激地看了看刘缨,目光倾泻出十分感激。有这么个善解人意的、心地善良的好媳妇,她的心情好多了。她微笑着说:"你也吃吧,路上一定累坏了。"

马兰夹起爆炒驼峰丝,正要往嘴里送,突然,那爆炒驼峰丝香味冲进鼻子,一阵恶心从喉咙里涌了上来,她竭力控制着:千万不要呕吐!千万不要呕吐!她在心里祷告着。

马兰勉强把几丝驼峰放进嘴里。一阵抑制不住的恶心猛然泛了上来,冲到喉咙口,马兰急忙离开座位,冲到门外,一阵强烈地呕吐让她翻浆倒胃。

拓跋仪和拓跋烈惊慌地看着马兰。刘缨急忙站起身,走到马兰身边,一边给她抚摩着后背,一边关切地问:"阿娘,你哪里不舒服啊?是不是得了病?"

马兰摇头,接过使女递过来的水漱了口。"没甚,没甚,吃饭去。不过老毛病了!"马兰掩饰着说,走回饭桌。

拓跋珪不露声色,继续吃着自己的饭。奶奶的!他在心里骂着,果然如贺兰所说!真他奶奶的丢人!

他真的想站起来,大骂一顿,来发泄他心中的怒气,可是,他知道,小不忍乱大谋。他不能轻举妄动。

拓跋珪一言不发,默默地吃饭。

吃过饭,拓跋珪抹了抹嘴,对拓跋仪和拓跋烈说:"明日代我到纽埕川敕勒部去视察视察,看敕勒部如何?他们一直没有离散,是不是又生事端啊。同时,去行营看看。"

拓跋仪和拓跋烈高兴地说:"好啊,我们去视察,顺便看看纽埕川上有没有鹿群,要是有的话,我们来一次围猎。"

拓跋珪看了看刘缨,心里想:也得把她母子支出宫才好。她在眼前终究妨碍他行事。

"要不你替我回行营看看?行营那里不知情形如何?"拓跋珪冷着脸,转向刘缨。

刘缨笑着:"我想陪阿娘待一天。"

马兰笑着:"算了,来日方长呢。你先去视察行营吧。回来以后咱娘俩有的是时间在一起说话。"

刘缨笑着答应了拓跋珪的命令。

拓跋珪转身离开马兰寝宫回到贺兰那里。

"怎么样?看见了吧?"等拓跋珪上了炕,贺兰得意扬扬地问。

拓跋珪只是冷着脸,一句话也不想说。他心里恼火到极点!奶奶的!怎么会出这种事情?真是丢死了人!一定不能传出去,让他的部下知道,否则,他们会嘲笑死他的!他可不想让部下背后讥笑他!

宁叫我负人,不叫人负我!拓跋珪又想起曹孟德。

"你准备咋办?"贺兰挪到拓跋珪身边,温柔地抱住他,在他耳边小声问。

拓跋珪回头亲了亲贺兰,摇头:"不知道,还没有想出好办法。"

"让萨满弄点打胎的药,给打掉算了!传出去,多难堪!把我们拓跋家族的脸都丢光了!"贺兰轻蔑又愤怒地说。

拓跋珪看着贺兰:"能搞到这种药吗?"

"能!我认识一个萨满,他有各种草药。"

拓跋珪沉默了一会,思忖着贺兰的提议。打掉她肚子里的孽种,只能这样,他可不想再有一个不是拓跋血脉的弟弟!

"那好,你去找到那个萨满,让他给弄点这种药来。"拓跋珪看着贺兰,吩咐着。

"她要不肯咋办?"贺兰又问。

"那由不得她!"拓跋珪斩钉截铁般说,手在空中挥舞着。

"可她是代王啊,如今辖制着你啊!"贺兰故意挑起这最令拓跋珪愤怒的话题。果然,拓跋珪的怒火腾得被点燃起来,他哼了一声,咬牙说:"全是奶奶的慕容垂一手操纵的!"

贺兰又激了一句:"以后我们可是惨了,事事处处得听她调遣。"

拓跋珪从牙缝里挤出几个字:"别想!"

贺兰看着拓跋珪铁青的脸色,心里有了底,如果她私下帮助拓跋珪除去阻挠他实现野心和大业的绊脚石拦路虎,拓跋珪只能感激她!决不会怪罪她的!帮助拓跋珪除去绊脚石,也就是帮助自己实现大业。将来,儿子拓跋绍就是拓跋珪的继承人,她就是拓跋珪的大阏氏,也就是汉人所谓的皇后了!

"那这事就交给我了。我去找萨满,让他去给找药!"贺兰抱着拓跋珪,把自己柔软丰满高挺的胸脯揉搓着拓跋珪,把拓跋珪撩拨得浑身燥热。他一把抱住贺兰,倒在炕上。

看着拓跋仪、拓跋烈兄弟走出宫门,送刘缨母子上了高车,当车轮慢慢启滚出宫门,拓跋珪便转身回去。

拓跋珪冷着脸,小声问贺兰:"药找来了没有?"

"一会就来。"贺兰笑着。她颇有些得意地看着拓跋珪,她已经替他的拓跋珪想好了办法。保全他魏王地位的唯一办法只有一个,保全他名声的办法也只有一个,那就是她暗地里替他策划的办法。这办法现在不能告诉他,万一他心肠一软,下不了手咋办?事成以后,他一定会感激自己,一定会报答自己,一定会废掉拓跋嗣的继承权,让自己的儿子拓跋绍做嗣子。

拓跋珪一动不动地坐着,等着萨满来。不一会,萨满来了,他向拓跋珪和贺兰行礼,轻轻地向贺兰点了点头,然后交给拓跋珪一包东西。这是他照贺兰吩咐找来的说是打胎用的草药。

"有效吗?"拓跋珪打开小包,看着里面的粉状东西冷冷地问。

鲜卑国母:献明皇后

"有效的,有效的。"萨满诌媚地笑着:"我经常用它给人打胎。"

拓跋珪把它包好,揣进袍子胸襟里,走了出去。他走进马兰的寝宫,马兰正坐在炕上饮牛奶。

"你来了。"马兰惊喜地看着进来的拓跋珪,高兴地打着招呼:"快上炕来坐。要不要饮一碗?"马兰向使女说:"再拿一副碗筷。"使女给拓跋珪摆上碗筷,端上煮肉炒米热奶,伺候拓跋珪早餐。

拓跋珪抬起阴郁的眼睛看着马兰:"我见你身体不适,让萨满给你找了点药,你把它用了吧。"拓跋珪从胸襟里掏出小包,打开,把药粉倒入牛奶,搅了搅,把牛奶碗推到马兰面前。

马兰惊讶地看着拓跋珪,游移不决,不知道是接还是不接。"甚药啊?"她低头闻了闻牛奶碗。倒也没有什么怪味道。

拓跋珪抬眼很快地瞥了马兰一眼,不耐烦地说:"总是为你好的。萨满还能害你不成?"

马兰感激地看了看拓跋珪。毕竟是自己的亲生儿子,虽然不善于表达他的亲热,却还是关心自己的。马兰端起牛奶碗,一口气饮了下去。

拓跋珪静静地看着自己的亲生母亲马兰,冷冷地说:"我还有一个事要跟你商量。"

"甚事?"马兰微笑着看着拓跋珪。拓跋珪今年才二十四岁,已经成长为一个能征善战、谋略过人的统领,她很为拓跋珪而自豪。过几年,她就把代王让给他,让他做代国国主,让他干他自己最想干的大事。儿子拓跋珪一定能够带领着代国走向大燕那样的强盛和繁荣。

"我还要保留魏王称号!"拓跋珪抬起眼睛,定定地看着马兰,一字一板地说。

马兰的心战栗了一下。她看着儿子那一双与自己一模一样的大眼睛,惊异地发现,这双美丽的大眼睛虽然明亮,却闪烁着怕人的阴郁、冷酷,甚至还有几分残忍。她的心又战栗了一下。小时候,这双大眼睛是那样明亮、快乐和温和,长安以后,这双眼睛就笼罩着忧郁和阴沉,这十年,这双眼睛的忧郁和阴沉并没有消失,不知什么时候,又加进了冷酷和残忍。

马兰在拓跋珪冷酷目光的逼视下,垂下目光。如何回答他?

"不行!"马兰断然说。

"为甚?"拓跋珪冷钝的声音问。

"因为我已经用我的生命答应过皇帝慕容垂,向慕容垂做过保证。如果我们出尔反尔,言而无信,将来如何立世?何况大燕军队还驻守在平城,他们再一次掩杀过来,易如反掌!我不想让代国覆灭!"马兰坚定地说。

"我不怕他!"拓跋珪下了炕,在屋里走来走去。"我一定要继续以魏王身份征战!"

"那你是想置我于死地啊!"马兰气愤地喊着。

"那是你置我于死地!"拓跋珪冷冷地说:"不能以魏王身份征战,不让我过长城向南方进发,我生不如死!"拓跋珪转过脸,面向马兰,提高声音说。

"可是,我们是发过誓的!我们不能背信弃义啊!慕容垂可是有恩于我们的啊!我们不能恩将仇报啊!"马兰叹息着。

"背信弃义?大丈夫岂能被誓言束缚?魏王从不知道甚是背信弃义!"拓跋珪冷笑了一声。

马兰还想说什么,突然,她感到腹部如刀绞一般疼痛,她紧紧捂住肚子,轻轻地呻吟起来。"你给我吃的甚药啊?"马兰痛苦地痉挛着,问拓跋珪。

拓跋珪冷冷地看着面部还是扭曲的马兰,说:"没甚关系,一会就好了,等你肚子里的孽种掉下来,就会好的!"

"你,你!你这死犊子!你咋能这么做啊?我可是你的亲娘啊!"马兰伸出手,愤怒地指着拓跋珪。一阵剧烈的疼痛让她倒在炕上。"来人啊!来人啊!"倒在炕上的马兰挣扎着喊。

拓跋珪突然恐惧起来。万一侍卫使女听到喊声跑了进来,他怎么向他们交代?要是让拓跋仪和刘缨知道详情,他们会怎么对待他?不能让她喊!

拓跋珪一个箭步上了炕,低声威胁着:"别喊!一会就好了!"

马兰在炕上翻滚着,凄厉地喊叫着,拓跋珪急忙拿起一个枕头,紧紧捂住马兰的嘴。马兰喊叫的声音越来越弱。听不到马兰的喊叫,也看不见马兰挣扎,拓跋珪才急忙拿开枕头。

拿开枕头,马兰又继续痛苦地挣扎起来,她浑身抽搐,脸色开始变青,嘴角渗出了鲜血。马兰睁着美丽的眼睛,痛苦地看着拓跋珪,断断续续地吐出最后一句话:"你……你……你好……狠心啊!"马兰大睁着一双美丽的大眼睛,眼睛里的光彩越来越暗淡,最后闪烁跳跃了一下,像灯盏里的灯花一样,

鲜卑国母:献明皇后

585

熄灭了。马兰的一缕香魂，已经飘然飞向盛乐和草原的上空，那香魂，怀着幽怨，怀着遗憾，怀着迷茫，她永远不明白，自己的亲生儿子，为甚能下这样的毒手！她为了他，忍辱负重十载，为了他，她吃苦耐劳，忍受非人的待遇，如今，一切好了起来，他却下如此毒手，送她走上不归路。这究竟是为了甚？

为了甚？一个凄厉的声音在盛乐代宫里轰响着，那是美丽的马兰，正当盛年的马兰，死不瞑目的马兰发出的呼喊！

拓跋珪听到这凄厉的喊声，他惊恐地看着马兰痛苦而狰狞的脸目，愣怔在炕上。怎么会这样呢？他有些木然，但是头脑里却轰鸣着一个声音：马兰死了！代王死了！他轻轻拨拉了一下马兰的头，她的头软软的，耷拉在炕上。但是她那双大眼睛，却死死地一动不动地盯着他，叫他心里直发毛。

拓跋珪伸出手，在马兰的鼻子下面试了试，没有一点气息。拓跋珪急忙擦去马兰嘴角的鲜血，让马兰躺到炕上，为她盖上一张羊皮被。

拓跋珪下了炕，平静了一下自己，慢慢走出寝宫，对院子里的侍卫说："代王身体有些不舒服，不要去打扰她，让她好好睡觉！"

拓跋珪回到贺兰房间，贺兰急切地问："她怎么样了？"

拓跋珪瞪着她，压低声音问："是不是你干的？"

贺兰一脸狡黠和得意，故意问："我干的甚啊？"

拓跋珪呻吟了一声："也好，也好。全都解决了，都解决了。走，我们出宫，说是外出游玩。晚上再回来。"

天色昏暗以后，拓跋珪和抱着拓跋绍的贺兰从外面回到代宫。代宫里已经一片哭号声。

"出了甚事？"拓跋珪和贺兰急急冲进马兰寝宫，拓跋仪、拓跋烈、刘缨围在炕上的马兰身边，哀哀地号哭着。

"甚事？出了甚事？"拓跋珪扑到炕上，喊。

"阿娘殁了！阿娘过世了！"刘缨扑进拓跋珪的怀抱，哭喊着。

"怎么会呢？怎么会呢？我走的时候，她说她有些难受，要好好睡一觉，我特意嘱咐侍卫和使女不要打搅她，怎么就过世了呢？"拓跋珪难过地说着，抽抽搭搭，拼命挤出几点眼泪。

拓跋仪和拓跋烈伏在马兰身上，哀哀地痛哭不止。

"阿娘啊！这是咋的回事啊？你才四十五啊！阿娘！咋就说没就没了呢！"刘缨又扑到马兰身上，号哭起来。盛年马兰突然死亡，让她悲痛欲绝。

这是皇始元年六月，丁亥，公元396年。

"国不可一日无君。"拓跋珪站了起来，冷静地说："代王因忧思成疾，崩。魏王我从现在起，即魏国大统！马上召见将士大臣！诏布天下，使天下咸知！"

（《魏书》卷十三记载：后少子秦王觚使于燕，慕容垂止之，忧念寝疾，皇始元年崩，时年四十六。祔葬于盛乐金陵，后追加尊谥，配飨焉。）

鲜卑国母：献明皇后

尾声　拓跋珪终遂心愿
魏皇帝驰骋北国

　　皇始元年(公元396年)的八月,已亥,秋高气爽,塞外盛乐草原从黑河之滨,到参合陂东岸,绿色草原上旌旗招展,鼓号连天。新建的魏国天子旌旗,在凉爽的秋风中发出清脆的声音,那绣在玄黄色的旌旗上的金色狼头更加威风凛凛。这是新建的大魏国天子旌旗。

　　拓跋珪慢慢来到天子乘舆辇辂前,他满怀喜悦地欣赏着眼前这富丽堂皇的、象征他无限尊贵天子身份的乘舆辇辂,这是仿照魏天子的样式又加上他自己的改造建制的。十六副龙轴,套十六匹龙马,四衡,车轮中心的圆木为朱红色,车轮为五彩,车身上雕刻着虬、文虎、盘螭的装饰图案,车前为龙首,衔着车扼,衡木上站立着鸾爵,圆盖上装饰着五彩华丽的花鸟虫鱼,装饰着锦鸡的五彩羽毛,蛟龙似的流苏。乘舆辇辂上建有十二旗,上面画着日月升龙。

　　拓跋珪注视着秋风里的大魏天子旌旗,禁不住心潮起伏,激情澎湃。从现在开始,他,二十四岁的拓跋珪,要以大魏天子皇帝的身份活跃在华夏中州的舞台上,他要让中原人认识他这被其鄙夷地称呼为狄夷杂胡的鲜卑人,要让历来是汉人统治的中原成为他大魏的疆土,他要在中原地区建立起鲜卑拓跋人的天下,要在中原建立一个广袤的昌盛的繁荣的大魏国!

　　拓跋珪坐在高座上,神采飞扬,年轻的脸上洋溢着骄傲的笑容。作为魏国天子,他从没有今天这么恣肆,这么畅快,这么得意,这么意气风发。

　　代王马兰死后,拓跋珪立即祔葬代王马兰于盛乐金陵,一进入七月,早已洞察拓跋珪心思的左司马许谦便立即上书劝他进尊号。拓跋珪早就期待这一天的到来，于是举国准备，很快诏告天下，大魏国皇帝、天子拓跋珪开始君临天下，建起天子旌旗，出入警跸，改元为皇始元年。

建元称大魏皇帝、天子以后，拓跋珪开始大肆征兵，在短短半个多月里，拓跋珪从代国属地以及被征服的部落里征集了四十多万军队，八月庚寅，集合在盛乐东郊草原上，举行了检阅大典和誓师大会。

今天，是六军四十余万人正式出发南下的日子，是他征讨慕容宝的军事行动，向南方中原地区进军的日子。

萨满带领着六军举行了出征仪式，祭告天地祖宗。草原上，鼓声大作，旌旗招展，拓跋珪的乘舆辇辂在雄壮的鼓吹声中启动了。庞大的鼓吹队伍敲着牛皮战鼓，吹着牛角号，四十万士卒欢呼着，几十万马匹嘶鸣着，旌旗招展，在秋风中发出哗哗啦啦的声响，一支无比壮观的队伍从塞外向长城内出发了。

盛乐东郊草原在颤抖，蟠羊山在抖动，参合陂波涛汹涌，惊天动地的塞外少数民族向中原进发的军事行动拉开了雄壮的序幕。这一幕，给中国历史添加了浓墨重彩。

此一去，大魏军队势如破竹，搅得中原地区狼烟四起，周天寒彻。

《魏书》太祖纪记载："秋七月，右司马许谦上书劝进尊号，帝始建天子旌旗，出入警跸，于是改元。

"八月庚寅，治兵于东郊。己亥，大举讨慕容宝，帝亲勒六军四十余万，南出马邑，逾于句注。旌旗骆驿二千余里，鼓行而前，民室皆震。别诏将军封真等三军，从东道出袭幽州，围蓟。九月戊午，次阳曲，乘西山，临观晋阳，命诸将引骑围胁，已而罢还。宝并州牧辽西王农大惧，将妻子弃城夜出，东遁，并州平。初建台省，置百官，封拜公侯、将军、刺史、太守，尚书郎已下悉用文人。帝初拓中原，留心慰纳。诸士大夫诣军门者，无少长，皆引入赐见。存问周悉，人得自尽。苟有微能，咸蒙叙用。己未，诏辅国将军奚牧略地晋川，获慕容宝丹阳王买得等于平陶城。

"冬十月乙酉，车驾出井陉，使冠军将军王建、左军将军李栗五万骑先驱启行。

"十有一月庚子朔，帝至真定。自常山以东，守宰或捐城奔窜，或稽

鲜卑国母：献明皇后

589

颗军门，唯中山、鄴、信都三城不下。别诏征东大将军东平公仪五万骑南攻鄴，冠军将军王建、左军将军李栗等攻信都，军之所行，不得伤民桑枣。戊午，进军中山；己未，引骑围之。帝谓诸将曰：'朕量宝不能出战，必当凭城自守，偷延日月。急攻则伤士，久守则费粮，不如先平鄴、信都，然后还取中山，于计为便。若移军远去，宝必散众求食民间，如此，则人心离阻，攻之易克。'诸将称善。丁卯，车驾幸鲁口城。"

两年以后，天兴元年(公元398年)的秋七月，拓跋珪正式迁都平城，始营宫室，建宗庙，立社稷。八月，诏有司正封畿，制郊甸，端径术，标道里，平五权，较五量，定五度。

十二月己丑，帝临天文殿，太尉、司徒仅玺绶，百官咸称万岁。改年为天兴，追尊成帝以下诸帝及其后号谥。追封太子拓跋寔为献明皇帝，其后马兰为献明皇后。

从此，拓跋珪在平城开始了大魏辉煌的历史新纪元。

尽管，拓跋珪从不回忆母亲马兰，但是，母亲马兰的影子总出现在拓跋珪的睡梦中，当他在平城安顿下来，不再南征北战的时候，马兰总微笑着出现在他的眼前，让他难于心安。为了永远驱逐献明皇后的阴影，他在确立了儿子拓跋嗣的嗣子地位以后，采用汉代的汉武帝的做法，"将立其子而杀其母，不令妇人后与国政，使外家位乱"，确立了残忍的"子立母死"的魏宫常制，赐死与献明皇后亲如母女的贵人刘缨，以保证自己的继位人不再受其母亲的辖制，以保障拓跋氏的皇权不受母氏的侵扰。

但是，北魏开国国母、献明皇后的阴影总是笼罩在拓跋珪的心头，笼罩在北魏拓跋氏的上空。拓跋氏的北魏终究没有走出母氏皇太后对皇权的影响，北魏拓跋氏皇权，中兴于皇太后手中，终于还是灭在皇太后的手里。这是拓跋珪始料不及的。大概是天数吧，是献明皇后马兰阴魂不散吧。

2002年4月15日终稿于飞鹅岭三闲斋
2008年7月15日第三次修改于飞鹅岭三闲斋
2015年1月修订于广州独孤宅

鲜卑国母：献明皇后